Vega Jane y el Guardián

DAVID BALDACCI

VEGA JANE
Y EL GUARDIÁN

Traducción de Cristina Martín

B DE BLOK

Barcelona • Madrid • Bogotá • Buenos Aires • Caracas • México D.F.
Miami • Montevideo • Santiago de Chile

Título original: *The Keeper*
Traducción: Cristina Martín
1.ª edición: mayo 2016

© 2015, by Columbus Rose, Ltd.
© Ediciones B, S. A., 2016
   para el sello B de Blok
   Consell de Cent 425-427 - 08009 Barcelona (España)
   www.edicionesb.com

Printed in Spain
ISBN: 978-84-16075-92-8
DL B 7479-2016

Impreso por QP PRINT

A Michelle,
que inició todo este viaje con un don

El pasado no es sino el pasado de un comienzo.

H. G. WELLS

Las malas hierbas también son flores, una vez que se las conoce.

A. A. MILNE

Escapar del Quag implica vivir para siempre en una prisión.

Madame ASTREA PRINE

UNUS

El Quag

Parecía al mismo tiempo apropiado y hasta absurdamente poético que, enganchados unos a otros como los eslabones de una cadena, los tres fuéramos a morir juntos. Pero después de haber saltado de un precipicio de más de mil metros de altura perseguidos por unas bestias asesinas, no teníamos muchas alternativas que digamos. Habíamos saltado, literalmente, para salvar la vida. Y ahora teníamos que aterrizar bien, porque de lo contrario nuestro lugar de descanso final iba a estar allí abajo. Muy abajo.

Caímos durante mucho rato, mucho más del que me hubiera gustado a mí. Por el camino miré a mi mejor amigo, Delph. Él estaba mirándome a su vez, no con un gesto de pánico, sino, he de reconocerlo, con un poco de preocupación. Por otra parte, mi canino, *Harry Segundo*, sonreía de oreja a oreja, preparado para que empezase nuestra aventura.

El motivo de que hubiéramos saltado iba enroscado a mi cintura. Mi cadena *Destin* me permitía volar. Sin embargo, yo nunca había saltado por un precipicio de un kilómetro de altura, y estábamos descendiendo más deprisa que nunca.

Hice todo lo posible por efectuar un aterrizaje suave, pero aun así chocamos contra el suelo con bastante fuerza. Los tres nos quedamos tumbados unos instantes, aturdidos de momento, pero no tardé en darme cuenta de que, si bien estábamos cubiertos de magulladuras y golpes, habíamos sobrevivido.

Liberé a *Harry Segundo* de su arnés, que le había permitido descansar suspendido y apoyado contra mi pecho, y observé que Delph se incorporaba muy despacio y estiraba las piernas y los brazos con cuidado. Después, volví la vista hacia arriba, hacia el punto en el que hacía muy poco que habíamos estado. Si no hubiéramos saltado al vacío, con toda seguridad habríamos muerto.

Las bestias que antes nos perseguían estaban ahora mirando desde lo alto del precipicio. Eran una manada de garms, y más o menos otros tantos amarocs. Incluso sin poder distinguirlos bien desde tan lejos, supe que los garms, con sus escamas y su constante sangrar por el pecho blindado, estaban rabiosos y escupían llamaradas de fuego en nuestra dirección. Y estoy segura de que los amarocs, unas criaturas gigantescas que se parecían a los lobos y que por lo visto no tenían otra razón para vivir que el ansia de matar, nos observaban con expresión letal.

Sin embargo, ninguno de ellos parecía dispuesto a enfrentarse al salto de más de un kilómetro que habíamos dado nosotros. Que aquellas criaturas no fuesen capaces de volar como yo bien merecía todas las monedas que yo pudiera ganar en mi vida. Bajé la vista y acaricié la cadena que llevaba enrollada a la cintura y que mostraba las letras de su nombre, D-E-S-T-I-N, grabadas en varios eslabones; aunque no hacía tanto tiempo que estaba conmigo, ya me había salvado la vida en muchas ocasiones.

Me costaba trabajo creerlo. Estaba en el Quag. Yo, Vega Jane. Había vivido mis quince sesiones enteras en el pueblo de Amargura, y aquello era todo cuanto había conocido. Me habían dicho que, aparte del peligrosísimo Quag, no existía ninguna otra cosa. Pero yo sabía que era mentira, que más allá del Quag había algo, y me empeñé en descubrir de qué se trataba.

Aquello no lo estaba haciendo por pasar el rato. Tenía la profunda sospecha de que mis padres y mi abuelo se encontraban al otro lado del Quag. Aunque mi hermano, John, seguía viviendo en Amargura, ya no era el muchacho joven e inocente de antes; de ello se había encargado la siniestra asesina Morrigone.

Así pues, mi misión en la vida consistía en hacer que los tres atravesáramos el Quag lo más rápidamente posible. Tal vez fuese un objetivo sumamente ambicioso, pero era el mío.

Comencé a respirar con mayor normalidad y miré otra vez a Delph.

—Qué hay, Vega Jane —saludó.

—Qué hay, Delph —contesté yo. A pesar de lo cerca que habíamos estado de la muerte, no pude evitar sonreír, porque habíamos conseguido entrar en el Quag.

—¿Tú crees que esas malditas bestias podrán bajar hasta aquí? —me preguntó.

—Lo que creo —le repliqué— es que no me apetece nada quedarme a averiguarlo.

Y dicho esto me eché la mochila al hombro, y Delph hizo lo mismo con la suya. Dejé a *Harry Segundo* con el arnés puesto, no fuera a ser que tuviéramos que salir volando de repente.

El mapa del Quag que me había dejado mi amigo Quentin Hermes era muy detallado, pero ahora me di cuenta de que tenía algunos fallos problemáticos. Para empezar, no hacía mención del precipicio desde el que habíamos saltado. Y, a consecuencia de ello, yo no estaba preparada para el valle en el que nos encontrábamos ahora. Aun así, en una luz yo había visto a Quentin penetrar en el Quag. En realidad, aquello fue lo que marcó el inicio de este viaje. Quentin debía de saber lo que había allí dentro.

El mapa daba unas indicaciones generales, pero no proporcionaba una ruta exacta que seguir para atravesar el Quag. Por lo visto, eso iba a tener que discurrirlo yo sola. También llevaba conmigo un libro, escamoteado de la casa de Quentin, que explicaba qué clase de criaturas habitaban aquel lugar.

—El mapa, en líneas generales, nos indica que vayamos por ahí —dijo Delph señalando—. En dirección a esa montaña que se ve allá a lo lejos.

Titubeé un momento.

—No... —dije con voz entrecortada—. No quiero iniciar una caminata así por la noche. Tenemos que buscar un lugar seguro donde aguardar hasta la primera luz.

Delph me miró como si me hubiera vuelto loca.

—¿Un lugar seguro? ¿En el maldito Quag? ¿Te das cuenta de lo que estás diciendo, Vega Jane? En el Quag hay muchas cosas, sin duda, pero me parece que lugares seguros no hay ninguno.

Contemplé la amplia llanura que se extendía ante nosotros. Había árboles, arbustos y anchas praderas de hierba que se mecía suavemente con la brisa que soplaba procedente del precipicio. Transmitía la sensación de ser un lugar pacífico y sereno, y en absoluto peligroso. Lo cual me hizo pensar que probablemente habría en él decenas de seres malignos acechando y esperando, seres que podían matarnos y que de hecho nos matarían a la menor oportunidad que se les presentase.

Bajé la vista a los pies. ¿Hacia dónde debía dirigir mis pasos? Miré a *Harry Segundo*, que me estaba observando con curiosidad, al parecer a la espera de que yo tomase una decisión. Me dejó perpleja, y también un tanto incómoda, el hecho de que yo tuviera que ser la líder. ¡Ay, madre! ¿Estaría a la altura de semejante responsabilidad? Yo no me sentía muy segura de ello.

Allá a lo lejos, muy lejos, había un lugar en el mapa denominado Páramo de Mycan. Aparecía descrito como una extensión insulsa y sin vida que abarcaba un gran espacio y que, por desgracia, no se podía esquivar tomando un camino que lo rodeara. Cosa sorprendente, el mapa guardaba silencio respecto de los peligros exactos que nos aguardaban directamente enfrente. En cambio, el libro que yo había birlado llenaba varias de aquellas lagunas.

Me lo saqué del bolsillo de la capa y encendí un trozo de vela para poder leerlo mejor en aquella oscuridad.

Delph, nervioso, lo miró por encima de mi hombro.

—Vega Jane, no es buena idea encender luces con las que puedan vernos.

—Delph, ¿sabes una cosa? Puedes llamarme simplemente Vega. Aquí no hay precisamente una legión de Wugs que se llamen igual que yo. De hecho, que yo sepa, soy la única.

Delph respiró hondo y luego fue soltando el aire muy despacio, con los ojos abiertos como platos.

—Por supuesto, tienes razón, Vega Jane.

Suspiré y estudié la página del libro con atención. Lo que tenía que hacer, fundamentalmente, era emparejar el mapa con las descripciones de los lugares del Quag en los que vivían las criaturas dibujadas en el libro. Una operación que habría resultado mucho más fácil si Quentin Hermes hubiera puesto toda aquella información en un solo sitio, pero no había hecho tal cosa.

Se me cayó el alma a los pies cuando me di cuenta realmente de lo mal preparada que estaba. ¡Y encima, Delph y *Harry Segundo* dependían de que yo tuviera un plan!

De pronto *Harry Segundo* empezó a gruñir. Bajé la vista hacia él: estaba con el pelaje todo erizado y enseñando los colmillos, así que rápidamente miré a mi alrededor para ver qué había provocado semejante reacción en mi canino. Pero en la oscuridad no había nada, al menos nada que yo pudiera distinguir.

Me volví hacia Delph.

—¿Qué es lo que le pasa? —me preguntó.

Y entonces fue cuando me percaté. Mi canino estaba respirando con fuerza por la nariz. No estaba viendo el peligro, lo estaba oliendo. Y, según mi experiencia, un olor desagradable por lo general conducía a una bestia desagradable.

Olfateé el aire un momento, arrugué la cara y lancé una mirada penetrante a Delph.

—¿Hueles eso?

Delph respiró hondo hinchando el pecho y después expulsó el aire.

—No.

Pensé a toda velocidad. Yo conocía aquel olor, o por lo menos uno que se le parecía mucho. Y, poco a poco, se despejaron las nubes que me ofuscaban el cerebro.

Era veneno.

—¿Qué ocurre? —me preguntó Delph, nervioso.

—No estoy segura del todo —repuse, y era verdad. Pero ya había olido aquella pócima en otra ocasión, en Chimeneas, la fábrica en la que trabajaba de Rematadora.

Señalé hacia la izquierda.

—Vamos a probar por ese camino.

—¿No deberíamos ir volando? —propuso Delph—. Llegaríamos más rápido, ¿no? A lo mejor... A lo mejor vemos qué es lo que se acerca, antes de... antes de que nos alcance —terminó sin aliento.

Sí, llegaríamos más rápido volando, pero una lucecita que tenía yo dentro de mi cabeza me decía que continuásemos con los pies firmemente plantados en el suelo. Al menos de momento. Y yo era de esos Wugs que hacen caso a sus instintos; a lo largo de mis sesiones, mis instintos me habían beneficiado más que perjudicado.

Y en aquel momento fue cuando me dio por mirar hacia arriba y lo vi. O más bien debería decir que los vi, en plural.

Una bandada de pájaros que, volando en perfecta formación, recorrían el cielo bajo el resplandor del Noc. Aquello me sorprendió, porque yo creía que las aves no volaban durante la noche, pero a lo mejor en el Quag las cosas eran diferentes.

Mientras contemplaba el vuelo de aquellos pájaros, sucedió una cosa sumamente extraña: de improviso apareció una nube de humo de color azulado, surgida de ninguna parte. Los pájaros efectuaron un giro brusco para esquivarla, pero hubo unos pocos que no pudieron girar a tiempo. Y cuando atravesaron la nube de humo y salieron por el otro lado, ya no volaban.

Estaban cayendo al suelo.

Porque habían muerto.

Me quedé allí de pie, paralizada. Y de pronto sentí algo que me agarraba del brazo. Era Delph.

—¡Corre, Vega Jane! —me gritó—. ¡Corre!

Mientras corríamos, me volví una vez para mirar, y deseé no haberlo hecho. Era una criatura que nunca había visto en la realidad, pero aun así supe lo que era, porque la había visto dibujada en el libro.

Miré a Delph y comprendí que él también se había girado para mirar y había visto lo mismo que yo. Huir por el aire no iba a servirnos de nada; a diferencia de los garms y los amarocs, el ser que llevábamos a la espalda y que se nos acercaba a toda velocidad sabía volar.

Por lo visto, nuestro viaje por el Quag iba a finalizar ya antes de haber empezado en serio.

DUO

El Reino de los Catáfilos

El ser que nos perseguía era un inficio.

Un inficio era una gigantesca criatura dotada de dos patas enormes, dos poderosas alas unidas al cuerpo por una membrana y un torso alargado y cubierto de escamas, del que crecía un pescuezo semejante al de una serpiente y coronado por una cabeza pequeña. Tenía unos ojillos brillantes y de expresión maligna y una boca llena de colmillos afilados como cuchillas. Por si aquello no fuera suficiente para inspirar terror, además expelía un gas capaz de matar a todo el que lo respirara, como aquellos pobres pájaros.

Yo había hecho bien en no querer huir volando: ahora estaríamos muertos.

Delph se volvió otra vez, sin dejar de correr con todas sus fuerzas.

—Está cada vez más bajo. ¡Quiere matarnos! —chilló—. ¡Corre!

Tenía que hacer algo. Lo que fuera. ¿Por qué tenía el cerebro tan embotado? Me había quedado allí pasmada, mientras el inficio venía hacia nosotros para matarnos. Fue Delph el que me dijo que echara a correr.

—¡Vega Jane! —vociferó otra vez.

En realidad, sin pensarlo siquiera, metí la mano en un bolsillo de mi capa, me puse el guante y cerré los dedos en torno a la *Elemental*. En su actual estado resultaba totalmente inofensiva: solo medía unos ocho centímetros de largo y era de un material que parecía madera. Pero entonces le ordené mentalmente que adoptara su tamaño completo y se transformó en una lanza más alta que yo, hecha de reluciente oro. La *Elemental* me había sido regalada —junto con el guante que debía llevar puesto para sostenerla— por una mujer guerrera, moribunda, en un imponente campo de batalla de otra época. La guerrera me dijo que aquella lanza sería amiga mía cada vez que lo necesitara. Pues bien, ahora necesitaba un amigo. Tenía que hacer algo, me negaba a morir así, sin más.

Otra vez giré la cabeza y vi que el inficio estaba acercándose rápidamente, tanto que sus garras ya casi tocaban el suelo. Vi que su poderoso pecho se llenaba de aire y después lanzaba un fuerte soplido que se convirtió en una nube de humo azul portador de muerte.

Sin dejar de correr, me volví y me preparé para arrojarle la *Elemental* guiándola con la mente. Cuando la lancé, la *Elemental* pasó rozando el borde exterior de la nube de veneno, y la estela que dejó a su paso alteró el humo y lo dirigió de nuevo hacia la criatura que lo había expelido. Al instante, el inficio se elevó en el aire para evitarlo. Al parecer, aunque él mismo era la fuente de la que manaba aquella sustancia letal, inhalarla también podía hacerle daño.

La *Elemental* regresó a mí. Y justo en el momento en que la estaba asiendo de nuevo, se abrió la tierra bajo nuestros pies y caímos de golpe unos quince metros. Pero el terreno en el que aterrizamos, fuera el que fuese, era más blando que el que encontramos tras saltar del precipicio. Aun así, lancé sin querer una exclamación ahogada y oí que Delph hacía lo mismo. *Harry Segundo* emitió un corto ladrido, pero nada más.

Rodé hasta quedar boca arriba y vi que el cielo nocturno desaparecía detrás de la densa cobertura de ramas y terrones de hierba apelmazada. Aquellos elementos estaban siendo devueltos a su sitio por una especie de mecanismo formado por poleas y cuerdas. Pero aquello difícilmente iba a conseguir mantener a raya al inficio. Esperé verlo atravesar de un momento a otro aquella protección tan endeble y venir a destruirnos.

Pero el inficio no vino. En vez de eso, nos cayó una gruesa

red encima y nos envolvieron unas cuerdas de tal manera que apenas pude moverme. Giré la cabeza a un lado y vi que Delph y *Harry Segundo* se encontraban en la misma situación que yo.

Mientras los tres nos debatíamos por liberarnos, oí que se acercaba algo. Se hizo obvio que Delph también lo oyó, porque guardó silencio de inmediato. Ordené mentalmente a la *Elemental* que se encogiera sobre sí misma y me la guardé en un bolsillo, y acto seguido me quité el guante y me lo guardé en el otro bolsillo. Luego, estiré el brazo todo lo que pude, agarré a Delph de la mano y, en voz baja y temblorosa, le dije:

—Estate preparado para lo que sea, Delph.

Él asintió con la cabeza.

Los dos nos miramos a los ojos durante largos instantes. Creo que ambos nos dábamos cuenta de que nuestra suerte estaba echada: simplemente éramos dos Wugs de Amargura que intentaban cruzar el traicionero Quag. De pronto resultó una pretensión verdaderamente absurda, en ningún momento habíamos tenido la menor posibilidad de salirnos con la nuestra.

—Lo siento mucho, D-Delph —dije con la voz entrecortada al final.

Cosa sorprendente, Delph respondió sonriendo y frotándome la mano con delicadeza, un gesto que me provocó un escalofrío por la columna vertebral.

—No pasa nada, Vega Jane —me dijo—. Por lo menos... bueno, por lo menos estamos juntos, ¿no?

Afirmé con la cabeza y noté que sin querer esbozaba una débil sonrisa.

—Sí —contesté.

Miré detrás de Delph y vi que en las paredes de la roca había unos soportes con antorchas encendidas. Aquello proporcionaba una iluminación penumbrosa y vaga, y no hizo sino acrecentar mi sensación de pánico y de malos presentimientos. ¿Qué iba a ocurrirnos a continuación?

Al verlo me quedé paralizada.

Varias decenas de pares de ojos me miraban fijamente, a menos de tres metros de distancia. Conforme la vista se me iba adaptando a la tenue luz de las antorchas, descubrí que aquellos ojos correspondían a unas criaturas más bien pequeñas, de rostro serio y feroz y de cuerpo fuerte y endurecido. En cambio, tenían la espalda encorvada y los dedos nudosos y sucios, tal vez a consecuencia de realizar un trabajo duro.

Cuando se aproximaron otro poco más, me llevé otra sorpresa. En los brazos, la cara y el cuello les crecían matas de hierba.

—Esta sí que es buena —oí que mascullaba Delph.

Aquella columna de criaturas se transformó poco a poco en un círculo que acabó por rodearnos. Oí a una de ellas vocear una serie de gruñidos. Cuando la red empezó a elevarse, comprendí que había dado la orden de que así se hiciera.

El peso de las cuerdas disminuyó, de modo que los tres intentamos incorporarnos, pero, rápidas como una flecha, las criaturas sacaron sus armas y nos apuntaron con ellas: espadas, lanzas, hachas y unos cuchillos alargados y de aspecto letal. Como una docena de ellas portaban unos arcos de pequeño tamaño armados con flechas afiladas, ya listos para disparar.

Ahora pudimos ver con claridad a nuestros captores. No solo les crecía la hierba en la cara y en el cuerpo, es que además su cabello también era hierba.

Como nos superaban en número, llegué a la conclusión de que lo mejor sería adoptar una actitud amistosa y directa.

—Hola —saludé—. Soy Vega, y estos son Delph y *Harry Segundo*. ¿Quiénes sois vosotros?

Todos me miraron con gesto inexpresivo. Tenían la cara redonda y surcada de arrugas, pero los ojos eran saltones y estaban tan enrojecidos que resultaba doloroso verlos. Advertí que iban vestidos con un batiburrillo de ropas sucias: pantalones sujetos por una cuerda áspera, camisas viejas, pañuelos raídos al cuello, chalecos llenos de lamparones, chaquetas gastadas y sombreros abollados. Algunos llevaban una placa de metal colgada sobre el pecho, llena de melladuras. Otros la llevaban en los muslos, sujeta con correas de cuero. Había uno que la lucía a modo de gorro de hierro oxidado.

Retrocedimos unos pasos, porque aquellas criaturas iban avanzando y poco a poco estrechaban considerablemente el círculo que habían formado a nuestro alrededor. Hablaban y gruñían entre sí, y un par de ellas nos pincharon con sus cortas espadas.

—¡Eh! —protesté—. Haced el favor de no tocarnos con esas cosas.

Las criaturas se aproximaron todavía más.

De improviso di un paso al frente. Mi gesto pilló por sorpresa a aquellos seres, porque varios de ellos saltaron hacia atrás. El que había hablado antes volvió a lanzar un gruñido a sus compañeros. Era más alto que los otros y parecía tener un aire de autoridad. Centré mi atención en él y le dije:

—¿Hablas mi idioma? ¿Sabes hablar wugiano?

Y me llevé otra sorpresa, una tan grande que pensé que se me había parado el corazón.

Se acercó despacio y vimos que... en fin... que era igual que nosotros, o sea, igual que un Wugmort de Amargura. Tenía todas las extremidades pertinentes, y en ellas no le crecía la hierba.

—Que me aspen —murmuró Delph, que obviamente lo había visto también.

La criatura, un Wug macho, se detuvo al llegar al borde del círculo. Sus compañeros se habían apartado respetuosamente para dejarle pasar.

—¿Eres un Wug? —le pregunté.

Se encontraba apenas a un par de metros de mí. Era alto y llevaba una capa de color verde, y me fijé en que por debajo le asomaban unos zapatos terminados en punta. Era de edad avanzada, porque tenía el pelo canoso y la barba también. Su rostro estaba muy arrugado y presentaba una palidez extrema, de hecho competía con el color del pelo por ver cuál de los dos era más blanco. De repente se me ocurrió que si vivía allí abajo, jamás le llegaría la luz del sol.

—Ya no —respondió con una voz de tono agudo—. Me marché hace mucho.

A continuación se volvió hacia la criatura que había gruñido anteriormente y empezó a hablarle en un lenguaje rápido y gutural que resultaba imposible de seguir.

Una vez más, mi mente se pobló de pensamientos angustiosos. ¿Estaría aquel individuo poseído por un Foráneo? ¿O sería un Foráneo él mismo? En Amargura nos habían hablado de los Foráneos, unos seres malvados que supuestamente vivían en el Quag. Nos habían advertido de que pretendían invadir Amargura y matarnos a todos. Y eso nos tenía a todos los Wugmorts aterrorizados, porque nos habían dicho que aquellas criaturas podían adoptar una apariencia física como la nuestra y hasta apoderarse de la mente de los Wugmorts y obligarlos a hacer su voluntad.

El macho señaló a su derecha y dijo:

—Venid por aquí, haced el favor.

Con el corazón en un puño, echamos a andar en la dirección que nos indicaban, y las criaturas vinieron detrás.

Pasamos de aquella caverna alta y espaciosa a un túnel pequeño que de todas maneras estaba bien iluminado con antorchas en la pared. Cuando entramos en una amplia cámara de techo alto, toda de piedra, el macho se detuvo con tal brusquedad que casi me choqué de bruces contra él. Por señas, nos indicó a Delph y a mí que pasáramos por delante de él y penetrásemos en la cámara. *Harry Segundo* nos siguió, obediente. Cuando miré a mi alrededor, se me cortó la respiración.

En todas las paredes, que se elevaban hasta donde alcanzaba la vista, había un montón de nichos pequeños. Y en cada uno de aquellos nichos había una...

Una calavera.

Fue como si hubiera varios centenares de ojos que nos miraban sin poder vernos.

Me volví hacia Delph y descubrí que él también estaba contemplando las paredes. El pobre *Harry Segundo* empezó a gemir. Todo aquel lugar desprendía un olor a muerte.

El macho se giró de nuevo hacia mí.

—¿Sabes lo que son?

Hice un gesto afirmativo, con el estómago revuelto. ¿Nos habrían llevado allí porque dentro de poco nuestras calaveras estarían haciendo compañía a las otras?

—Cráneos de Wugs —respondí con miedo.

—Obsérvalos más detenidamente —me instó el macho haciendo un gesto con la mano.

Me fijé mejor en la calavera que tenía más cerca, y después en otras muchas más, y me volví otra vez hacia él.

—No son Wugs.

—Son criaturas del Quag —repuso— que pretenden hacernos daño.

Me aproximé a una calavera que reposaba en un nicho cercano. Indudablemente, pertenecía a un frek. Reconocí la mandíbula y los largos colmillos. A su lado había un cráneo de amaroc, lo supe porque había visto uno en Amargura, en casa de Delph.

Me giré de nuevo hacia el macho.

—¿Los habéis matado vosotros?

El macho soltó una risita.

—Personalmente, no.

—Pues entonces, ¿cómo? —quise saber.

El macho me miró de arriba abajo.

—¿Quién eres tú, exactamente?

—Me llamo Vega. Este es Delph. Y el canino se llama *Harry Segundo*. Somos de Amargura. —El macho no contestó nada—. ¿Llevas mucho tiempo aquí?

—Más que las sesiones que has vivido tú.

—Pues aún hablas bien la lengua de los Wugs —observé.

—Así es —respondió mirándome fijamente.

—¿Cómo se llama este sitio? —le pregunté.

Él paseó la mirada alrededor y respondió:

—Es el Reino de los Catáfilos, por supuesto.

—¿Qué es un cata-cata-cataqué? ¿Y quién es el rey?

—Un catáfilo es el que recoge y guarda huesos. Y, como podéis ver, nosotros encajamos bastante bien en esa descripción. Y en cuanto al rey, aquí lo tenéis. A vuestro servicio.

Y acto seguido efectuó una amplia reverencia.

—¿Tú eres el rey? —pregunté yo con incredulidad.

—El rey Espina —respondió él con aire digno.

—¿Y cómo has pasado de ser un Wugmort a convertirte en rey de este lugar?

—Pues... —dijo el rey abriendo las manos— más que nada,

me caí dentro de un agujero, igual que vosotros. —Luego adoptó una expresión soñadora—. Eso de caerse dentro de un agujero tiene muchas cosas buenas. Abre todo un abanico de posibilidades. —Calló unos instantes—. Este reino es oscuro y humilde, pero es mío. Y eso lo convierte en un lugar bueno, justo y lleno de abundancia, y, por encima de todo, lo convierte en mi hogar.

Delph y yo intercambiamos una mirada de preocupación. Yo estaba empezando a pensar que aquel tipo estaba bastante chiflado.

—¿Y quiénes son esos? —pregunté en voz baja, mirando de reojo a aquellas criaturas en las que crecía la hierba.

—Son ekos. Bueno, eso es lo que significa en lengua Wug. Constituyen la forma de vida superior que existe aquí abajo. A excepción de mí mismo, claro está.

—Sé que hay otras criaturas que viven en la superficie del Quag. ¿En cambio tú estás diciendo que aquí abajo existen otras formas de vida?

—Ah, desde luego. En el Quag abundan los seres vivos, de todas clases. Pero venid. Os proporcionaremos un refrigerio y un sitio donde dormir. —Y dio media vuelta.

Yo me quedé allí de pie, con la boca abierta. ¿Un refrigerio y un sitio donde dormir? ¿El Reino de los Catáfilos, había dicho? Yo había imaginado que el Quag sería muchas cosas, pero no aquella. Estaba resultando ser un lugar bastante... en fin, bastante civilizado. Claro que yo todavía estaba en guardia.

—Deberíamos marcharnos, Vega Jane —murmuró Delph.

El rey se volvió de pronto y me miró como si yo acabara de decirle que era un garm disfrazado.

—¿Jane? ¿Ese es tu nombre completo? ¿Vega Jane?

Hice un gesto afirmativo.

—Sí.

—¿Eres familiar de Virgilio Jane?

—Era mi abuelo. ¿Lo conociste?

—Sí, desde luego. ¿Se encuentra bien?

—No. Sufrió un Evento. —Ya sabía que aquello no era verdad, pero no tenía motivos para decírselo al rey.

—¿Un Evento? Vaya, vaya. Y precisamente Virgilio. —Se volvió hacia uno de los pequeños ekos y emitió unos cuantos gruñidos. Varias criaturas salieron disparadas. A continuación se dirigió nuevamente a nosotros—: En cuanto a lo de marcharos esta noche, me temo que va a ser imposible. El Quag es un lugar peligroso incluso durante la luz. De noche no sobreviviríais. Bien, ¿tenéis hambre?

No esperó a que le respondiéramos; echó a andar a paso vivo y atravesó otra caverna excavada en la roca. Nosotros nos apresuramos a seguirle, y los ekos que quedaban vinieron detrás, pegados a nuestros talones.

Me acerqué a Delph y empecé a susurrar:

—No me gusta este tipo. Físicamente parece un Wug, ¿pero cómo puede serlo?

—Coincido contigo —contestó Delph, susurrando también—. Si un Wug se hubiera marchado al Quag, nos habríamos enterado. Como ocurrió con Hermes.

—Podría ser un Foráneo.

Delph me miró fijamente.

—Creía que los Foráneos no existían.

—¿Y quién lo sabe con seguridad? Yo estaba preparada para encontrarme con freks, garms y amarocs, no con un Wug que tiene un reino propio, formado por unos ekos a los que les crece la hierba encima. En el libro del Quag que encontré en la casa de Quentin Hermes no se decía nada de esto.

—Exacto, lo cual quiere decir que no tenemos ni idea de lo que nos espera, Vega Jane, cuando logremos salir de aquí.

«Si es que logramos salir de aquí», pensé yo con profundo desánimo.

TRES

Una comida bestial

El lugar al que nos llevaron era una caverna amplia y de techo bajo que mediría unos doce metros de largo por seis de ancho. Estaba iluminada por unas velas que desprendían humo, alineadas sobre una mesa tallada en roca viva y rodeada de toscas sillas de madera.

Espina indicó los asientos y dijo:

—Por favor, poneos cómodos. La comida llegará enseguida.

—Y a continuación se sentó él mismo a la cabecera de la mesa.

Su silla lucía una letra E de gran tamaño grabada en el respaldo. Por tratarse del rey, supuse. Intercambié con Delph una mirada de desprecio. Menudo fantoche.

—¿Cómo es que a los ekos les crece hierba en el cuerpo?

Espina sonrió con un gesto de aprobación.

—Ah, os habéis dado cuenta, ¿verdad?

«Como para no habernos fijado», pensé para mis adentros.

—¿Para qué sirve?

—Los ayuda a hacer lo que hacen —contestó el rey con naturalidad.

De repente se oyó un ruido en la puerta que nos hizo volver la cabeza. Aparecieron cuatro ekos portando una enorme fuente. Cuando se acercaron a la zona iluminada por las velas, vi lo que había en ella: grandes trozos del cuerpo y las patas de alguna bestia, todavía con restos de plumas y de piel. El estómago me dio un vuelco. Pero alrededor de la «carne» había patatas, espárragos, judías, pimientos y cebollas moradas. Y estaba bastante segura de que aquello que me miraba por debajo de un muslo cubierto de pelo era un nabo.

—Caray —suspiró Delph poniendo cara de asco.

Nos colocaron delante unos platos metálicos, unos tenedores y unos cuchillos, también de metal. Uno de los ekos, el alto de antes, sirvió personalmente al rey. Comprendí que nosotros debíamos servirnos solos.

Evitando los trozos de carne, me llené el plato con las verduras y las cubrí con algo que me pareció que eran hojas de albahaca y perejil. Delph hizo lo mismo que yo, aunque le vi arrancar un pedazo de carne que parecía estar bastante bien ahumada. La mano de un eko me puso un vaso de agua junto al plato, lo cual me permitió ver claramente la hierba que le crecía encima. De hecho, llegó a rozarme la mano con ella; la noté dura y puntiaguda.

Bebí un poco de agua, y Delph también. Después, dejé caer un poco de nabo al suelo, para *Harry Segundo*, y Delph también le dio una tajada de carne de su plato.

—Un canino muy bonito —comentó Espina mientras se afanaba con un trozo de carne que parecía ser un ala y le arrancaba unas cuantas plumas con gesto de naturalidad.

—Gracias. ¿Así que tenéis agua aquí abajo? —No era una pregunta ociosa; necesitábamos agua para sobrevivir a nuestro viaje por el Quag.

—Proviene de un río subterráneo. Tiene bastante buen sabor.

De pronto Delph escupió un bocado de carne correosa que tenía en la boca, al tiempo que murmuraba:

—¿Y por qué rayos no ocurre lo mismo con la comida?

Espina señaló el trozo de carne a medio masticar que sostenía Delph en su enorme mano.

—Eso que tienes ahí es un pedazo de capulina. A mí no es que me guste mucho, pero en la superficie del Quag hay muchas y son bastante fáciles de atrapar.

—¿Una capulina? —repitió Delph—. No me suena de nada.

—Bueno, puede que te suene por su otro nombre: araña.

Con un enorme acceso de tos, Delph expulsó lo que tenía

en la boca, que salió despedido y se estrelló contra la pared de enfrente.

Yo miré a Espina, temiendo su reacción. Espina se quedó mirando a Delph durante largos instantes, y después observó el trozo de carne de araña que resbalaba por la pared de su comedor. Cuando se volvió de nuevo hacia nosotros, rompió a reír, y al cabo de unos momentos nosotros hicimos lo mismo.

Cuando todos nos hubimos calmado, Espina se secó los ojos y dijo:

—Maravilloso. Como ya he dicho, a mí nunca me ha gustado mucho la carne de araña. Cuesta masticarla. Y, claro, luego está el problema del veneno. Seguid con el nabo. El noble nabo nunca os llevará por mal camino. El querido nabo nunca os hará ninguna jugarreta.

Continuamos comiendo, esta vez masticando con placer.

—Ha mencionado —dije— que aquí abajo hay otros seres vivos.

—Bueno, están los ekos, naturalmente. Son bastante civilizados. —Se acarició la barba con el dedo índice—. Y luego están los gnomos.

—¿Los gnomos? —repetí. Jamás había oído aquella palabra.

—Sí, sí. Bueno, a veces los llamo los subterráneos, ¿sabéis?, porque excavan por debajo de la roca para sacar las cosas que necesitamos. Tienen unas garras muy afiladas.

—¿Y esas son todas las criaturas que viven aquí abajo? —dije en tono apremiante.

El rey frunció el ceño.

—Bueno, también están las malditas lombrices.

—¿Las lombrices? ¿Qué servicio os prestan?

—¿Qué servicio? —Espina se inclinó hacia delante, y sus facciones se quedaron tan rígidas que daba la impresión de que se había convertido en piedra—. Nos atacan —dijo en voz baja.

—¿Que os atacan?

—Sí —confirmó Espina entornando los ojos—. Quieren matarme.

—¿Pero por qué? —pregunté.

Espina, sin responder, volvió a concentrarse en su plato.

Delph y yo intercambiamos una mirada de perplejidad. Decididamente, aquel tipo estaba como una cabra. Sentí que poco a poco se me erizaba el vello de la nuca.

—¿Y cómo son esas lombrices? —preguntó Delph, nervioso.

Espina lo miró con expresión muy seria.

—Son lo que uno jamás quisiera encontrarse en un lugar oscuro, muchacho. Malditos bicharracos... —agregó pronunciando con asco.

—¿Dónde están? —pregunté yo sin respiración—. ¿Por aquí abajo?

—¿Que dónde están? Donde menos te las esperas. —De improviso dio un fuerte golpe en la mesa de piedra con la palma de la mano, tan fuerte que Delph y yo estuvimos a punto de caernos de la silla. A Delph se le derramó un poco de agua sin querer, y *Harry Segundo* inmediatamente se apresuró a lamerla—. Ahora debéis darme noticias de nuestro querido pueblo de Amargura —dijo acto seguido, al tiempo que tragaba un bocado de comida con ayuda de un sorbo de su vaso. Yo no estaba convencida de que estuviera bebiendo tan solo agua, porque de vez en cuando rellenaba el vaso con ayuda de un frasco de color plata que tenía a un lado—. Por ejemplo, ¿quién es actualmente el jefe del Consejo?

—Thansius.

—Me alegro por él. Bien hecho, Thansius.

—¿Así que le has conocido? —pregunté.

—Sí. También era buen amigo de Virgilio. —Bebió un trago de su vaso.

—Y de Morrigone —añadí yo.

Mi comentario tuvo un notorio efecto en él. De repente palideció sobremanera y se atragantó al beber. Cuando pudo respirar otra vez, dijo:

—Así que de Morrigone, ¿eh?

—Si hace mucho tiempo que te fuiste, es posible que ella todavía fuera muy joven. O que incluso no hubiera nacido siquiera.

—Sí, creo que ya había nacido.

Observándole con curiosidad, le informé:

—En la actualidad, Morrigone forma parte del Consejo.

Espina soltó una risita, pero en los ojos se le notó que había sido sin alegría.

—¿Qué más? —preguntó.

—Pues hemos estado construyendo una... —empezó Delph.

Pero yo le interrumpí:

—Como ya he dicho, yo trabajaba en Chimeneas, de Rematadora. Y Delph estaba en el Molino.

Delph me dirigió una mirada interrogante, pero no le hice caso. Lo cierto era que no quería que Espina supiera que existía una Empalizada. Si era un Foráneo, o si los Foráneos se habían apoderado de su mente, lo último que me convenía era que se enterase de la enorme valla que estábamos construyendo alrededor de Amargura, precisamente para contener a los Foráneos.

Decidí pasar al asunto más importante por el que quería preguntarle.

—No sé de ningún otro Wug que se haya internado en el Quag. Está prohibido.

—Hay muchas cosas que están prohibidas —replicó Espina en un tono más sobrio—. Y, sin embargo, vosotros habéis venido hasta mi puerta. ¿Qué motivo os ha empujado a entrar en el misterioso Quag?

—La curiosidad —contesté inmediatamente—. Queríamos ver lo que había aquí.

—Y más allá —agregó Delph. La patada que le aticé fue demasiado lenta para impedirle que dijera aquello.

—Más allá del Quag no hay nada —repuso Espina en tono tajante y mirándonos con cautela.

—¿Así que tú has estado en el otro lado del Quag? —le pregunté yo con ademán inocente.

—No, nunca he salido de aquí.

—Entonces, ¿cómo sabes que...?

De improviso, Espina se levantó de la silla.

—Me parece que todos estamos sumamente cansados. Ya tenéis preparados vuestros aposentos. —Emitió un gruñido, y apareció el eko alto de antes—. Luc os acompañará. Buenas noches y felices sueños a los dos. —Y dicho esto, se fue rápidamente.

Luc emitió un gruñido. *Harry Segundo* le contestó con un ladrido. Satisfecho, al parecer, de que le hubiéramos entendido, Luc dio media vuelta y echó a andar por el pasadizo. Y nos apresuramos a seguir a aquella criatura que tenía hierba en vez de piel y que se comunicaba con gruñidos en lugar de palabras.

—¿Estás segura de todo esto? —me preguntó Delph.

—No estoy segura de nada, Delph. De nada en absoluto.

Jamás había dicho nada que fuera más cierto.

QUATTUOR

Barrotes de huesos

Nos condujeron a una cámara en la que hacía frío y que estaba plagada de sombras que daban la impresión de parpadear y moverse de un lado a otro. Había una antorcha en la pared y una vela encendida en una caja de madera colocada junto a un duro armazón, sobre el que habían puesto una manta y una almohada.

Miré a Delph, que se había quedado aguardando en la entrada.

—¿Así que ese catre es para los dos? —preguntó mirándome nervioso.

Tuve que disimular una sonrisa, porque se había sonrojado intensamente y había desviado el rostro.

«Machos.»

Sin embargo, Luc ya estaba agarrándole del brazo y señalando otro lugar situado más adelante, entre furiosos gruñidos.

—Me parece que no —dije descartando la idea con un gesto de la mano—. Supongo que esta habitación es únicamente para mí.

Me pareció ver que Delph lanzaba un suspiro de alivio, y eso, no sé por qué, no me gustó demasiado.

—Oye —me dijo—, si ocurre cualquier cosa, simplemente dame una voz. Vendré más rápido que... que... bueno, vendré rapidísimo, puedes estar segura —concluyó de forma más bien decepcionante.

—Genial, y tú haz lo mismo —contesté con una sensación de incomodidad.

Delph desapareció con Luc, y *Harry Segundo* fue a acomodarse junto al catre de madera. Yo dejé caer mi mochila en el rincón, me senté en aquel tosco armazón y me quité la capa. Debajo llevaba la cadena, de la que no pensaba separarme. En un bolsillo de la capa estaba la Piedra Sumadora, que lo curaba casi todo, y a su lado estaba el guante. La *Elemental*, encogida de tamaño, estaba en el otro bolsillo.

Saqué de la capa el anillo que me había hecho llegar Thansius antes de que me escapara hacia el Quag. Había pertenecido a mi abuelo, y lo habían encontrado en casa de Quentin Hermes. Me habían dicho que mi abuelo sufrió un Evento, lo que, fundamentalmente, quería decir que uno se desintegraba y se convertía en... en fin, en nada. Pero era mentira; me había enterado de que mi abuelo se había ido de Amargura por voluntad propia.

El anillo llevaba grabado el símbolo de los tres ganchos, cuyo significado yo desconocía por completo. Pensé que a lo mejor lo averiguaba estando en el Quag. Pensé que estando en el Quag iba a enterarme de un montón de cosas. Si es que el Quag no acababa antes conmigo.

Me tumbé en la cama y acerqué el anillo a la luz parpadeante de la vela. El grabado de los ganchos centelleó bajo aquel tenue resplandor azulado. Mi abuelo tenía el mismo símbolo estampado en el dorso de la mano, y yo también había visto exactamente el mismo anillo en el dedo de la guerrera moribunda que me había regalado la *Elemental*.

Me puse el anillo. Era demasiado grande para todos mis dedos excepto el pulgar, al cual se ajustó cómodamente. Mientras lo contemplaba, no pude evitar pensar que, de forma inconsciente, acababa de tomar una decisión que me comprometía a algo.

Sentí que se me cerraban los ojos, el subir y bajar de mi pecho empezó a hacerse más lento, y finalmente me sumí en un sueño profundo. Pero justo antes de dormirme del todo percibí los ronquidos de satisfacción que dejaba escapar *Harry Segundo* tumbado en el suelo, a mi lado.

Lo que soñé no fue muy agradable. En todos los vericuetos de mi mente, siempre me topaba con el peligro. Pasó el tiempo y seguí durmiendo. Cuando desperté por fin, hice intención de levantarme, pero algo me lo impidió. Abrí los ojos y solté una exclamación ahogada.

¡Estaba dentro de una jaula!

Me incorporé a medias. Junto a mí estaba Delph, tumbado y aún dormido. Lo que me había impedido levantarme era *Harry Segundo*, que tenía una pata apoyada en mi hombro, en ademán protector. Los barrotes de la jaula eran de un blanco intenso. Me acerqué a mirarlos más detenidamente y comprendí la razón: estaban hechos con huesos.

Al instante me aparté, porque capté una risa, una risa que me resultó familiar.

Me giré hacia la derecha y vi allí a Espina, sentado en un sillón enorme formado con más huesos. Y a mi alrededor, rodeando la jaula, había una hilera de ekos empuñando sus armas.

Espina señaló los barrotes de la jaula.

—Como puedes ver, aquí, en el Reino de los Catáfilos, sabemos aprovechar nuestros pequeños... eh... trofeos.

Con un escalofrío de horror, vi cuatro objetos descansando sobre una losa de piedra que tenía a su derecha. Eran *Destin*, mi cadena, la Piedra Sumadora, el anillo de mi abuelo y el guante que tenía que usar para manejar la *Elemental*. Palpé la capa y noté el pequeño contorno de la *Elemental* encogida de tamaño, que seguía estando dentro del bolsillo. No debían de haberse percatado de su presencia, o quizá pensaron que no era nada importante.

—¿Por qué nos tenéis aquí encerrados? —pregunté con voz firme—. ¿Y por qué me has quitado mis cosas?

Mis preguntas despertaron a Delph, que primero se incorporó despacio y luego se puso en pie de un salto.

—¿Pero qué...? —empezó a decir, pero yo le hice callar y me volví de nuevo hacia Espina.

—¿Por qué haces esto a unos Wugmorts como tú?

Espina indicó la Piedra Sumadora, la cadena, el anillo y el guante.

—¿Qué son estos objetos, Vega Jane? Me gustaría mucho saberlo.

—¿Por qué?

—Bueno, ¿cómo, si no, voy a poder utilizarlos?

—No debes utilizarlos. Son míos —repliqué con vehemencia. Notaba la cabeza un tanto mareada, y de repente comprendí por qué—. Nos pusiste algo en el agua para hacernos dormir —le dije en tono acusador.

Él cogió el anillo.

—Esto ya lo he visto antes. En la mano de tu abuelo.

Aferré los barrotes de la jaula y los sacudí.

—¡Sácanos ahora mismo de aquí!

—No estás en situación de exigir nada, pequeña y estúpida hembra.

—No soy estúpida, y desde luego tampoco soy pequeña —protesté.

—Para mí eres casi invisible, de tan insignificante.

—Pues en ese caso, ya que soy tan insignificante, supongo que no necesitas que te diga qué son esos objetos.

Espina se levantó del sillón y se acercó lentamente a la jaula. Se detuvo a corta distancia de los barrotes con una sonrisa malévola.

—Deberías pensar un poco mejor las cosas.

Señaló a Luc, que empuñaba un arco con una flecha ya preparada. Emitió un gruñido, y Luc dio un paso al frente.

—Acabo de ordenar a Luc que mate al canino —informó Espina.

—¡No! —exclamé, y, al tiempo que Luc empezaba a apuntar con su arco, inmediatamente me interpuse entre él y *Harry Segundo*.

—Quítate de en medio, Vega Jane —me dijo Espina—, no es más que un miserable canino.

—Este canino es mío, y no pienso apartarme. ¡Ya puedes irte al Hela!

Espina gruñó de nuevo, y al momento se adelantaron cuatro ekos armados con arcos y rodearon la jaula. Todos apuntaron a *Harry Segundo* con sus flechas. Yo, como no podía estar en cuatro sitios a la vez, terminé protegiéndolo con todo mi cuerpo.

—¡Vega Jane! —gritó Delph, y dejó caer su corpachón encima de nosotros dos.

Espina se acercó un poco más a los barrotes, con una sonrisilla peligrosa en los labios.

—Cuando se entra en el Quag para llegar a mi reino, hay un precipicio de más de un kilómetro de caída. ¿Cómo conseguisteis salvarlo?

Mis ojos me traicionaron. Volví la mirada hacia la losa de piedra, hacia los objetos que me había arrebatado.

—Entiendo —dijo—. Bien, ¿cuál de ellos? —Al ver que yo no respondía, señaló a Luc al tiempo que mantenía la mirada fija en mí—. Un único gruñido, Vega, y Delph morirá. Añadiré sus huesos a tu jaula; con su corpulencia, seguro que llenarán todos los huecos. Y bien, ¿cuál de ellos?

—¡No, Vega Jane! —chilló Delph.

Pensando deprisa, y ahora que ya había comprobado que Espina era engreído y arrogante, dije:

—Estoy segura de que tus secretos son mucho más alucinantes que los míos, tan patéticos.

Espina dedicó una cuña a evaluar mi comentario.

—¿Sabes?, me parece que esta vez has dado en el clavo. De hecho, considero muy apropiado mostrarte cómo funciona mi mente. Así entenderás que resistirse a mí es un intento fútil.

Lanzó varios gruñidos seguidos, y al momento los ekos entraron en acción.

Se abrió la jaula, y a base de pinchazos y empujones de espadas y lanzas, nos obligaron a salir de ella.

Delph se me acercó y me susurró:

—Este tipo está loco, Vega Jane.

—Ya lo sé.

—Tenemos que salir de aquí.

Afirmé de nuevo, pero no se me ocurrió ninguna manera de convertir aquel deseo en realidad.

Espina nos llevó por otro pasadizo, hasta que llegamos a una cueva mucho más grande que la última. Me llegó el ruido de algo que golpeaba contra la roca mucho antes de verlo. Cuando salimos a aquel espacio abierto, apenas pude creer lo que tenía ante mis ojos.

Era una montaña de roca, bajo tierra. Y por toda ella pululaban unas criaturas diminutas, vestidas con ropa de trabajo, unos gorros de lana de color rojo y unas botas de cuero que les cubrían la mayor parte de sus cortas piernas.

—Estos son los gnomos que mencioné —dijo Espina con satisfacción.

Los gnomos dejaron de hacer lo que estaban haciendo y se volvieron hacia nosotros todos a la vez, como si estuvieran enganchados entre sí, para observarnos desde su montaña.

—Acercaos un poco más —nos instó Espina, tentador—. Estoy seguro de que a nuestros amiguitos les encantará conoceros.

Por supuesto, ni Delph ni yo teníamos deseo alguno de acercarnos ni de conocer a nadie, pero los empujones que nos propinaron los ekos en la espalda acabaron por convencernos.

Cuando pudimos ver más claramente a los gnomos, me recorrió un escalofrío. No era solo que tuvieran el rostro blanco como la cal, arrugado como una ciruela pasa y con una expresión malvada. Lo peor eran las manos. O, mejor dicho, el sitio donde supuestamente deberían tener las manos. En vez de dedos tenían unas garras que daban la impresión de ser tan resistentes como el metal. Eran curvas y muy afiladas, aunque estaban llenas de suciedad, a consecuencia de haber estado trabajando en la roca.

Sus labios se torcían hacia atrás, como los de los caninos de ataque, y dejaban ver unos dientes de un color blanco amarillento, todos podridos y mellados. Sujeté con la mano a *Harry Segundo*, no fuera a darle por lanzarse contra ellos; aunque era fuerte y valiente, no tenía ninguna posibilidad frente a un centenar de gnomos que en vez de manos tenían sables.

Espina lanzó varios gruñidos rápidos, y los gnomos retrocedieron al ver que los ekos venían hacia ellos. Así pues, me dije yo, resultaba evidente que los gnomos eran controlados a la fuerza.

Miré a Delph y adiviné que estaba pensando lo mismo que yo.

—¿Sabes qué es lo que están extrayendo de esa roca? —me preguntó Espina.

Me volví hacia él.

—No —respondí.

Dio una palmada y uno de los gnomos salió corriendo, pero regresó en un abrir y cerrar de ojos con un enorme cubo de madera reforzado con aros metálicos. Se lo entregó a Espina al tiempo que se quitaba el gorro respetuosamente y efectuaba una reverencia. Advertí que tenía el pelo tupido y sucio. Y, a juzgar por el olor que desprendía, adiviné que la higiene no ocupaba precisamente una gran parte de su tiempo.

Espina sostuvo el cubo en alto para que yo pudiera ver lo que contenía. Estaba lleno de un polvo negruzco.

—¿Sigues sin saber lo que es? —preguntó el rey en tono divertido.

—Parece pólvora de morta —contestó Delph.

Espina puso cara de estar impresionado.

—Vaya, vaya, cerebro a la vez que fuerza física. Sin embargo, no has acertado del todo. Esto no es pólvora de morta... todavía, pero lo será. —Señaló la enorme roca en la que estaban trabajando los gnomos—. Esa piedra contiene dos de los tres elementos necesarios para fabricar la pólvora. El tercero es el carbón vegetal, que hay que extraer de los árboles que crecen en la superficie del Quag. Me traje conmigo la fórmula con los ingredientes, y los ekos, una vez que los hube entrenado un poco, resultaron ser de lo más eficientes a la hora de hacer la mezcla apropiada, la compresión y otras tareas necesarias. La verdad es que se les da bastante bien construir muchas cosas.

Volvió a dejar el cubo en las garras del gnomo y lo despidió haciendo un breve gesto con la mano.

La criatura obedeció al instante, pero lo seguí con la mirada unos momentos y vi que volvía el rostro con expresión agria y tamborileaba con las garras contra el cubo en ademán agresivo.

Espina dio otra palmada, y los gnomos volvieron al trabajo. Me maravilló lo rápido que horadaban la roca y la tierra con sus garras. Eran como hormigas pululando entre granos de arena.

Espina nos llevó por otro pasadizo más. Llegamos a una puerta de gran tamaño, recia, de madera, con una cerradura de hierro ennegrecido. Espina sacó una llave y abrió. Cuando entramos y vi lo que había allí, lancé una exclamación.

Era una estancia grande, abarrotada de mortas desde el suelo hasta el techo. Mortas cortos y largos, incluso algunos medianos que yo no había visto nunca. Todos estaban relucientes y colocados en un orden perfecto.

—Para fabricar todos estos mortas necesitaríais hornos y Dáctilos —observé.

—Y los tenemos —replicó Espina—. Además de otros muchos ekos especializados. Han resultado ser muy adaptables a mis instrucciones.

Fue hacia un rincón y acarició un artilugio que consistía en un tubo grueso y alargado, provisto de dos ruedas de madera.

—Este objeto lo denominamos cañón —dijo. Seguidamente señaló otro tramo de pared en el que había muchas cajas apiladas—. Y contamos con pólvora y munición para las armas.

Delph se había quedado mirando las cajas y cajas de mortas relucientes.

—¿Y para qué necesitáis estas armas? —preguntó.

Sin embargo, yo ya conocía la respuesta.

—Para la guerra —respondí—. Estáis planeando ir a la guerra.

Espina sonrió al tiempo que Delph lanzaba una exclamación.

—¡Que me aspen!

—Y no vais a guerrear contra las bestias del Quag —añadí.

Espina hizo un gesto negativo con la cabeza y su sonrisa se ensanchó aún más.

—¿De qué iba a servir eso?

Completé mi horrible idea:

—Vuestra guerra va a ser contra Amargura.

QUINQUE

Lograr lo imposible

—¿Una guerra contra Amargura? —exclamó Delph perforando a Espina con la mirada como si quisiera partirlo en dos—. ¿Te has vuelto loco?

Espina le dirigió una mirada cáustica.

—Puedo asegurarte que me encuentro en pleno dominio de mis facultades, mi fornido amigo.

La declaración que acababa de hacer Espina me había golpeado con la misma fuerza que si hubiera chocado contra un garm. Se me revolvió el estómago, y por mi mente pasaron a toda velocidad los horrores que traería lo que estaba planeando Espina. Mi pueblo de Amargura, todos aquellos lugares que conocía tan bien, Chimeneas, Cuidados, Campanario, el edificio del Consejo, el albergue de los Obtusus y la antigua casa de mi familia, todo acabaría en ruinas. Y más deprimente todavía fue la visión de decenas de cadáveres de Wugmorts apilados, todos abatidos por disparos de morta. Incluidos el poderoso Thansius y la mágica Morrigone.

Pero, sobre todo, vi a mi hermano John, muerto, con los ojos fijos y las facciones inmóviles, su magnífico intelecto perdido para siempre jamás.

Muerta de miedo pero impulsada por una fría determinación, me volví hacia Espina.

—Hay un problema —dije en tono firme.

Espina me escrutó entornando los ojos, con una sonrisa de arrogancia en los labios.

—Ah, ¿tú crees? —me dijo—. Pues dime.

—Es un problema de peso —repetí, crípticamente, aunque noté que Espina sabía perfectamente a qué me refería.

—Desde luego, sí —replicó—. Has dado directamente en el clavo, Vega. Observo que has heredado la inteligencia de tu abuelo. Estás pensando en ese desnivel de un kilómetro que tendremos que salvar para llegar a lo alto del precipicio, ¿verdad?

—No podéis subirlo —declaró Delph en tono enfático—, cargando con todos esos mortas, el cañón y los ekos.

—Resulta imposible —coincidió Espina.

—Y sin tu maldito ejército no podrás ir a la guerra —continuó diciendo Delph con expresión triunfal.

—Bueno, es que no voy a tener necesidad —respondió Espina en tono paternalista—. Voy a mostrároslo.

La estancia en la que entramos a continuación, atravesando un portal gigantesco que Espina abrió con una llave, era mucho más grande que ninguna de las que habíamos visto hasta aquel momento. Mi mirada se desvió enseguida hacia un objeto que, aun siendo aquel espacio tan grande, lo dominaba todo.

—¿Qué rayos es esa cosa? —jadeó Delph.

Había una enorme estructura, de forma rectangular y hecha de madera, que parecía haber sido construida con gran rigor. Me recordó a las vasijas para el agua que utilizaban los Wugs pescadores en Amargura, solo que esta era mucho más grande. Fácilmente podría transportar a varios cientos de ekos. En los costados tenía unas cuerdas largas y fuertes. Pero suspendido sobre dicha estructura colosal, allá en lo alto, había otro objeto que hacía que aquella incluso diese la impresión de ser pequeña. Era de color negro y tenía más o menos la forma de un círculo, aunque era más estrecho en la base y más ancho por arriba. Las gruesas maromas de la estructura de madera estaban unidas a un bastidor que a su vez estaba unido a aquel objeto. Estaba aplastado y colgaba del techo sujeto por más cuerdas.

—Eso, mi querido Wug —dijo Espina—, es la culminación de muchas sesiones de trabajo. —Lo señaló con un gesto de la mano—. De hecho, es un aeronavegador.

Delph le miró sin comprender.

—¿Un aeronavegador?

—Sirve para volar. —Espina señaló hacia arriba—. De ahí viene lo de «aero». Va por el aire.

—¿Cómo puede ser? —preguntó Delph con vehemencia.

Noté las oleadas de furia que desprendía Delph. Le agarré del brazo con fuerza y le miré a los ojos en el intento de calmarle, antes de que hiciera algo de lo que todos pudiéramos arrepentirnos.

Espina indicó el objeto aplastado y suspendido del techo.

—Es lo que yo denomino una «vejiga». Una vez que se llene de aire caliente, esa vejiga levantará el cajón de madera con toda facilidad. Además, he construido determinados controles que me permitirán guiarlo en su trayectoria. Según mis cálculos, será capaz de elevar a mi ejército, con todo su equipo, en muy pocos trayectos. A continuación, nos abriremos camino hasta Amargura. Un camino triunfal, mejor dicho.

—¿Pero cómo vas a sacar este artilugio de aquí?

Espina volvió a señalar hacia lo alto.

—Empleando un agujero similar al hoyo por el que caísteis vosotros. Hemos excavado hasta la superficie, aunque en estos momentos la abertura está totalmente tapada. El orificio que hemos hecho es lo bastante grande para que mi aeronavegador salga por él.

—¿Y por qué quieres atacar Amargura? —pregunté furiosa—. Tú eres un Wug.

—Bueno, la verdad es que yo no me marché de Amargura por voluntad propia. Me obligaron a que me fuera.

—¿En serio? —repliqué—. Qué raro, siendo tan agradable y tan majo.

—¡Basta! —ladró Espina entornando sus ojos de loco—. Os he contado y os he enseñado todo lo que tengo planeado hacer. Ahora exijo respuestas de vosotros. ¡Y pienso obtenerlas ya mismo!

Lanzó una serie de gruñidos, y al instante se acercó Luc trayendo a *Destin*, la Piedra Sumadora y el guante.

—Ahora os toca hablar a vosotros.

Lanzó otro gruñido más, y al momento nos vimos rodeados

por ekos armados con arcos y flechas. La mitad de ellos apuntaba a Delph, la otra mitad apuntaba a *Harry Segundo*. Yo no iba a poder defenderlos a ambos al mismo tiempo. No tenía alternativa.

Delph me miró fijamente, y en aquella mirada capté que ya sabía lo que iba a hacer yo. Me hizo un gesto negativo con la cabeza, pero lo ignoré; si perdía a Delph, ya no merecería la pena continuar.

—La cadena permite volar. La piedra sirve para curar heridas.

Espina estaba de lo más intrigado, aunque también un tanto escéptico al oír lo que yo le decía.

—No me digas. ¿Y el guante?

—Tenía la pareja, pero la perdí cuando huíamos de las bestias del Quag. No tiene poderes —añadí, lo cual era totalmente cierto.

—Bien, pues vamos a probar uno, ¿no? —dijo Espina.

Lanzó unos cuantos ladridos más, cada uno más fuerte y más autoritario que el anterior. Varios ekos vinieron rápidamente hacia mí y me levantaron en vilo.

—¡Alto! —chilló Delph, pero de inmediato se vio rodeado, junto con *Harry Segundo*, por una muralla de ekos armados.

—¡No va a pasarme nada, Delph! —exclamé. Sabía lo que iba a hacer.

Los ekos me trasladaron de nuevo hasta la caverna que contenía la montaña de piedra y los gnomos mineros. Espina vino detrás, y también Delph y *Harry Segundo*, estos últimos empujados a punta de espada.

Espina me pasó la cadena.

—Vamos, demuestra lo que acabas de decir —me ordenó.

Fui enrollándome la cadena alrededor del cuerpo mientras los ekos que cargaban conmigo trepaban a la montaña de piedra para trasladarme a la cima. Eran fuertes, y la hierba de sus cuerpos me arañaba la piel y me la irritaba. Llegamos a una cornisa que había en la cumbre misma de la montaña. Los ekos me depositaron en tierra. Abajo se oyeron unos gruñidos; era evidente que Espina estaba impartiendo unas últimas instrucciones. El muy cretino no tenía por qué haberse molestado, yo no pensaba esperar a que me obligaran a saltar de la cornisa.

Cuando un par de ekos tendieron los brazos hacia mí, los empujé con tanta fuerza que cayeron hacia atrás y se estamparon contra la pared de roca.

—¡No me toquéis! —grité.

Miré hacia abajo, hacia Espina, poniendo la expresión más desafiante que pude, lo cual no me costó mucho.

Y a continuación salté.

Descendí en picado, en línea recta, sin mirar a nadie más que a Espina. Quería que viera el gesto de asco que llevaba en la cara. Estaba atónito, cosa que en circunstancias normales me habría hecho sonreír, pero mi rabia era tal que lo único que pude hacer fue fulminarle con la mirada mientras caía. En el último momento, levanté la cabeza y los hombros y orienté los brazos hacia arriba. Los sobrevolé a todos y luego comencé a subir, y a subir, hasta que aterricé de nuevo limpiamente sobre la cornisa.

Al instante, todos los ekos huyeron de mí.

Miré a Espina con gesto triunfal. Espina dio varias palmadas, a modo de aplauso, y después me indicó por señas que bajase hasta donde estaba él. Salté una vez más y aterricé suavemente a su lado. Me dirigió una mirada de desconfianza.

—¿De dónde sacaste un objeto tan extraordinario como ese?

—¿Conoces Chimeneas? —dije. Él asintió—. Pues tiene habitaciones secretas. Allí lo encontré.

Espina dejó pasar unos instantes, sumido en sus pensamientos.

—Y Chimeneas no ha sido siempre lo que es ahora.

—Exacto. ¿Eso te lo ha dicho Julius Domitar?

—Ah, Domitar y yo no estábamos de acuerdo en muchas cosas.

—Pues el respeto que siento por él acaba de aumentar un cien por cien.

—Harías bien en contener la lengua, Vega —me dijo en tono peligroso. Luego apuntó a Delph y agregó—: Pídeme disculpas por haberme faltado al respeto.

—Lo siento —dije, pero sé que el gesto de tozudez que reflejaban mis facciones decía todo lo contrario.

—Mentir al rey Espina tiene un precio.

Lanzó un gruñido al grupo de ekos, y, antes de que yo pudiera reaccionar, sucedió.

Uno de los ekos disparó una flecha al muslo de Delph. Delph dejó escapar un grito y cayó de rodillas sobre el suelo de roca agarrando el fuste que de repente sobresalía de su pierna.

—¡Delph! —chillé.

Corrí a su lado. Sangraba demasiado deprisa. Entonces rasgué un trozo de tela de mi manga y lo utilicé para intentar contener la hemorragia. Pero no dejaba de brotar sangre. Delph se puso pálido como la cal, dejó de gritar y se derrumbó en el suelo.

Harry Segundo estaba delante de nosotros enseñando los colmillos, como si estuviera retando a los ekos a que se acercaran más.

—Esto... Vega.

Me volví para mirar al rey. Tenía en la mano la Piedra Sumadora, como sin darle importancia.

—A lo mejor quieres probar con esto. Tu supuesta piedra que todo lo cura.

Entonces comprendí por qué habían herido a Delph. Era una manera de obligarme a demostrar que era cierto lo que había dicho de la Piedra Sumadora. Y también una manera de castigarme por mi falta de respeto.

Levanté una mano.

—Lánzamela, rápido.

—Lo siento, me parece que eso no es exactamente lo que estaba buscando —repuso sin alterarse, con toda tranquilidad.

Tragándome mi orgullo y mi rabia, adopté un tono de súplica.

—Por favor, rey Espina —le dije—, ¿tendría la bondad de darme la Piedra para que pueda socorrer a mi amigo? Por favor, majestad.

—Ah, eso ya está mejor. ¿Ves lo mucho que se consigue con un poco de respeto y buenas maneras?

Me lanzó la Piedra. Yo la atrapé al vuelo e inmediatamente la pasé por encima de la pierna de Delph pensando cosas positivas. Y no solo se curó la herida, sino que además la flecha salió del muslo ella sola y cayó al suelo sin el menor rastro de sangre.

La respiración de Delph volvió a ser normal, pero todavía estaba intensamente pálido. Se incorporó lentamente.

—Estoy bien, Vega Jane —me dijo, pero se le notaba el pánico en los ojos—. Gracias por pasarme la Piedra.

—Delph, no me des las gracias —repliqué—. Ha sido culpa mía que te hayan herido.

Cuando me volví, Espina estaba justo a mi lado.

—¿Qué has tenido que hacer para conseguir curarle? —me preguntó.

—¡No se lo digas, Vega Jane! —exclamó Delph. Volví la mirada hacia él. Tampoco en esta ocasión tenía más remedio que obedecer. De lo contrario, lloverían sobre Delph una docena de flechas.

—Se pasa la Piedra por encima de la herida y se piensan cosas positivas.

—¿Y funciona con todos los seres vivos? —preguntó el rey con avidez.

Yo sabía por qué me preguntaba aquello. Quería poder curar a los ekos si resultaban heridos durante el ataque a Amargura.

—Con mi canino ha funcionado.

—¿Y puede resucitar a los muertos?

—No —contesté con énfasis—. Ni tampoco puede hacer crecer de nuevo una extremidad que se ha perdido. Lo intenté en cierta ocasión y no funcionó.

—Lástima —repuso Espina arrebatándome la Piedra—. Aun así, tiene su utilidad, eso hay que reconocerlo. Naturalmente, me enseñarás a volar con la cadena.

Estuve a punto de gritar: «¡Y una mierda, maldito rey de todos los imbéciles!», pero me contuve. A lo mejor me disparaban una flecha a la cabeza.

—Llevará tiempo —dije con calma—. No es fácil entrenar a una criatura para volar.

—Bueno, lo cierto es que no vais a iros a ninguna parte. Nunca más.

Pese a la clara amenaza que representaban aquellas palabras, respiré un poco más tranquila, aunque no permití que se me notase en la expresión de la cara. Por lo menos iban a permitir que continuáramos con vida, hasta que ideáramos un modo de escapar de aquel lugar.

Espina se cuidó de guardarse en el bolsillo el anillo y la Piedra Sumadora. En cambio, no cogió el guante. Aprovechando que no miraba, lo cogí yo y me lo guardé en la capa. Con el rabillo del ojo alcancé a ver que un gnomo me estaba observando fijamente; era la misma criatura de piernas torcidas que le había traído el cubo a Espina. Al principio pensé que iba a delatarme, pero se limitó a mirarme con gesto inexpresivo y luego se volvió para hablar con uno de sus compañeros.

Todos echamos a andar, primero Espina, luego yo, Delph y *Harry Segundo* detrás de mí, y por último la brigada de ekos armados, cubriendo la retaguardia.

—¿Por qué le has dicho lo de la Piedra Sumadora? —me susurró Delph—. ¿Y por qué le has mostrado lo que es capaz de hacer *Destin*?

—Delph, si me hubiera negado te habría matado.

—¿Y?

Me quedé tan estupefacta que dejé de andar. Uno de los ekos que llevaba detrás me empujó en la espalda para que continuase, pero miré a Delph con asombro.

—¿Es que querías morir?

—Quiero que sobrevivas tú, que consigas salir de este lugar.

—No pienso salir de aquí sin ti —contesté acalorada.

—Yo no soy tan importante, Vega Jane. Esa es la verdad. La que tiene que vivir eres tú. Tal como dijo la guerrera que te dio la *Elemental*.

—¿Que no eres importante? —susurré—. Delph, tú eres lo único que tengo. No soy capaz de atravesar el Quag si no vienes conmigo. No pienso hacerlo.

Delph se sonrojó intensamente y desvió el rostro. Yo le conocía tan bien que comprendí que estaba buscando la manera más adecuada de responderme.

—Pues yo tampoco —contestó—. O juntos o nada, ¿eh?

—Sí.

Se me acercó un poco más para decirme lo siguiente:

—Bien, pues lo que yo haría es subirle allá arriba con *Destin*, y cuando menos se lo esperase, empujarle al vacío.

Asentí despacio con la cabeza. Era un plan ciertamente tentador. Pero si matásemos al rey, ¿qué nos harían sus acólitos?

Espina nos condujo de nuevo a la estancia en la que habíamos cenado. Todavía estaban encendidas las antorchas de la pared. Se sentó a la mesa, sacó un cuchillo, se hizo un corte en un dedo y a continuación pasó la Piedra Sumadora por encima de la herida, supongo que pensando al mismo tiempo en algo positivo. El corte se curó de forma instantánea.

—En la próxima luz comenzaremos con las clases de vuelo —dijo, sonriente—. Hasta entonces, volveréis a la jaula.

Espina era inteligente, astuto, engreído y voluble. Una mezcla difícil de acorralar, pero necesitaba hacer la prueba:

—Estoy segura de que tienes suficientes guardias para vigilarnos, sin necesidad de recurrir a eso —le dije—. Dentro de muy poco vas a invadir Amargura con tus poderosas legiones. Comparados con ellas, dudo que nosotros tres representemos un problema para ti. Estamos totalmente en tus manos.

Espina se rascó la barba mientras yo lo observaba. Percibí que Delph respiraba con dificultad a mi lado; sin duda estaba preguntándose si de un momento a otro sentiría cómo se le clavaba otra flecha en el cuerpo a causa de los insolentes comentarios que estaba haciendo yo. Sin embargo, mi plan dio resultado, y no tardamos en regresar a la cámara en la que había dormido yo. Los ekos nos dejaron allí a los tres, pero me fijé en que se quedaban dos de ellos apostados justo al otro lado de la entrada.

Me senté en el catre de madera con Delph. *Harry Segundo* se acomodó a mi lado. Mientras lo acariciaba, Delph me dijo en voz baja:

—No es suficiente con que logremos escapar de este lugar, Vega Jane. Con ese maldito aeronavegador, Espina podrá pasar volando por encima de la Empalizada.

—De ningún modo permitiremos que ocurra eso, Delph. ¡De ningún modo!

—¿Entonces tienes un plan? —me preguntó con ansiedad.

—Hum, ahora mismo está tomando forma en mi cabeza —respondí sin mucha convicción, y me tumbé en el camastro—. Necesito consultarlo con la almohada.

—¿Vas a dormir? —exclamó Delph con incredulidad—. ¿Te has vuelto loca? ¿Cómo puedes pensar en dormir con todo lo que está pasando? Yo no pienso pegar ojo. ¡En absoluto! —añadió con énfasis.

—Genial, pues en ese caso puedes montar guardia.

Cerré los ojos, y *Harry Segundo* se tumbó a mi lado.

Tal como esperaba, poco después empecé a oír los suaves ronquidos de Delph. Estaba estirado en el duro suelo, junto al catre, profundamente dormido. Su rostro estaba en calma. Dudé que aquello durase mucho, pero me alegré de que por el momento pudiera sentirse tranquilo. Cogí la manta del catre y le arropé.

Miré por última vez el rostro de Delph y, a pesar de lo desesperado de las circunstancias, sentí un ligero escalofrío. Delph era muy alto, mediría casi dos metros, tenía los hombros anchos, el cabello moreno y largo, una frente ancha que se llenaba de arrugas cuando sentía vergüenza, cosa que sucedía con frecuencia, y una mirada profunda y pensativa. Y era muy valiente. Y también... en fin, un Wug muy bueno. Jamás me había decepcionado. ¡Jamás!

En aquel momento tuve la sensación de que el corazón se me partía en dos. Delph esperaba que yo tuviese un plan, que los sacase a él y a *Harry Segundo* de aquel lugar. Y también que salvase a Amargura de aquel rey loco. Pero yo no tenía nada. Yo no era un líder. Era una guerrera solitaria, siempre lo había sido, me sentía más cómoda en lo alto de mi árbol, allá en Amargura, teniendo como únicos compañeros a mis pensamientos. Pero ahora... Me atormentaba la certeza absoluta de que iba a decepcionar a mis dos amigos.

Me tendí en el catre completamente segura de que no me vendría el sueño.

No tenía ningún plan. Y sin un plan, no teníamos la menor posibilidad de sobrevivir.

SEX

El vuelo del rey

Unas manos ásperas nos sacaron sin contemplaciones del catre y nos despertaron de golpe. Eran un grupo de ekos, capitaneados por Luc.

—Vale, vale —murmuró Delph al tiempo que se ponía de pie elevándose por encima de todos ellos.

Me estiré notando pinchazos en los brazos y chasquidos en las articulaciones de los hombros. Había soñado algo, pero no me acordaba de qué. A empujones nos instaron a salir de la cámara y a bajar por un corredor muy mal iluminado. Oí ruidos de excavaciones e imaginé que los obreros de Espina estarían trabajando noche y luz. Me asombraba que fuera esa clase de rey.

Fuimos entrando en una caverna oscura, de suelo sucio y cubierto de pedruscos. Allí nos obligaron, a punta de espada, a sentarnos en el suelo y esperar.

Al cabo de unas pocas cuñas, apareció Espina. Iba vestido con pantalones, botas y una camisa larga y suelta.

—¿Podemos comer algo? —pedí.

—Después de que hayamos volado —replicó Espina—. Todavía es temprano, vuestro estómago puede esperar un poco.

Aquello me enfureció; seguro que el estómago de él estaba siempre lleno.

—¿Tienes la cadena? —le pregunté reprimiendo la rabia. No quería que Delph recibiera otra flecha.

Espina se levantó la camisa y vi que la llevaba enrollada a la cintura. El hecho de ver mi cadena logró que me ruborizase. Espina sonrió al advertir mi desasosiego.

—El ganador se queda con todos los trofeos, Vega.

—Sí —coincidí, furiosa—. En fin, vamos a empezar.

Se nos sumaron una docena de ekos. Todos portaban mortas de cañón corto y unas bolsitas llenas de pólvora y municiones. Fuimos hasta una escalera que había en la misma caverna a la que habíamos caído la noche anterior.

Los ekos comenzaron a tirar de unas cuerdas y, con un chirrido de engranajes, el techo se levantó dejando ver el azul del cielo. Mientras nosotros trepábamos a la superficie del Quag, los doce ekos nos adelantaron rápidamente y formaron un perímetro, con las armas en posición y sin dejar de escrutar el cielo y la tierra. Daban la sensación de haber hecho aquello mismo en otras ocasiones. Luego, se quitaron los gorros picudos con que se cubrían y se los guardaron en el bolsillo.

Seguidamente, se tumbaron entre la alta vegetación. A excepción de los ojos, resultaban completamente invisibles. Entonces comprendí para qué les servía la hierba que les crecía en la cabeza y en los brazos: se habían adaptado a su entorno.

Lancé una mirada a Delph y vi que él también se había dado cuenta.

—Caramba —dijo—. Seguro que a mi padre le habría gustado ver esto.

Afirmé con un gesto y miré a Espina. Estaba escudriñando los cielos, y también el área en que nos encontrábamos nosotros. Lanzó un gruñido a uno de los ekos armados, el cual dio un paso al frente y le entregó su arma. Espina examinó el morta con ojo experto, se lo llevó al hombro, giró en redondo, apuntó al aire y disparó. Un momento después cayó un pájaro del cielo, mortalmente herido.

Espina devolvió el morta a los ekos y me dirigió a mí una mirada burlona.

—A diferencia de ti, Vega, yo vine al Quag armado y preparado. No obstante, cuando me caí por el agujero pensé que había llegado mi fin. Pero cuando disparé por primera vez un morta contra los ekos, todos se dispersaron huyendo como si fueran hormigas. Después de aquello, regresaron a mí de rodillas, y así ha sido la situación desde entonces. Lo cierto es que esa fue la parte fácil. La difícil fue la de enseñar a estos canijos a hacer cosas, a construir cosas. Tengo planeado volver a Amargura como un triunfador. Eso es lo único que me ha dado fuerzas durante todo este tiempo. Bien, vamos con mi clase de vuelo, Vega. ¿Cómo quieres proceder?

—Tengo que ir contigo —dije.

—¿Cómo es eso posible?

Le indiqué las correas que todavía llevaba yo colgando del pecho.

—¿Por qué no me dices simplemente lo que tengo que hacer? —me replicó.

—De acuerdo —repuse—. Tienes que dar un salto hacia arriba en línea recta, o bien coger carrerilla e impulsarte hacia arriba. Debes apuntar con las manos hacia donde quieras ir. Para ganar altura, mantén los hombros y la cabeza levantados. Para descender, haz lo contrario. Justo antes de tocar el suelo, debes bajar los pies para poder aterrizar con ellos. Pero si te equivocas en alguna de esas maniobras estando allá arriba tú solo, vamos a necesitar algo para recoger tus pedazos.

Espina se puso todavía más pálido de lo que ya era, si es que eso era posible.

—Vamos a probar primero a tu manera —dijo con toda la dignidad que pudo.

Extendí una mano.

—Pues entonces dame la cadena.

—¿Por qué? —preguntó.

—Porque si el vuelo lo he de controlar yo, necesito tener la cadena. Se levantó la camisa, se desenrolló a *Destin*, me la entregó, y después se volvió de espaldas a mí para que yo le atase al arnés.

Giró la cabeza un momento para hablarme:

—Solo acuérdate, Vega, de que tu amigo y tu canino estarán rodeados por mis ekos. Si me sucede algo, morirán.

Volví el rostro para que no pudiera ver la expresión de odio que reflejaban mis facciones.

—Entiendo.

Me fijé en que *Destin* había permanecido fría como el hielo mientras estuvo enrollada alrededor del cuerpo de Espina. Ahora sus eslabones se entibiaron al percibir mi contacto, y eso me reconfortó.

—Como estamos atados el uno al otro, vamos a tener que saltar hacia arriba en línea recta. Tú haz todo lo que haga yo. Bien, entonces a la de tres. Uno... dos... ¡tres!

Al llegar al tres di un fuerte brinco, y Espina también lo dio, aunque un poco tarde. Nos elevamos en el aire con cierta torpeza, y enseguida empezamos a ganar velocidad y altura.

Yo fui levantando los pies poco a poco, y al hacerlo arrastré a Espina a que hiciera lo mismo. Nos nivelamos y comenzamos a planear. El viento me incidía con fuerza en los ojos y me hacía lagrimear, así que saqué del bolsillo de mi capa las gafas que había utilizado en Chimeneas. Espina no me las había quitado porque no tenían nada de especial, pero con ellas puestas conseguí ver con nitidez, sin la molestia de sentir el viento en los ojos. La larga melena de Espina me azotaba continuamente la cara, pero la metí bajo las correas del arnés y ya no se movió más.

—Esto es completamente increíble —dijo Espina.

Aunque sentía desprecio hacia él, estuve a punto de echarme a reír al percibir el asombro que revelaban aquellas palabras. Era exactamente lo mismo que había sentido yo la primera vez que volé por los aires.

Le instruí en los mismos ejercicios que practiqué con Delph. Estuvimos volando un rato, realizando ascensos y descensos, cambiando de dirección, planeando por encima de los árboles y de colinas de baja altura. Mientras Espina miraba a su alrededor profundamente fascinado, yo iba tomando nota de todos los detalles y comparándolos con el mapa del Quag que me había aprendido de memoria y con lo que había visto desde lo alto del precipicio.

Y lo que estaba viendo me descompuso del todo.

El río oscuro y cubierto de niebla que había visto al oeste del precipicio se había desplazado al norte. La montaña boscosa situada al norte que parecía de color azul ahora se veía al este. Y la ladera rocosa había desaparecido del todo.

—¿Qué montaña es esa que se ve allí a lo lejos? —le pregunté a Espina.

—No tengo ni idea, nunca he estado allí.

—Pero supongo que siempre habrá estado ahí —repliqué—. Quiero decir, cada vez que has subido a la superficie y la has visto, ¿estaba siempre en el mismo sitio?

Espina volvió la cabeza, y vi que había esbozado una leve sonrisa.

—Si te refieres a que las cosas del Quag tienen tendencia a trasladarse de un lugar a otro, sí, me he dado cuenta.

—¿Cómo puede ser —exclamé— que una montaña o un río cambien de sitio? Es imposible, ¿no?

—Ya descubrirás que en el Quag no hay nada imposible —se burló el rey.

Parecía una locura creer que algo así pudiera ser verdad, pero el hecho se hacía patente delante de mis narices.

Unos gritos me sacaron de mis pensamientos. Miré abajo y vi que un eko muy joven estaba siendo perseguido por dos freks. Los otros ekos estaban disparando sus mortas, pero el primero y sus perseguidores quedaban muy lejos del alcance de las armas.

—Pobre idiota —comentó Espina, mirando también hacia abajo—. En fin, vamos a hacer alguna maniobra más, Ve...

Pero yo ya me había lanzado en picado hacia tierra.

—¿Qué crees que haces? —chilló Espina.

Aquel pequeño eko no tenía la menor posibilidad de correr más que los freks, que rápidamente iban ganando terreno con cada zancada de sus largas patas. En menos de una cuña acabarían con él.

Apunté de modo que pudiera aproximarme por la retaguardia y empecé a desenrollar a *Destin* de mi cintura mientras Espina no dejaba de forcejear.

—¡Arriba, arriba! —me gritaba al oído.

—¡No!

Allá abajo, en tierra, vi correr a varios ekos adultos, apuntando con sus mortas. Y había otro eko más, una hembra, a juzgar por su aspecto físico, que corría más deprisa que los otros, aunque no portaba ningún morta. Deduje que sería la madre del pequeño. Lanzaba gruñidos tan fuertes que comprendí que aquel era su modo de chillar llamando a su retoño. Ya fuera una bestia o un Wug, una madre era capaz de sacrificarlo todo por un hijo.

Me situé detrás de los freks y me serví de *Destin* para arrearles unos buenos zurriagazos en las sienes. Los golpes los hicieron tropezar y caer. Entonces aceleré, bajé la mano con la que tenía asida a *Destin* y pasé volando por encima del pequeño eko.

—¡Cógela! —le grité.

El joven eko miró hacia arriba con el miedo pintado en su pequeña carita.

—¡Cógela! —grité otra vez, indicando la cadena.

De pronto oí unos rugidos a nuestra espalda. Los freks se habían recuperado. Me volví y vi que estaban acercándose de nuevo. Al frente, justo delante de nosotros, había una densa arboleda. Tenía que subir otra vez.

—¡Vamos! ¡Vamos! —chillaba Espina intentando agarrar la cadena que yo mantenía fuera de su alcance—. Deja a esa maldita criatura. ¡Déjala!

—¡Agárrate! —le grité al pequeño eko haciendo caso omiso de Espina.

Y de repente se me ocurrió una idea: lanzar un gruñido. No supe qué era lo que estaba gruñendo exactamente, pero supuse que sería mejor que decirle cosas en la lengua de los Wugs a aquel pobre eko aterrorizado.

Por fin estiró una manita hacia la cadena y cerró los dedos en torno a ella. Al instante remonté el vuelo, efectué un cerrado viraje y enfilé en la otra dirección para salvar la arboleda y dejar atrás a los freks.

Cuando los freks dieron media vuelta para venir detrás de nosotros, se toparon con una masa de ekos disparando sus mortas todos a un tiempo. Oí el estampido de un disparo tras otro, y después el ruido que hacían dos enormes bestias al desplomarse en el suelo por última vez.

Hasta nunca, bestias asquerosas.

Estábamos ya regresando cuando de pronto oí un alarido. Miré abajo y vi que el joven eko se había soltado de la cadena y estaba cayendo hacia una muerte segura. Me lancé en picado, pero sabía que estaba demasiado lejos para atraparlo a tiempo. Aquel joven eko iba a morir. Se me cayó el alma a los pies.

Y de improviso, como salido de la nada, de repente apareció Delph. Dio un salto, se elevó un buen trecho en el aire y estiró sus largos brazos hasta que no le dieron más de sí.

—¡Sí! —grité de alegría.

Delph atrapó al vuelo al pequeño eko antes de que se estrellase contra el suelo. Acto seguido, se incorporó y lo llevó hasta su madre.

La madre tomó a su retoño en brazos; primero lo abrazó y lo besó, y luego lo reprendió con severos gruñidos. Y después lo abrazó y lo besó otro poco más.

—¡Serás imbécil! —me rugió Espina cuando aterrizamos—. Podrías haberme matado. ¿Y para qué? ¿Para salvar a un maldito eko? Debería haberte...

Se interrumpió porque acababan de rodearnos los ekos. Entonces Luc, acompañado de la madre, se acercó y se hincó de rodillas. Cada uno me cogió un mano y me la besó.

Y después hicieron lo mismo con Delph, que se sintió sumamente violento.

La madre acercó a su hijo y le gruñó, hasta que el pequeño nos besó también. Cuando contemplé su carita, diminuta y limpia de arrugas, me percaté de que tenía los ojos tan enrojecidos como los ekos adultos. Le respondí con una sonrisa abierta, y aún sonreí más cuando aquella criaturita me rodeó con sus brazos y me estrechó con fuerza.

Delph era tan alto que el eko, al ir a abrazarle, simplemente se agarró a sus piernas.

Espina, que, según me di cuenta, había observado muy atentamente toda aquella escena, dijo con amabilidad:

—De acuerdo, ya pasó. Todo vuelve a ser normal. Este pequeño... este jovencito está sano y salvo. —Lanzó unos cuantos gruñidos rápidos, me señaló a mí y después a sí mismo.

Me dio la sensación de que, después de lo sucedido, unos

cuantos ekos nos miraron con actitud dubitativa. Cuando le pregunté a Espina qué les había dicho, me aseguró que nos había concedido a nosotros todo el mérito del rescate.

—Como te creas esa patraña —me susurró Delph—, te vendo a un maldito dabbat de mascota.

—Ya está bien de volar por esta luz, Vega —dijo Espina—. No me cabe duda de que no tardaré en cogerle el tranquillo. Y entonces ya no necesitaré tu ayuda, sino únicamente tu cadena. Mejor dicho, mi cadena.

Acto seguido me arrebató a *Destin* y nos empujó para que echásemos a andar, hasta que al cabo de un rato descendimos de nuevo a la oscuridad del subsuelo del Quag.

Nos llevaron otra vez a mi cámara, en cuya entrada se apostaron un par de guardias. Sin embargo, unas pocas cuñas más tarde apareció la madre del joven eko cargando con una enorme bandeja de madera. Detrás de ella venía Luc. Dejó la bandeja sobre una repisa de piedra y nos sonrió.

En la bandeja había una jarra con agua y otra que parecía contener leche. Vasos, pan, algo de carne, unos cuantos huevos duros y un tomate grande, todo cortado en rodajas. Y también dos hogazas de pan que aún estaban calientes, un plato de frutos secos y varios pedazos de diferentes quesos que llenaban la cueva con su delicioso y penetrante aroma.

Sonreí e intenté responder con un gruñido, y eso la hizo reír. Me rodeó con sus brazos cubiertos de hierba y me estrechó. Yo también la estreché. Luego se acercó Luc y me abrazó a su vez. Y, seguidamente, ambos, con sus enrojecidos ojos llenos de lágrimas, se fueron.

—Caramba —dijo Delph al tiempo que se sentaba y empezaba a devorar la comida—. Me parece que en esta luz hemos hecho amigos.

Me puse de rodillas a su lado y llené los vasos de leche, que estaba fresca y sabía dulce. Teníamos tanta hambre que no hablamos en absoluto, nos limitamos a masticar, beber y tragar. *Harry Segundo* estaba feliz, devorando su ración sobre el suelo de piedra. Cuando terminé de comer, me quedé sentada, rascándole las orejas a mi canino con gesto ocioso.

Delph apartó por fin la bandeja después de beber un último trago de leche y se volvió hacia mí.

—Bueno, ¿y qué es lo que tienes en mente, Vega Jane?

Respiré hondo y volví a expulsar el aire.

—Pues lo que tengo en mente es que necesitamos salir de aquí antes de que dejemos de tener utilidad para ese rey Espina. Pero primero debemos averiguar más detalles de su plan de atacar Amargura. Y sigo queriendo saber de qué modo descendió por ese precipicio.

—¿Por qué te importa tanto? —me preguntó Delph.

—Porque no me gustan las preguntas sin responder. Espina es malvado. Ya viste que estaba dispuesto a dejar morir a ese joven eko.

Delph asintió.

—Imagino que la realeza no se preocupa de la gente corriente.

—Bueno, Luc y la hembra sí se han preocupado.

—Sí —convino Delph—. Pero resulta un poco reconfortante, ¿no?

Lo miré con expresión de no entender.

—¿El qué? —le pregunté.

—Pues que unas criaturas a las que les crece la hierba en los brazos y que hablan a base de gruñidos tengan sentimientos como nosotros. Que se preocupen de sus congéneres. Eso es lo único que digo. Que resulta reconfortante.

Dentro de la cabeza de Delph estaban ocurriendo muchas cosas. Y aquello sí que era reconfortante para mí.

Miré fijamente la puerta; Luc estaba observándonos desde allí. Y de pronto se me ocurrió una idea.

—Me parece que esta noche sería una oportunidad estupenda para que saliéramos a explorar un poco.

—¡A explorar! —exclamó Delph—. ¿Y cómo esperas que hagamos tal cosa?

—Como has dicho tú antes, hemos hecho amigos.

SEPTEM

Luc habla

Más tarde entraron la madre eko y Luc en nuestra cámara para llevarse la bandeja de la comida.

—Ya sé que no podéis entenderme —les dije—, pero gracias.

—Somos nosotros los que debemos daros la gracias, Vega —contestó Luc, y la hembra afirmó con la cabeza.

—¿Sabes hablar la lengua de los Wugs? —le pregunté a Luc, atónita.

—Me la enseñó el rey Espina, para que no se le olvidara a él. Y también se la enseñó a mi hija Cere, aquí presente.

—Con los demás no la hablamos —agregó Cere—, el rey Espina nos lo tiene prohibido.

—¿Y el pequeño al que casi mataron los freks era hijo tuyo? —le pregunté.

Cere asintió, y se le llenaron los ojos de lágrimas.

—Vega, si no hubiera sido por ti y por Delph, el pequeño Kori ya no existiría. —Me apoyó con delicadeza su herbosa mano en la cara—. A pesar de lo que dijo el rey Espina, nosotros sabíamos cuál era la verdad.

—¿Y qué patraña os contó, entonces, ese poderoso rey vuestro? —preguntó Delph.

—Que lo de salvar a Kori había sido idea suya —respondió Luc.

—¡Pero si intentó impedirme que lo rescatara! Es un Wug malvado.

—Pero todos le tenemos demasiado miedo para expulsarlo —dijo Luc.

Delph soltó un bufido.

—Vosotros sois muchísimos, y él no es más que uno.

—Pero es el rey —terció Cere con voz temblorosa—. Y duerme detrás de una puerta de hierro. Y ha reclutado espías entre nosotros que le informan. Cualquier indicio de rebelión es aplastado al momento.

—Seguro que los ekos se pondrían de tu parte, Luc —aventuré.

Luc bajó la cabeza.

—No, Vega. Eso no ocurriría.

—¿Por qué no?

Me respondió sin querer mirarme.

—Espina nos hace trabajar mucho, sin duda. Pero nos ha enseñado habilidades, y además vela por nuestra seguridad.

—Todo eso podríais hacerlo sin él —señalé.

—Sin embargo, muchos ekos le veneran —añadió Cere—. La verdad es que no sé por qué, dado que es un ser cruel, pero le seguirían a cualquier parte.

Miré un momento a Delph y luego me volví otra vez hacia Luc.

—Eso suena muy extraño —comenté—. Quiero decir, vuestro rey no es precisamente amable.

—Bueno, se debe sobre todo a que nos ha dejado sin voluntad, sin nervio —explicó Luc—. Y eso es más fuerte que ninguna arma.

Reflexioné sobre aquel punto, pero no se me ocurrió nada que responder. De modo que decidí cambiar de tema.

—Tenemos que escapar de aquí —afirmé—. Pero antes me gustaría obtener respuestas a algunas preguntas que tengo. ¿Queréis ayudarnos?

Luc se volvió hacia Cere, que le devolvió una mirada de nerviosismo. Finalmente accedió.

—Habéis salvado al pequeño Kori, así que esta noche regresaremos, y entonces tendrás esas respuestas, Vega.

Aquella noche oímos unos pasos que se acercaban. Y una cuña después vimos, en el pasadizo exterior, las sombras proyectadas por una luz que venía hacia nosotros. Seguidamente apareció Luc en la entrada de nuestra cueva llevando una vela parpadeante en la mano. Detrás de él venía Cere, pálida y con cara de asustada.

—Caminad sin hacer ruido —nos advirtió en voz baja—. Hay ojos hasta en los lugares más insospechados.

Los guardias que estaban apostados junto a nuestra cámara habían desaparecido. Imaginé que aquello había sido obra de Luc. Los tres fuimos detrás de él por el pasadizo. Yo le había dicho a *Harry Segundo* que no ladrase ni hiciera ningún ruido indebido; habría jurado que asintió con la cabeza cuando terminé de hablar.

Avanzamos rápidamente por aquel túnel helado. Tan solo me consolaba un pensamiento: llevaba puesta mi capa, y dentro de mi capa llevaba guardados la *Elemental* y el guante.

Llegamos a un lugar en el que se juntaban tres corredores, y Luc nos condujo por el de la izquierda. Llegamos ante una puerta de madera, y Luc la abrió con una gruesa llave de bronce que desenganchó de un aro de hierro renegrido que llevaba en su ancho cinturón de cuero. Empujó la hoja de la puerta, nos hizo pasar y cerró otra vez. Era una estancia oscura, pero se iluminó considerablemente cuando Luc, sirviéndose de la vela que llevaba en la mano, fue encendiendo las antorchas de la pared.

Me quedé boquiabierta.

Y a Delph le sucedió lo mismo que a mí.

Y no era para menos.

Aquella estancia era gigantesca y tenía un techo altísimo. Por toda ella había anchas mesas de trabajo hechas de madera, cubiertas de cicatrices y manchas, y atestadas de intrincadas piezas que se encontraban en proceso de fabricación. También había viejas estanterías de madera carcomida, literalmente rebosantes de objetos de lo más raro, montones de pergaminos, documentos y libros encuadernados en piel. Y también un viejo escritorio lleno de cajones y cubículos que, a su vez, estaban abarrotados de más documentos y pergaminos. Y también un sillón giratorio, de madera, encajado en el hueco del escritorio. Y también una serie de mesillas en las que descansaban frascos, pesos y otros instrumentos delicados que yo había visto y utilizado en Chimeneas para llevar a cabo mi trabajo de Rematadora.

—Vuestro rey no ha podido traerse todo esto de Amargura —comenté.

—Sí que trajo parte de los pergaminos y la tinta —repuso Luc—, y algunos de los instrumentos y herramientas que veis aquí. El resto fue llegando más adelante. Y los muebles los construimos nosotros según el diseño que hizo él, después de que nos enseñara el modo de fabricarlos. Espina nos enseñó muchas cosas. Y lo único que pidió a cambio fue nuestra libertad —finalizó Luc en tono de resignación.

Yo iba recorriendo todo aquello con la mirada, y de pronto me detuve en un objeto suspendido de una larga cadena metálica que había en un rincón, sujeta al techo. Era un esqueleto. Y al lado del esqueleto y unida a la pared estaba la capa externa: la piel. En aquel momento me pareció adivinar de qué modo había conseguido Espina descender por el precipicio.

—Eso es un adar —murmuró Delph.

—Era un adar —le corregí—. Así fue como consiguió Espina salvar el precipicio: volando, igual que nosotros.

—Es un ejemplar muy grande —observó Delph—, el más grande que he visto nunca.

Me volví hacia Luc.

—Este lugar es... ¿qué, un taller?

—Bueno, él lo denomina «laboratorio» —contestó Luc—. Pasa aquí dentro la mayor parte del tiempo, trabajando sin descanso, hablando consigo mismo, a veces cacareando como si hubiera perdido el juicio.

—Es que yo creo que ha perdido el juicio.

Deambulé un poco por aquella cámara y me fijé en unos dibujos colgados en las paredes. Eran mapas de Amargura, exactos hasta en el más mínimo detalle. En la precisión de las imágenes y los nombres detecté habilidad y genialidad, pero también una mente un tanto enfermiza. Contemplando aquel pergamino, sentí un escalofrío al imaginar a aquel Wug enloquecido, dominado por su terrible obsesión de destruir lo que antiguamente había sido su hogar.

Aquellos mapas habían sido dibujados por una razón muy clara: iban a utilizarse como guía para lanzar un ataque. Observé las anotaciones y los comentarios al margen que había hecho Espina en todas las hojas. Había una zona marcada como punto de aterrizaje. Seguramente enviaría su aeronavegador por la noche y, mientras el pueblo de Amargura estuviera durmiendo, lo haría aterrizar en aquel lugar. Acto seguido, cuando todo su ejército ya se encontrase en la posición deseada, lanzaría su ofensiva y los tomaría a todos por sorpresa.

Había varias flechas señalando a Chimeneas, a Campanario y al edificio del Consejo, con referencias como «primer objetivo» y «útil para prisioneros», y me recorrió otro escalofrío cuando vi la palabra «destruir» escrita sobre Cuidados y sobre el hospital. Me pregunté a qué se debería aquello, pero luego se me ocurrió que, en una guerra, el bando que no pudiera cuidar de sus ciudadanos ni curarles las heridas tenía pocas posibilidades de ganar.

Miré a Delph, que también observaba los mapas desde detrás de mí. Se le veía horrorizado contemplando todo aquello.

—Es un chiflado, Vega Jane, un chiflado que solo desea matar. Tenemos que impedírselo.

Me volví hacia Luc.

—¿Podemos ver ahora el aeronavegador?

Recorrimos rápidamente varios pasadizos, hasta que terminé por desorientarme. Pero cuando me volví para mirar a Delph, me tranquilicé.

—Sé dónde estamos —dijo afirmando con la cabeza—. Ese trasto está justo ahí delante, a la izquierda.

En efecto, Luc y Cere se detuvieron y torcieron a la izquierda para pasar por otro espacio que se abría en el muro. Al momento se irguió ante nosotros el aeronavegador, semejante a una bestia enorme que estuviera esperando para atacar y devorar. No había nadie más.

Nos aproximamos a aquel enorme transporte construido con madera y destinado a trasladar tropas y armamento. Entonces fue cuando reparé en las filas de orificios que tenía en los costados.

—¿Para qué son esos agujeros? —pregunté.

Luc, a modo de respuesta, señaló una pared.

—Para guiar el aparato. Mirad.

Vimos unos largos remos terminados en una pala rectangular de gran tamaño, cuidadosamente apilados.

Luc nos enseñó cómo funcionaban, y a continuación nos mostró el resto del aeronavegador, el artilugio que servía para llenar la enorme vejiga de aire caliente y el mecanismo de guiado. También nos enseñó que cuando los orificios de la vejiga soltaban aire, el aparato descendía.

Hice un gesto afirmativo, comprendiendo.

—¿Y cuál es la razón de que tengáis los ojos rojos? —le pregunté.

—Es por la tarea de fabricar la pólvora para los mortas —respondió—. El polvillo que desprende se nos mete en los ojos.

—Pero Kori también los tiene igual, y no creo que él...

—A Espina le da lo mismo la edad que tengamos, Vega —replicó Luc—. Todos tenemos que trabajar.

Al oír aquello me hirvió la sangre.

Volvimos a salir al pasadizo y dije, expectante:

—¿Y las lombrices?

Luc asintió con un gesto de cansancio.

—Sí, vamos allá.

Y me fijé en que, mientras decía esto, apoyaba una mano en la empuñadura del morta de cañón corto que llevaba colgado del cinto. Se volvió hacia Cere y le dijo:

—Es mejor que regreses ya. Kori te estará echando de menos.

Cere lo miró con preocupación.

—Luc, piensa lo que vas a hacer. ¡Si Espina se entera!

—Tú vete, Cere. Vamos —añadió Luc con ademán severo.

Cere nos dirigió una mirada hosca y desapareció rápidamente por el túnel.

—En fin, vámonos —nos apremió Luc. Lo dijo en tono

firme, pero percibí el miedo en su mirada. No creí que les tuviera miedo a las lombrices, sino al rey.

Me volví hacia Delph y adiviné que estaba pensando exactamente lo mismo que yo.

Luc podía perder la vida por ayudarnos a nosotros. Pero yo no conocía ninguna otra forma de hacer aquello. Además, sí que tenía un plan, o por lo menos en parte. Delph esperaba que yo tomara la iniciativa. Hasta yo misma esperaba tomar la iniciativa. Tan solo confiaba en que ello no nos condujera al desastre.

OCTO

La grave situación de las lombrices

Sentía, y también oía, cómo me retumbaba el corazón mientras caminábamos por aquel pasadizo largo y oscuro. Habíamos avanzado un trecho tan largo, tal vez un kilómetro, que me daba cuenta de que estábamos penetrando en áreas muy apartadas de la vida de los moradores del Reino de los Catáfilos. Luc andaba dando pasos lentos y comedidos, mirando a un lado y al otro. Me volví hacia Delph y vi que estaba mirando a su espalda.

—Luc —dijo al tiempo que se volvía hacia delante—, ¿las lombrices atacan?

—No, a no ser que tengan un motivo.

Lo miré.

—Pues, entonces, no les demos un motivo.

Luc fue aminorando el paso a medida que íbamos llegando a lo que parecía una pared desnuda. Estaba yo pensando que a lo mejor se había equivocado al tomar alguna bifurcación, cuando de pronto lo oí. Supongo que lo oímos todos. Y a continuación lo sentí.

Fue un rumor, y seguidamente el suelo que pisábamos empezó a temblar. Del techo nos cayeron encima piedras y tierra, y empezamos a toser y a escupir. Yo ya había dado media vuelta para huir por donde habíamos venido, cuando de improviso sentí una mano que me agarraba del brazo y me obligaba a quedarme en el sitio.

—No ocurre nada —dijo Luc—. Es que son así. Nos han oído venir.

Al momento siguiente, la pared que teníamos delante se desmoronó y dejó a la vista un gran agujero. Dentro de este había una cara que ocupaba toda la abertura. Me encontré con un par de ojos tristes y amarillentos que me miraban fijamente. Cuando la boca se abrió, vi unos enormes dientes puntiagudos, más mortíferos que ningún cuchillo que hubiera visto nunca.

Luc, mirando a la criatura, pronunció unas palabras que yo no entendí. Parecieron una mezcla entre gruñidos y siseos. Después se volvió de nuevo hacia nosotros.

—Saben que no nos acompaña Espina. Ya no tenemos de qué preocuparnos.

Bajé la vista hacia el morta.

—Entonces, ¿por qué vas armado? —le pregunté.

—Porque podría ser que las lombrices hubieran empezado atacando, antes de enterarse de que Espina no está con nosotros. Merece la pena actuar con cautela cuando se trata con un ser tan imprevisible como una lombriz. Esa de ahí pesa como una tonelada.

Me adelanté con cuidado y posé la mirada en la lombriz, la cual me miró a su vez.

—¿Por qué me mira así?

—Porque te pareces a Espina. Quiero decir que eres una Wug.

—¿Podrías decirle que, aunque soy una Wug, no soy igual que Espina?

—Ya se lo he dicho, Vega. Por eso no ha intentado matarte.

El estómago me dio un vuelco, y de forma inconsciente retrocedí uno o dos pasos.

—Se llama... bueno, no sirve de nada que te lo diga porque no vas a ser capaz de pronunciarlo y mucho menos de recordarlo. La llamaremos simplemente Lombi.

—Hola, L-Lombi... señor —dijo Delph muerto de miedo.

—En realidad es una hembra, Delph —indicó Luc—. Se le nota en los ojos. Las hembras los tienen amarillos, y los machos los tienen azules. No sé a qué se debe, simplemente es así.

Luc dio un paso al frente y acarició a la lombriz en la cabeza. La lombriz emitió un sonido que yo ya había oído antes: el ronroneo de un felino.

—Son unas criaturas pacíficas —comentó Luc—. Muy reservadas. Cavan túneles, y son capaces de comer piedra más rápido que los gnomos con sus garras.

—¿Comen piedra? —exclamó Delph.

Harry Segundo se había aproximado a la lombriz y estaba olfateándola. Mi canino estaba peligrosamente cerca de aquellos gigantescos dientes, y yo estaba a punto de ordenarle que se apartase, cuando de improviso le dio un lametón.

Antes de que yo pudiera hacer nada, por entre aquellos dientes puntiagudos apareció una lengua larguísima y húmeda que le devolvió el lametón a *Harry Segundo*. Entonces me acerqué, extendí una mano con cautela y me detuve un momento para mirar a Luc con gesto interrogante.

—Adelante —me invitó Luc—. Lombi sabe que no haces nada.

Acaricié a Lombi en la cabeza, y al poco se me sumó Delph. Resultó ser mucho más suave y en absoluto tan pegajosa como había creído al principio. Era como tocar un junco de los que crecían en Amargura, junto al estanque. Advertí que tenía el doble de tamaño que una creta, lo cual ya era decir mucho. Debía de comer un montón de piedras.

Mientras acariciábamos a la lombriz, los dedos de Delph rozaron los míos. Le miré, y él me miró. Y sonreímos los dos a un mismo tiempo.

—Esto es como estar en el estanque de Amargura —dijo—. ¿Te acuerdas?

—Precisamente estaba pensando en los juncos que acariciábamos —contesté yo sonrojándome un poco.

La lombriz lamió la mano de Delph.

—Te ha tomado cariño la chica, Delph —comentó Luc.

—¿Qué? —exclamó el aludido, profundamente avergonzado—. No, no creo que... a ver, no es asunto tuyo que Vega Ja...

Me sentí tan mal por él, que le interrumpí para decirle:

—Me parece que se refiere a la lombriz, Delph. —Noté cómo me ardían las mejillas.

Delph me miró boquiabierto durante un rato que dio la sensación de durar diez cuñas. Por su semblante pasaron tantas expresiones distintas, una detrás de otra, que tuve que hacer un verdadero esfuerzo para no echarme a reír, y eso que me sentía tan violenta como él.

—Ah, claro, sí, naturalmente —contestó haciendo todo lo posible por adoptar un tono de voz firme, pero fracasando en el intento—. Esto... ¿por qué odian tanto a Espina? —preguntó a continuación, procurando esquivar mi mirada.

—Bueno, tienen buenos motivos. —Luc señaló la piel de la criatura y la frotó con la mano—. Tienen un pellejo muy resistente. Pero, además, hay otra cosa que saben hacer.

—¿Cuál? —pregunté yo.

—Expandirse. Pueden hacerse tan grandes como uno quiera. Por eso Espina las mata.

—¿Las mata? —exclamé.

—Más bien hace una carnicería con ellas. Hasta ahora, por lo menos.

—¿Y por qué es tan importante para Espina el pellejo de las lombrices? —quiso saber Delph.

—Para la vejiga —respondió Luc.

—¿La vejiga del aeronavegador? —dije yo. Y de repente comprendí a qué se refería—. ¿Espina utiliza el pellejo de las lombrices para construir la vejiga? —terminé, horrorizada.

Luc asintió.

—Las cose unas a otras. Y la sangre de las lombrices se pone dura cuando se mezcla con varios ingredientes más. Los agujeros que deja la aguja en las vejigas al coserlas se tapan con esa mezcla, para que no se escape el aire.

Me volví para mirar la lombriz. Auque ya sabía que seguramente no podría entendernos, percibí un profundo sufrimiento en aquellos ojos. ¿Por qué tenían que existir los Wugs como Espina, cuyo único interés consistía en perseguir sus objetivos personales sin preocuparse del efecto que podría tener eso en otros seres? Le susurré este pensamiento a Delph; él afirmó con la cabeza y me contestó en voz baja:

—Representa una lección para todos nosotros, Vega Jane.

—Pero ya hace mucho tiempo que no captura una lombriz —dijo Luc.

—¿Por qué?

Lo siguiente lo dijo bajando mucho la voz:

—Porque vengo yo a avisarlas, y se esconden. —Meneó la cabeza en ademán triste—. Puede que no resulten muy agradables a la vista, ya lo sé. Pero debajo de ese pellejo tienen el corazón más grande que veréis jamás.

Miré otra vez la lombriz y advertí que los ojos se le habían llenado de humedad. Cuando me volví de nuevo hacia Luc, este se anticipó a mi pregunta:

—Las lombrices son capaces de percibir las cosas de un modo inimaginable para nosotros. Detectan lo que sentimos. No sé si es que desprendemos un olor o algo, pero lo captan. Así, sin más. Lombi entiende que estamos tristes, de manera que ella también se pone triste. Y esa tristeza nuestra le indica también que nosotros somos criaturas buenas, no malas.

Nunca me habían calificado de «criatura», pero claro, me dije que un Wug es simplemente una criatura más, entre otros muchos seres vivos.

Me volví para mirar la lombriz y le acaricié la cara con delicadeza.

—A mí me pareces preciosa —le dije con una sonrisa.

El pasadizo se llenó otra vez de aquel ruido similar a un ronroneo.

Mi sonrisa se hizo más ancha y, aunque no pude decirlo con seguridad, me dio la sensación de que Lombi también sonreía.

—Ahora está percibiendo felicidad —explicó Luc.

—Espina dijo que las lombrices habían intentado matarle en muchas ocasiones —dije—. ¿Cómo es eso?

—Son capaces de cavar túneles en cualquier parte, así que nunca se sabe por dónde pueden asomar. Lo único que las delata es el ruido que hacen al horadar la roca.

—Pues en ese caso estoy segura de que Espina, siendo tan astuto como es, tomará precauciones.

—Patrulla los pasadizos y pone cosas en los muros para medir la más mínima vibración. Eso le avisa enseguida de cuándo pueden estar acercándose, y por dónde. Y la cámara en la que duerme está forrada de hierro. Las lombrices pueden atravesarlo también, pero les lleva más trabajo. De ese modo Espina dispone de tiempo de sobra para escapar, pero aun así, al principio estuvieron muy cerca de llegar hasta él. —Miró la lombriz e hizo un gesto de humildad—. Son mucho más valientes que yo.

—¡Pero si tú las avisas de cuando viene Espina! —replicó Delph—. Para eso se necesita ser valiente.

—No es lo mismo, ¿no crees? —dijo Luc—. No, no es lo mismo.

—Es por Cere y Kori, ¿verdad? —dije yo, y Luc se volvió hacia mí—. Si te volvieses contra él, les haría daño a ellos, ¿a que sí? A Cere le preocupaba que quisieras enseñarnos estos lugares, teme que se entere Espina.

Luc afirmó despacio con la cabeza.

—Tiene ekos que le son muy leales, capaces de matar a los de su propia sangre. Yo creo que les ha manipulado la mente de algún modo, pero no tengo pruebas.

Yo tenía un revoltillo de pensamientos dando vueltas por mi cabeza. De repente me volví hacia Luc con actitud resuelta.

—¿Cuánto tiempo tardó Espina en construir el aeronavegador?

—Diez sesiones o más, que yo recuerde. Supuso mucho trabajo.

—Diez sesiones... —repetí, y luego esbocé una sonrisa. Estupendo, pensé—. De modo que si ya no puede capturar lombrices, no puede construir otra vejiga ni otro aeronavegador.

—¿Qué estás pensando hacer, Vega Jane? —me susurró Delph al oído.

—Escapar de este lugar y asegurarme de que Espina no pueda atacar Amargura —respondí con toda naturalidad, como si fuera algo evidente. Y es que para mí lo era.

Esperaba que Delph se limitara a afirmar con la cabeza, pero no lo hizo.

—No es tan sencillo, Vega.

—¿Qué? —contesté, sorprendida.

—¿Qué pasa con los ekos y con los gnomos? —Luego acarició la cara de la lombriz—. ¿Y con estas criaturas?

—No te entiendo, Delph.

—Ya has oído lo que ha dicho Luc: Espina tiene espías que le son muy leales. Si escapamos y desbaratamos su plan, ¿crees que no se vengará de ellos? ¿De Luc, Cere y el pequeño Kori?

No pude mirar a Delph porque sabía que tenía razón. Aquel dilema me partía el alma en dos.

—Pero... Pero no podemos salvar a todo el mundo, Delph. Es imposible.

—Bueno, podemos intentarlo —contestó él en tono resuelto.

Hice además de ir a replicarle, pero me di cuenta de que estaba totalmente en lo cierto. Aquello me hizo sentirme aliviada, pero también tuve la sensación de que acababan de dejar caer una montaña sobre mis hombros. Habíamos llegado allí con el objetivo de sobrevivir al Quag, y ahora íbamos a comprometernos a salvar también a otro puñado de seres. Pero Delph tenía razón: al menos teníamos que intentarlo.

—Podemos intentarlo, Delph —dije despacio—. Pero voy a necesitar ayuda. Esto no puedo hacerlo sola.

—Para eso me tienes a mí, Vega Jane.

NOVEM

El secreto del rey

Durante las cinco luces siguientes, le estuve enseñando a Espina los entresijos del arte de volar llevándolo enganchado con el arnés. Y cada noche venía a vernos Luc, en ocasiones acompañado de Cere. No habían dejado de proporcionarnos información acerca de Espina.

Delph y yo hacíamos todo lo que podíamos para urdir un plan. Ya teníamos perfiladas algunas partes del mismo, ¿pero cómo íbamos a asegurarnos de que, una vez que nos hubiéramos marchado, Espina no volviera a ser rey? Además, yo aún tenía una pregunta sin contestar que me estaba volviendo loca: ¿por qué quería Espina declarar la guerra a unos seres de su propia especie? ¿Qué era lo que hacía que un Wug odiase tanto a otros Wugs? Una noche estuve hablando de esto con Delph.

—Bueno —dijo él—, a mí me da la impresión de que, para encontrar la respuesta a esa pregunta, antes necesitamos saber por qué vino al Quag, de entrada. Porque es una decisión bastante extrema. Y él nos dijo que lo obligaron a marcharse.

—Es verdad. Aunque yo creo que en realidad tuvo que huir. Si hubiera hecho algo malo, le habrían encerrado en el Valhall, no le habrían obligado a internarse en el Quag.

—Entonces, hiciera lo que hiciese, debió de ser bastante malo, para obligarlo a optar por el Quag. Seguramente, si se quedaba en Amargura, iban a cortarle la cabeza.

Me recorrió un leve escalofrío. Aquello había estado a punto de sucederme a mí.

—¿Así que a lo mejor ambas cosas guardan relación? —propuse—. ¿Pretende vengarse de que le obligaran a huir?

—Tal como yo lo veo, sí.

De pronto se me ocurrió una idea, y se la conté a Delph.

—Puede que funcione —repuso él—, pero necesitamos más información.

—Pues ya sabemos a quién pedírsela —dije.

La noche siguiente, pregunté a Luc si sabía por qué Espina había venido al Quag.

—Bueno, algunas noches, cuando se ha excedido un poco con el aguamiel, le he oído decir cosas. Nombres, y demás.

—¿Qué nombres? —pregunté yo con ansiedad.

Luc se rascó la cara, con la mirada perdida.

—Me... A ver, espera que piense. Mer. No, Mur... Murgatroyd. Sí, eso era. Murgatroyd.

Aquel nombre no me sonaba de nada. Miré a Delph, el cual negó con la cabeza.

—¿Algún otro?

—Repetía continuamente que los Wugs no habían sabido ver el gran líder que era. Ah, sí, mencionó otro nombre, pero creo que ya lo conocéis.

—¿Cuál? —pregunté.

—Virgilio.

—Era amigo suyo, supongo.

—Pues, cuando se pasaba con el aguamiel, no hablaba de él como si fuera su amigo.

Aquello me dejó un tanto confusa.

—Luc, ¿existe alguna forma de entrar en la cámara en la que duerme Espina?

—No veo cuál. Cuando está fuera, la tiene siempre cerrada con llave, y cuando está dentro también. ¿Por qué?

—Porque creemos que quizás esté allí dentro el motivo por el que vino al Quag —respondió Delph.

—Sí, y si quisiera mantenerlo en secreto, ese sería el lugar apropiado, porque allí no entra nadie más que él.

—¿Por lo menos podrías mostrarnos dónde duerme, Luc? —solicité.

Recorrimos unos cuantos pasadizos, tantos que acabé por desorientarme, pero supe que seguramente a Delph no le ocurrió lo mismo. Me volví para mirarle y confirmar que sería capaz de encontrar el camino de vuelta, y él me hizo un breve gesto afirmativo con la cabeza.

Luc se detuvo en la entrada de un pasadizo y lo señaló con la mano. Estaba bien iluminado, de manera que se podía ver con facilidad la enorme puerta que había al fondo, encajada directamente en la pared de la roca. Fuera no había guardias apostados, pero aun así parecía impenetrable.

En el camino de regreso estuve hablando con Luc en voz baja. Al principio no se mostró receptivo a mis ideas, pero percibí que el valor y el nervio que Espina le había robado iba volviendo poco a poco a él.

En cuanto estuvimos de nuevo en nuestra pequeña cámara, Luc nos dejó solos.

—Tenemos que entrar como sea en la cámara de Espina —dije yo notando cómo se me agarraban los nervios al estómago, como si tuviera un millón de mariposas revoloteando dentro.

Delph se mostró de acuerdo.

—Espina ya le está cogiendo el tranquillo a lo de volar. Y eso quiere decir que dentro de poco ya no nos necesitará para nada, ¿no? Nos convertiremos en huesos pegados en una pared.

—Luc nos será de ayuda, pero tengo que encontrar la manera de colarme en la cámara de Espina cuando él no esté dentro.

—Entonces, lo que tienes que hacer es sacarle de allí.

Fruncí el entrecejo.

—Brillante, Delph. Ojalá se me hubiera ocurrido eso a mí. Bien hecho —añadí en tono sarcástico.

—No, me refiero a que tienes que distraerle.

—¿De qué forma? —pregunté con curiosidad.

—Le dan miedo las lombrices, ¿verdad?

—Pues sí, ellas quieren matarle. ¿Y qué?

—Que podemos empezar por ahí, y luego seguir trazando nuestro plan.

—¿Conoces a unas cuantas lombrices que estén dispuestas a hacer lo que les mandes? —pregunté, escéptica.

Mi capa estaba colgada de un gancho de la pared. Delph metió la mano en uno de los bolsillos, se puso mi guante, a continuación sacó la *Elemental* y le ordenó mentalmente que adoptara su tamaño máximo.

—¿La *Elemental*? —dije yo, sin entender nada.

Delph asintió.

—Con ella, consigo fingir ser lo que no soy.

Sonreí, pues por fin había comprendido a qué se refería.

—Una lombriz —dije.

Treinta cuñas más tarde, Delph y yo estábamos asomados por el recodo del pasadizo que conducía a la cámara de Espina. Delph llevaba la *Elemental* en la mano.

—Luc ya está preparado —dije yo.

Delph asintió, respiró hondo y contestó:

—Pues en ese caso es mejor que vayas ya.

Eché a correr por el túnel y me escondí en un nicho que me mantenía oculta a la vista. Me asomé unos instantes para mirar hacia atrás, hacia donde estaba Delph, y le hice un gesto afirmativo con la cabeza. Luego volví a acurrucarme dentro del nicho.

Vi cómo pasaba la *Elemental* volando por delante de mí. A su paso iba apagando con su turbulenta estela las antorchas de la pared. Chocó contra la puerta con gran violencia y la echó abajo. Momentos más tarde, casi completamente a oscuras, vi que la lanza regresaba volando en dirección a Delph.

Estalló una serie de gritos y alaridos, y supe que Luc había hecho bien su parte. Por todos los pasadizos corrían ekos diciendo a voces que las lombrices estaban atacando.

A la cuña siguiente, le oí a él.

Era Espina lanzado órdenes, y al verle pasar como una exhalación por el corredor, que ahora ya no estaba iluminado, llevando un morta de cañón corto en una mano y una vela encendida en la otra, me metí de nuevo en el nicho, lo más adentro que pude. Llevaba puesta la ropa de dormir y tenía el cabello todo revuelto y despeinado. Y llevaba a *Destin* enrollada a la cintura.

En cuanto hubo pasado de largo, di media vuelta y eché a correr hacia su cámara. No sabía de cuánto tiempo iba a disponer, pero dudaba que fuera mucho.

La iluminación que proporcionaba la vela que había traído conmigo y que ahora encendí me permitió ver que la cámara contenía escasos muebles: una cama, una mesilla de noche y un armario viejo colocado contra una pared. Encima de la cama no había nada más que un montón de sábanas y mantas, y había una almohada caída en el suelo.

Examiné el estrecho espacio que quedaba entre el suelo y la cama, pero no encontré nada. A continuación levanté el colchón.

¡Bien!

Metido entre las cuerdas que sostenían el colchón, había un libro. Lo saqué a toda prisa y volví a dejar el colchón en su sitio.

El título me extrañó: *Lista de experimentos*.

Lo abrí por la primera página. Había un texto escrito a mano que supe que era obra de Espina, porque había visto muestras en su laboratorio. Lo leí rápidamente, pero no le encontré ni pies ni cabeza. Volví a observar el colchón; me había costado mucho levantarlo, y eso que yo tenía bastante fuerza. Aquel libro de experimentos estaba lleno, no tenía ni una sola página en blanco. Dudé que Espina lo sacara a menudo de su escondite solo para echarle un vistazo. Y, por lo tanto, no era probable que fuese a echarlo en falta. Sabía que era un riesgo, pero tal vez fuera aquella la única oportunidad que tuviera, de modo que me lo guardé en la capa y seguí explorando.

En la mesilla de noche no encontré nada. Solo quedaba el armario. Abrí las puertas y rebusqué rápidamente entre la ropa colgada. Acto seguido me puse a revolver frenéticamente en los cajones, pero no encontré nada en ellos.

De improviso mi mano se topó con una caja.

Estaba en un cubículo abierto que había al fondo del armario. Era de madera y lucía unos dibujos en relieve que no me dijeron nada. Al abrir la tapa solté una exclamación ahogada. Dentro estaba el anillo de mi abuelo, junto con la Piedra Sumadora. Lo primero que pensé fue llevármelos, pero seguro que Espina los echaría de menos; a diferencia del libro escondido bajo el colchón, para él aquellos objetos eran nuevos y mucho más accesibles. Por otra parte, podía ser que yo no tuviera otra oportunidad para recuperarlos. Era una disyuntiva difícil. Por fin, decidí dejarlos donde estaban y continué rebuscando en el interior de la caja.

Hasta que mis dedos se cerraron en torno al retrato de tres Wugs. Uno de ellos era, obviamente, Espina, solo que más joven. Estaba de pie junto a una hembra adulta. A lo mejor se trataba de la tal Murgatroyd cuyo nombre Luc había oído mencionar a Espina. A su lado había otra hembra muy joven que me resultó conocida y desconocida a un tiempo. Tenía algo que me resultaba familiar en la mirada y en la línea del mentón, pero las demás facciones no encendieron ninguna luz en mi memoria.

De pronto me volví: había oído pasos y el disparo de un morta. Con el laberinto de túneles que había allí, el eco resultaba muy engañoso. No fui capaz de calcular muy bien a qué distancia podía encontrarse Espina. Otra potente explosión me hizo dar un brinco, y el retrato se me cayó al suelo. Aguardé unos instantes, conteniendo la respiración, para ver si oía otro estampido. Cuando comprobé que no oía ninguno, recogí el retrato, y esta vez lo vi por la parte de atrás. Había algo escrito a mano. Lo acerqué a la vela para poder leerlo con nitidez.

«Espina, Murgatroyd y...»

La respiración se me bloqueó en la garganta.

«Morrigone.»

De modo que Espina era el padre de Morrigone. Y Murgatroyd era la madre. El parecido que había entre ellos era inequívoco. Cuando observé una vez más el retrato, al instante reconocí a Morrigone, más joven, y me extrañó no haberme dado cuenta antes de que era ella.

Morrigone me había contado que su padre sufrió un Evento cuando ella tenía seis sesiones de edad. Según me dijo, su padre estaba en las inmediaciones del Quag, buscando una seta en particular. Pero no había sufrido ningún Evento; había hecho algo malo que le obligó a huir del castigo y a penetrar en el Quag.

¿Qué le habría ocurrido a Murgatroyd? Morrigone no la mencionó nunca.

Pero rápidamente me acordé de que Julius Domitar sí que la había mencionado en una ocasión, aunque no por su nombre. Dijo que la misión de Morrigone consistía en cuidar de Amargura y de todos los Wugs que vivían allí. Que dicha misión a menudo se heredaba de un miembro de la familia a otro, y que antes de Morrigone la heredera había sido su madre.

De modo que Murgatroyd había sido la protectora de Amargura antes de que Morrigone asumiera dicha misión. Entonces ¿qué había sido de Murgatroyd? Sentí la necesidad de averiguarlo.

Los gritos y las pisadas se oían cada vez más cerca, y supe que se me acababa el tiempo. Sin embargo, había una cosa más en el interior de la caja que requería mi atención: un pergamino.

Lo saqué de la caja. Era una carta dirigida a Espina, escrita con una letra clara y precisa. Aunque me fijé en que el papel era muy antiguo, observé que la tinta seguía siendo nítida, clara como un cielo luminoso y sin nubes.

Leí rápidamente el contenido de la carta, y fui un poco más despacio al llegar al final. Cuando vi la firma al pie, creí que se me paraba el corazón. Muchas cosas empezaron a cobrar sentido. De repente oí la voz de Espina y me volví. Le tenía ya muy cerca, casi en la puerta.

Lo cual significaba que me había quedado atrapada.

DECEM

De un algo surge la nada

Miré a mi alrededor, frenética. Debajo de la cama no había sitio. La mesilla de noche era demasiado pequeña para esconderme dentro de ella. Solo me quedaba una opción. Apagué la vela, me metí de un salto en el armario y cerré las puertas. Estaba intentando arrebujarme entre la ropa cuando oí a Espina entrar en la cámara.

Al principio no me atreví a moverme. Todavía tenía la caja en la mano. Cuando me agaché a depositarla en el suelo, lo que había dentro se movió y emitió un leve ruido. Contuve la respiración y abrigué la esperanza de que Espina no lo hubiera oído. Transcurrió una cuña y por fin solté el aire de los pulmones. Supuse que lo que hizo ruido fue el anillo al deslizarse. Abrí la caja muy despacio y busqué palpando a tientas en la oscuridad, hasta que mis dedos lo encontraron. Me lo puse, cerré de nuevo la caja y esperé.

Oí a Espina hablar consigo mismo. Me dio la impresión de que se entretenía varias cuñas en torno a la puerta derribada. Lógico, pensé. Un Wug tan paranoico no podía volver a acostarse sin contar con ninguna protección, sobre todo después de un ataque como aquel. De repente oí unos cuantos gruñidos, y luego otros pocos más. Al parecer, un grupo de ekos había acudido junto a su rey. Entonces se oyeron jadeos y resoplidos, y algo duro que golpeaba otra cosa, también dura. Los gruñidos continuaron oyéndose más o menos durante una cuña, y por último percibí las pisadas de muchos pies que se alejaban. Luego, silencio.

Allí de pie, dentro del armario, me puse a pensar qué me convenía hacer. Por fin, tomé una decisión. Mi plan consistiría en esperar hasta que Espina se quedase profundamente dormido, y después saldría de la cámara por donde antes había estado la puerta.

Espina seguía hablando en voz baja, y yo cada vez sentía más curiosidad por saber qué estaría haciendo. Descubrí que si me inclinaba hacia delante, podía ver algo atisbando por un pequeño hueco que quedaba entre las dos puertas del armario. Ahora la cámara estaba iluminada, porque Espina, al regresar, había encendido las antorchas de la pared.

Mis esperanzas de escapar se disiparon de repente.

Espina había ordenado a todos los ekos que levantaran la puerta y la colocaran de nuevo en la abertura. Aunque no había quedado perfectamente encajada, no dejaba ninguna abertura por la que yo pudiera colarme. Iba a tener que quedarme toda la noche allí dentro y esperar a que Espina saliera a la luz siguiente, o bien arriesgarme a volver a tirar la puerta abajo en cuanto él se quedase dormido.

De repente surgió un problema mucho más grave.

Espina venía derecho hacia el armario.

Con un escalofrío de terror, advertí que su camisa de dormir estaba sucia. Iba a quitársela y a ponerse otra limpia.

Me replegué todo lo que pude, aunque sabía que de ninguna forma iba a ser suficiente. En mi ansiedad, empecé a dar vueltas al anillo de mi abuelo, que llevaba puesto en el dedo pulgar. De pronto las puertas se abrieron. Aguanté la respiración y cerré los ojos esperando el golpe.

Pero no sucedió nada. Abrí los ojos. Espina estaba mirándome fijamente, apenas a una cabeza de distancia de donde estaba yo. Pero no mostró reacción alguna. Fue como si no me estuviera viendo. Sacó una camisa de dormir limpia y cerró las puertas del armario. Una cuña más tarde le oí meterse en la cama. Me quedé inmóvil, procurando no respirar, pero también intentando comprender qué era lo que había ocurrido.

Si Espina veía lo suficiente para coger una camisa limpia y luego acostarse, ¿cómo era posible que no me hubiera visto a mí? Me pasé una mano por la pierna. Era maciza. Después toqué el anillo con un dedo; de tanto girarlo y girarlo, lo había vuelto del revés. Ahora, la parte en la que estaba el extraño dibujo de los tres ganchos quedaba hacia abajo, y el aro liso quedaba mirando hacia arriba.

Ya había llevado puesto el anillo en otra ocasión y no había ocurrido nada. Claro que nunca le había dado la vuelta. Al girarlo en el dedo como ahora, ¿qué había pasado? ¿Me había vuelto invisible? Parecía una idea imposible, ¿pero qué otra explicación había?

Entonces, ¿iba a poder marcharme de allí a hurtadillas? Todavía tendría que desplazar la puerta para atravesarla, y en ese caso Espina, con toda seguridad, sabría que allí había alguien o algo. También podía quedarme donde estaba y esperar a que llegara la primera luz. Decidí probar suerte.

Espié otra vez por el hueco que quedaba entre las puertas y vi que Espina estaba acostado. Había dejado encendida una vela, pero esta iluminaba la cámara tan solo parcialmente. Esperé veinte cuñas más, hasta que empecé a percibir que su respiración se hacía más profunda. Cuando oí que dejaba escapar un leve ronquido, conté hasta diez y, sin hacer ruido, abrí una puerta del armario. La hoja crujió ligeramente, pero a mí me pareció el rugido de un garm persiguiendo una presa. Me quedé congelada en el sitio, esperando que Espina se despertase de pronto y se preguntase cómo era posible que su armario se hubiera abierto por sí solo. Pero Espina no hizo ningún movimiento. Entonces dejé la caja de misteriosos relieves donde la había encontrado y volví a cerrar la puerta.

Contemplé la inmensa puerta de la cámara. Intenté meter la cabeza por un espacio que quedaba entre la madera y la pared, pero no pude. Los ekos la habían apoyado contra la roca de tal forma que únicamente había unas ligerísimas grietas a cada lado. En el centro mismo tenía un orificio, el que había dejado la *Elemental* al golpearla, pero no era lo bastante grande para que yo pasara por él. Y de todos modos, estaba demasiado lejos del suelo para que pudiera alcanzarlo.

Metí los dedos en una de las grietas, afiancé los pies en el suelo y tiré. Pero la hoja no se movió en absoluto. Si hubiera llevado a *Destin* enrollada en la cintura me habría resultado fácil, pues me confería una fuerza excepcional, pero mi cadena la tenía Espina arrollada al cuerpo, y dudé seriamente que me fuera posible quitársela sin despertarle. Estuve a punto de soltar un grito cuando oí una voz susurrante que me habló desde el otro lado de la puerta.

—¿Qué hay, Vega Jane?

Era Delph.

Me acerqué y puse la boca junto a la grieta.

—Espina está aquí dentro, dormido, pero no puedo salir.

—Hazte a un lado —me advirtió Delph.

—¿Qué vas a hacer? —susurré a través de la grieta.

—Lo mismo que hice antes.

No había transcurrido ni una cuña cuando la *Elemental* se clavó en la puerta con total precisión, y la hizo caer hacia dentro. Crucé al otro lado tan rápido que vi cómo regresaba la lanza a la mano enguantada de Delph. Y al instante Delph desapareció por el pasadizo, corriendo como loco. Yo también corrí por el pasadizo como una loca, porque de la cámara de la que acababa de escapar habían empezado a llover disparos de morta. Me volví un momento y vi a Espina en el umbral. Empuñaba un morta de cañón corto en cada mano y disparaba sin tregua. Y yo, aunque fuera invisible, seguía siendo una Wug de carne y hueso. Un proyectil me pasó silbando junto al oído, otro rebotó en la pared del túnel y arrancó un pedazo de piedra que me alcanzó en el brazo y me hizo un corte. Continué corriendo y no me detuve hasta que llegué a la cámara en la que dormía. Delph ya estaba allí dentro, doblado hacia delante, procurando recuperar el resuello.

La *Elemental*, desplegada en su máximo tamaño, descansaba en el suelo. Delph se había olvidado de reducirla, y Espina podía presentarse allí de un momento a otro. Así que le quité el guante de la mano, cogí la lanza y le ordené mentalmente que adoptara su tamaño mínimo.

Delph estuvo a punto de dar un salto hasta el techo. Entonces fue cuando caí en la cuenta de que no podía verme. Lo único que había visto era la *Elemental* y el guante suspendidos en el aire. Giré el anillo hasta volver a situarlo en su posición normal. Delph se me quedó mirando como si acabara de ver a un adar volando por la cámara.

—¿Cómo... cómo... cómo...? —El pobre no podía terminar la frase, temblaba demasiado.

—Ha sido el anillo —expliqué, y lo sostuve en alto.

—¿Cómo es posible que un maldito anillo consiga que... que no estés aquí?

Giré otra vez el anillo y desaparecí de la vista. Sabía que me había vuelto invisible porque Delph estaba mirando a su alrededor, intentando descubrir adónde me había ido. Lo giré de nuevo y reaparecí.

—No sé cómo lo hace, Delph. Pero me alegro de que lo haya hecho esta noche. De lo contrario ahora estaría muerta. —Aquello me recordó lo que había descubierto—. Delph, tengo mucho que contarte.

Primero le conté lo del retrato.

Él se rascó el mentón y me dijo:

—Entonces, ¿tú crees que Espina es el padre de Morrigone?

—Estoy segura de ello. Y Murgatroyd es su madre. Bueno, fue su madre. Ya falleció.

—¿Y cómo sabes eso? —me preguntó Delph.

—Por el segundo objeto que he encontrado. Una carta de Virgilio a Espina.

—¿Qué carta?

—Una en la que Virgilio acusa a Espina de haber asesinado a Murgatroyd con unas setas envenenadas. Decía que iba a encargarse de que Espina fuera ejecutado por dicho crimen. Y en la carta menciona a Morrigone, dice que Espina le ha robado a su madre. Esa fue la razón por la que Espina tuvo que huir de Amargura.

—Caray —exclamó Delph—. A ese tipo le gusta mucho matar, por lo que se ve.

Me senté en el catre, a su lado.

—Murgatroyd era igual que Morrigone. Tenía la misión de cuidar de los Wugs y de Amargura. Seguro que por eso Espina le tenía envidia, seguro que también estaba enterado de qué más cosas sabía hacer ella, las mismas que hace Morrigone actualmente.

—¿Te refieres a la magia?

—Me gustaría saber si Morrigone sabe siquiera lo que le ocurrió en realidad a su madre.

—Siento un poco de lástima por ella —dijo Delph.

A mí nunca se me había ocurrido la posibilidad de sentir lástima por Morrigone. Pero si era verdad que Espina había asesinado a su madre, aquello suponía una carga muy pesada que llevar en el alma.

Me sorprendía que Espina aún no hubiera aparecido en nuestra cámara. Claro que a lo mejor estaba persiguiendo lombrices en algún remoto rincón de su reino. Por lo menos eso nos daría un poco de tiempo para pensar. Resultaba innegable que Espina era un monstruo. Y que era necesario detenerlo, de inmediato. ¿Pero cómo? Entonces me acordé del libro que había cogido de debajo de su colchón. A lo mejor había algo en él.

Saqué el libro y se lo enseñé a Delph.

—¡Caramba! —exclamó—. ¿Experimentos?

Empezamos a leer el libro juntos. No solo estaba lleno de texto, sino también de dibujos. Los dos palidecimos, y a mí me entraron ganas de vomitar.

Había dibujos de ekos, gnomos y lombrices, todos cortados en pedazos. Aquellas imágenes de ekos jóvenes con el cuerpo desfigurado me provocaron náuseas, y tuve que apartar la mirada.

—Ha estado... experimentando con ellos —dijo Delph.

—Viene alguien —dije en voz baja.

Miré el anillo. Aquel condenado anillo. ¿Qué pasaría si me descubrían llevándolo puesto en el dedo? ¡Y con el libro!

Miré a mi alrededor buscando un sitio donde esconderme, pero lo cierto es que no había ninguno. De repente algo me tocó en la mano. Era *Harry Segundo*. Miré a mi canino y él me miró a mí. Entonces me quité el anillo, él abrió la boca, yo le puse el anillo dentro y él volvió a cerrar. Acto seguido planté el libro de los experimentos en el suelo, *Harry Segundo* se tumbó encima y lo cubrió totalmente con su corpachón. Luego apagué la vela, y la cámara se sumió en la oscuridad. Rápidamente, Delph y yo nos tendimos en la cama y fingimos estar dormidos.

Al cabo de unos instantes entró Espina sin hacer ruido, seguido de varios ekos. Portaban antorchas y mortas. Uno de ellos era Luc. En aquel momento me incorporé, me estiré y lancé un bostezo.

—¿Qué pasa? —pregunté con voz soñolienta—. ¿A qué viene ahora este alboroto?

Espina se acercó al catre. Primero me miró a mí, luego a Delph. Su mirada pasó por encima de *Harry Segundo*, pero no se detuvo; mi canino permaneció tumbado en el suelo, con el hocico entre las patas delanteras.

—¿Que a qué viene ahora este alboroto? —repitió Espina—. ¿Qué quieres decir con eso? —añadió en tono suspicaz.

—Pues que no es la primera vez que se monta este revuelo. Antes hemos oído gritos y disparos de morta. Luego quedó todo en silencio, luego volvió a empezar, y otra vez quedó todo tranquilo. Y ahora os presentáis vosotros aquí.

Espina no dejaba de observarme fijamente.

—¿Habéis estado aquí todo este tiempo?

Afirmé con la cabeza.

—¿Y en qué otro sitio íbamos a estar? —repliqué.

Espina se volvió hacia Luc, el cual le dijo:

—Es cierto, mi rey. No han salido de aquí en ningún momento. Sin duda han sido las lombrices, que han vuelto.

—Hum, no sé... —repuso Espina. En sus ojos había un brillo especial, y su voz iba teñida de un tono peligroso que me causó un escalofrío—. Quiero que los registréis —ordenó señalándonos a Delph y a mí.

—¿Qué es lo que estamos buscando, mi rey? —preguntó Luc.

—Lo sabré cuando lo vea, Luc —tronó Espina—. Tú obedece.

Entonces adiviné que había descubierto que faltaba el anillo. En cuanto al libro, no lo supe; a lo mejor no había mirado debajo del colchón. Compuse un gesto de lo más inexpresivo y recé a Campanario para que Delph fuera capaz de hacer lo mismo. Me arriesgué a lanzarle una mirada, y descubrí que seguía tumbado, fingiendo dormir. ¡Qué orgullosa me sentí de él!

Nos registraron a ambos y no encontraron nada. Naturalmente, no se les ocurrió siquiera buscar el anillo dentro de la boca de mi canino ni obligarlo a levantarse para ver si tenía el libro debajo. Espina no estaba nada contento, se le notaba. Y yo tampoco, por lo menos no del todo. Ahora sabía que Espina estaba convencido de que entre los suyos había un traidor, y lo último que deseaba yo era poner en peligro a Luc y a su familia. Mientras Espina se dirigía hacia la salida, Luc me lanzó una mirada temblorosa que no hizo sino aumentar en mí el temor que ya sentía por él.

Alargué la mano, y *Harry Segundo*, obediente, abrió la boca y me permitió recuperar el anillo. Lo limpié y me lo puse en el dedo, cuidando de que los tres ganchos quedasen hacia arriba, no fuera a ser que me volviera invisible. A continuación cogí el libro y le eché otro vistazo.

—Qué Wug tan terrible y odioso —dijo Delph en tono solemne.

—Estoy de acuerdo. Pero creo que con este libro tenemos la oportunidad de asegurarnos de que pase a ser un rey depuesto, Delph.

—¿Qué quieres decir?

—Esto constituye una prueba de las maldades que está cometiendo con los ekos y con los gnomos.

El semblante de Delph se distendió al comprender.

—Claro, podemos dárselo a Luc, para que... para que con él inflame los ánimos de los demás ekos. Cuando se enteren de que Espina ha estado matando así a sus congéneres, de ninguna manera le seguirán siendo fieles.

—Pero antes tenemos que cerciorarnos de que jamás pueda atacar Amargura.

—Esto tiene que acabar pronto, Vega Jane —me advirtió Delph—. Espina sabe que estamos tramando algo. Jamás volveremos a tener otra oportunidad.

—Y acabará pronto, Delph. De hecho, va a acabar en la próxima luz.

Delph miró el anillo.

—Tu abuelo guardaba muchos más secretos de los que creíamos —comentó.

—Yo diría que todo guarda muchos más secretos de los que creíamos —repliqué.

Y no me refería a nada bueno.

UNDECIM

Desaparecido

En la luz siguiente salimos de nuevo a la superficie para continuar con las lecciones de vuelo de Espina.

Mientras yo hacía los preparativos, Espina se fijó en mi brazo.

—Te has hecho una herida, ¿no? —me preguntó sin rodeos.

Bajé la vista al punto que señalaba y vi que había un poco de sangre en la manga, resultado del corte que me había hecho el fragmento de piedra que desprendió de la pared el proyectil del morta.

—Me he rozado con una roca puntiaguda.

Espina me miró una última vez sin darle importancia al asunto y volvió la vista hacia el cielo, que estaba oscureciéndose rápidamente y presagiaba algo malo.

—Al parecer, se acerca una tormenta. ¿Nos vamos ya?

Pero cuando empecé a atarle las correas, negó con la cabeza.

—Esta vez vamos a invertir las posiciones, querida —me dijo—. Yo te llevaré a ti.

Dado que no tenía más remedio, le permití que me sujetara al arnés, y a continuación dimos un brinco y nos elevamos en el aire.

Fue un vuelo accidentado, porque el viento nos zarandeaba sin cesar. Empezó a llover con ganas y no tardamos en acabar empapados. Me alegré de llevar puestas las gafas. De repente vimos el resplandor de una lanza luminosa allá arriba, hacia un lado, y el estruendo del trueno que siguió fue casi ensordecedor.

Noté que Espina se ponía en tensión; por lo visto, le asustaba aquel poquito de lluvia y de ruido.

—¿Va todo bien, poderoso rey? —le pregunté con sorna.

Él no me respondió. En vez de eso, noté que se movía mucho. Al principio no entendí qué podía estar haciendo, pero poco después se hizo evidente que se le estaba empezando a soltar el arnés. Se lo había desabrochado del torso, y como era lo único que me sujetaba a mí, me iba a causar un problema. Un problema que resolví alargando el brazo hacia atrás y agarrando a *Destin* con una sola mano.

Como no estábamos equilibrados, entramos en barrena de inmediato.

—¡Suéltate! —rugió Espina al tiempo que me daba una patada.

—¡Eso ni lo sueñes! —le chillé yo.

Recorrimos el cielo de tormenta describiendo toda clase de picados, espirales y volteretas. Espina seguía dándome patadas, y yo seguía parando todos los golpes. Hasta que por fin me cansé de aquello y le arreé un puñetazo en mitad de la cara. Al instante empezó a brotarle sangre de la nariz, con tanta fuerza que nos salpicó a ambos.

Espina me miró con expresión de asombro.

—¡Me has roto la nariz!

—Pues aquí tienes otro poco más.

Y le aticé otro puñetazo, que le puso un ojo a la funerala, y acto seguido, por si acaso, le propiné una patada en el estómago. Yo era una hembra, es verdad, pero era más dura que casi todos los machos que conocía, incluido aquel imbécil.

Espina me aferró la mano con las dos suyas e intentó obligarme a despegar los dedos de la cadena. Consiguió que soltara tres. Así que me giré para tenerle de frente y le rodeé el torso con las piernas. Ahora que me sujetaba con las piernas, las manos me quedaron libres. Y las aproveché a base de bien.

Golpeé a Espina en todas las partes del cuerpo que tenía a mi alcance. Por fin pude desahogar todo el odio, el desprecio, el asco y la furia que había ido acumulando hacia aquel individuo. Le machaqué por todas las maldades que nos había hecho. Por todos los ekos y gnomos a los que había despedazado. Por todas las lombrices a las que había matado. Por haber asesinado a Murgatroyd. Y sencillamente por ser el tipejo más malvado y despreciable que había tenido la desgracia de conocer.

Al cabo de una docena de puñetazos, me dio la sensación de que ya casi le había dejado sin conocimiento. Pero aquel viejo Wug tenía más resistencia de lo que yo creía. No vi a tiempo el golpe que me lanzó. Su puño se estrelló contra mi cara con tal violencia que pensé que me había arrancado todos los dientes. Espina era viejo, pero grande. Un segundo puñetazo me hizo sangrar por la nariz y me hinchó toda la cara. Sentí mareos y náuseas, pero no estaba por la labor de permitir que aquel cretino me venciese.

Espina, creyendo que tenía ventaja, me propinó otro golpe más, pero yo logré bloquearlo sintiendo un agudo dolor que me recorrió todo el brazo. Después, rodeándole todavía con una pierna para no caer al vacío, con la otra le aticé un fuerte rodillazo en un lugar donde ningún macho quisiera que le golpeasen. Lanzó un gemido de dolor y se quedó inerte.

—¡Oh, no! —exclamé.

Aunque había ganado la pelea con Espina, el equilibrio que formábamos los dos juntos había quedado alterado de pronto. De modo que descendimos súbitamente, en picado. Volví la cabeza y miré hacia abajo; lo único que vi fue una masa formada por las copas de los árboles, que venían hacia nosotros a una velocidad aterradora.

Espina debió de verlo, porque se reanimó.

—¡Vas a conseguir que nos matemos! —chilló soplando por el hueco que tenía ahora entre los dientes, de resultas de un puñetazo que le había propinado yo.

—¡Pues antes tú has intentado matarme a mí! —vociferé.

Me di la vuelta para volver a quedar encima, aferré a *Destin* con las dos manos, como si fueran las riendas de un slep, y arqueé la espalda y los hombros. Poco a poco empezamos a remontar. Cuando por fin volvimos a elevarnos en el aire, mis botas rozaban ya el borde de los árboles.

De improviso estalló otra lanza luminosa acompañada de su correspondiente trueno, y esta vez cayó tan cerca que estuve a punto de soltar a Espina. Este aprovechó la oportunidad para agarrarme por el pelo con ambas manos y separarme de él. Y acto seguido se soltó, lo cual para mí fue perfecto porque, sin que él lo supiera, mientras me golpeaba le había desenrollado a *Destin* de la cintura.

Me enrollé la cadena alrededor del cuerpo y volví el rostro hacia lo alto justo a tiempo para ver a Espina caer como una piedra al vacío.

El poderoso rey chillaba igual que un bebé Wug asustado.

—¡Ayúdame, Vega! —gritó.

Una parte de mí no quería hacer nada. Deseaba dejar caer a aquel cretino y no volver a verle nunca más. Pero otra parte de mí no podía dejarle morir, al menos de aquella forma.

Supongo que aquello era lo que nos diferenciaba al uno del otro. Y lo cierto era que una muerte rápida no le hacía bastante justicia. Se le quedaba muy corta.

Apunté hacia abajo con la cabeza y con los hombros y me lancé hacia él como si fuera un proyectil de uno de aquellos cañones que guardaba en su cueva. Lo así por el cabello para ver qué tal le parecía. Cuando aterrizamos de nuevo, me posé con tanta suavidad que apenas notamos un roce.

Al instante tenía un morta de cañón corto apuntado a la cabeza.

Mis puñetazos habían dejado a Espina hecho papilla. Tenía la cara hinchada, casi irreconocible. Y estoy bastante segura de que, además de las lesiones en el rostro, debí de romperle una costilla o dos.

—¡Acabo de salvarte la vida! —exclamé.

—Y yo estoy a punto de arrebatarte a ti la tuya —replicó él con la cara toda ensangrentada y ojos de loco.

Pero al momento siguiente estaba tumbado boca abajo en el suelo y había soltado el morta. Vi a *Harry Segundo*, que se le había subido en la espalda y le arreó un mordisco en el glúteo izquierdo. El rey lanzó un alarido, y yo le propiné un puntapié en la cabeza que le hizo perder el conocimiento.

—Vamos, *Harry Segundo* —dije en tono de urgencia—. Rápido.

Recogí el arnés, que había caído al suelo no muy lejos de nosotros, y me lo puse. *Harry Segundo* saltó a mis brazos y me apresuré a atarlo. A continuación dio un brinco hacia arriba y ambos salimos disparados hacia el cielo de tormenta igual que una flecha.

Puse rumbo al lugar en que sabía que se encontraba Delph. De repente estalló una lanza luminosa cerca, cambié de dirección y me dirigí hacia tierra a toda velocidad.

—¡Vega Jane!

Allí estaba Delph, huyendo para salvar la vida. Lo supe porque llevaba un grupo de ekos pegados a los talones que le disparaban con sus mortas. Apunté directo hacia él y me lancé en picado. En el último instante enderecé mi trayectoria, alargué un brazo y aferré la mano que me tendía Delph. Ambos nos elevamos de nuevo. Entonces describí un amplio arco hacia atrás y, a continuación, los dos inclinando los hombros hacia delante, nos impulsamos a una velocidad que jamás había alcanzado yo. Íbamos a necesitarla, porque tan solo disponíamos de unas pocas cuñas para llevar a cabo nuestro plan.

Nos introdujimos por el hoyo en el que habíamos caído la primera vez y aterrizamos en el fondo. El único eko que había allí era Luc. Y no por casualidad; Delph había hablado previamente con él y le había dicho que ordenase a los otros ekos que desapareciesen de la escena. Liberé a *Harry Segundo* del arnés y aferré a Luc por el brazo.

—El aeronavegador —le dije.

Después de pasar por nuestra cámara para coger nuestras cosas, Luc nos llevó por un pasadizo. De improviso yo hice un alto.

—Esperad un momento —dije.

Me puse el guante, ordené mentalmente a la *Elemental* que se desplegara y apunté.

Delph apartó a Luc y le dijo:

—Tápate los oídos.

Lancé la *Elemental* hacia delante con fuerza, contra la imponente pared construida con calaveras. El choque produjo una explosión tremenda, la pila de cráneos se desmoronó de golpe y formó un amasijo de huesos en el suelo. Cuando el polvo se asentó, no había ni un solo par de cuencas vacías que nos mirasen desde aquel montón de huesos.

—¡A la mierda, poderoso rey! —exclamé sin dirigirme a nadie en particular.

Unas cuñas más tarde llegamos a la cámara del aeronavegador. Luc cerró la enorme puerta con llave.

—Voy a traer los remos —dijo Delph.

Pero un ruido nos hizo a todos volver la cabeza.

Eran Cere y el pequeño Kori, que habían aparecido en el umbral.

—Espina está regresando —dijo Cere sin aliento—. Y nunca le he visto tan enfadado como ahora. —Hizo una pausa porque le temblaban las facciones—. Y, según lo que me han dicho, Luc, sabe que le hemos traicionado. No viviremos más allá de esta luz.

—Sí que viviréis —repuse yo con firmeza. Saqué el libro de mi mochila y dije—: Esta es la prueba que necesitas, Luc. Si con este libro tus congéneres no se vuelven contra ese imbécil rey vuestro, no lo conseguirás con nada.

Luc cogió el libro, lo abrió, pasó unas cuantas páginas y palideció intensamente. Su semblante reflejó primero una expresión de asco, luego de furia. Hasta me pareció contemplar cómo iba volviendo a él el valor que había perdido. Cerró el libro y me miró.

—Sabía que Espina estaba loco, pero jamás había sospechado que... fuera capaz de tanta maldad.

—Pero debéis de saber de ekos y gnomos que han desaparecido, ¿no? —razonó Delph.

—Sí, pero Espina siempre ha echado la culpa a las lombrices. Ahora comprendo que lo hizo para volvernos a los unos contra los otros.

—Es un monstruo cruel, Luc —dije yo—. No sé a qué otras cosas tendremos que enfrentarnos en el Quag, pero dudo que nos tropecemos con alguien más malvado que Espina. —Callé unos instantes—. Y bien, ¿qué vais a hacer al respecto? —le pregunté sin rodeos, señalando el libro.

—¿Me preguntas qué vamos a hacer? —repuso Luc—. ¿Qué vamos a hacer? —Iba creciendo por momentos, se estaba transformando en algo distinto, o quizás en algo que ya había sido antes—. Vamos a recuperar nuestra vida, y a librarnos de un rey maligno al que jamás deberíamos haber permitido que tuviera poder sobre nosotros.

A continuación, entre lágrimas, nos abrazamos.

Después Luc dijo:

—Gracias, Vega. Nos has dado una oportunidad de luchar y recuperar lo que es nuestro. Ahora vete. Y buena suerte en vuestro viaje.

Salió y cerró con llave. A lo lejos oímos voces y ruido de pies que corrían.

Mientras Delph iba a por los remos, yo corrí hacia el aeronavegador, me subí al enorme cajón de un salto y empecé a manotear con el artilugio que introducía aire en la vejiga.

—¿Tú sabes cómo funciona esto? —le pregunté a Delph.

—Yo sé cómo funciona —dijo una voz.

Me giré en redondo y vi al gnomo que en una ocasión me había mirado de forma extraña. Hasta aquel momento había permanecido escondido en una grieta de la roca.

—¿Quién eres tú? —le pregunté.

—Sieve —respondió.

—¿Y cómo es que sabes hablar la lengua de los Wugs? —inquirí.

—Fácil. Escucho lo que dicen Luc y el rey —contestó en tono tranquilo—. Nadie se fija en nosotros los gnomos, de modo que nos enteramos de cosas.

—¿Sabes cómo se llena la vejiga de aire?

Sieve se subió de un salto al cajón, y algo hizo con el artilugio que consiguió que surgiera una chispa en él. A continuación se oyó un fuerte siseo, y me fijé en que la vejiga comenzaba a inflarse rápidamente, conforme iba llenándose con el aire caliente que le estaban insuflando.

Me volví hacia Sieve y le pregunté:

—¿Cuánto tardará?

—No mucho —me respondió—. Como puedes observar. Las cuerdas que sujetaban el cajón en su sitio ya estaban tensándose por efecto del empuje generado por la vejiga, cada vez más inflada.

Delph miró hacia arriba, y de pronto puso cara de consternación.

—¿Y cómo vamos a abrir el techo para poder sacar este trasto?

Miré hacia el mismo sitio que él, y solo entonces me di cuenta de que no había ninguna abertura.

—Maldición —exclamé. Por lo visto, nuestro plan estaba lleno de fallos.

Pero Sieve señaló un rincón oscuro en el que había una palanca metálica, encajada entre dos grandes ruedas de engranaje.

—Lo haremos con eso de ahí. Abriré el tejado. Hay espacio de sobra para salir.

Esta vez le miré con gesto suspicaz. No me fiaba mucho de los tipos que eran tan agradables. No tenía problemas para aceptar la testarudez o el engaño puro y duro, pero la bondad así, por las buenas, me daba mucho que pensar.

—¿Por qué nos estás ayudando? —le pregunté.

Él sonrió y, con un ligero silbido, contestó:

—No me gusta mucho la compañía de los reyes. —Alzó una de sus manos, que eran como garras afiladas—. Me gusta meterme en la tierra. Supongo que por eso los gnomos nos llevamos bien con las lombrices. Además, te he visto entregar ese libro a Luc y he oído lo que ha dicho. Se acabó ese maldito rey. —Y juntó varias veces las garras, al parecer encantado con la perspectiva.

Delph tiró de la palanca, y al momento se abrió un agujero directamente encima del aeronavegador, que ya casi estaba preparado para despegar.

En aquel momento oí pasos que se acercaban rápidamente, y me volví hacia la puerta.

—¡Delph, rápido! Seguramente tendrá una llave.

Echamos a correr hacia unas grandes cajas de madera que

estaban apiladas junto a la puerta y las colocamos contra ella para bloquearla. Luego, corrimos de nuevo hacia el cajón del aeronavegador, nos subimos y echamos también nuestras mochilas. Delph ya había introducido los remos en los orificios que había en los costados de la nave. Dentro del cajón había un cuchillo, metido en una vaina de cuero. Lo cogí y miré a Delph.

—Es para cortar las cuerdas que nos mantienen anclados al suelo.

Delph afirmó con la cabeza y observó la vejiga, que ya estaba llena. Las cuerdas crujían y se tensaban, en el afán de impedir que la nave se separase del suelo.

De repente se oyó el estruendo de un fuerte golpe contra la puerta; sin embargo, la gruesa hoja, ayudada por el peso de las cajas con que la habíamos apuntalado, aguantó en el sitio.

—¡Cortad las cuerdas! —gritó Sieve—. ¡Si no las cortáis ahora mismo, moriréis sin remedio!

Empecé a sajar las maromas lo más rápido que pude, pero eran muy recias.

En eso se oyó otra fuerte embestida, y esta vez la puerta, aunque todavía aguantó, se abrió un poco.

—¡Traed el cañón! —oí que rugía Espina.

Delph me arrebató el cuchillo y empezó a cortar las cuerdas como si estuviera poseído. Yo miré hacia lo alto y vi a través de la abertura que el cielo seguía siendo de tormenta. A Delph aún le quedaban tres maromas por cortar. De pronto *Harry Segundo* trepó al borde del cajón y empezó a mordisquear una de ellas.

Yo busqué en el interior del cajón el mecanismo de guiado y los remos que nos permitirían navegar. Repasé mentalmente nuestro plan y descubrí unas cuatro mil cosas que podían salir mal.

En eso, oí que acercaban el cañón por el pasadizo, en dirección a la puerta.

—¿Cómo vas a salir tú de aquí? —le pregunté a Sieve.

Él levantó las garras en alto y sonrió mostrando una vez más sus dientes puntiagudos y llenos de manchas.

—Mientras tenga esto, encontraré una salida.

Acto seguido dio media vuelta y atacó la pared de roca que tenía a la espalda.

Harry Segundo ya había terminado de cortar su cuerda. Delph estaba a punto de acabar con la suya, con lo cual le quedaba solamente una.

Agarré la cuerda restante con las manos y tiré de ella haciendo uso de toda la fuerza que me prestaba *Destin*. El gancho metálico del que colgaba la maroma había sido clavado muy profundo en la roca, pero terminó saliendo con un fuerte tirón. El impulso me hizo caer hacia atrás y golpearme la cabeza contra el recipiente para el fuego que calentaba el aire. Me levanté otra vez al mismo tiempo que se elevaba el cajón. El ascenso fue sorprendente, de tan rápido.

Pero no fue lo bastante rápido. Un instante después llegó el rugido del cañón, seguido de los restos de puerta y de las cajas, que salieron volando como si no pesaran nada.

Delph lanzó un grito.

Harry Segundo ladró.

Yo me agaché.

La bala de cañón pasó entre el cajón y la panza de la vejiga.

Cuando volví a incorporarme, me costó trabajo creer la buena suerte que habíamos tenido. La bala nos había eludido del todo, y estábamos muy cerca de cruzar la abertura que nos conduciría al exterior. Pero cuando miré a Delph comprendí que estaba equivocada. La bala había impactado contra la pared de roca, y uno de los fragmentos que se desprendieron había herido a Delph en el brazo. Delph había caído al suelo del cajón, aferrándose la extremidad y con todo el cuerpo manchado de la sangre que brotaba.

Me arrodillé a su lado y saqué la Piedra Sumadora.

—¿Dónde la has encontrado? —exclamó él con el rostro contorsionado a causa del dolor.

—Se la robé a Espina de la túnica cuando estábamos cayendo en picado.

La pasé por encima de la herida pensando cosas positivas, la sangre dejó de manar y el corte se cerró. A continuación la usé también para curarme yo las heridas que me había hecho al pelearme con Espina.

De repente oí gritos, y me asomé por el borde del aeronavegador. Allá abajo estaba el rey, con expresión furibunda y agitando un puño en el aire. Pero al ver su cara llena de golpes y su nariz rota no pude hacer otra cosa que sonreír. En eso, capté un movimiento a la derecha de Espina. Era Sieve. Había sacado la cabeza por un agujero, al parecer con la intención de ver qué estaba pasando.

Antes de que yo pudiera advertirle, Espina, que por lo visto tenía ojos en la nuca, ya se había dado la vuelta y había disparado su morta. El proyectil alcanzó a Sieve en pleno rostro. Se derrumbó en el interior del agujero, muerto.

—¡Maldito asesino! —vociferé.

—¡También pienso matarte a ti! —me contestó Espina con un rugido.

Después de esto, salimos por la abertura y emergimos en la superficie del Quag, en campo abierto, donde de inmediato nos vimos azotados por el viento, que nos empujaba hacia atrás, hacia el acantilado. Aquello no era lo que quería yo.

—¡Delph! —grité—. ¡Los remos!

Delph se sentó en el banco, aferró un remo en cada mano y comenzó a bogar.

—¡Hacia el otro lado! —grité para hacerme oír por encima de los embates de la tormenta.

—Vale —contestó él.

Se sentó mirando al otro sentido y se puso a remar.

Yo agarré el volante e hice lo que pude para guiar el aparato hacia donde necesitábamos ir. Miraba el suelo a cada cuña para ver qué estaba pasando. Y por fin vi lo que esperaba ver: Espina y su ejército de ekos. Se encontraban unos quince metros por detrás de nosotros.

—Vale, Delph, ya puedes dejar de remar.

—¿Nos están dando alcance?

—Sí.

Soltó los remos y vino adonde estaba yo, a un costado del aeronavegador.

Observé el paisaje. El Quag se había modificado de nuevo. La montaña, el río y las colinas, todo había cambiado de sitio. De pronto noté una corriente de energía que flotaba en al aire y, no sé por qué, no creí que fuera por efecto de la tormenta. Me volví para mirar atrás. Una columna de ekos estaba apuntando sus mortas de cañón largo directamente hacia el aeronavegador. Justo detrás de ellos estaba Espina, contemplándonos con un gesto de honda satisfacción. Entonces me volví de nuevo hacia Delph y le hice un gesto afirmativo con la cabeza.

Él asió el cordel que colgaba junto al volante y tiró con fuerza para vaciar el aire de la vejiga. Y empezamos a descender.

Metí a *Harry Segundo* en el arnés y le dije a Delph:

—Delph, agárrate de mi mano. Ha llegado el momento.

Delph cogió nuestras mochilas con una mano y se agarró a mí con la otra. Acto seguido, lo llevé al lado contrario del cajón, lejos de Espina y de los ekos. Cogidos de la mano, nos miramos el uno al otro.

—Si esto no funciona... —empezó Delph.

—Funcionará —repliqué yo con firmeza.

—Vale, pero si no... En fin... —Se inclinó y me dio un beso en la mejilla.

En aquel momento los mortas hicieron fuego y varios proyectiles impactaron en la vejiga y la llenaron de agujeros.

—¡Ahora! —chillé.

Di una patada al recipiente que contenía el fuego y lo volqué. El cajón, que era de madera, se incendió al instante. Entonces subimos al borde del mismo y saltamos al vacío, en el instante mismo en que otra andanada de proyectiles de morta acribillaba el cajón.

Volví la cabeza y vi que el aeronavegador empezaba a caer.

Justo antes de que chocáramos contra el suelo, nivelé la trayectoria y pasamos rozando el terreno a escasa distancia, en un vuelo rasante. Otra vez miré atrás y vi que el aeronavegador se estrellaba con un tremendo estrépito, y cuando los restos de la vejiga cayeron sobre el cajón se produjo una explosión verdaderamente impresionante. El fogonazo luminoso y la columna de humo se elevaron hasta muy alto.

En fin, pensé, así se había esfumado toda posibilidad de atacar Amargura por parte de Espina. Aunque de algún modo consiguiera escapar de Luc y de los demás ekos, ya nunca podría construir otro aeronavegador.

Cuando el humo se hubo disipado, Delph llamó mi atención:

—¡Vega Jane, mira!

Me volví y vi algo que jamás olvidaré.

Cientos de ekos armados que corrían hacia Espina, al que acompañaba un contingente mucho más reducido. Y al frente de todos ellos iba Luc. Y lo que sostenía en alto en la mano era... el libro, la prueba de los crímenes que había cometido Espina contra los ekos, escrita de manera inconfundible, de su propio puño y letra, por aquel desgraciado.

Me volví hacia Delph con una ancha sonrisa en la cara. Y él me miró a su vez.

—Me parece que aquí acaba la historia del rey Espina.

—Ya era hora —repuse, convencida.

Miré de nuevo al frente y volé lo más rápido que pude. Cuando hubimos recorrido unos cinco kilómetros, cansada de cargar con Delph, *Harry Segundo* y las dos mochilas, apunté hacia abajo con la cabeza y con los hombros, y una cuña después nos posamos en tierra.

Desaté a *Harry Segundo* del arnés y todos nos dejamos caer en el suelo. Estaba atónita de que siguiéramos vivos. Y cuando miré a Delph me percaté de que él estaba pensando exactamente lo mismo.

—Bueno —dijo—, lo hemos conseguido, ¿no? A pesar de todas las cosas que podían haber salido mal en nuestro plan, lo hemos conseguido. —Luego bajó la vista—. Excepto que Sieve ha perdido la vida.

—Ya lo sé, Delph. De no haber sido por él, no habríamos salido bien de esta. Pero ha muerto luchando contra Espina. Ha sido muy valiente.

—Supongo que tienes razón, Vega Jane.

De pronto *Harry Segundo* soltó un ladrido, y los dos dimos un respingo. Pero mi canino estaba sonriendo. Al parecer, se mostraba de acuerdo conmigo.

—Antes de que saltáramos, me has dado un beso —dije al tiempo que me tocaba la cara.

Delph bajó la mirada y entornó los ojos.

—Yo... Yo...

Entonces me incliné y le besé en la mejilla, exactamente en el mismo sitio en que me había besado él.

—Gracias, Delph.

Abrió los ojos del todo y me miró fijamente.

—¿Por qué?

—Simplemente por ser tú. Que es una cosa maravillosa.

Y entonces sucedió. De buenas a primeras, una nube negra descendió sobre nosotros. No podía ver nada. Oí ladrar a *Harry Segundo*, y también oí que alguien lanzaba una exclamación ahogada. Y de improviso la nube se disipó.

Y con ella desapareció Delph.

DUODECIM

Seamus

Me puse en pie de un salto y chillé.

—¿Delph? ¡DELPH!

Miré frenética a mi alrededor. No estaba por ninguna parte. Había... había desaparecido. ¡La nube! Miré hacia el cielo, pero no había nada más que la tormenta. Luego busqué como loca en todas direcciones, miré detrás de los árboles y de las piedras, trepé a lo alto de pequeños montículos seguida muy de cerca por *Harry Segundo*. Llamé a Delph sin cesar hasta que me quedé sin aire en los pulmones. Finalmente me dejé caer en el suelo. Mi cerebro funcionaba tan deprisa que no podía pensar con claridad. Después, a medida que fueron pasando las cuñas y fui viendo que Delph no reaparecía, empecé a llorar suavemente, luego con más intensidad, y al final terminé con profundos sollozos. Sollozaba tan fuerte que acabé vomitando.

Me quedé tumbada en el suelo, con *Harry Segundo* acurrucado junto a mí, como queriendo protegerme. No dejaba de murmurar: «Delph, Delph, Delph. Por favor, vuelve. Por favor, vuelve. Por favor...»

Pero Delph no volvía. Se había ido.

Me levanté muy despacio del suelo y recogí mi mochila. Entonces fue cuando me percaté de que la de Delph no estaba. ¿Cómo había podido aquella nube...? ¿Cómo...?

El malvado Espina me había dicho que en el Quag no había nada imposible. ¡Espina! ¿Podría haber sido él quien...? Pero si había sido él, también me habría raptado a mí, sin duda.

Me miré los pies mientras caminaba. Me concentré en ir poniendo un pie delante del otro. Procuraba bloquear todo lo demás, sobre todo intentaba no pensar en que ya no tenía a Delph a mi lado. Seguía sin poder comprender lo que había sucedido, incluso en una ocasión cerré los ojos y volví a abrirlos pasados unos instantes, con la esperanza de que aquella pesadilla hubiera acabado y Delph volviera a estar conmigo. Me miraría con aquella sonrisa suya, tan boba pero tan entrañable, y me diría: «Qué hay, Vega Jane.» Pero no estaba conmigo, así que no me dijo nada.

Yo era tan solo una hembra de Amargura, de quince sesiones de edad, que únicamente tenía ganas de llorar como una descosida porque se había quedado sin su mejor amigo. Pero no podía, ya no me quedaban lágrimas que derramar.

Miré al frente. El Quag era una extensión infinita.

Miré arriba, y de pronto se me descolgó la mandíbula. La tormenta seguía desatando su furia y las lanzas luminosas y los truenos se veían ya por todas partes, lo cual resultaba bastante extraordinario. Sin embargo, en el cielo había otra cosa más: una gigantesca criatura voladora, casi tan grande como un inficio.

No supe si era amigo o enemigo. De repente descendió un poco, y entonces pude verlo mejor. Era un pájaro de fuego. Su plumaje formaba un conjunto de vivos colores que resplandecían como una señal luminosa, incluso en medio de la oscuridad de la tormenta. Su pico y sus enormes garras estaban afiladísimos. En el libro de Quentin se decía que un pájaro de fuego podía ser un aliado o un enemigo, pero en aquel momento yo no podía permitirme el lujo de pararme a averiguarlo.

—¡Corre! —le grité a *Harry Segundo*.

Solo existía una salida posible. Vi una abertura que había en una roca, en lo alto del primer repecho, y eché a correr hacia ella mirando al mismo tiempo hacia atrás, al gigantesco pájaro que me seguía. Pero el cielo estaba ya tan oscuro y llovía con tanta fuerza, que no acerté a ver casi nada.

Cuando llegamos a la entrada de la cueva, hice un alto. Meterme de cabeza en un espacio oscuro y reducido del Quag podía ser lo último que hiciera en la vida. Dediqué unos instantes a encender mi farol, después me saqué el guante del bolsillo, aferré la *Elemental* y le ordené mentalmente que se desplegase. Luego me eché la mochila al hombro y, llevando el farol en la otra mano, penetré con *Harry Segundo* en la boca de la cueva. Habríamos recorrido como unos veinte pasos, cuando de repente capté un ruido. No era el gruñido de una bestia, y tampoco logré detectar ningún olor desagradable. Fue más bien como un murmullo.

—¡Hola! —llamé—. ¿Quién hay ahí?

Al momento siguiente el murmullo cesó. Aquello no lo tomé como una buena señal. Apreté la *Elemental* con más fuerza y continué avanzando muy despacio, con *Harry Segundo* pegado a mí. La cueva era profunda, y cuanto más nos internábamos en ella, más alta y ancha se volvía, hasta que ya no me costó erguirme en toda mi estatura.

—¡Hola! —llamé otra vez.

De pronto, algo cruzó raudo por un pasadizo que había delante de nosotros y desapareció en la oscuridad.

Solté el farol y apunté con la *Elemental*.

—Sal ahora mismo, o de lo contrario... esto... te haré daño —amenacé con una voz entrecortada que me salió ridícula.

Centímetro a centímetro, la criatura se dejó ver por fin. Recogí el farol y lo sostuve en alto para alumbrar mejor el pasadizo. Se trataba de una criatura de pequeño tamaño y llevaba puesta una capa con capucha.

—¿Quién eres? —le pregunté sin aliento.

—Nos llaman Seamus —me respondió en la lengua de los Wugs—. ¿Qué eres tú, cielito? —Observó con curiosidad la lanza que yo sujetaba en la mano.

—Yo soy Vega Jane —le dije. Y añadí—: ¿Te importaría decirme qué clase de criatura eres?

Se bajó la capucha y contestó:

—Somos un hob, eso somos.

Lo supe en cuanto se bajó la capucha. Había leído información acerca de los hobs en el libro de Quentin, y además se incluía un dibujo. El hob era más o menos de la misma estatura que yo, tenía el cuerpo rechoncho, la mandíbula pequeña pero ancha, una nariz prominente, los ojos marrones y muy juntos, y unas orejas en punta como las de mi canino, solo que más largas, más carnosas y más sonrosadas por dentro. Los dedos con los que se había bajado la capucha eran largos, curvos y ahusados, provistos de unas uñas que daban la impresión de estar muy afiladas. Por debajo del borde de la capa, que le quedaba demasiado corta, se le veían unos pies descalzos, grandes y peludos. La capa estaba sucia y andrajosa, y el rostro, las manos y los pies no parecían estar mucho más limpios.

—Yo soy una Wugmort —expliqué.

El hob se me acercó un poco más y de nuevo miró fijamente la *Elemental*. Se me había olvidado que todavía le estaba apuntando con ella, de modo que la bajé.

—¿Por qué razón quieres hacer daño, cielito?

—No quiero, a no ser que alguien quiera hacérmelo a mí.

—Los hobs no hacemos daño a nadie.

En el libro de Quentin se decía que los hobs ayudaban. Lo único que había que hacer era ofrecerles pequeños regalos de vez en cuando, aunque yo no tenía la menor idea de cuál podía ser un regalo apropiado para ellos.

—Eso tengo entendido —coincidí—. ¿Vives en esta cueva?

—Sí, hasta que nos mudemos a otro lugar.

—Fuera hay una tormenta —le advertí.

—Las tormentas y el tronar permiten al hob vagar y vagar —dijo, en una frase que carecía de sentido.

—¿Tú vives en el Quag?

—¿Te refieres a este lugar, a esto?

—Sí.

Respondió esbozando un sonrisa ladeada que dejó al descubierto una dentadura llena de huecos.

—¿Y dónde íbamos a vivir si no, cielito?

—Puedes llamarme simplemente Vega.

—Podríamos si quisiéramos si pudiéramos.

Empezaba a dolerme la cabeza.

—¿Y dices que eres una Wugmort? ¿Qué es eso, cielito?

—Es más corto decir Wug. Así se llaman los habitantes de Amargura. Es un pueblo que está en medio del Quag.

Seamus afirmó con la cabeza, aunque yo no tuve la seguridad de que supiera siquiera de qué le estaba hablando.

—Mira —le dije—, tengo un amigo que se llama Delph. Estábamos los dos juntos, sentados no muy lejos de aquí, cuando de repente bajó una nube negra y nos cubrió. Cuando volvió a levantarse, mi amigo había desaparecido. ¿Tú puedes ayudarme a encontrarlo? Tengo que encontrarlo. Es necesario.

El hob, en vez de responderme, me dio la espalda y se fue hacia el interior de la caverna. Me apresuré a coger la mochila, el farol y a *Harry Segundo* y fui detrás de él.

Llegamos a una pequeña cámara en la que había un par de cajones de madera, una manta enrollada, un cubo y dos velas encendidas y apoyadas en unas piedras. Miré en derredor unos momentos, después dejé el farol y la mochila en el suelo y me senté en uno de los cajones. Allí dentro hacía frío, y de alguna manera el ventarrón de la tormenta se las arreglaba para llegar hasta nosotros, a pesar de encontrarnos tan lejos, y hacía parpadear la llama de las velas. Sentí un escalofrío y me ceñí la capa. Pero al momento experimenté un terrible sentimiento de culpa; seguro que el pobre Delph estaba allí fuera, en plena tormenta, sin nada con que protegerse.

—¿Tienes frío, cielito? —me preguntó Seamus.

Hice un gesto afirmativo con la cabeza.

Seamus se sentó en el otro cajón, metió la mano en un bolsillo de su capa y sacó un objeto que hizo que yo me cayera al suelo y que *Harry Segundo* se pusiera a ladrar.

Seamus hizo caso omiso de toda aquella conmoción y colocó en el suelo la pequeña bola de fuego azul que tenía en la mano, esparció por encima algo que se había sacado del otro bolsillo, y de inmediato las minúsculas llamitas aumentaron de tamaño y se elevaron hasta medio metro de altura.

Volví a sentarme y le pregunté:

—¿Cómo has hecho eso?

Seamus me miró con expresión inocente.

—¿El qué?

—Pues sacarte una bola de fuego del bolsillo.

—Lo hacemos así porque sí. ¿Tú lo haces así porque sí?

—No, no lo hago así porque sí —contesté, pero al instante me corregí—. Quiero decir, no saco bolas de fuego. No sé hacer esas cosas. ¿Dónde has aprendido tú?

—Todos los hobs sabemos sacar fuego del bolsillo. Sabemos, sencillamente, cielito. Sabemos, sencillamente. —Y terminó con una sonora carcajada.

Me acerqué un poco a las llamas y enseguida noté un calor intenso, y eso que no era una hoguera muy grande. De pronto cruzó por mi mente el recuerdo de una escena que se remontaba muchas sesiones atrás.

Estaba sentada con mis padres y mi hermano delante de la chimenea que teníamos en nuestra modesta casa de Amargura. Acabábamos de consumir nuestra cena, frugal como siempre. Nunca tuvimos mucho que digamos. Pero me vino a la memoria aquella escena de mi familia sentada en el suelo, delante de aquella chimenea, mirándonos unos a otros, mi padre con su sonrisa fácil, mi madre con su dulzura, y mi hermano observando una araña que había en un rincón del techo y contándole las patas. En aquel momento me consideraba la Wug más afortunada que había existido nunca.

Aquel recuerdo se desvaneció, y volví a centrarme en el presente.

—¿Tú puedes ayudarme a encontrar a mi amigo? —le pregunté otra vez a Seamus. —Saqué de la mochila unas latas y una jarra de agua—. ¿Te gustaría compartir conmigo un poco de comida y de agua? —le ofrecí. No tenía ni idea de si aquello constituiría un regalo apropiado, pero debía intentarlo.

—¿Qué es lo que tienes, cielito?

—Carne ahumada, queso, pan, pepinillos fritos, verduras y unas cuantas manzanas y peras, entre otras cosas.

Seamus puso cara de desilusión.

—¿Eso es todo?

Miré las provisiones y me maravillé de que entre ellas no hubiera nada que pudiera gustarle. Rebusqué dentro de la mochila y fui sacando más cosas, como una lata de bombones que había comprado en Amargura, en la pastelería de Herman Helvet. Seamus, rápido como una flecha, la cogió y la olfateó.

—Esto es lo que deseamos, cielito.

—¿La lata entera? —pregunté, atónita.

Seamus me respondió perforando la tapa metálica sin esfuerzo alguno, sirviéndose de una de sus uñas. Sacó el primer bombón que encontró y le dio un mordisco. Al momento sonrió de oreja a oreja mostrando su fila de dientes torcidos y ennegrecidos. Devoró aquel bombón y enseguida cogió otro.

—Tomamos el uno y el dos para Seamus, y los otros para más tarde dejamos.

Acto seguido, dejó la lata y acercó las manos al fuego. Yo me quedé mirando aquellas afiladísimas uñas que habían abierto la tapa metálica con tanta facilidad.

Entornó aún más los ojos, se recostó contra la pared y se arrebujó en su capa. Del exterior nos llegaba el fragor de la tormenta, y ese pensamiento me hizo acercarme al fuego. ¿Habría podido Delph refugiarse en alguna parte? ¿Se habría topado antes con alguna criatura? Sentí un escalofrío que me recorrió todo el cuerpo.

—¿Puedes ayudarme? —repetí una vez más—. ¡Por favor!

Seamus no dijo nada y se limitó a contemplarme con los ojos entornados. Aunque su actitud resultaba un tanto inquietante, decidí insistir.

—Seamus —le dije—, te he dado dulces.

Al ver que él seguía guardando silencio, saqué mi libro del Quag y lo abrí por la página que hablaba de los hobs. Decía lo siguiente: «Un hob es una fuerza del bien. Se hace amigo de quienes se encuentran en apuros. Lo único que hay que hacer es ser amable con él y ofrecerle un regalo, y servirá fielmente a su bienhechor.»

Dejé de leer y levanté el libro para que Seamus pudiera ver el dibujo.

—¿De dónde has sacado esa cosa? —me preguntó Seamus observando el dibujo con curiosidad.

—De alguien que ha estado en el Quag y que ha conocido a personajes como tú —repliqué.

La mirada del hob se desvió hacia la lata de bombones, que descansaba junto al cajón. Cuando alargó la mano para intentar cogerla, *Harry Segundo* se abalanzó sobre él y se plantó delante, enseñando los colmillos. Seamus retiró enseguida la mano.

—No hay necesidad de ponerse tan agresivo —dijo Seamus con gesto hosco—. Seamus es un hob bueno, lo es. Tal como dice ese libro.

—Entonces puedes ayudarme, ¿no? —insistí, indicando con la mirada la lata de bombones—. Estoy muy preocupada por mi amigo.

Seamus dejó escapar una risita.

—Y no te faltan motivos, cielito. —A continuación, sin el menor rastro de soniquetes absurdos, agregó—: Porque este lugar es muy peligroso, lo es.

Nos miramos largamente el uno al otro por encima de las llamas de la bola de fuego. De repente se hizo un silencio tan profundo en el interior de la cueva que creí que ya había cesado la tormenta.

—Desapareció en medio de una nube —repetí—. ¿Qué puedes decirme acerca de eso?

Seamus apoyó un dedo en los labios, como indicando que estaba pensando intensamente. Yo le observé a través del humo que desprendían las llamas.

—Hay un sitio —dijo—. Hay un sitio cerca de aquí.

—¿Qué sitio? —pregunté con impaciencia, cada vez más preocupada de lo que pudiera haberle ocurrido a Delph.

—Una casita de campo.

Lo miré boquiabierta.

—¿Qué hace una casita de campo en medio del Quag?

Como respuesta, el hob guardó silencio y cerró los ojos del todo.

—Seamus, ¿qué hace una casita de campo en medio del Quag? ¿Vive alguien en ella?

—Puede que sí y puede que no.

—¿Eres un hob bueno o no? —le dije con vehemencia.

—Somos un hob bueno.

—Pues entonces responde a mi pregunta. Por favor.

Seamus abrió los ojos y me miró con gesto malhumorado.

—Quien vive allí es una hembra —dijo, de nuevo en tono serio.

—¿*Cielito*? —repuse yo enarcando las cejas.

Seamus se incorporó a medias y me miró. Quiero decir que me miró de una manera que por primera vez pareció auténtica.

—¿Quién es la hembra que vive en esa casa? —le pregunté.

—¿Por qué estás aquí? —De repente su tono se tornó agresivo y acusador al mismo tiempo.

—Yo he preguntado primero. Y tú eres un hob que todavía tiene que demostrarme que es bueno, a pesar de la lata de bombones.

Seamus señaló las llamas.

—¡Antes tenías frío, y ya no lo tienes!

—Y tú te has comido dos de mis bombones. —Cogí la lata y se la arrojé. Él la atrapó limpiamente al vuelo—. Y todavía te queda casi una lata entera de sobra.

Seamus reflexionó sobre aquel punto y puso cara seria.

—No sabemos cómo se llama —dijo al fin.

—¿Es una hembra buena? —quise saber.

—Bastante —respondió Seamus con un mohín.

—¿Y cómo sobrevive en el Quag habiendo tantas criaturas peligrosas?

—Las criaturas la dejan en paz, ¿sabes?

—¿Por qué?

—Porque sí —respondió Seamus en tono que no admitía réplica.

—¿Y ella puede ayudarme a encontrar a Delph?

Seamus se encogió de hombros.

—Si ella no puede, no podrá nadie.

—¿Puedes enseñarme por dónde se va a su casa?

—¡Qué! ¿Con esta tormenta? —protestó Seamus.

—Sé volar —añadí.

El hob abrió unos ojos como platos.

—¿Volar? ¡Menuda trola!

Metí a *Harry Segundo* en el arnés.

—Te lo voy a demostrar. Vamos. No tenemos una cuña que perder.

Seamus se levantó y fue conmigo hasta la entrada de la cueva. Aún seguía lloviendo a mares, Seamus observó el panorama con gesto irónico, pero no le hice caso. Yo solo necesitaba encontrar a Delph. Aunque todavía no era de noche, estaba oscuro por culpa de las nubes negras que tapaban el cielo. Nubes como la que se había tragado a Delph.

—Esas llamas que has conjurado —le dije a Seamus—, ¿podemos utilizarlas para alumbrarnos?

Mi petición pareció sorprenderlo, pero hizo un gesto afirmativo con la cabeza, se metió la mano en el bolsillo y extrajo otra bola de fuego azul.

—Súbete a mis hombros —le dije.

Él se echó atrás.

—Peso demasiado.

Pero yo lo levanté sin esfuerzo.

—Bien, cuando estemos volando puedes agarrarte a las correas del arnés, ¿de acuerdo?

—¿Allá arriba es adonde vamos? —preguntó, temeroso.

—Sí, pero no te preocupes —le dije—, nunca me he matado al estrellarme.

Salí de la cueva en mitad de la lluvia, me puse las gafas protectoras, di un salto para impulsarme, y allá que fuimos en busca del único Wug sin el que yo no podía vivir.

TREDECIM

La casa de Astrea Prine

La tormenta había arreciado. Incluso con la protección de las gafas, volaba viendo solo a medias. Sin embargo, como Seamus sostenía la bola de fuego azul delante de nosotros, la lluvia y el viento no nos afectaban en absoluto.

—¡Es por ahí! —gritó Seamus para hacerse oír por encima de la furia de la tormenta, que cada pocas cuñas me hacía perder el control. Señaló a su izquierda, y viré en dicha dirección.

—¿Cuánto falta? —chillé. Por lo que había dicho el hob anteriormente, imaginaba que la casa iba a encontrarse mucho más cerca.

—Bueno, es que ha cambiado de sitio, ¿sabes? —explicó Seamus.

—¡Maravilloso! —me quejé.

—¡Ahí abajo está! —gritó Seamus de improviso.

Miré con mis gafas empañadas hacia donde señalaba, y me encontré con una visión que incluso en el Quag resultaba extraordinaria.

Aquello no era una casita de campo, sino una cúpula de un color verde esmeralda. Y no parecía sólida. Era... en fin, daba la sensación de ser simplemente un resplandor, como el latido de un corazón gigantesco. Pero era imposible de confundir, y brillaba de tal manera que destacaba por sí sola entre la oscuridad y la furia de la tormenta.

Descendí rápidamente y vi que había una pista de aterrizaje junto a un bosquecillo de fresnos. Bajé las piernas y toqué tierra con los pies.

—Nunca jamás separaremos los pies del suelo —oí que murmuraba Seamus—, nunca jamás.

Solté a *Harry Segundo* del arnés mientras Seamus se bajaba de mis hombros poniendo sumo cuidado, y los tres nos quedamos unos instantes contemplando el resplandor esmeralda.

—Bueno, ¿y cómo se entra? —le pregunté a Seamus.

—Complicadillo, cielito, complicadillo.

Me volví hacia él, furiosa.

—¡Mira, Seamus el hob, si me vienes otra vez con esas monsergas, te va a caer una bronca que no olvidarás en toda tu vida!

Seamus puso cara seria y dijo en tono cortante:

—Está bien, está bien, no te sulfures. Síguenos.

Echamos a andar hacia el resplandor, uno delante del otro. Nos detuvimos cuando estábamos a medio metro de él, e incluso en medio de aquella oscuridad logré percibir el contorno de una estructura en su interior.

—¿Es la casita? —pregunté mirando a Seamus.

Él asintió.

—Es la casita —confirmó con un fuerte suspiro.

—Y ahora, ¿qué? —dije.

Vi que Seamus daba un paso al frente, con timidez, pero se detuvo y se volvió para mirarme.

—¿Y bien? —dije, expectante—. Continúa.

—Danos un momento —rogó—. Además, ¿por qué tienes tanta prisa?

—Ah, pues no sé, a lo mejor es porque estamos en medio de una fuerte tormenta, ¡EN EL CONDENADO QUAG!

—Vale, vale, ya lo hemos captado.

Respiró hondo varias veces.

—¡Oh, por el amor de Alvis Alcumus! —exclamé al tiempo que me metía sin titubear en el resplandor verde.

—¡Eh! ¡Espera! —gritó el hob.

Harry Segundo se vino instantáneamente detrás de mí, y ambos cruzamos limpiamente al otro lado. Me volví para mirar a Seamus, que estaba dando saltos sin moverse del sitio y gesticulando como loco. Metí un brazo a través de la cortina luminosa, le agarré de la mano y tiré de él hasta que lo tuvimos con nosotros, dentro del resplandor.

Le solté la mano y lo miré fijamente. Tenía los ojos fuertemente cerrados y temblaba como si acabara de salir de un cubo de agua helada.

—Esto... Seamus... —empecé.

Pero él me indicó con gestos frenéticos que guardase silencio. Seguidamente, muy poquito a poco, abrió sus ojos grandes y bulbosos y miró en derredor. Cuando se dio cuenta de dónde estaba, exclamó en tono de reprimenda:

—¡Mira lo que has hecho!

—Has sido tú el que nos ha traído hasta aquí.

—Pero no te dijimos que entraras así, a la tremenda. Cuando pensamos en lo que podría haber...

—A ver —le interrumpí—, ¿qué es lo que debía haber hecho, exactamente?

—Pues esperar a que nosotros resolviésemos la situación, eso deberías haber hecho, insensata.

—Bueno, pues ya está resuelta. Ya hemos entrado. A ver, ¿dónde está la casa?

Había echado un vistazo, pero el contorno de la estructura que había distinguido desde el exterior de la cúpula luminosa ya no se veía estando dentro.

Seamus señaló a su izquierda.

—Vamos a probar por ahí.

—¿Cómo que a probar? —repetí yo, inexpresiva—. Pensaba que ya habías estado aquí otras veces.

—Bueno, sí. Pero nos referíamos al resplandor esmeralda, por supuesto.

—Espera, ¿me estás diciendo que nunca has estado dentro del resplandor esmeralda?

—Pero qué descarada, deja ya ese tema, te lo pedimos por favor.

—Te he hecho una pregunta. ¿Cuántas veces has estado dentro del resplandor esmeralda?

Seamus levantó la vista hacia el cielo y fue contando mentalmente. Por fin alzó un dedo solitario.

—Bueno, contando la de ahora, eso hace un total de... hum... una.

—¡Una! —rugí.

Mi exclamación le hizo retroceder de un salto.

—Bueno, no nos has dado ninguna oportunidad, has entrado así, por las buenas. Podríamos haber muerto todos.

—Así que cuando he atravesado el resplandor esmeralda, ¿podría haber muerto?

—Y tú habrías sido la única culpable.

—¡Oh, cállate ya! —exclamé, y me puse a buscar una casita de campo en la que podía vivir, o no, una hembra «bondadosa» que podría devorarnos, o no, nada más ponernos los ojos encima.

—Eres un chiflado de lo más cutre, Seamus —le dije al marcharme.

—¡Cardo! —me chilló a su vez.

—Cabezahueca —se la devolví.

Eché a correr, pero al poco me detuve. Acababa de percatarme de un detalle: allí dentro no llovía. Miré hacia arriba. No había ninguna tormenta, ni tampoco soplaba viento. Tuve la impresión de estar caminando por un sendero tibio, me causaba una sensación... reconfortante. Continuamos andando y rebasamos un corto repecho. Cuando bajamos por el otro lado, de pronto la vi.

La casita de campo. Tenía un tejado de paja, paredes construidas con piedras y argamasa y una puerta ovalada de madera maciza, provista de una pequeña abertura cuadrada en lo alto por la que se filtraba la luz. Había un sendero de piedras lisas, corto y absurdamente en zigzag, que llevaba hasta la entrada de la casa.

Hice acopio de valor, puse un pie en el bloque de piedra vieja y renegrida que formaba un rústico porche y miré con precaución por el ventanuco cuadrado. De repente di un salto hacia atrás, temblando. La puerta se había abierto, al parecer por sí sola.

Cuando creía que la situación ya no podía sorprenderme más, oí una voz que me habló en tono imperioso:

—Puedes entrar —dijo.

Miré a mi alrededor para ver de dónde había salido aquella invitación, pero no vi nada. Aun así, la voz no me había parecido especialmente amenazadora. Miré una vez más a mi espalda, y allí estaba Seamus, con sus ojos saltones, apenas a tres metros de mí. Daba la impresión de estar a punto de vomitar, y probablemente a mí me ocurría lo mismo.

—Ha dicho que puedo entrar —le informé, nerviosa.

—P-pues en-n ese c-caso es m-mejor que hagas lo que d-dice, ¿no?

—¿Vienes? —le pregunté.

Seamus hinchó el pecho.

—Creemos que vamos a quedarnos aquí fuera vigilando, cielito —dijo en tono terminante—. El buen Seamus no quiere que venga nadie a daros una sorpresa desagradable, no quiere.

Y a continuación se despidió con un breve gesto.

—Soplagaitas —musité para mis adentros, y después lancé un profundo suspiro de resignación. De todos los hobs con los que podía tropezarme, había ido a dar precisamente con aquel.

Penetré en el interior de la casa llevando a *Harry Segundo* a mi lado. En cuanto hubimos entrado, la puerta se cerró sola y oí el chasquido de la cerradura. Agarré el picaporte e intenté abrirla de nuevo, pero aunque llevaba a *Destin* arrollada a la cintura, lo cual aumentaba considerablemente mi fuerza, la puerta no cedió ni un milímetro.

Me volví de nuevo hacia delante.

—Hola —saludé, primero en un tono de voz tan débil que a mí misma me costó trabajo oírlo. Después lo repetí más fuerte—: ¡Hola!

Nada.

Recorrí la estancia con la mirada. Los muebles que vi —una mesa, una silla y un aparador— eran todos pequeños y de escasa altura. El suelo era de madera y parecía tener mil sesiones de antigüedad. En la pared había un gran reloj cuyas manecillas no dejaban de moverse sin parar, daban vueltas y más vueltas alrededor de la esfera. Al acercarme un poco más vi que las manecillas eran en realidad dos serpientes negras, inexplicablemente rígidas. Y cuando me fijé en la esfera, advertí que de hecho estaba formada por la cara de un garm, aplastada.

Retrocedí de un salto y estuve a punto de volcar la mesa, sobre la cual descansaban un plato, un vaso y varios utensilios, todos de hojalata. A lo mejor la hembra que vivía allí era malvada. A lo mejor Seamus me había hecho una jugarreta. Me prometí a mí misma que si lograba salir viva de aquella casa, lo estrangularía.

Controlé los nervios y voceé:

—Eh, ¿hay alguien en esta maldita casa?

Estuve a punto de dar un salto hasta el techo cuando la hembra (no sabía exactamente si lo era o no) se apareció justo enfrente de mí. *Harry Segundo* lanzó un ladrido y después se quedó callado. Yo me llevé una mano al pecho, en el intento de obligar a mi corazón a que volviera a su sitio.

—Bendito Campanario —jadeé doblada hacia delante, sin respiración de repente—. ¿Se puede saber de dónde rayos has salido? —pregunté resoplando.

La hembra (ya estaba segura de que era una hembra) me miró a su vez. Era menuda, apenas un poco más alta que Seamus, lo cual quería decir que me llegaba a mí más o menos a la altura del ombligo. Era joven, como de unas veinte sesiones, y tenía una melena negra que se le derramaba sobre los hombros. El rostro era ovalado, y la nariz, los ojos y la boca eran pequeños y finamente dibujados. Su expresión era de ligera curiosidad mezclada con indiferencia, lo cual me pareció bastante peculiar. Porque, a ver, ¿cuántos Wugs se presentaban en su casa, y acompañados de un canino? Iba vestida con una capa larga y negra y un chal verde esmeralda encima.

Me observaba sin pestañear, con una expresión de curiosidad, pero también de incertidumbre.

—Soy Vega —le dije—. Y este es mi canino, *Harry Segundo*.

Ella me miró primero a mí y luego a *Harry Segundo*, y después otra vez a mí.

—Yo soy Astrea Prine —dijo. Su voz era la misma que me había invitado a entrar.

—Seamus el hob me ha hablado de ti y de tu casa. Necesito que me ayudes a encontrar a mi amigo Delph.

—¿Delph? —repitió con gesto interrogante.

—Su nombre completo es Daniel Delphia, pero todo el mundo le llama Delph. Está ahí fuera, en medio de la tormenta. Vino una nube negra que nos cubrió, y entonces él desapareció, y...

—¿Por qué os aventurasteis a venir a este lugar? —me preguntó en tono tajante.

—No tengo tiempo para explicaciones. Delph está ahí fuera, en medio de la tormenta, y estoy muy preocupada por él. No quiero que le ocurra nada.

De repente Astrea dio media vuelta y salió de la habitación, esta vez utilizando los pies.

Harry Segundo y yo nos apresuramos a ir detrás de ella. La estancia contigua era mucho más espaciosa que la primera, y desde luego parecía mucho más grande que la casa entera vista desde el exterior. En el centro mismo había una mesa redonda. Astrea fue hacia ella caminando con pasitos cortos y rápidos, y de repente se detuvo. Nosotros hicimos lo mismo. Sobre la mesa había dos copas de peltre de idéntico tamaño, y dentro de cada una parpadeaba una llamita de color verde.

—¿Para qué es eso? —pregunté con curiosidad.

Astrea señaló la copa de la izquierda.

—El Quag —dijo.

A continuación, se sacó de un bolsillo un polvo que se parecía a la arena y lo arrojó sobre las llamitas. Al instante se hicieron mucho más altas. Seguidamente inclinó la copa, y el líquido inflamado que contenía se esparció por la mesa.

—¡Cuidado! —exclamé al tiempo que intentaba apagar el fuego con mi capa.

Pero un instante más tarde sentí lo mismo que si hubiera chocado contra una pared invisible. Me quedé paralizada en el sitio, con las manos extendidas a escasos centímetros de las llamas.

—No hay necesidad, Vega —me dijo Astrea indicando la mesa.

El fuego se había apagado y el agua se había extendido por todo el tablero de la mesa, a excepción de la otra copa, que había quedado sin tocar.

—Este es un arte adivinatorio —explicó—. Se llama Ojo Profético.

Confusa, observé la mesa. Al momento se me cortó la respiración.

Era como si sobre el tablero se hubiera formado un dibujo, un dibujo *en movimiento*. Lo recorrí frenética con la mirada, buscando en él a Delph.

—Amarocs —dije en tono tenso.

Había una manada de ellos, corriendo a galope tendido. Salvaban obstáculos saltando y esquivando con una elegancia que yo jamás habría imaginado. Si no fueran unas bestias asesinas, resultaría hermoso contemplarlas.

—¿Consigues ver qué es lo que están persiguiendo?

Me aterrorizó pensar que pudieran estar dando caza a Delph.

Astrea hizo otro movimiento con la mano, y la imagen se desplazó hacia el terreno que precedía a la manada. Lo que perseguían era un grupo de ciervos. Pero eran todos blancos como la nieve. Corrían deprisa, sin embargo, al parecer los amarocs les iban ganando.

—Los amarocs son más rápidos que los ciervos —comenté con preocupación.

Astrea afirmó con la cabeza.

—Pero, como puedes ver, eso no importa.

Volví a mirar la mesa y solté una exclamación ahogada. Los ciervos habían desaparecido, y en su lugar había ahora unos puntitos luminosos que se elevaron en el aire y se perdieron de vista, con lo que los amarocs se quedaron desconcertados, correteando de un lado a otro en todas direcciones y bramando enfurecidos.

—¿Qué les ha ocurrido a los ciervos? —pregunté.

—No eran ciervos.

—¿Y qué eran, entonces?

—Hadas que pretendían divertirse un poco a costa de los amarocs. Y cuanto más mejor, debo decir. Malditos trogloditas.

—¿Puedes ver a Delph con ayuda de esto? —pregunté consumida por la impaciencia. No dejaba de pensar en lo que podía haberle ocurrido.

Astrea movió otra vez la mano por encima de la mesa. Contuve la respiración al ver aparecer a Delph, pero al momento siguiente me relajé, aliviada. Delph estaba profundamente dormido en la rama de un árbol gigantesco, cuya copa era tan densa que no podía atravesarla ni la más minúscula gota de lluvia. Advertí que se había sujetado con una cuerda; de aquel modo, aunque se diera la vuelta en sueños, no se caería del árbol.

—¿Está sano y salvo? —pregunté, preocupada.

A modo de respuesta, Astrea rebuscó en un bolsillo de su capa y sacó algo. Seguidamente levantó la mano y lo dejó caer sobre la mesa. Parecían granos de arroz. Cayeron sobre el agua sin salpicar, pero me fijé en las pequeñas ondulaciones que formaron al colisionar con el líquido. Dichas ondulaciones llegaron hasta Delph y formaron un círculo en torno a su figura. Y a continuación se endurecieron y se quedaron inmóviles y fijas en el agua. Fue como si hubiera quedado encerrado en una jaula.

—Ahora está protegido de todo peligro —aseguró Astrea. Se giró una vez más hacia mí y me dijo—: Ven conmigo, por favor, Vega Jane.

Mientras la seguía, caí en la cuenta de que en ningún momento le había dicho que mi apellido fuera Jane.

QUATTUORDECIM

Habitaciones con opiniones

Astrea abrió una puerta ayudándose de una gran llave de hierro con forma de punta de flecha y me dio paso a una habitación que era a todas luces una biblioteca, porque hasta el último centímetro de pared estaba ocupado por libros. Todos estaban ordenados en grandes anaqueles de madera con decorativos relieves que se elevaban hasta el techo, situado a sus buenos cinco metros de altura. En el centro de la habitación había unas cuantas sillas de aspecto tosco y varias mesas muy desgastadas, repartidas aquí y allá.

De repente percibí un claro chasquido. Acababa de abrirse una sección de las estanterías y había dejado al descubierto un espacio oscuro. Entramos por él. La negrura era total hasta que entramos nosotros. Al momento la estancia se inundó de una luz que hizo destacar en un relieve exagerado todos los objetos que había allí presentes: mullidos sillones de aspecto muy cómodo y unas mesas de pequeño tamaño sobre las que reposaban artilugios que me resultaron desconocidos. Había también un amplio escritorio de madera, tan antiguo que parecía petrificado. Detrás tenía un sillón de cuero de respaldo alto en el que relucían los remaches de los clavos. Sobre el tablero había papeles, rollos y pergaminos, libros amontonados y tinteros de cristal, y también una fila de anticuadas plumas de ave para escribir que yo había visto en una ocasión, en la mano de mi abuelo.

La habitación contaba con una pequeña chimenea rodeada de ladrillos y provista de una delgada repisa ribeteada de cobre sobre la que se apoyaba un reloj que, por suerte para mis nervios, no tenía serpientes en la esfera. Delante de la chimenea había dos sillones igualmente decrépitos cuyo relleno se estaba saliendo, y dos diminutos reposapiés para que uno pudiera acercar los pies al fuego para calentarlos, si hubiera habido un fuego encendido.

Al instante siguiente, tanto *Harry Segundo* como yo retrocedimos de un salto, porque la chimenea, que hasta aquel momento había estado vacía no solo de fuego sino también de leña, cobró vida de repente y surgieron unas alegres llamas. La estancia, que cuando entramos estaba fría, enseguida se caldeó y resultó acogedora, y, a pesar de mi estado de excitación, noté que se me cerraban los ojos. De pronto caí en la cuenta de que me encontraba realmente exhausta.

Pero los ojos se me abrieron de golpe otra vez cuando observé el suelo. Era de madera, y sus tablones se veían muy desgastados a causa del transcurrir de las sesiones y de los innumerables pies que habían caminado sobre ellos. Pero no me estaba fijando en los tablones, sino en la alfombra raída que los cubría parcialmente. Más concretamente, en las imágenes que estaban dibujadas en la alfombra.

—¿Qué son esas criaturas? —pregunté sin aliento.

Harry Segundo fue hasta la alfombra y, con gesto tímido, alargó una pata y tocó una de las figuras tejidas en la tela.

Astrea señaló una que había a la izquierda.

—Eso de ahí es un unicornio. Naturalmente, su cuerno sirve de antídoto contra todos los venenos conocidos.

Yo ni siquiera tenía idea de lo que era un unicornio.

—¿Y eso otro? —pregunté indicando otra figura. Aunque la alfombra era indudablemente muy vieja, los colores de las imágenes conservaban una viveza extraordinaria, más luminosa que la de ningún objeto que hubiera elaborado yo en Chimeneas.

—Un pájaro de fuego —respondió Astrea con naturalidad—. Se llama así porque posee un plumaje de colores muy llamativos. Sus plumas incluso pueden servir para alumbrar el camino, y también para abrigarse del frío.

—Espera un momento, yo he visto uno de esos —dije—. Me persiguió hasta que me refugié en una cueva.

—¿En serio? No suelen ser peligrosos.

—¿Estás segura de que Delph se encuentra sano y salvo? —pregunté impulsivamente.

—Sí, se encuentra sano y salvo. ¿Tanto te importa el bienestar de tu amigo?

—Me importa muchísimo.

—Es peligroso poner tanto de uno mismo en otro ser.

Hice caso omiso de aquel comentario y, haciendo acopio de valor, dije:

—¿Cómo has sabido que mi apellido es Jane?

Astrea, en vez de responder, me apretó la mano con una fuerza sorprendente y exclamó:

—¿Qué es esa marca? ¿Cómo es que la llevas?

Miré el símbolo de los tres ganchos que llevaba dibujado y retiré enseguida la mano para soltarme. Acababa de salir de la prisión de Espina, y no pensaba cometer el mismo error con Astrea. Mientras no supiera con seguridad si su intención era amistosa, la consideraría una posible enemiga.

—Es la misma marca que está grabada en este anillo. —Me lo saqué del bolsillo y se lo enseñé—. Perteneció a mi abuelo —agregué con cautela.

—¿Este anillo era de él? ¿Estás completamente segura?

—Sí.

No pensaba revelarle que me permitía volverme invisible. Astrea examinó el anillo unos instantes más y luego me señaló la mano.

—Eso es tan solo tinta.

—Ya lo sé, porque me lo he dibujado yo misma —me apresuré a contestar—. Mi abuelo tenía la misma marca en el dorso de la mano, aunque en su caso no era simplemente tinta.

Astrea agitó su mano por encima de la mía y el dibujo desapareció. Me quedé mirando la piel limpia, y después la miré a ella.

—¿Sabes qué significado tiene? —le pregunté.

—No.

Sabía que estaba diciendo una falsedad, lo cual me hizo desconfiar de ella. Pero, antes de que pudiera formularle otra pregunta, se fue hasta una amplia pared que estaba vacía, y *Harry Segundo* y yo nos apresuramos a seguirla.

Levantó una mano, y al momento surgió de ella una luz de una brillantez increíble y lanzó un golpe directo contra el muro. Yo me agaché de inmediato y me tapé los ojos para protegerme, pues esperaba que de la colisión entre luz y pared resultara una explosión tremenda. Pero no sucedió tal cosa. Abrí los ojos y me incorporé.

Y dejé escapar una exclamación ahogada.

La pared entera había cobrado vida. Si lo que me mostró la pequeña mesa de la otra habitación había resultado impresionante, el espectáculo que se me ofrecía ahora era como una montaña comparada con un cerro. Cada centímetro de la pared, que debía de medir unos quince metros de largo, se había poblado de imágenes, de imágenes *en movimiento*.

Astrea se volvió hacia mí.

—Ahí tienes el Quag —me dijo con sencillez—. En todo su esplendor. Y en toda su depravación, que es mucha. Pero mucha de verdad.

La primera vez que contemplé la extensión del Quag desde lo alto de la meseta en la que los garms y los amarocs nos perseguían a Delph, a *Harry Segundo* y a mí, me quedé atónita al observar su amplitud y su belleza oscura y siniestra. Creí que estaba viendo el horizonte mismo del Quag, pero al parecer estaba muy equivocada.

Contemplé fascinada las manadas de criaturas desconocidas que campaban por aquellas llanuras abiertas y aquellas accidentadas colinas. Diversas criaturas aladas, unas conocidas y otras no, cruzaban volando un cielo que era tan negro como el carbón. Algunos árboles se estremecían y otras criaturas reptaban, y emitían diferentes sonidos, algunos suaves y acariciantes para mis oídos, otros fieros e inquietantes que me ponían los nervios de punta y hacían que me flaquease el valor. Vi la majestuosa cumbre de la Montaña Azul, y también la cinta oscura del río que serpenteaba en dirección a lugares desconocidos y probablemente hostiles. Con un escalofrío que me recorrió hasta los dedos de los pies, me pareció distinguir una pequeña embarcación que, llevando algo o alguien dentro, atravesaba lentamente sus negras aguas para dirigirse a la otra orilla. Pero aquella imagen se esfumó y fue reemplazada por un frek devorando algo que parecía ser una cabra.

Después, salió una criatura de entre los árboles y quedó totalmente a la vista. Era alta y de constitución fuerte, y aunque se sostenía sobre dos piernas como yo, poseía colmillos y garras, y tenía todo el cuerpo cubierto de un pelaje largo y liso.

Enseguida miré a Astrea.

—¿Qué es esa cosa tan horrorosa?

—Es un licán —me respondió.

—No sé lo que es eso.

—Si te muerde, te conviertes en... en una criatura igual que él.

Contemplamos cómo el licán, dando un tremendo salto que abarcó varios metros, atacó al frek. Siguió una batalla que resultó feroz, porque ambos adversarios parecían estar igualados en cuanto a fuerza. Finalmente venció el licán, y hundió los colmillos en el pescuezo del frek. El frek lanzó un aullido de dolor y de furia y a continuación, apaleado y ensangrentado, se zafó y salió huyendo en dirección a los árboles. El licán se quedó unos instantes donde estaba, sangrando por las heridas que le había infligido el frek, luego alzó sus garras ensangrentadas hacia el negro cielo y lanzó un rugido de triunfo. Fue un espectáculo terrible de presenciar, y aun así me costó apartar la vista.

—La mordedura de un frek lo vuelve a uno loco —dije con consternación.

—El licán ya está loco, Vega. La mordedura de un frek no va a obrar ningún cambio en su mente torturada.

Transcurrió una larga cuña en silencio.

—¿Qué hay más allá del Quag? —pregunté.

—¿Por qué viniste al Quag? —me preguntó ella de nuevo.

—No veo qué importancia puede tener eso —repliqué, testaruda.

Astrea me miró con gesto impasible.

—La diferencia que hay entre lo que yo considero que tiene

importancia y lo que consideras tú podría llenar una estantería entera de libros.

—¿Tú sabes lo que hay más allá del Quag? —persistí.

Me volví hacia ella a tiempo para advertir que sus facciones se contraían como si le estuviera doliendo algo. Pero antes de que yo pudiera decir nada, contestó:

—Es tarde. Y estoy muy cansada.

—Pues yo no estoy cansada —repuse en tono terminante.

—Voy a enseñarte cuáles son tus aposentos, y luego, si quieres, puedes acostarte o permanecer levantada, como prefieras.

—¿Y puedo ir adonde se me antoje? Me refiero al interior de la casa.

—Puedes entrar en cualquier habitación que *te permita* entrar. Porque no todas te lo permitirán.

La miré como si se hubiera vuelto completamente loca.

—¿Puede ocurrir que la habitación no me permita entrar?

—Las habitaciones tienen opinión propia —respondió—. Y hasta sentimientos.

—¡Sentimientos! —exclamé.

—Sentimientos he dicho y sentimientos he querido decir —reiteró de manera asertiva. A continuación, dio media vuelta y echó a andar.

Me apresuré a seguirla, preguntándome qué locuras me esperaban en aquella casita de campo.

QUINDECIM

Cuestión de puertas

Mis aposentos resultaron ser una habitación grande y ovalada en la que no había ni un solo mueble. Me volví hacia Astrea y le dije:

—No pasa nada, no tengo ningún problema para dormir en el suelo.

—¿Pero por qué ibas a dormir en el suelo? —me replicó.

Recorrí la habitación con la mirada, para asegurarme de que no se me hubiera pasado por alto el bastidor de alguna cama apoyado contra un rincón.

—Bueno, para eso necesitaría una...

De improviso, *Harry Segundo* y yo tuvimos que apartarnos de un salto para evitar ser aplastados por una gigantesca cama con cuatro postes que, al parecer, cayó del techo.

—¡Caray! —exclamé, todavía temblando y con la respiración agitada.

Harry Segundo se puso a ladrar como loco hasta que yo levanté una mano para mandarlo callar, y me obedeció al instante.

—Hay que tener cuidado con lo que se pide, por lo menos en mi casa —dijo Astrea como si tal cosa, al tiempo que ahuecaba las almohadas. Después se volvió hacia mí—. O por lo menos hay que ser de pies rápidos como tú, querida —añadió en tono benevolente.

—¿P-pero de dónde ha salido esa cama?

—Ha salido del lugar en que descansan estas cosas hasta que se las necesita. Además, como no están presentes mientras no son necesarias, se ahorra muchísimo tiempo en limpiarlas.

—Así que —dije— ¿sólo hay que pedir algo para que ese algo aparezca?

—¿Acaso no te he dicho, si recuerdas, que las habitaciones tienen opiniones? ¿Y acaso de ello no se deduce lógicamente que son capaces de oír lo que decimos?

—Vale, pues no me vendría mal disponer de un armario para guardar mis cosas.

Esta vez estaba preparada. Ya me había quitado de en medio cuando cayó del techo un armario ropero de roble provisto de dos puertas y un cajón y, con un golpe sordo, se quedó apoyado contra la pared de enfrente. Mientras lo contemplaba asombrada, las puertas se abrieron y vi que dentro tenía compartimientos y perchas metálicas para colgar la ropa.

Astrea me estudió con la mirada.

—Veo que empiezas a cogerle el tranquillo a esto.

—¿Debería pedir una mesa y unas sillas? —pregunté, preparada nuevamente para apartarme de un salto.

Sin embargo, esta vez los muebles simplemente aparecieron en el rincón del cuarto, con una vela encendida en el centro que emitía una luz muy viva. Me volví hacia Astrea con expresión interrogante.

—No existe ninguna norma que diga que todos los objetos deben necesariamente caer del techo —explicó—. Bien, ¿tienes hambre? Seguro que podemos gorronear algo en la cocina. De hecho, hace una excelente tarta al whisky, si te apetece.

Negué con un gesto de cabeza, aunque la verdad era que, como de costumbre, no me habría venido mal meterme algo en el estómago.

—Estoy llena. Puedes ir a acostarte, mientras tanto yo guardaré mis cosas en el armario.

Astrea me miró con curiosidad, pero también con fijeza. Una fijeza un tanto exagerada, diría yo.

—Bueno... si tú... ¿estás segura? —me preguntó en tono dubitativo.

—Muy segura —respondí, tal vez demasiado deprisa—. ¿Saldremos a buscar a Delph con la primera luz?

—Sí —me contestó.

Cuando Astrea hubo salido de mi habitación, me concentré en mi mochila. Aquel enorme armario engulló mis magras posesiones y aún quedó espacio de sobra.

Me subí de un salto a la cama, que me pareció bastante cómoda. *Harry Segundo* se tumbó a mi lado, y le rasqué las orejas. Él me lo recompensó con un suave gemido de placer. Observé la puerta, que se había cerrado cuando salió Astrea. Me bajé de la cama, fui hacia allí e intenté abrirla, pero no se movió ni un milímetro.

Con gesto de incredulidad, me volví hacia *Harry Segundo*.

—Nos ha dejado encerrados. Vaya, qué te parece. —Me costaba trabajo creerlo.

Me retiré de la puerta y estudié sus dimensiones. A continuación me eché atrás para tomar carrerilla. Miré a *Harry Segundo* y le dije:

—No te preocupes, quiero salir de aquí, de modo que dentro de un instante estaremos fuera.

Hice ademán de lanzarme contra la puerta, pero tuve que frenar en seco.

La hoja se había abierto sola, sin hacer ruido.

«Quiero salir de aquí», aquello era lo que había dicho. Y, sin más, la puerta se abrió.

Me asomé con cautela por el recodo para examinar el oscuro pasillo. No había el menor rastro de Astrea. Entonces salí de la habitación llevando conmigo a *Harry Segundo*. Lo miré. Supuse que se daba cuenta de lo nerviosa que estaba yo, porque me dio un empujoncito con el hocico en la cadera, como diciendo: «Venga, vamos allá.»

Miré a la derecha. Por allí había venido, así que torcí a la izquierda.

En el lado derecho del corredor había una puerta. Probé a girar el picaporte, pero estaba cerrada con llave. Entonces me aparté un poco, reuní valor y dije empleando el tono de voz más educado que pude:

—¿Me permites entrar, por favor?

La puerta se abrió sola, pero al otro lado no había más que un espacio oscuro.

Miré a *Harry Segundo*, y él me miró a su vez. Ahora, el que estaba nervioso era él.

—Vale, de acuerdo —dije para ganar seguridad en mí misma, aunque en realidad no la sentía en absoluto.

Traspuse el umbral, y *Harry Segundo* me siguió. Nada más entrar, la puerta se cerró de nuevo detrás de nosotros y la estancia se iluminó.

En aquella habitación había un único objeto: un reloj enorme que colgaba en una pared también enorme. Debajo tenía dos cadenas iguales, terminadas en sendas bolas de metal. Las dos cadenas desaparecían en el interior de unos agujeros que había en el suelo.

Me acerqué a mirarlo y observé la esfera. No se parecía a ninguna que yo hubiera visto antes. Los relojes que usaban los Wugs estaban divididos en secciones de luz y de noche, en cambio aquel tenía palabras y números. Me acerqué un poco más.

—*Siglo* —leí en voz alta.

Aquella palabra figuraba debajo de cada número grabado en la esfera, a intervalos regulares. El reloj tenía una sola manecilla, la cual en aquel momento señalaba ocho siglos. Yo no tenía ni idea de lo que podía significar aquello. Me quedé mirando los agujeros del suelo por los que se perdían de vista las cadenas. Tampoco tenía idea de adónde podían conducir. En fin, por lo que parecía, allí ya no iba a poder enterarme de mucho más.

La siguiente puerta que encontramos estaba unos tres metros más adelante. Me planté delante de ella y dije en voz alta:

—¿Me permites entrar, por favor?

—¡LARGO DE AQUÍ!

El grito estuvo a punto de dejarme sorda, y el salto que di hacia atrás fue tan potente que choqué con la otra pared y me derrumbé aturdida en el suelo.

—Caray —murmuré.

Me levanté de nuevo y me apresuré a pasar a la siguiente puerta.

Esta se abrió cuando se lo pedí, aunque me tapé los oídos previendo una respuesta negativa. En cuanto pasamos al otro lado, la estancia se iluminó con una fuente de luz invisible. En un rincón había una cuna pequeña. Fui enseguida a verla, pero dentro de ella no había nadie, y además estaba cubierta de telarañas. Igual que toda la habitación, llena de muebles viejos y mohosos. Mientras estaba allí de pie noté que me invadía poco a poco un sentimiento de profunda desesperanza, como si en mi alma solo hubiera tristeza. A continuación, aquella desesperanza se intensificó todavía más, y se me llenaron los ojos de lágrimas. Miré a *Harry Segundo* y vi que él estaba experimentando las mismas emociones que yo, porque se había tendido en el suelo y se había tapado el hocico con las patas.

Cuando ya no pude soportarlo más, salí corriendo de aquella habitación, seguida de cerca por *Harry Segundo*. Cuando la puerta se cerró a nuestra espalda, los sentimientos de tristeza desaparecieron al instante. Entonces saqué una navaja de un bolsillo de mi capa e hice una pequeña muesca en la madera de la hoja, justo por encima del picaporte. Luego, volví sobre mis pasos y marqué también la puerta que me había echado a gritos. De ese modo sabría cuáles debía evitar.

La habitación siguiente también me gritó que me fuera, de modo que la marqué igualmente.

La siguiente puerta al principio no se movió, y creí que también iba a gritarme, sin embargo no lo hizo. Hasta que de pronto se oyó un leve chasquido y la hoja se abrió.

Pasé al interior mirando a un lado y a otro al tiempo que la oscuridad se disipaba bajo una profusa iluminación, también en este caso procedente de un lugar desconocido. En todas y cada una de las paredes colgaban cientos de cuadros. Me acerqué para verlos mejor.

Había grupos de hembras ataviadas con vestidos largos y escotados que dejaban ver mucho más de lo que yo estaba acostumbrada a ver. Llevaban peinados maravillosos, altos y encopetados. Los machos vestían capas oscuras, adornadas con bellos bordados y algo que parecía ser pan de oro. Algunos empuñaban unos cortos bastones de madera y otros llevaban una espada envainada y colgada del cinturón dorado que les ceñía el cuerpo. Había un macho sujetando con una larga correa de cuero a un canino que se parecía a *Harry Segundo*, solo que era mucho más grande. Miraba a lo lejos con actitud noble y orgullosa, sentado obedientemente junto a su amo. Miré a *Harry Segundo* y vi que estaba observando fijamente a aquel homólogo suyo pintado en el lienzo. Su expresión era de profundo asombro.

Continué recorriendo los cuadros con la mirada, hasta que por fin me detuve a contemplar a una hembra concreta. Era más alta que las otras, y su brillante melena pelirroja se esparcía con suntuosidad por sus hombros anchos y musculosos. La reconocí al instante. Era la hembra que había conocido en el viaje que hice al pasado cuando atravesé aquel portal que descubrí en Chimeneas. Contemplé fijamente la pintura. Aquella hembra me había salvado la vida y, antes de morir en el campo de batalla, me había regalado la *Elemental*. Aunque sentía curiosidad por ella, de nuevo empecé a pasear la mirada por los demás cuadros, que mostraban paisajes de hermosas campiñas y pueblos con altos edificios de piedra y calles cuidadosamente pavimentadas con adoquines, por las que transitaban sleps tirando de carruajes. Todo aquello transmitía una sensación de prosperidad y, en fin, de paz.

Sin embargo, conforme iba recorriendo la habitación, aquella sensación de esperanza y de prosperidad fue desvaneciéndose. Los cuadros se volvieron mucho más oscuros y de ellos desaparecieron los vestidos bonitos, los peinados maravillosos y los carruajes elegantes que circulaban por calles pavimentadas, y en su lugar surgieron escenas de campos de batalla anegados de sangre, ruinas humeantes y matanzas horrendas. Y, como acompañando a aquel cambio de tema, los vivos colores de las primeras pinturas fueron engullidos por los tonos sombríos y deprimentes de los negros y los grises, interrumpidos únicamente por el rojo chillón de la sangre de algún cuerpo moribundo. Los edificios de piedra ardían en llamas y todo el mundo lucía una expresión de confusión y de miedo. En un cuadro pequeño aparecía una hembra joven sola en una calle, con el rostro vuelto hacia el cielo oscuro y la boca abierta, aparentemente gritando, mientras le rodaban las lágrimas por las mejillas. El sentimiento de pérdida era ciertamente horrible.

Salimos de aquella habitación y llegamos a la siguiente. La puerta se abrió en cuanto se lo pedí. Otra vez todo oscuro. Esperaba que se encendiera la luz, pero no ocurrió nada. En eso, oí algo. Algo que respiraba.

Las respiraciones eran irregulares y ásperas, y sonaban dolorosas. Yo misma experimenté una sensación de opresión en el pecho al escucharlas. Miré frenética a un lado y al otro, buscando de dónde procedían.

En la parte más oscura de la habitación había una gran cama flanqueada por cuatro postes. Cuando me acerqué a ella, la estancia se iluminó ligeramente, lo cual me permitió ver todo con más claridad.

Se me descolgó la mandíbula nada más verle.

Era el macho más viejo que había visto en toda mi vida, incluso más que el anciano Dis Fidus de Amargura. No tenía un solo pelo en la cabeza; en cambio, su barba era blanca como la nieve y tan larga que le llegaba hasta el pecho e incluso lo rebasaba por lo menos en medio metro más. Tenía los ojos hundidos y muy enrojecidos, y se veían rodeados de profundas ojeras. La nariz era larga y estaba horriblemente deformada, y las mejillas eran huecas. Cuando se incorporó apenas apoyado en la almohada, le vi las manos; eran huesudas y surcadas de arrugas, y estaban salpicadas de grandes manchas de color marrón.

—¿Quién... eres... tú? —me preguntó en un susurro ahogado.

—Soy... Soy... —Descubrí, con desesperación, que me había olvidado de cómo me llamaba. «¡Piensa, idiota, piensa!»—. Vega. Soy Vega Jane —dije por fin de corrido.

—¿J-James? —dijo la criatura, que ahora intentaba incorporarse un poco más.

Corrí a ayudarle. Al tocarle el hombro a través de la camisa de dormir, me percaté de que era poco más que un saco de huesos. Le olía fatal el aliento, y tenía la piel fría y pegajosa. No me costó ningún esfuerzo levantarle, porque no pesaba casi nada.

—Jane —dije elevando un poco la voz—. Vega Jane.

Él me miró con aquellos ojos hundidos y cavernosos.

—¿Cómo es que estás aquí? —me preguntó con la voz rota, aunque ya parecía respirar un poco mejor.

—Me habló de este sitio un hob llamado Seamus. Así que he venido.

—¿Pero por qué?

—Porque Seamus me dijo que Astrea Prine me ayudaría.

El anciano dejó escapar un suspiro tembloroso.

—¿En qué te ayudaría, querida? —dijo.

De repente me aparté de un salto, pues acababa de ver pasar una mano junto a mí.

Astrea apoyó su juvenil mano en el pecho del anciano. Al instante, este se calmó y su respiración se hizo regular. Se lo agradeció con una sonrisa.

Acto seguido, Astrea se volvió hacia mí.

—Veo que has conocido a mi hijo, Vega.

SEDECIM

El Guardián

Miré primero a Astrea y después a... ¿su hijo?

—¿Quieres decir que este viejo es más joven que tú? —exclamé—. Pero...

—Ven conmigo —me interrumpió ella.

—Había entendido que estabas cansada —repliqué.

Astrea se volvió un momento hacia su hijo.

—Ya está, Archie, ya está. Ahora procura dormir un poco, cariño, ¿de acuerdo?

Y a continuación le dio un beso en la marchita frente.

Harry Segundo y yo la acompañamos hasta la puerta de la habitación y, seguidamente, por el pasillo. Regresamos a la estancia en que estaba el escritorio y la chimenea, a la que se accedía a través de la entrada secreta que había en la biblioteca.

Astrea se acomodó tras el escritorio y me indicó con una seña que tomara asiento enfrente.

—Si Archie es hijo tuyo, ¿cómo es que está tan viejo y tú estás tan joven?

A modo de respuesta, Astrea sacó un frasquito de cristal.

—A causa de esto.

—¿Se trata de alguna medicina?

—Es un elixir tan potente que, mientras uno no deje de tomarlo, lo mantiene siempre joven. Es sumamente complicado de fabricar, se necesita la sangre de un garm y el veneno de un dabbat, entre otros ingredientes muy especiales.

—¿Y como haces para conseguir la sangre y el veneno de esas criaturas?

—Tengo una de cada aquí dentro, en mi casa, encerrada en una jaula.

—¡Un garm y un dabbat dentro de tu casa! —exclamé.

—Si intentases entrar en las habitaciones en que están encerrados, te habrían gritado: «¡Largo de aquí!»

Me recorrió un escalofrío al comprender lo cerca que había estado de tropezarme con otro asqueroso dabbat.

—Archie está muriéndose porque no ha querido tomar el elixir de la juventud.

—¿Por qué no ha querido?

—Porque ya no considera que merezca la pena.

—¿Entonces va a morirse? —pregunté.

—Y a no mucho tardar —repuso Astrea fríamente.

La verdad, pensé, era una hembra que no tenía alma.

—¿Qué edad tienes tú?

—¿Has encontrado la habitación que tiene el reloj en la pared y las cadenas que desaparecen en los agujeros del suelo?

—Sí.

—¿Qué indicaba el reloj?

—Ocho siglos, sea eso lo que sea.

—Un siglo son cien sesiones.

—¡Cien sesiones! ¿Pero qué es lo que mide ese reloj?

—El tiempo que llevo yo aquí.

Se me descolgó la mandíbula.

—¿Quieres decir que tú tienes ochocientas sesiones?

A duras penas podía asimilar todo aquello. Era increíble.

—Lo cierto es que soy un poco más vieja. Llegué aquí cuando ya era una hembra hecha y derecha.

—También he visto una habitación en la que hay muchos cuadros.

—Supongo que en Amargura os habrán hablado de la Batalla de las Bestias.

—Todos los Wugs conocemos esa batalla. Hace mucho tiempo, las bestias atacaron Amargura, pero fueron vencidas y a partir de entonces se quedaron en el Quag.

—Pues eso es mentira —replicó Astrea con énfasis—. Jamás sucedió tal cosa.

—Pero si he visto los cuadros que hay en el edificio del Consejo y...

Astrea negó con la cabeza, en ademán impaciente.

—Sí que hubo una guerra que tuvo lugar hace muchas sesiones. Pero no fue contra las bestias.

A continuación guardó silencio.

Yo estaba apretando las piernas con tanta fuerza que las notaba entumecidas.

—¿Pues contra quién, entonces?

La mirada que me dirigió Astrea fue tan extraña que, involuntariamente, me puse a temblar.

—No importa. En este momento, no.

—A mí sí me importa —repliqué.

—Fue una batalla entre dos fuerzas contrarias. Una ganó y la otra perdió. Eso es todo lo que pienso decir al respecto.

—Pues no me estás diciendo nada —protesté acalorada.

—Voy a contarte lo siguiente, Vega: nosotros construimos el pueblo de Amargura, y después organizamos la construcción del Quag. Y tomamos la decisión de borrar nuestra historia y sustituirla por otra. —Calló durante unos instantes—. ¿Sabes por qué elegimos ese nombre para nuestro hogar?

Hice un gesto negativo con la cabeza.

—Porque los supervivientes experimentábamos siempre ese sentimiento de culpa, de amargura y rencor, cada vez que lo nombrábamos.

Me incliné hacia delante en la silla. Tenía la cabeza llena de preguntas y de posibles conexiones.

—Conocí a una criatura llamada Eón. Gracias a su ayuda pude viajar atrás en el tiempo. Y no solo a mi pasado, sino más atrás aún. Estuve en un gran campo de batalla. Una hembra guerrera, antes de morir, me dio un objeto que ella denominaba la *Elemental* y que yo podría tocar utilizando un guante que también me dio. Esa hembra sabía cómo me llamaba yo, me dijo que tenía que sobrevivir. Y aparece en uno de los cuadros que hay en esa habitación.

Astrea se quedó estupefacta al recibir esta información.

—¿Tú... llegaste a conocerla? ¿Antes de que muriera?

—Sí. ¿Quién era?

Astrea ya no parecía tan formidable. Su mirada había adoptado una expresión distante, y me fijé en que le habían asomado las lágrimas a los ojos.

—Se llamaba Alice Adronis —dijo con voz temblorosa—. Era una de nuestras mejores hechiceras y mi amiga más querida. La *Elemental* fue creación suya. —Hizo una pausa y tragó saliva. Se notaba que estaba haciendo un gran esfuerzo para no romper a llorar—. Únicamente podía vivir como vencedora y morir como una guerrera, la pobre Alice.

—¿Pero cómo es que sabía quién era yo? ¿Y por qué me dijo que tenía que sobrevivir?

—No tengo ni idea, Vega. Yo... Yo... —Terminó desviando el rostro.

—¿Qué sucedió después de eso?

Astrea dedicó unos instantes a recobrar la compostura.

—A medida que fue transcurriendo el primer siglo, los poderes mágicos que poseíamos todos fueron disminuyendo drásticamente. En ese momento fue cuando tomamos la decisión de permitir que desaparecieran por completo.

—¿Pero cómo se deja morir la magia? —dije yo despacio. No sabía por qué, pero me invadía un profundo sentimiento de pérdida.

—No utilizándola. Dejando de creer en ella. La fe es algo muy poderoso, Vega, tal vez lo más poderoso de todo. Y a medida que fueron pasando las sesiones y nosotros fuimos muriendo, nuestros descendientes fueron sabiendo cada vez menos quiénes habíamos sido en el pasado. Hasta que por fin casi ningún Wugmort de Amargura sabía ya nada de nosotros; sin embargo, todos aceptaban que su historia era la mentira inventada que les habían contado.

Respiré hondo, aparté a un lado mi tristeza y le hablé a Astrea de la Piedra Sumadora y de *Destin*, y le conté cómo me había hecho con ellas en Chimeneas.

Ella afirmó con la cabeza y dijo:

—Chimeneas era el castillo de nuestro líder, Bastión Cadmus.

—¿Os llevasteis su castillo? —pregunté, maravillada de que tal cosa fuera posible. Pero claro, imaginé que cualquier cosa era posible cuando alguien era capaz de hacer magia.

—Teníamos que crear otro lugar donde vivir. Para nosotros todo era muy valioso.

—¿Y la Piedra Sumadora? ¿Y *Destin*?

—Eran objetos que poseía Bastión.

—¿Y el Quag? ¿Y lo que nos han contado acerca de él? Eso no me lo has explicado.

—No tengo necesidad de explicarlo —replicó Astrea, de nuevo en tono cortante.

Me tragué mi rabia y me puse a buscar otra cosa que preguntarle.

—¿Pero por qué estás tú aquí?

—Simplemente, porque soy el Guardián del Quag.

—¿Tuviste a tu familia aquí contigo, en esta casa?

—Sí. Mi compañero Thomas y yo vinimos a vivir aquí con nuestros hijos. —Calló unos instantes, y por primera vez advertí que sus facciones se ablandaban, solo un poquito—. Thomas nunca tomó el elixir. Fue el primero de nosotros en marcharse. Cuando fallezca Archie, quedaré solamente yo.

—¿Y por qué lo haces? ¿Por qué sigues aquí?

Sus ojos centellearon de pronto.

—Porque es mi deber, Vega. Hice el juramento de ser el Guardián, y mi intención es cumplirlo.

De improviso se levantó, rodeó el escritorio y se plantó a mi lado. Intenté imaginarla como un Wug que tenía más de ochocientas sesiones de edad, que era más vieja que el pobre Archie, pero no pude.

—¿Qué es lo que sabes de tu abuelo? —me preguntó.

—Sé que era muy bueno, pero también obstinado.

—Es mucho más que eso. Tu abuelo es un Excalibur.

—¿Un qué?

—Se llaman así los que nacen con sus poderes mágicos intactos y con un conocimiento y una comprensión profundos e innatos de nuestra auténtica historia, grabados en la mente. Son muy difíciles de encontrar, pero él era uno de ellos.

—Mi abuelo se fue de Amargura.

—Ya lo sé.

—¿Y tú no pudiste impedírselo?

—Los Excalibur no llevan una señal en la frente que proclame que lo son. Solo cuando se marchó nos dimos cuenta verdaderamente de lo que era y lo que podía hacer.

—¿Eso lo viste por medio de tu... cómo se llama... tu Ojo Profético?

—Así es.

Noté que me invadía la furia.

—¡En ese caso, supongo que verías a Morrigone cuando me atacó a mí con una luz azul, y a Delph con una luz roja que le hizo papilla el cerebro y lo hizo tartamudear durante diez largas sesiones! —Conforme hablaba, mi cólera iba aumentando—. Tú viste todo eso, ¿verdad?

—En efecto, lo vi —contestó con calma, lo cual me puso más furiosa todavía.

—Morrigone tuvo una discusión con mi abuelo. Ella quería que se quedase.

—No me cabe duda. Pero, comparada con un verdadero Excalibur, ella no era nada.

Me puse de pie.

—¿Y también viste a mis padres desaparecer en una bola de fuego? ¿Viste lo mucho que lloré yo? ¿Viste todo eso, Astrea Prine?

Su mirada no se alteró.

—Lo vi, Vega Jane. En efecto.

—Pues me alegro mucho por ti. Espero que lo disfrutaras, porque desde luego que yo, no.

Ya me estaba yendo hacia la puerta cuando ella me preguntó:

—¿Sabes adónde fueron, Vega?

Me volví muy despacio y la miré con gesto interrogante.

—No, no lo sé.

Astrea me perforó con la mirada antes de responder.

—Apliquemos un poco de lógica, ¿te parece? Si no están en Amargura y tampoco están en el Quag...

—Entonces están más allá del Quag —finalicé yo.

—Exacto.

—En ese caso, ¿cómo es que mi abuelo pudo marcharse de Amargura sin poner siquiera un pie en el Quag, como he tenido que hacer yo?

—Marcharse de Amargura y pasar el Quag de largo le resultaba muy fácil a alguien como él.

—¿Y mis padres? Supongo que ellos tomaron la decisión de dejarme.

—No, Virgilio los llamó.

—¿Que los llamó? ¿Por qué?

—¿Es que nunca te habló de eso? —me preguntó Astrea, enfadada—. ¡Dime la verdad!

—No, nunca —contesté, sorprendida por aquel tono agresivo. ¿Estaría tan chiflada como Espina?

—¿No sabes nada de cuáles eran sus planes? Si lo sabes, dímelo. ¡Dímelo!

Retrocedí un poco, porque Astrea se había enfurecido de pronto. Por un instante pensé que iba a agredirme.

—No he tenido noticias de mi abuelo desde que se marchó —respondí con calma—. Y él jamás me dijo nada de sus planes. Lo único que me decía siempre era... que me quería.

Aquello era mentira, naturalmente. Lo cierto era que mi abuelo sí que me había dicho una cosa de Amargura: que el lugar más espantoso de todos es uno que los Wugmorts no saben que es todo lo malo que un lugar puede llegar a serlo. En aquel momento yo no tenía ni idea de qué me estaba hablando; ahora comencé a vislumbrarlo.

La expresión de Astrea volvió a ser normal. Se sentó detrás de su escritorio y juntó las manos en gesto pensativo.

—Considero que ya es suficiente por una noche. En la próxima luz iremos a buscar a tu amigo, y entonces todo volverá a la normalidad.

Y dicho esto me sonrió de un modo que me puso los pelos de punta.

Regresé lentamente a mi habitación, preguntándome quién era yo en realidad, y llegué a la conclusión de que no era nadie. Si Astrea estaba en lo cierto, mi abuelo había tenido que marcharse de Amargura porque poseía poderes mágicos, porque era un Excalibur. Y había llamado a mis padres para que fueran con él, lo cual era una demostración de que podía llevarse a otros consigo si así lo deseaba. En cambio, no me había llamado a mí. A mí me había dejado en Amargura. Por lo visto, no me consideraba en absoluto importante.

De modo que lo mismo daba que yo consiguiera atravesar el Quag o que muriera en él, porque yo no era nada. En ocasiones la verdad nos sirve de ayuda; en otras ocasiones, la verdad nos duele.

Y algunas veces, la verdad nos destruye.

SEPTENDECIM

Juntos de nuevo

A pesar de que no quería, dormí como una piedra. Finalmente me despertó algo que me estaba tirando de la manga. Al principio no me fijé muy bien en lo que era; después me incorporé de un salto. *Harry Segundo* dejó escapar un ladrido de protesta y se bajó de la cama.

A quien tenía delante de mí era a Seamus. Sus ojos saltones parecían horrorosos, de tan desproporcionados.

—¡Caray! ¿Qué estás haciendo tú aquí? —exclamé sin aliento, aferrándome el pecho.

—Hemos venido a buscarte para desayunar. Nos lo ha pedido madame Prine.

Recobré la compostura.

—¿Te atendieron anoche?

—Nos dieron de cenar como a un rey, bebimos aguamiel y nos acostamos en un mullido lecho.

—Enseguida voy. Tengo que vestirme.

Seamus salió, y yo empecé a vestirme lentamente. De repente me vino a la cabeza. ¡Qué tonta eres, Vega!

Salí corriendo de la habitación seguida de cerca por *Harry Segundo*. Encontré la cocina guiándome por el olor a comida. Seamus y Astrea ya estaban allí. Seamus estaba de pie junto a una amplia mesa redonda, de madera, y Astrea estaba delante de una cocina antigua, enorme y renegrida, sobre la que bullían varias cacerolas y dos sartenes.

—Espero que tengas apetito —me dijo Astrea.

144

—Así es. Y estoy segura de que Delph debe de estar muerto de hambre.

Astrea me taladró con la mirada.

—Imagino que te gustaría desayunar con él.

—Sí, por favor. Me gustaría muchísimo.

—Pues entonces, vámonos —dijo Astrea en tono resuelto.

Se movió con tanta rapidez que *Harry Segundo* y yo apenas tuvimos tiempo para reaccionar. Mientras echaba a andar por el pasillo, surgió una capa de la nada y se posó limpiamente sobre sus hombros. Nos apresuramos a correr tras ella, con Seamus cubriendo la retaguardia.

La puerta de la casa se abrió por sí sola, y todos la cruzamos. La cúpula color esmeralda seguía protegiendo la casita, pero a través de ella vi que el cielo estaba claro y despejado. Astrea atravesó la cortina luminosa, y los demás hicimos lo mismo.

De repente, Astrea se sacó de un bolsillo de la capa un objeto que parecía un palito brillante y apuntó con él hacia el cielo. Al mismo tiempo movió los labios, pero no oí las palabras que salieron de su boca. Unos momentos después apareció Delph cruzando el cielo, aún dormido y aún metido dentro de la red que había configurado Astrea la noche anterior. Aterrizó suavemente en el suelo, frente a nosotros, hecho un ovillo y roncando. Astrea agitó el palito por última vez y la red, que me fijé en que estaba formada por varias filas de luces muy vívidas, desapareció. A continuación Delph empezó a despertarse, se estiró, bostezó, abrió los ojos y...

—¡Bendito Campanario! —exclamó.

Dio un salto en el aire de casi un metro y después volvió a caer de pie, con el cuerpo contorsionado en la sofisticada postura de lucha que le había visto yo utilizar en el Duelum.

—¡Delph! —grité, y al instante me lancé contra él y le abracé con todas mis fuerzas.

Pero Delph, mientras me abrazaba a mí, miraba a Astrea con expresión cauta y, pese a mis empellones, seguía conservando la postura de defensa.

—No pasa nada, Delph —le dije—. Esta es Astrea Prine.

Era evidente que Delph se sentía profundamente confuso por lo que estaba sucediendo. Pero yo sabía qué era lo que iba a conseguir disipar su aprensión.

—¿Tienes hambre? Estábamos a punto de desayunar en casa de Astrea.

Tal como yo esperaba, Delph se centró al instante.

—Ah, eso suena muy bien, sí —respondió al tiempo que se erguía y abandonaba la postura de lucha.

Llevé a Delph hacia el resplandor esmeralda. Se mantuvo un tanto apartado, hasta que yo lo atravesé andando y le indiqué por señas que hiciera lo mismo.

Mientras nos dirigíamos hacia la casita, Andrea levantó la vista para mirar a mi alto amigo.

—Así que tú eres Daniel Delphia —le dijo.

—Pues sí —contestó él dirigiéndome a mí una mirada interrogante—. Mis amigos me llaman Delph.

—¿Y viajas con Vega? —le preguntó señalándome a mí con el dedo.

—Pues sí —repitió Delph.

Y dicho esto, Astrea volvió la cabeza y siguió andando hacia la casa.

Cuando hubo entrado en la casa con Seamus, yo lancé un grito, salté otra vez a los brazos de Delph y le estrujé con tanta fuerza que creí que, una de dos, o él reventaba o a mí se me romperían los brazos. Empecé a hablar sin parar, notando que los ojos se me llenaban de lágrimas:

—Tienes razón, Delph. Me... me asusté muchísimo. Aquella maldita nube... Desapareciste así, sin más.

Él me devolvió el abrazo, y luego me depositó lentamente en el suelo.

—Para serte sincero, no sé lo que ocurrió, Vega. Una cuña antes estaba hablando contigo, y a la cuña siguiente me encontraba en medio de unos árboles, sin tener ni idea de cómo había llegado hasta allí. Fue bastante raro. ¿Qué te ocurrió a ti?

—Después de que tú desaparecieras, conocí a un hob llamado Seamus que me llevó hasta la casa de Astrea.

—¿Y cómo he regresado yo hasta aquí?

—Ya te lo explicaré todo, pero me va a llevar un rato, así que ten paciencia.

—Bueno, primero desayunaré y luego tendré *más* paciencia.

Nos cogimos de la mano hasta que llegamos a la puerta de la casa. Una parte de mí no deseaba soltarse nunca de Delph, antes prefería morir que perderle de nuevo. Ya había perdido a mis padres y a mi hermano, y no podía perder a Delph. Simplemente, no podía. Teniéndole a él sabía que sería capaz de enfrentarme a cualquier cosa. Estando juntos.

Le conduje a la cocina, donde ya se encontraba Seamus, sentado en una silla junto a las cacerolas y las sartenes que bullían y chisporroteaban.

—¿Quién es ese pequeñajo? —me preguntó Delph al tiempo que nos sentábamos.

—Seamus, el hob que acabo de mencionarte.

—¿Un hob?

—Acuérdate, viene en el libro de Quentin. ¡Un hob!

—Ah, sí. Son esas criaturas serviciales.

—Bueno, la verdad es que este no está siendo tan servicial —susurré.

Astrea se había quitado la capa y la había colgado en un gancho, y ahora estaba atendiendo los guisos.

—Vega, pon la mesa, por favor —voceó.

Aquella orden me dejó confusa unos instantes, no sabía qué era lo que tenía que hacer.

—Platos, vasos, tazas, tenedores, cuchillos y servilletas. Por favor —apostillé al final.

Delph estuvo a punto de caerse de su asiento cuando vio todos aquellos utensilios bajar del techo y posarse suavemente en la mesa, todos alineados y en su sitio.

—¿Pero qué...? —empezó a decir.

—Y cuencos —agregó Astrea—. Y cucharas.

Los cuencos y las cucharas se posaron al lado de los platos, y Delph dio otro brinco.

Yo le calmé poniéndole una mano en el brazo.

—Paciencia, ¿recuerdas?

Advertí que en el suelo había aparecido un recipiente con

agua, delante de *Harry Segundo*, y también un cuenco lleno de comida. Mi canino me miró como si estuviera esperando que yo le diera permiso para empezar a comer; le sonreí y le hice un gesto afirmativo con la cabeza, y él se lanzó a engullir.

—Ya está listo —anunció Astrea.

Pasó una mano por encima de las cacerolas y las sartenes, y después señaló la mesa. Lo que estaba en los quemadores de la cocina se trasladó a nuestros platos y cuencos. Había huevos fritos con jamón y beicon, pan tostado, salchichas y arenques ahumados, y los cuencos estaban repletos de gachas de avena. También surgieron ante nosotros varios tarros con mermelada, mantequilla y miel, y los vasos aparecieron llenos de leche. Las tazas casi rebosaban de té caliente.

Me volví hacia Astrea con gesto interrogante.

—¿Tú no comes?

—No tengo mucho apetito. Comed vosotros. Después charlaremos.

Y salió de la cocina, seguida por Seamus.

Mientras desayunábamos, le conté a Delph todo lo que me había sucedido. Él se quedó tan boquiabierto que la lengua casi le llegó hasta el montón de arenques ahumados que tenía en el plato.

—¿Me estás diciendo que todo eso ha ocurrido en una sola noche?

Me terminé un trozo de beicon antes de responderle.

—Bueno, el tiempo que estuve durmiendo no cuenta.

—Caray —exclamó al tiempo que se metía en la boca dos huevos fritos y un arenque.

Se bebió el vaso de leche, y de repente se puso muy serio.

—¿Qué ocurre, Delph? ¿Quieres comer algo más? Estoy segura de que...

—No es eso, aunque creo que no me vendrían mal unos pocos huevos más y quizá media docena de tiras de beicon y otro par de arenques, y tampoco diría que no a más tostadas y otra taza de té, la verdad.

De nuevo estuvo a punto de caerse de la silla cuando apareció en su plato y en su taza la cantidad exacta de comida que había mencionado en voz alta. Una vez que se hubo sentado bien y hubo reanudado el desayuno, le pregunté:

—Dime, ¿qué es lo que tienes en la cabeza?

—Es todo mentira, ¿no? Lo que hemos conocido hasta ahora. ¡Era todo inventado!

Tenía razón. Todo era mentira. Pero en algún lugar estaba la verdad, y nosotros íbamos a descubrirla.

DUODEVIGINTI

Atrapados

Cuando terminamos de desayunar, Astrea nos llevó a la habitación a la que se pasaba desde la biblioteca. Se sentó tras su viejo escritorio y nos miró fijamente mientras tamborileaba con los dedos contra el tablero.

—Quiero estar segura de haber entendido bien que vuestra intención es clara y sincera —dijo.

Delph y yo nos miramos el uno al otro. Finalmente hablé yo.

—Pensaba que eso ya había quedado claro. Nuestra intención es atravesar el Quag. Los tres, incluido *Harry Segundo*, naturalmente —añadí rascándole las orejas a mi canino.

Astrea se volvió hacia Delph.

—¿Y tú?

—Digo lo mismo que Vega Jane. Queremos saber la verdad. Estamos hartos de todas esas mentiras.

Astrea asintió, y a continuación sacó el palito que había utilizado para traer a Delph hasta su casa. Esta vez me fijé en que no era transparente. De hecho, era de cristal.

—¿Qué es eso? —pregunté.

—Mi varita. Es un elemento necesario para hacer magia.

—En Amargura yo también hice una especie de magia —dije despacio—, pero no tenía ninguna varita.

—Te estás refiriendo a la *Elemental* o a la cadena —dijo Astrea.

—No, me refiero a una ventana que reconstruí después de que Morrigone la hubiera destruido.

—¿En serio? —repuso Astrea con expresión de profundo interés.

—¿Cómo es que fui capaz de hacer algo así? —pregunté.

—Si los poderes mágicos son hereditarios, van alcanzando a todos los miembros de la familia.

—Pero mis padres no podían hacer magia —repliqué con énfasis.

—¿Y cómo sabes tú que no podían?

—Porque nunca la hicieron.

—Eso no es lo mismo que no poder.

—Si mis padres hubieran tenido poderes, ¿por qué iban a haber estado recluidos en Cuidados?

—Tal vez el hecho de tener poderes hizo que terminaran recluidos en Cuidados.

Fruncí el ceño mientras reflexionaba sobre aquella extraña posibilidad.

—¿Estás diciendo que sus poderes les hicieron enfermar?

—No, lo que estoy diciendo es que sus poderes les volvían peligrosos para los demás.

Conforme iba calando el significado de aquellas palabras, sentí que me temblaban las piernas al ponerme de pie, que se me encendía el rostro y que se me agitaba el pecho a causa de las intensas emociones que afloraron de repente.

—¿Estás...? —Se me quebró la voz, así que hice un segundo intento—: ¿Quieres decir que...?

Esta vez tampoco pude terminar la frase. Delph me tranquilizó poniéndome una mano en el hombro.

—¿Que les causaron el mal para impedir que escaparan de Amargura? Sí, eso es exactamente lo que quiero decir.

Me centellearon los ojos.

—¡Morrigone! Ella es la única que pudo haber hecho eso.

—Coincido contigo —dijo Astrea. El tono que empleó fue tan tranquilo que aumentó todavía más mis suspicacias.

—¡Y tú lo sabías! —chillé.

—Pues claro que lo sabía. —Me contestó con tanta calma que me entraron ganas de arrearle un puñetazo—. Nuestro objetivo era impedir que nadie saliera de Amargura.

—¿Así que tú hiciste que Morrigone condenase a mis padres a... a lo que terminaron siendo?

—Vi lo que hizo ella.

—Entonces podrías haberlo impedido —señalé, acalorada.

—Pero no quería que tus padres hicieran uso de sus poderes para escapar.

Esta vez sí que salté. Fue una estupidez, pero no pude contenerme.

—Entonces, ¿por qué nos estás ayudando a nosotros a escapar del Quag? —le exigí.

—¿Quién ha dicho que os esté ayudando? —replicó Astrea al momento.

De repente lo vi todo claro en la expresión de sus ojos. No comprendí cómo había podido estar tan equivocada con ella.

Delph expresó en voz alta lo que yo estaba pensando. Se puso en pie de un salto, me agarró el brazo y me gritó:

—¡Corre, Vega Jane!

Antes de que yo pudiese siquiera levantarme de la silla, Astrea apuntó a Delph con su varita y dijo:

—*Elevata.*

Al instante Delph se elevó en el aire como una flecha, y se detuvo justo antes de tocar el techo. Entonces Astrea agitó de nuevo la varita y Delph comenzó a bajar a toda velocidad.

Me levanté con los ojos como platos y el corazón desbocado.

—¡Basta! —grité—. No le hagas daño. La responsable de que estemos aquí soy yo, deja en paz a Delph. ¡Por favor!

Astrea movió la varita hacia abajo, pronunció una palabra, «*Descente*», y Delph se enderezó y cayó pesadamente en la silla.

Astrea dejó su varita encima del escritorio y se nos quedó mirando a los dos con gesto expectante.

—Puede que ya no sea la misma de antes, pero puedo aseguraros que mis poderes superan con mucho vuestra capacidad de comprensión.

Calló durante unos instantes, y yo supe que lo que iba a decir acto seguido tendría un monumental efecto sobre nosotros. Y no me equivoqué.

—Os quedaréis aquí —declaró—, bajo mi custodia.

—¿Durante cuánto tiempo? —repliqué, aunque conocía bien la respuesta.

—Durante el resto de vuestra vida —contestó con calma—. No me causa ningún placer hacer esto. Es obvio que sois valientes, y estoy segura de que vuestros motivos son genuinos y muy sinceros.

—¿Pero? —exclamé.

—Pero, dado que soy el Guardián del Quag, tengo un trabajo que hacer y pienso hacerlo. Podréis moveros por la casa y por el terreno que queda dentro de la cúpula.

—¿Y qué pasará si intentamos ir más allá de la cúpula? —preguntó Delph.

A pesar de que la pregunta la había formulado él, Astrea continuó mirándome a mí. Sus ojos dieron la impresión de agrandarse hasta alcanzar el mismo tamaño que la habitación.

—Nada bueno —respondió—. Nada bueno en absoluto.

De verdad que a mí me costaba trabajo creer lo que estaba pasando. ¡Habíamos escapado de Espina y de su maldito reino para acabar otra vez prisioneros de aquella bruja! Y aunque Espina era peligroso, no poseía poderes mágicos. Para mí, Astrea era cien veces más formidable que aquel tarado.

Astrea se levantó y, sin decir nada más, salió de la habitación.

Yo volví a dejarme caer en mi silla. Sin embargo, Delph permaneció rígido en la suya.

—Es una hembra que ha sufrido experiencias muy dolorosas —observó.

—¿Quién, ella? ¿Y nosotros, qué? Nosotros vamos a quedarnos aquí hasta que estemos muertos y bien muertos.

—Lleva mucho dolor dentro, Vega. Es fácil de ver.

—¡Pues a mí me parece perversa!

—No es como Espina. Espina nos habría matado y habría colgado nuestras calaveras en su pared. No nos habría dejado encerrados con él, dándonos de comer y con un techo bajo el que vivir.

Supuse que Delph tenía razón en aquel detalle, aunque de

todas formas nuestros huesos acabarían por quedarse allí, pensé sintiéndome deprimida.

—En fin, Astrea ha dicho que podemos movernos por la casa y por el terreno que queda dentro de la cúpula.

—Vale, ¿y qué hacemos entonces? —preguntó Delph.

—No vamos a quedarnos aquí, Delph. Espina no pudo retenernos y tampoco podrá Astrea Prine. Vamos a escapar de este lugar.

—De acuerdo, ¿pero cómo?

—Propongo que empecemos por Archie.

UNDEVIGINTI

Una mirada atrás

Delph y *Harry Segundo* fueron conmigo por el pasillo. Abrí la puerta de la habitación y entré. Nos reunimos a un lado de la cama y observamos al enfermo.

—Este es Archie Prine —dije en tono solemne—, el hijo de Astrea Prine.

Delph contempló aquella figura encogida con profundo desconcierto. Aunque yo le había contado lo del elixir, era una cosa muy diferente cuando uno lo veía con sus propios ojos.

Acerqué una silla y me senté junto a la cama.

—Hola, Archie —dije con voz suave, con la esperanza de despertarlo con delicadeza de su sueño.

Él se removió ligeramente y abrió los ojos muy despacio. Parpadeó, pero aunque no era la primera vez que me veía, no dio señales de reconocerme.

—Soy Vega. Y estos son mis amigos: Delph y *Harry Segundo*. —Archie continuó con la mirada clavada en mí. Me incliné un poco más y agregué—: Hemos venido para quedarnos con Astrea y contigo.

—¿D-de... verdad? —articuló con esfuerzo.

Hice un gesto afirmativo.

—Astrea me ha hablado de ti. Y de ella. Y de este lugar.

—Ah... ¿sí?

Afirmé de nuevo.

—Me ha dicho que te cansaste de tomar el elixir.

—S-sacrificio...

Archie sacudió la cabeza en un gesto negativo e intentó incorporarse un poco, y Delph y yo le ayudamos. Así pudo mirarnos desde una postura mucho más cómoda.

Asentí con solidaridad.

—Un sacrificio —coincidí—. Y la Batalla de las Bestias. Y Bastión Cadmus.

Estaba diciendo aquellas cosas con la esperanza de que despertaran algo en la memoria de Archie.

—Todo mentiras —dijo—. ¿Bestias? Paparruchas.

—Cierto. Eso mismo ha dicho Astrea. Pero me ha contado que, sin embargo, es verdad que hubo una guerra, y que un bando ganó y el otro perdió.

Archie dejó escapar una exclamación ahogada y señaló la mesilla de noche, sobre la que descansaba un vaso de agua. Delph lo cogió y me lo entregó a mí. Ayudé a Archie a beber, e incluso le limpié unas gotitas que le cayeron en la barba. El anciano se recostó de nuevo y carraspeó.

—Ma-Mal-Maladones.

—¿Maladones? —dije yo lanzando una mirada a Delph—. ¿Tú luchaste contra ellos?

Archie asintió con la cabeza, y le resbaló una lágrima por la cara.

—Luché y perdí. P-perdimos.

—¿Quieres decir que los de tu bando fuisteis vencidos? —exclamó Delph.

Archie asintió despacio.

—Huimos hacia aquí. N-nos escondimos como los ratones. —En un momento de rabia, se giró y escupió en el suelo. Después se recostó otra vez contra las almohadas—. C-cobardes.

Delph y yo intercambiamos miradas de preocupación.

—¿Y conociste a Bastión Cadmus? —pregunté.

—Era n-nuestro líder. L-lo mataron.

Tragó saliva con dificultad y luego empezó a toser. Yo le di otro poco de agua.

—Mi p-padre quería seguir luchando. P-pero mi madre...

—Sacudió la cabeza, negando—. Maldito Guardián. No m-merece la p-pena. Maldito Guardián. Sacrificio. No m-merece la p-pena. —Me miró con ojos suplicantes—. ¿Eh? ¿Eh?

No supe qué contestarle. Cerró los ojos, y un momento después empezamos a oír sus suaves ronquidos.

Así que nos levantamos y salimos de la habitación. Cuando llegamos a mi cuarto, Delph, con los ojos como platos, me dijo:

—¡Caramba! Malditos Maladones. Tanta guerra y tanta muerte.

—Y tanto esconderse —añadí—. Se escondieron igual que si fueran ratones.

—¿Qué?

—¿No lo entiendes, Delph? Crearon Amargura a modo de escondite. Porque aquellos Maladones intentaban darles caza. Y luego crearon a su alrededor el Quag, para impedirles que entraran.

—Y para impedirnos a nosotros que saliéramos —agregó Delph—. Igual que la Empalizada de Amargura.

Nos miramos el uno al otro. Estoy segura de que la expresión que reflejaban las facciones de Delph era la misma que reflejaban las mías: una profunda desesperación.

—Astrea quería información acerca de Virgilio —recordé—. Quería saber qué estaba planeando, si yo había hablado con él.

—¿Y cómo podías haber hablado con él, si se marchó cuando tú todavía eras muy pequeña?

—Es un mago muy poderoso. Un Excalibur. Lo cual quiere decir que siempre lo ha sabido todo, incluida la información que nos ha ocultado Astrea.

—Caramba, supongo que eso explica muchas cosas. Bueno, ¿y qué hacemos entonces? —me preguntó Delph.

—Seguir averiguando cosas. Es lo único que podemos hacer por el momento.

—Pero si nunca vamos a salir de aquí, ¿qué importa eso?

—La verdad siempre importa, Delph.

Aquella noche, en el curso de una suntuosa cena, reuní valor para formularle una pregunta a Astrea.

—¿Podrías mostrarnos Amargura con tu Ojo Profético?

—¿Para qué? —replicó ella, suspicaz, al tiempo que bebía un sorbo de té.

Miré a Delph, el cual de inmediato pasó a ocuparse de sus natillas; a lo mejor se estaba acordando de cuando Astrea le hizo subir hasta el techo.

—Bueno, dado que vamos a quedarnos aquí para siempre y todo eso, sería agradable ver nuestro hogar. —Y añadí rápidamente—: Porque supongo que no nos permitirías regresar allí. Prometeríamos no volver a entrar nunca en el Quag.

Estaba mintiendo, por supuesto. Jamás me quedaría en Amargura, ya no.

Astrea dejó su taza en la mesa.

—¿Permitiros regresar a Amargura? ¿Sabiendo lo que sabéis ahora? ¿Te parece que estoy loca? —Desvió la mirada hacia su varita mágica, que reposaba junto a su plato—. Claro que podría borraros la mente, desde luego. En ese caso sí que podríais regresar. ¿Os gustaría que lo hiciera? —Y cogió la varita.

—Esto... no —me apresuré a responder.

—A... A mí me gusta mi mente tal como está —agregó Delph.

Bueno, pensé, acababa de estropearme el farol.

—¿Pero podemos por lo menos ver nuestro pueblo? —rogué.

Astrea reflexionó durante unos instantes y después se levantó.

Una cuña más tarde estábamos en la habitación en la que había una mesa y dos copas de peltre. Astrea hizo lo mismo de la vez anterior, solo que esta vez con la otra copa. Tuve que sujetar a Delph cuando el líquido en llamas se extendió sobre el tablero.

—Amargura —dijo Astrea simplemente, con un amplio ademán.

Y, en efecto, allí estaba. Las calles empedradas, los edificios viejos. Había varios Wugs paseando cuyas caras reconocí: Hestia Obtusus con su bolsa de la compra, Herman Velvet asomado a su ventana. Y, con una oleada de emoción, vi al poderoso

Thansius caminando con paso decidido. Se cruzó con otro Wug al que yo conocía, Julius Domitar, que era el jefe de Chimeneas. Julius avanzaba con paso irregular, seguramente porque había bebido mucho, y levantó una mano al pasar junto a Thansius. De pronto apareció otro Wug.

—¡Es mi padre! —exclamó Delph.

Efectivamente, allí estaba Duf Delphia, caminando con sus dos pies de madera. Le acompañaba un cachorro de whist, atado a una correa de cuero que llevaba cogida en la mano.

Se me iluminó la cara y miré a Delph.

—Se le nota contento. Feliz.

Pero mi sonrisa se esfumó porque Delph no tenía en absoluto cara de contento, sino que parecía sentir nostalgia del hogar. Le toqué la mano y se la apreté. Él me miró e intentó sonreír, pero yo sabía que aquella sonrisa no venía del corazón. Causaba un gran dolor verse separado de la familia, bien lo sabía yo.

Volví a mirar el tablero porque oí el claqueteo de unos cascos sobre el empedrado. ¡El carruaje azul! Me acerqué un poco más, deseosa de ver quién iba dentro. El conductor, Lomas Lentus, detuvo los sleps. La puerta del carruaje se abrió, y de él se apeó Morrigone.

—Que me aspen —exclamó Delph, que estaba detrás de mí, contemplando la escena—. No parece la misma, ¿no crees?

Morrigone siempre había sido alta y de porte majestuoso, perfecta de cuerpo y de mente. Antes de que me hubiera quedado claro qué era lo que nos diferenciaba a ambas, yo siempre había sentido admiración por ella. Deseaba emularla.

En cambio, esta Morrigone era distinta. Ya no parecía tan alta. Su cabello, que normalmente era de un rojo intenso y en el que todos los mechones guardaban una armonía perfecta entre sí, ahora se veía despeinado y menos abundante, y había perdido todo el brillo. Su rostro parecía el de una Wug varias sesiones más vieja, debido a las arrugas y a las bolsas. Y su figura alta y bien formada estaba ahora encorvada y frágil, cuando antes siempre había sido robusta.

Volví la mirada hacia Astrea y advertí que su gesto era de

desconcierto. Aquello me asombró, porque era la primera vez que veía inseguridad en sus facciones.

—¿Qué le ocurre a Morrigone? —pregunté.

Astrea negó levemente con la cabeza.

—Está... Está un poco cansada, eso es todo.

Volví a contemplar la imagen, y vi a otro Wug apearse del carruaje.

Se trataba de John, mi hermano. Y aunque no hacía mucho que Delph y yo nos habíamos ido de Amargura, mi hermano también se me antojó distinto.

Caminaba con paso vivo y una actitud autoritaria, muy seguro de sí mismo. E incluso me atrevería a decir que... cruel. Pero claro, ya había sido cruel con los Wugs que trabajaban en la Empalizada.

—Mi hermano cambió mucho bajo la tutela de Morrigone —comenté.

—¿En qué cambió? —me preguntó Astrea. Pero cuando la miré me di cuenta de que ya conocía la respuesta.

—Antes era dulce e inocente, y con ella dejó de serlo —contesté sin ambages—. ¿Qué le hizo Morrigone?

Astrea tardó unos instantes en contestar.

—Es complicado.

—Se trata de mi hermano —repliqué—. La respuesta debería ser simple.

Miré de nuevo a John. Mi cerebro funcionaba a tal velocidad que pensé que iba a desmayarme. Pero en vez de eso, con un montón de sentimientos quemándome el pecho, salí de aquella habitación.

Y entonces eché a correr. Atravesé la casa a la carrera y salí por la puerta principal. Bajé corriendo por el sendero en zigzag, crucé el césped y, llevando a *Destin* enrollada en la cintura, levanté el vuelo y fui directa hacia la cúpula color esmeralda.

Después de eso, ya no recuerdo nada más.

VIGINTI

Palabras

En todas las ocasiones anteriores en que perdí el conocimiento, al despertar me encontré siempre con Delph. En cambio, esta vez no fue así. El rostro que me miraba era el de Astrea.

Parpadeé y miré despacio a mi alrededor. Estaba en mi habitación, tumbada en la cama. Y Astrea no daba la impresión de estar muy preocupada.

—Supongo que tenías que probar.

Me incorporé a medias y me froté la cabeza.

—¿Qué ha pasado?

—Chocaste contra la cúpula, y la cúpula no cedió. Cediste tú.

No respondí nada; el orgullo y la rabia me hicieron guardar silencio.

Me entraron ganas de preguntarle otra vez por John. Y por Morrigone, para saber por qué motivo estaba ahora tan distinta. Pero tenía la fuerte impresión de que Astrea no iba a contestar a mis preguntas. Antes de que yo pudiera decir nada, ella se encargó de romper el silencio.

—Tengo entendido que has estado hablando con Archie.

—Dijiste que podíamos ir adonde quisiéramos —repliqué irritada.

—¿Y qué es lo que os ha dicho?

Hice caso omiso de su pregunta y dije:

—Siento lástima por él.

—¿Por qué? Ha tenido una vida buena, una vida larga.

—Ha tenido una vida larga, pero no estoy muy segura de que haya sido tan buena.

Astrea puso una cara como si yo la hubiera abofeteado, y eso me levantó el ánimo sobremanera.

—La verdad, no sé qué es lo que quieres decir —contestó en tono glacial.

—Archie habló de sacrificio. ¿El sacrificio de quién? ¿De él? Porque en realidad no pudo escoger otra cosa, ¿no es cierto? Y su padre tampoco. Tú tomaste la decisión por ellos, igual que estás haciendo ahora con nosotros.

—Tú no sabes nada de nada, Vega. Estás diciendo cosas que no tienen absolutamente ninguna lógica, porque desconoces los hechos.

—Ah, pues para Archie sí que tendrían lógica, estoy segura. Él es el que ha vivido todo este tiempo sin haber vivido en realidad. Seguramente por eso siente tanto rencor. Claro que no se le puede reprochar.

Deseaba herir a Astrea. Deseaba que sintiera... algo por lo que nos estaba haciendo, por robarnos la vida también a nosotros.

—Creí que te entendía, Vega. Ahora sé que no te entiendo en absoluto.

—Pues en realidad es muy sencillo. Tú me has robado la vida y eso no me gusta nada. Seguro que tú te sentirías igual que yo.

—Por el bien común...

—Por favor, no intentes justificarte. Además, no te creo. Es como la mentira de la Batalla de las Bestias. ¿Cómo la ha llamado Archie...? Ah, sí: paparruchas. Ese es para ti el bien común. Paparruchas. Estoy segura de que Alice Adronis lo habría visto del mismo modo. Ella murió como una guerrera, no se escondió como un ratón. Eso es lo que eres tú, Astrea, a pesar de todos tus grandes poderes: un ratón asustado que se esconde en un sucio agujero.

Dije todo esto sin apartar la mirada de ella ni un solo instante. Y lo dije en el mismo tono tranquilo y exasperante que había empleado ella conmigo desde que llegué a su casa.

—Eres una Wug verdaderamente idiota —me soltó.

—Pues Alice no opinaba lo mismo. La *Elemental* me la dio a mí, fue a mí a quien dijo que debía sobrevivir. Si tú me llamas idiota a mí, estás llamándoselo también a tu mejor amiga.

De improviso, Astrea se levantó y se fue sin pronunciar otra palabra más.

Inmediatamente irrumpió Delph en la habitación, seguido por *Harry Segundo*.

—¿Estás bien? —me preguntó con ansiedad mientras *Harry Segundo* se subía a la cama y empezaba a lamerme la mano.

—Estoy bien. ¿Qué es lo que ha pasado, concretamente?

—Te encontramos tirada en el suelo, sin conocimiento.

—Es que intenté atravesar la cúpula. Ya sabía que era una estupidez, pero... pero...

—Querías salir de este lugar. —Delph terminó la frase por mí.

Dejé escapar un suspiro y volví a recostarme contra la almohada.

—Lograremos salir de aquí —le aseguré a Delph aferrándole la mano con fuerza—. Lo lograremos. Lo juro.

Él me miró a los ojos, pero me di cuenta de que no compartía mi optimismo al cien por cien.

—Claro que sí —me contestó, puntualizando aquellas palabras con una sonrisa.

Me incorporé para abrazarle, y sentí en la mejilla el calor de su respiración. Él me devolvió el abrazo. Tuve la sensación de que estábamos los dos juntos contra... en fin, contra todo. Pero, no sé por qué, también percibí que teníamos una oportunidad, una oportunidad de luchar. Yo no había pedido nada más.

Me bajé de la cama y me sacudí las telarañas de la cabeza.

—¿Viste lo que estaba sucediendo? —le pregunté.

—¿En Amargura, quieres decir? ¿Con John y Morrigone? Asentí.

—Astrea se quedó atónita al ver cómo estaba Morrigone actualmente. Está ocurriendo algo, pero ella no sabe qué es. Y eso la asusta.

—Pues si eso asusta a alguien como ella, imagino que nosotros deberíamos estar aterrorizados.

Siempre podía contar con que Delph haría alguna observación sumamente atinada. Pero, aterrorizada o no, yo no había ido al Quag para acabar viviendo prisionera. Todas las células de mi cuerpo ardían inflamadas por un único deseo: ser libre.

A la luz siguiente, acorralamos a Seamus en la puerta de la cocina. Desde que Astrea declaró que jamás recuperaríamos la libertad, el hob había mantenido las distancias con nosotros.

—¿De modo que tú sí que puedes marcharte si quieres, Seamus? —le pregunté yo mientras Delph y *Harry Segundo* aguardaban en segundo plano.

Me miró nervioso, agitando sus ojos saltones.

—No sabemos de qué estás hablando...

—¡Seamus! —exclamé en tono de advertencia.

Harry Segundo lanzó un gruñido grave y prolongado que, a todas luces, turbó sobremanera al pequeño hob.

—Podemos marcharnos si queremos —respondió con cautela—, pero vosotros, no.

Lo miré fijamente, con calma.

—Seamus, no sé por qué, pero tengo la sensación de que conocerte a ti en aquella cueva no fue una coincidencia.

Enseguida le noté, por la expresión de la cara, que había acertado. Se erizó, lo negó todo y se erizó otro poco más, pero yo persistí y no le permití que se fuera.

—Bueno, puede que no lo fuera —reconoció al fin.

—¿Te envió Astrea?

Seamus miró a un lado y al otro, cauteloso, antes de responder haciendo un breve gesto afirmativo con su enorme cabezota.

—¿Y la criatura voladora que me hizo huir y refugiarme en el interior de la cueva?

—Bueno, puede que también la enviara ella.

—¿Y la nube que se tragó a Delph? —continué, con resentimiento—. También la mandó Astrea, ¿no es verdad? ¡¿No es verdad?!

Seamus afirmó despacio con la cabeza, aunque yo nunca lo había visto tan aterrado.

—¿Pero por qué? —quiso saber Delph.

Antes de mirar de nuevo a Seamus, me volví un momento hacia él.

—Porque Astrea nos vio con su Ojo Profético y temió que consiguiéramos atravesar el Quag. Manipuló las circunstancias de manera que Seamus y yo nos encontrásemos. Una cosa llevó a la otra, y aquí estamos ahora, prisioneros para siempre.

Seamus lanzó un suspiro de resignación.

—Es muy poderosa, madame Prine.

Me incliné hacia él y le dije:

—¿Pues sabes una cosa?

—¿Qué? —me preguntó abriendo los ojos como platos.

—Que yo también soy muy poderosa —rugí.

Más tarde llevé a Delph a la biblioteca. Mi idea era que quizás en alguno de aquellos libros encontráramos cosas que explicaran mejor lo que ya nos había dicho Archie. Si había habido una guerra terrible entre los Maladones y los nuestros, alguien tenía que haber escrito una crónica de ella.

Le dije a Delph que empezara por un extremo, que yo empezaría por el otro. Sin embargo, no iba a suceder así.

Alargué la mano hacia un libro y tiré, pero el libro no se movió. Luego probé con las dos manos, pero el resultado fue el mismo. Me volví hacia Delph, y vi que estaba con un pie apoyado en la estantería y tirando de un grueso volumen con todas sus fuerzas.

—¡Caramba! —exclamó al fin, sin resuello, y soltó el libro.

—Esto es obra de Astrea —dije yo, cada vez más furiosa—. No quiere que averigüemos nada más con ayuda de los libros. Lo cual, por supuesto, quiere decir que en esos libros efectivamente se explican cosas.

Me quedé mirando aquellos volúmenes con gesto pensativo.

Allí los tenía, a pocos centímetros de la mano, y en cambio no me servían de nada. A todos los efectos, era como si aquellas páginas estuvieran en blanco.

Fuimos a la habitación de Archie. Pero cuando intenté abrir la puerta, esta me gritó:

—¡LARGO DE AQUÍ!

—Bendito Campanario —exclamó Delph, que había estado a punto de dar un salto hasta el techo. Yo no reaccioné igual porque ya estaba acostumbrada a aquel «recibimiento», si bien no en el caso de la puerta de Archie.

—Bueno —dije—, está visto que, efectivamente, Astrea está limitando nuestro territorio. Lo cual, de hecho, nos viene bien.

—¿Por qué dices eso? —me preguntó Delph, desconcertado.

—Tiene miedo de que podamos encontrar algo de utilidad. Y eso quiere decir que aquí hay algo de utilidad.

Pero, por más que cavilé sobre el asunto, la forma en que finalmente saldríamos de allí era una que no se me había ocurrido siquiera.

VIGINTI UNUS

La señal

No era mi intención importunarla, pero simplemente entré y me encontré con Astrea, que estaba utilizando su Ojo Profético. En la imagen se veía a Morrigone, todavía con aspecto muy desarreglado. Estaba agitando las manos en el aire, tal como hacía cuando llevaba a cabo un acto de magia. No supe lo que estaba haciendo hasta que Astrea borró la imagen con un gesto de la mano y esta se dispersó igual que cuando alguien arroja un puñado de piedrecillas en un cubo de agua.

Morrigone afirmó con la cabeza y bajó las manos.

Entonces lo entendí.

Estaban comunicándose. Además, deduje que Morrigone debía de haberle contado a Astrea todo lo que sabía de mí y le había advertido que debía mantenerse alerta, porque yo sabía hacer un poco de magia, porque había descubierto parte de la verdad de Amargura, y porque había escapado de ella y de Amargura. La furia que sentía yo hacia Astrea se multiplicó por mil. Ella me había conducido hasta su trampa.

Lo siguiente que supe fue que Astrea se había vuelto hacia mí y me estaba mirando, y que su varita mágica apuntaba incómodamente en mi dirección.

—¿Qué estás haciendo aquí? —me preguntó en tono cortante.

—Dijiste que, aquí dentro, podía ir adonde quisiera —repuse inocentemente—. ¿Así que has estado charlando con tu querida Morrigone? —dije en tono ácido.

Agitó levemente la varita, y las imágenes desaparecieron y el tablero de madera volvió a ser un tablero de madera.

Ambas nos miramos a los ojos.

—¿Sabes?, no deberías meter las narices en asuntos que no son de tu incumbencia —dijo en un tono que me provocó un escalofrío por toda la columna vertebral.

Sin embargo, me hice fuerte en mi resolución.

—Bueno —repliqué—, si las consecuencias me afectan, sí que son de mi incumbencia. Y puede que Amargura no sea tu hogar, pero es el mío. ¿Sabías que el sanguinario rey Espina tenía la intención de invadir y destruir Amargura? ¿Te importa siquiera?

—Yo no habría permitido que...

—¡Tonterías! —grité—. ¡No te importa lo mas mínimo!

—Permíteme que te recuerde que...

Pero yo no pensaba dejar que me hicieran callar.

—Puede que tú estés muy a salvo bajo tu cúpula esmeralda, pero no todo el mundo tiene esa oportunidad, poderoso Guardián del Quag.

—Tu estás a salvo aquí —contraatacó ella.

—Pero no por voluntad propia —repliqué yo. Ya había previsto aquella reacción—. Además, no vine al Quag buscando la seguridad. Solo un necio haría eso, y yo no soy necia.

De repente se abrió la puerta de golpe y aparecieron Delph y *Harry Segundo*. Detrás de ellos distinguí los enormes ojos de Seamus mirándome con cautela.

Entraron del todo, y Delph cerró la puerta.

—¿Va todo bien? —preguntó con preocupación.

—No, no va bien —ladré yo sin apartar la mirada de Astrea.

—Estás actuando como un necio, Vega —dijo ella en tono amenazante.

—Ah, ¿así que a ti te parece necio preocuparse de lo que les suceda a los demás? Entonces imagino que no te importaría que Alice Adronis muriese en la batalla, ¿no? A mí sí que me importó. Estuve presente. Supongo que en aquel momento tú estabas ya aquí metida, en tu pequeño escondrijo, ¿a que sí?

—¡Es mejor esconderse que morir! —replicó Astrea.

—¡Es mejor luchar y morir que vivir como un cobarde! —le grité a la cara.

—¡Luchar! —se mofó ella—. Tú no durarías ni una cuña.

—¡Yo sé luchar!

—¡Tú no eres nada! Hasta tu abuelo entendió eso. Por eso no se preocupó por alguien como tú y te dejó atrás, ¡donde debes estar!

Le apunté a la cara con el dedo y le dije:

—¡Soy más de lo que tú serás nunca, bruja insufrible!

De repente su mano se movió tan rápido que no fui capaz de seguir su movimiento. Astrea dijo algo que no alcancé a distinguir, y a continuación me vi catapultada hacia el otro extremo de la habitación, choqué contra la pared y caí al suelo sangrando por innumerables magulladuras y cortes que tenía de pronto por todo el cuerpo.

—¡Vega Jane! —chilló Delph al tiempo que acudía corriendo y se arrodillaba a mi lado. Levantó la vista hacia Astrea, furioso—: ¿Qué le has hecho? ¡Qué!

Harry Segundo ladraba y gruñía, parecía estar a punto de atacarla.

Delph me sostuvo la cabeza y me preguntó:

—Vega, ¿dónde está la Piedra Sumadora? ¿La llevas en algún bolsillo?

Yo estaba tan abrumada por el dolor que no pude decirle que la Piedra estaba en mi habitación. Veía mi propia sangre encharcándose en el suelo y sentía mareos y náuseas.

—¡Socórrela! —le chilló Delph a Astrea.

—Madame Prine —intervino Seamus en tono de súplica.

Con los ojos entornados pude ver el terror que aparecía reflejado en el rostro de Astrea. Para mérito suyo, al parecer le costaba trabajo entender lo que acababa de hacerme.

—¡Socórrela! —vociferó Delph—. Por favor.

Pero en aquel momento sucedió una cosa dentro de mí que no pude comprender. Provenía de un lugar de mi interior que, por lo visto, estaba tan profundo que nunca lo había visitado. Ni siquiera sabía que existiera. El dolor desapareció. La cabeza se me despejó. Todas las emociones que había experimentado hasta aquel momento, la rabia y el odio, pasaron a ser insignificantes en comparación con lo que empezaba a nacer dentro de mí. Fue como si yo ya no fuera yo misma, como si fuera otro Wug.

Sin esfuerzo alguno, aparté a un lado a Delph, me puse de pie sintiendo las piernas fuertes, agité los brazos y exclamé:

—¡No me golpearás!

De pronto brotaron unos rayos luminosos de mis brazos y surcaron el aire. Todo parecía haberse ralentizado, hasta el punto de que era capaz de ver con exactitud lo que en realidad estaba ocurriendo a una velocidad vertiginosa.

Astrea se vio levantada en vilo y empujada hasta el otro extremo de la habitación. Se estrelló contra la pared y se derrumbó maltrecha y dolorida en el suelo, y la varita se le escapó de entre los dedos. El torbellino de rayos luminosos que brotaba de mis manos engulló a Delph, *Harry Segundo* y Seamus, que se vieron levantados del suelo, atravesaron la habitación y fueron a aterrizar violentamente al otro lado, después de chocar contra la pared. Todos los muebles, incluido el Ojo Profético, quedaron hechos añicos, y la habitación se llenó de fragmentos de madera y de cristal que volaban como si fueran confeti.

De pronto, tal como apareció, se esfumó.

Quedé de pie en medio de la habitación, con las heridas curadas y los brazos descansando a los costados, contemplando la devastación que había provocado involuntariamente.

—¡Delph, *Harry Segundo*! —grité.

Al instante estaba con ellos, a Delph aferrándole un brazo y a *Harry Segundo*, una de las patas delanteras.

—Decidme que estáis bien. Decídmelo, por favor. Oh, bendito Campanario, ¿qué es lo que he hecho?

Empezaron a rodarme las lágrimas por la cara, hasta que de pronto ambos reaccionaron, primero Delph y después *Harry Segundo*.

Mi canino me dio un lametón en la cara y Delph se agarró a mi brazo. Esbozó una sonrisa torcida, pero bastó para que yo sintiera un alivio tremendo. Los ayudé a incorporarse.

—¡Caramba! —exclamó Delph—. ¿De donde ha salido ESO?

—No lo sé —respondí todavía llorando—. Sencillamente no lo sé, Delph.

Me volví y vi que Astrea aún seguía en el suelo, pero consciente. Me miraba con un cúmulo de emociones tan complejas que no tuve forma de interpretarlas. Se levantó despacio, lo mismo que Seamus, que estaba en el otro extremo de la habitación. Después, sin apartar los ojos de mí ni un solo momento, dio unos cuantos pasos inseguros. Yo fui hacia ella para encararla frente a frente. Estaba decidida a dejar que hablara ella primero.

—¿Cómo has hecho eso? —quiso saber.

—Ya te he dicho que sé luchar —respondí con voz tranquila—. Lo único que necesito es que surja la ocasión.

Sus facciones se hundieron, y vi que parpadeaba rápidamente. Entonces se llevó una mano a la boca, temblorosa, y, antes de que yo pudiera decir nada más, salió de la habitación. Oímos sus pisadas perderse por el pasillo.

Eché a correr tras ella, pero ya no la vi. No estaba en su habitación. No estaba en ninguna habitación de la casa a la cual yo tuviera acceso. Hasta que finalmente la encontré fuera. Estaba junto a la cúpula, sentada en una piedra de gran tamaño, sosteniendo la varita sin fuerza en la mano. Fui despacio hacia ella y me senté a su lado, en el suelo. Ella me oyó llegar, pero no volvió la vista hacia mí.

—Espero —le dije— no haberte hecho daño. No ha sido mi intención.

—Pues está muy claro que sí —replicó ella con calma—. Pero claro, antes te hice daño yo a ti.

—Ha sido algo que me ha venido sin querer —dije despacio—. Todavía no lo comprendo.

Las dos nos miramos fijamente.

—¿No lo comprendes, Vega? Pues yo lo entiendo bastante bien.

Transcurrieron varias cuñas hasta que volvió a hablar.

—Sí que me importan las cosas, Vega, me importan mucho. He pasado las últimas ochocientas sesiones de mi vida preocupándome por los demás.

—Ya lo sé —dije en voz baja.

—¿Sabes por qué soy tan pequeña, a pesar de estar tomando el elixir?

Hice un gesto negativo con la cabeza.

—Simplemente he supuesto que siempre has sido bajita.

—Hubo una época en la que era casi tan alta como Alice.

—¿Y qué ocurrió? —pregunté, perpleja.

—Que estos ocho siglos de responsabilidad han supuesto una tremenda carga que llevar a cuestas, Vega. Además, el elixir, aunque da la vida, roba otras cosas, cosas importantes.

—¿Como cuáles?

—La compasión, quizás. El ser capaz de entender el punto de vista de los demás. Cosas que necesito ahora más que nunca.

No respondí nada, porque percibí que Astrea simplemente necesitaba desahogarse.

—Y también sé que es posible que alguien cuestione razonablemente mis métodos, y hasta mi objetivo, como has hecho tú.

—Pero me he equivocado en la forma. No debería haber dicho lo que dije.

—Lo cierto es que has sido bastante elocuente, Vega, puede que más de lo que crees. Y lo que te he dicho yo ha sido igual de duro.

De nuevo volvió la vista hacia el cielo. Sin embargo, lo siguiente que dije yo captó plenamente su atención.

—Háblame de los Maladones.

Se giró para mirarme.

—¿Te lo ha dicho Archie?

Asentí.

—Sí, los malditos Maladones.

Pronunció aquel nombre como si fuera el más desagradable que se hubiera inventado jamás.

—Deduzco que son muy poderosos.

—Sí, tanto que nos destruyeron a nosotros y todo aquello en lo que creíamos. Lo destruyeron completamente, del todo.

—Puede que no tanto —repliqué.

Me miró fijamente, y en aquella mirada me pareció ver un atisbo de sonrisa.

—¿Qué se puede hacer? —pregunté.

Astrea reflexionó unos instantes.

—¿Has dicho que quieres luchar?

—Sí.

Se volvió hacia la casa.

—¿Qué es lo que has hecho ahí dentro, Vega?

—No sé cómo lo he hecho.

—No importa. Lo has hecho y ya está, eso es lo que cuenta.

—Bueno, mi abuelo es un Excalibur. Y tú dijiste que los poderes son hereditarios.

—En realidad es más que eso. Mucho más. —Cambió de postura para mirarme de frente, y su tono de voz se tornó más resuelto—. Un Excalibur nace llevando dentro todos los poderes que va a tener en su vida. Tu abuelo ya nació superdotado, pero aún existe un poder más grande que el suyo.

—¿Cuál? —pregunté sin aliento.

—Para aquellos cuyos poderes no son tan intensos cuando aún son jóvenes, pero que a medida que van creciendo adquieren proporciones formidables. Sus poderes están tan profundamente arraigados en su ser, que a veces son capaces de realizar grandes actos de magia sin la ayuda de una varita. Sin necesidad de pronunciar un conjuro. No tienes idea de lo extraordinario que es eso. Y creo que tú eres uno de esos seres, que son todavía más raros de encontrar que los Excalibur. Son tan raros, que ni siquiera tenemos un término para denominarlos. Tal vez yo empiece a llamarlos... Vega.

Acto seguido, Astrea guardó silencio, y a mí no se me ocurrió nada más que decir. Pensé que simplemente íbamos a quedarnos allí sentadas, bajo un bello cielo despejado, contemplando un futuro de lo más siniestro. Pero estaba a punto de llevarme la sorpresa más importante de toda mi vida.

—Si quieres atravesar el Quag y reanudar la lucha, necesitarás entrenamiento —me dijo Astrea—. Empezaremos en la siguiente luz.

Y antes de que yo pudiera decir nada, se levantó y volvió a entrar en la casa, y a mí me dejó allí sentada, sola.

VIGINTI DUO

La otra *Elemental*

Aquella noche no pude dormir. Pasé todo el tiempo dando vueltas y más vueltas, y soñando. Por fin, empapada en un sudor frío, me levanté, me vestí y salí de la casa para sentarme con *Harry Segundo* en el porche de piedra a contemplar la cúpula esmeralda y el cielo del Quag. Astrea había dicho que en aquella luz íbamos a iniciar nuestro entrenamiento. Yo no tenía ni idea de lo que entrañaría aquello, y estaba un poco nerviosa. Bueno, la verdad era que estaba más que un poco nerviosa.

Mientras estaba allí sentada con *Harry Segundo*, se abrió la puerta y apareció Delph vestido con su larga camisa de dormir. Tenía cara de no haber pegado ojo, como yo. Se sentó, descalzo, a mi lado.

—Como en los viejos tiempos —comentó—, cuando nos sentábamos en lo alto de tu árbol.

Aunque aquello no pertenecía a un pasado tan remoto, yo tenía la sensación de que hacía tanto tiempo que había ocurrido que ya casi no lo recordaba.

—Sí —respondí con gesto ausente, sin dejar de contemplar la cúpula.

—Has dicho que ahora Astrea quiere que atravesemos el Quag.

—Quiere que luchemos.

—¿Contra los tales Maladones?

—Justamente.

—Pero si no sabemos nada de ellos.

—Imagino que eso formará parte del entrenamiento.

Delph bajó la vista al suelo con la frente fruncida por la preocupación y con un gesto de frustración en la cara.

—Pero yo no tengo poderes mágicos, Vega Jane. Eso que hiciste tú, lo de destruirlo todo, yo no puedo hacerlo. Ya lo sabes.

Le cogí la mano.

—Lo que sí sé, Daniel Delphia, es que tú y yo estamos juntos en esto. Ya nos hemos separado en una ocasión, y no volverá a suceder más. Esto no puedo hacerlo sin ti. Lo sabes, ¿verdad? Tienes que saberlo.

—Aquella hembra del pasado dijo que eras tú la que tenía que sobrevivir, ¿no? Pues me parece que sabía lo que estaba diciendo. Así que, llegado el caso, haré lo que sea necesario para que sobrevivas. Y cuando digo que haré lo necesario, me refiero a cualquier cosa.

Sentí que me inundaba el pánico. Miré a *Harry Segundo*. Mi canino alargó una pata y la apoyó firmemente en mi hombro. La expresión que mostraba en su rostro me resultó de lo más clara: «Yo también estoy dispuesto a morir por ti.»

Aquella expresión me llenó de miedo. Miré de nuevo a Delph, después otra vez a *Harry Segundo*. «¿Y si murieran por mí? No, ¿y si murieran por mi culpa?»

Nos quedamos dormidos en el porche, y tan solo nos despertamos cuando Astrea apareció en la puerta y nos llamó. Nos vestimos, desayunamos y nos reunimos en la biblioteca.

—¿En qué va a consistir el entrenamiento? —pregunté.

—En aprender magia.

—Pero para eso se necesita una varita.

—Efectivamente.

—¿De dónde has sacado la tuya?

—Me la dio mi padre.

—¿Y de dónde la sacó él?

—Cogió una parte de sí mismo y dio forma a mi varita con el conjuro apropiado, y más tarde me la pasó a mí. Así es como se hacen las cosas en nuestro mundo. Con ello se crea una conexión entre las familias que es casi imposible de romper. De ese modo, yo cuento con toda la fuerza y el poder de todos mis antepasados.

—¿Has dicho que cogió una parte de sí mismo? —repetí.

—¡Caray! ¿Y qué parte cogió? —dijo Delph expresando en voz alta lo que yo estaba pensando.

—Su sangre —respondió Astrea—. Es lo que se suele coger. Aquí mismo puedes ver las gotas ya secas, incrustadas en la base. —Luego se volvió hacia Delph y le preguntó—: ¿Alguna vez has hecho magia, Delph?

Mi amigo se la quedó mirando boquiabierto.

—Yo no tengo poderes mágicos —dijo por fin, como si ya tuviera que ser algo evidente.

—¿Y en qué te basas para sacar esa conclusión, concretamente?

—En que nunca he hecho nada de magia, en eso.

—Vega Jane tampoco había hecho magia, hasta que se le ha presentado la oportunidad —replicó Astrea.

—Bueno —repuso Delph—, yo nunca he hecho magia, y eso que he estado en situaciones en las que habría querido poder hacerla. Así que supongo que eso quiere decir que soy un tarado.

—Tú no eres ningún tarado, Delph —protesté—. Si no hubiera sido por ti, yo habría muerto en las cavernas de Espina. Tú haces razonamientos que a mí ni siquiera se me ocurren. Y además eres fuerte y muy valiente.

—¿Empezamos? —interrumpió Astrea.

En aquel momento la puerta se abrió de improviso, y a punto estuve de caerme de la silla.

En la puerta había aparecido un macho joven, no mucho mayor que nosotros. Iba vestido de forma extraña, con una larga camisa de dormir que dejaba ver las pantorrillas y los pies. Su rostro estaba totalmente limpio de arrugas de preocupación, y llevaba el cabello, largo y negro, peinado sin orden ni concierto. Tenía los ojos de un azul tan deslumbrante que parecían trozos de hielo que reflejaran un cielo sin nubes. Vi que Delph lo estaba mirando con la misma expresión de perplejidad que yo.

—¡Archie!

Me volví hacia Astrea, que era la que había pronunciado aquel nombre. Se había levantado de su asiento y estaba mirando de hito en hito al recién llegado.

«¿Archie?», pensé yo. Pero si Archie estaba en cama, anciano y moribundo... Y de repente lo comprendí.

—Has tomado el elixir de la juventud —dije impulsivamente.

Archie sonrió y dio un paso al frente. Era mucho más alto que su madre, pero no tanto como yo. Y, por supuesto, era mucho más bajo que Delph.

—Correcto, he participado del elixir de la juventud —admitió.

Su forma de hablar era extraña, de tan formal, y su tono era el de un macho mucho más viejo. Lo cual tenía sentido, dado que hasta muy poco antes había sido muy anciano.

Se estiró como un gato y a continuación se sacudió.

—Lo cierto es que es una sensación verdaderamente espléndida. Mucho más agradable que estar tendido en la cama, con dificultades para respirar.

—¿Pero cómo es que te ha dado por tomar el elixir?

Esta pregunta provino de Astrea, que aún seguía mirando boquiabierta a su hijo.

Para responder, Archie me señaló a mí.

—Ella ha sido mi motivación.

—¿Yo? —dije, atónita.

Archie afirmó con la cabeza.

—Anoche, mi madre estuvo hablando conmigo. Creo que no esperaba que yo aguantase mucho más, y me dijo que iba a entrenarte a ti para que reanudases una vez más la lucha. ¡Y sentí el deseo de ayudarte!

—Gracias, Archie —le dije con una sonrisa de agradecimiento. Tras volverme de nuevo hacia Astrea, añadí—: Pero tenemos un problema.

—¿Cuál es?

—Que yo no tengo varita. Y sin ella no puedo hacer magia.

—Madre, está claro que posee una mente práctica.

Resultaba desconcertante que Archie llamara madre a Astrea, teniendo en cuenta que esta no parecía mayor que él mismo.

Astrea desvió la mirada hacia mi bolsillo.

—¿Y qué me dices de la *Elemental*?

—¿Qué pasa con ella?

—Sácala.

Saqué el guante y empecé a enfundármelo, pero Astrea me interrumpió.

—Eso no es necesario, Vega.

—Pero Alice Adronis me dijo que...

—Estoy segura, pero también es cierto que cuando os conocisteis ella estaba sufriendo mucho, y dudo que fuera capaz de pensar con claridad. De modo que fíate de mí, porque he pensado mucho sobre este asunto y tengo el convencimiento de estar en lo cierto. Coge la *Elemental* con la mano, sin más.

Pero, a pesar de lo que me estaba diciendo, advertí que tenía la varita preparada.

Introduje la mano en el bolsillo con mucha precaución. Mis dedos fueron acercándose a la *Elemental* encogida de tamaño. Mi respiración se hizo más rápida y mi corazón empezó a latir más deprisa. Alice llevaba puesto el guante, y me dijo que...

Sentí que ya tenía los dedos apenas a dos centímetros de la *Elemental*. Miré primero a Delph; estaba con la mirada fija en mi bolsillo. Después miré a Astrea; ella no miraba el bolsillo, sino directamente a mí.

—Cree, Vega —me dijo en voz baja.

—¿Que crea en qué? —le pregunté yo, confusa.

—En ti misma.

Aguanté la respiración, tragué el tremendo nudo que tenía en la garganta y llegué a la conclusión de que tanta lentitud no hacía más que empeorar las cosas, y que era mejor acabar de una vez. Metí la mano hasta dentro y cerré los dedos en torno a la *Elemental*.

En el momento del contacto entre la carne y la madera había cerrado los ojos, pero los abrí otra vez porque no había sucedido nada. Saqué la *Elemental* plegada dentro de mi mano y me la quedé mirando. Parecía diminuta e impotente.

Miré a Astrea; estaba mirando la lanza como si fuera una serpiente congelada.

—¿Qué pasa? —dije.

—Hacía más de ochocientas sesiones que no veía la *Elemental* —contestó en un tono de reverencia y tristeza al mismo tiempo—. Presencié cómo la arrojaba Alice contra muchos de nuestros enemigos. —Me miró a mí y solicitó—: ¿Quieres hacer el favor?

Instintivamente entendí lo que me pedía. Ordené mentalmente a la lanza que se desplegase en toda su envergadura dorada y a continuación la sostuve como si fuera a arrojarla.

Astrea dio un paso atrás y examinó mi mano en relación con la *Elemental*.

—Bien, bien. Sí, servirá perfectamente.

—¿Servirá para qué?

Dio otro paso atrás.

—Ella será tu varita mágica.

Hice un gesto de extrañeza.

—¿Mi varita? Pero si acabas de decir que las varitas tienen que heredarse de un miembro de la familia. Y que deben llevar dentro una parte de dicho familiar.

—Sí, y esos requisitos se cumplen en este caso —repuso Astrea.

—¿Cómo puede ser? —exclamé—. Esta lanza me la dio Alice Adronis en un campo de batalla, varios cientos de sesiones antes de que yo naciera. Ella...

—¿Ella qué? —me interrumpió Astrea—. ¿Alice no podía estar emparentada contigo? ¿No pudo haber puesto algo de sí misma dentro de la *Elemental*? —Hizo una pausa—. La respuesta en ambos casos es que sí.

—¡Pero eso es imposible! —protesté.

—Mira la lanza. Mírala detenidamente.

Examiné la *Elemental*, pero no había nada que ver. Aunque... de pronto me fijé en un detalle. Me acerqué un poco más. Era una línea de color rojo oscuro, como un hilo incrustado en la madera.

—Es una hebra del cabello de Alice, Vega —me dijo Astrea—. De la hermosa melena pelirroja que tenía Alice.

Astrea me estaba mirando fijamente.

—No puede ser —dije.

—Bastará con una prueba sencilla. —Señaló la pared de libros—. El conjuro es «*Retorna*, libro». Pronuncia la erre con fuerza y al mismo tiempo mueve la varita hacia ti, despacio y con firmeza. Y concentra tu mente únicamente en el libro. Así.

Apuntó con su varita a la primera estantería, pronunció la frase «*Retorna*, libro» y movió la varita lentamente hacia ella.

De repente, uno de los libros se salió de la estantería y fue volando hasta su mano. Lo dejó sobre la mesa y acto seguido se volvió hacia mí.

—Ahora, hazlo tú.

Contemplé la *Elemental*.

—No puedo.

—Sí que puedes. Sitúa el dedo pulgar encima de la madera y el dedo índice debajo. Deja que la varita sobresalga de tu mano aproximadamente quince centímetros. Y no la aprietes con demasiada fuerza, no se resbalará.

—¿Por qué no?

—Porque ya se ha convertido en una parte de ti.

Miré fijamente la varita, esperando sentirme horrorizada, pero lo cierto es que experimenté una sensación de calor... y de seguridad.

Me volví hacia Delph; estaba mirándome fijamente.

—Puedes hacerlo, Vega Jane, sé que puedes. Ya has hecho otras cosas importantes, no me digas que no vas a poder traer hasta aquí un simple libro.

Miré de nuevo a Astrea.

—Solo tienes que creer, Vega. Igual que cuando has sacado la *Elemental* del bolsillo sin necesidad de ponerte el guante.

En fin, allí me había pillado; aquello sí que lo había hecho.

Respiré hondo, me preparé y miré mi mano, los libros, la varita. ¡Ahora era una varita! Tal vez fuera cierto que era capaz de hacer aquello.

Me concentré en un libro en particular e impedí que mi mente viera ninguna otra cosa más. Y a continuación exclamé con voz firme:

—*Retorna*, libro.

Pronuncié la palabra correctamente, marcando la erre como me había dicho Astrea, pero, con la emoción, moví bruscamente la mano, y con ella la varita.

La estantería entera se despegó de la pared y vino hacia nosotros, a punto de acribillarnos con una lluvia de libros. Dejé escapar un grito y me arrojé al suelo, junto con Delph y Archie.

—¡*Paramentum!* —gritó Astrea.

Levanté la cara a tiempo para ver cómo la estantería se detenía súbitamente en el aire, como si hubiera chocado contra algo sólido. A continuación comenzó a retroceder y volvió a colocarse suavemente junto a la pared. Todos los libros que se habían caído se levantaron por sí solos y volvieron a ocupar su lugar original.

Me puse en pie muy despacio, y Delph y Archie hicieron lo mismo. Yo, muerta de vergüenza, miré primero la estantería, después a Astrea, y por último contemplé con gesto triste la *Elemental*, que todavía llevaba sujeta en la mano.

Cuando levanté el rostro vi que Delph me observaba con una expresión de asombro que resultó bastante inquietante.

—Me parece que la magia no se me da muy bien —comenté con un sentimiento de pesar.

—Al contrario —replicó Astrea—, has superado mis expectativas. Estoy convencida de que podrás ser una hechicera de primera clase.

Aquello me produjo un sentimiento de euforia que me duró hasta lo que dijo a continuación.

—Este es el número de capas que tiene el Quag —dijo Astrea levantando cinco dedos—. Cada capa, o círculo, como los denominamos, constituye un mundo en sí mismo, separado de su vecino. Cada uno de ellos presenta retos singulares y mortales. Cada uno de ellos cambia constantemente, crece y evoluciona alimentándose de la magia que lo creó y lo inspiró. —Hizo una pausa y luego añadió—: Te ruego que entiendas una cosa con total claridad: a pesar de la destreza que posees para la magia, cada círculo bien podría ser tu sepultura.

Y habiendo hecho tan escalofriante declaración, dio media vuelta y nos dejó solos.

VIGINTI TRES

Mi entrenamiento

En la luz siguiente, después de desayunar, Astrea nos condujo a Delph, a *Harry Segundo*, a Archie y a mí a una espaciosa sala, una de las muchas que por lo visto había dentro de aquella casita. Una de las paredes estaba ocupada por una enorme pizarra, similar a la que utilizábamos en Aprendizaje, allá en Amargura. Astrea cerró la puerta al entrar, seguidamente sacó su varita y apuntó a la pizarra. En un instante empezó a escribirse un texto sobre ella a toda velocidad.

—Estas son tus primeras lecciones —anunció Astrea.

Hizo otro breve movimiento con la varita, y en su mano apareció una bola pequeña.

—Ahora, Vega, ¿recuerdas el conjuro de anoche?

—*Retorna* —contesté con avidez, desesperada por hacerme valer ante ella.

Astrea afirmó con la cabeza.

—Quiero que, con ese conjuro, me quites esta bola de la mano. —Antes de que yo pudiera hacer nada, levantó la mano en alto—. Pero primero tenemos que repasar ciertos aspectos básicos, para que no se repita lo que sucedió la otra vez. —Apuntó con su varita a una zona concreta de la pizarra—. Lee eso —me instruyó—. En voz alta.

Miré el texto que señalaba y empecé a leer:

—«Un hechizo consiste en realizar varias cosas al mismo tiempo, pero empleando en todo momento el principio de MCA, o Mente, Cuerpo y Alma. Esto quiere decir que se debe concentrar la mente, preparar el cuerpo y poner el alma, de tal modo que los tres elementos actúen juntos en el momento apropiado. Ni que decir tiene que un hechizo no surtirá efecto si estos elementos no se combinan adecuadamente entre sí.» —Me giré hacia Astrea para preguntarle—: Bueno, ¿y cómo hago eso?

—Continúa leyendo —me replicó.

Un tanto chafada por su respuesta, volví a centrarme en la pizarra.

—«Combinando el principio MCA con el hechizo adecuado y el movimiento de varita que proceda, se obtendrá el resultado que se desea. Estos son los requisitos mínimos para que el hechizo funcione.»

Al terminar, me volví de nuevo hacia Astrea. Ya me había quedado claro.

Ella levantó la bola y me dijo:

—La vez anterior, hiciste un movimiento muy brusco con la mano. Tienes que hacer ademanes lentos y precisos. Pero es mucho más importante que emplees bien el principio MCA, para que todo esto salga como es debido.

—Precisamente por eso te he preguntado cómo tenía que hacer lo del MCA —repliqué, irritada.

—Enfadándote conmigo no conseguirás que te resulte más fácil llegar a dominar el arte de los hechizos —repuso Astrea en tono cortés—. De modo que cálmate y concentra la mente en esta bola y en nada más. Cuando ya te hayas concentrado, el paso siguiente es recurrir a tu parte física, para que toda tu energía se acumule en la mano con la que sostienes la varita. Por último, tu alma debe estar en total armonía con tu mente y con tu cuerpo.

—Bueno —exclamó Delph—, eso no es mucho pedir, ¿no?

Astrea se giró hacia él.

—Sí que es mucho pedir. Pero cuando uno está intentando hacer algo verdaderamente extraordinario, ¿no es justo pedir mucho a cambio?

Delph se puso blanco como la leche y bajó rápidamente la mirada.

Astrea se volvió de nuevo hacia mí.

—¿Cómo sabré que ya he conseguido el equilibrio entre los tres elementos?

—Cuando tengas esta bola en tu mano, naturalmente.

Afiancé los pies y cuadré los hombros. Miré fijamente la bola y me esforcé en apartar cualquier otro pensamiento. A continuación, miré la mano con que sujetaba la varita e intenté obligar a mi lado físico a que se concentrase allí. En cuanto al alma, no tenía ni idea de en qué parte de mi cuerpo se encontraba, pero me dirigí mentalmente a ella y le pedí que se pusiera en armonía con mi cuerpo y con mi mente. Luego sujeté la varita sin hacer mucha fuerza y, acordándome del error que había cometido la vez anterior, hice un movimiento lento y pausado hacia atrás al tiempo que decía:

—*Retorna*, bola. —Hice perfecto hincapié en la erre, o por lo menos eso me pareció.

No ocurrió absolutamente nada. La bola siguió posada firmemente en la mano de Astrea. La miré boquiabierta, pero ella no puso cara de estar en absoluto sorprendida.

—Solo ha sido el primer intento.

—Pero si ya lo conseguí la otra vez —dije en un tono de queja que no era mi intención.

—Sí, lo cierto es que estuviste a punto de aplastarnos a todos con la estantería, querida. Fue mi madre la que sacó el libro.

La miré con gesto hosco y después pregunté:

—¿Puedo probar de nuevo?

Astrea asintió.

—Apuesto a que probarás muchas veces —dijo.

Al cabo de treinta y siete intentos, la bola vino volando hacia mí y se posó agradablemente en la palma de mi mano. Yo no me lo esperaba, porque cuando iba por el intento número dieciocho ya había llegado a la conclusión de que jamás iba a ser una hechicera competente, y tal vez debería regresar con Delph a Amargura y rogar que nos devolvieran nuestros anteriores empleos.

No asimilé que lo había logrado por fin hasta que Delph me dio una palmada en la espalda con tanta fuerza que estuvo a punto de tirarme al suelo.

—Lo has conseguido, Vega Jane. Lo has conseguido.

Y dicho esto me levantó en alto y me estrujó en un fuerte abrazo. Como no daba señales de querer soltarme, Astrea decidió intervenir.

—Esto... Delph —le dijo—, sería conveniente que continuáramos avanzando, y para eso vas a tener que SOLTAR A VEGA.

Delph se ruborizó intensamente y volvió a dejarme de pie en el suelo.

El gesto de concentración de Astrea no había cambiado.

—Vamos a repetirlo, ¿de acuerdo?

Mi entusiasmo se desvaneció porque, al ver aquella mirada tan seria, entendí con toda exactitud lo que quería decir. El hecho de haber sido capaz de hacer venir una pequeña bola hacia mí tras treinta y siete intentos difícilmente iba a servirme para atravesar el Quag. Pero no pude por menos que sonreír para mis adentros. Después de todo, sí que había logrado hacer magia. ¡A lo mejor conseguía ser una hechicera y todo!

Fruncí los labios, me concentré en el MCA y pronuncié el conjuro al tiempo que movía la varita despacio y con pausa.

La bola vino a mí catorce veces seguidas. Solo entonces, cuando el hecho de verla posada en mi mano ya no resultó tan emocionante como las primeras veces, Astrea tomó una decisión:

—Bien, vamos a pasar a otra cosa —dijo. Hizo una seña a Archie y añadió—: Querido, en esta ocasión voy a necesitar tu ayuda.

Archie asintió con un gesto y sacó de un bolsillo de su capa un objeto alargado y fino, parecido a un junco, que daba la impresión de ser de madera ennegrecida. Se percató de que yo lo estaba mirando fijamente y me dijo:

—Esto me lo dio mi padre cuando era mucho más joven que tú.

—¿Lleva dentro algo de él? —inquirí.

Archie afirmó con la cabeza.

—Un diente. Si se observa con atención, se puede apreciar que cerca de la empuñadura hay una pequeña esquirla. Según se cuenta en la historia de la familia, mi madre le hizo saltar ese diente a mi padre en el curso de una pequeña discusión, y él decidió guardarlo para ponerlo en la varita que había de dejar en herencia.

—No sucedió así, Archie —replicó Astrea firmemente, con las mejillas sonrojadas—. Tu padre tenía dolor de muelas y quería algo que se lo aliviase. Eso es todo. —Acto seguido carraspeó y se situó en el centro de la sala para apuntar de nuevo a la pizarra con su varita—. ¿Recuerdas el conjuro que utilicé cuando salió volando toda la estantería?

Cosa sorprendente, esta vez fue Delph el que respondió.

—*Paramentum* —se apresuró a decir. A continuación miró a su alrededor, asombrado de que la respuesta correcta la hubiera pronunciado él.

—Exacto —confirmó Astrea mirándole fijamente—. Se trata de un conjuro defensivo de bloqueo que se utiliza para protegerse uno mismo de una amenaza. Vamos a hacer una demostración.

Hizo una seña a Archie.

—A la de tres.

—¿Con qué rumbo, madre? —preguntó él.

—Ah, el que tú quieras, Archie, querido. Sorpréndeme.

¡Caramba! Parecía que estaban hablando de qué clase de té preferían tomar.

Ambos levantaron simultáneamente sus varitas.

—Uno, dos, tres —dijo Astrea.

Archie pronunció: «*Injurio*» y agitó la varita en dirección a su madre. Y al momento brotó de la punta un especie de lanza luminosa.

En el mismo instante, Astrea movió su varita de derecha a izquierda y dijo: «*Paramentum.*»

La columna luminosa chocó contra una barrera invisible que había surgido delante de ella, rebotó y abrió un agujero en el techo.

Delph, *Harry Segundo* y yo nos habíamos arrojado al suelo cuan largos éramos. Levantamos la cara y vimos el boquete que se había abierto en el techo. Astrea apuntó con su varita hacia arriba y dijo con toda calma:

—*Purgatio.*

Y el boquete desapareció.

Nos incorporamos, inseguros, y miramos boquiabiertos a madre e hijo.

—No sé muy bien si estoy preparada para algo así —dije.

—Esa es la razón por la que vamos a empezar con la bola —repuso, al tiempo que sacaba la susodicha de un bolsillo de su capa—. Voy a lanzártela, y tú, con el conjuro, debes hacer que aparezca la barrera. El movimiento de la varita es de izquierda a derecha, y ha de ser limpio y preciso. Tienes que estar convencida de que la bola va a causarte daño.

—De acuerdo, pero el movimiento que has hecho tú ha sido de derecha a izquierda —la corregí.

A Astrea le brillaron los ojos.

—Me alegro de que hayas prestado atención.

Fui preparándome mientras Delph, *Harry Segundo* y Archie se hacían a un lado. Aunque era tan solo una bola, supongo que estaban acordándose del desastre de la estantería.

—A la de tres —dijo Astrea—. Uno, dos, tres.

Y acto seguido lanzó la bola con gran fuerza, directa hacia mi cabeza.

Yo agité mi varita en el aire y exclamé:

—*Paramentum.*

La bola rebotó en el muro que yo había conjurado. El choque fue tan violento que Astrea tuvo que agacharse, porque la bola salió despedida otra vez hacia ella. Cuando se irguió de nuevo, me contempló con expresión de asombro.

—Eso ha estado muy bien, Vega. Pero que muy bien.

No pude ocultar mi sonrisa. En cambio, sí que pude ocultar que mentalmente me había imaginado que lo que venía hacia mí, en vez de una bola, era un dabbat. Con todo, lo había conseguido. Y al primer intento. Sentí deseos de gritar de alegría.

Pero la alegría me duró poco: en las cuatro ocasiones siguientes, la bola me dio de lleno en la cara. Estuvimos largo rato trabajando en ello, hasta que conseguí que una de cada tres veces el muro conjurado por mí aguantase en el sitio.

—Por el momento ya es suficiente. Ahora vamos a pasar a

algo un poco más serio. —Astrea apuntó con la varita a un rincón de la sala, la agitó y dijo—: *Golem Masquerado*.

Al instante apareció un macho de gran tamaño. Al principio me quedé sorprendida, pero luego vi que estaba hecho de arcilla, un material que ya había usado yo en Chimeneas.

—¿Para qué vamos a necesitar eso? —pregunté.

—Prefiero que practiques con algo que no sea un ser vivo —contestó Astrea.

Mi sonrisa se esfumó cuando, sin preámbulo alguno ni previo aviso, hizo un movimiento con la varita como si cortara el aire y exclamó:

—¡*Scindere!*

De repente, el muñeco de arcilla quedó cubierto de puñaladas. Si hubiera sido un ser real, habría empezado a sangrar por numerosas heridas.

Miré fijamente el muñeco, y luego miré a Astrea. Aquello era lo que me había hecho a mí anteriormente. Y lo sabía. Y sabía que yo lo sabía.

—No resulta muy agradable —dijo con gesto serio.

—¿Quieres que yo haga eso mismo? —pregunté con voz trémula.

—¿Tú quieres hacerlo? —contraatacó.

Observé la figura de arcilla y me imaginé que fuera Delph, o *Harry Segundo*. Me volví otra vez hacia Astrea.

—Ahora, no —le respondí.

Ella me miró durante largos instantes.

—Pues en ese caso, vámonos afuera.

Mientras desfilábamos todos por el pasillo, Archie se puso detrás de mí para hablarme.

—No pasa nada, Vega —me susurró al oído—. La mayoría de nosotros no hemos sido capaces de hacer esto en nuestra primera vez. De hecho, algunos no lo consiguen jamás.

—¿Y a qué se debe? —le susurré yo.

—A que uno tiene que desear de verdad hacer daño.

—Pues, por lo que parece, en ese sentido tu madre no tiene ningún problema.

—Mi madre estuvo en una guerra, Vega. Ya sabe lo que es

matar. Y ha tenido ochocientas sesiones para reflexionar sobre ello. Al final puede contigo, ¿sabes?

Salimos de la casa y atravesamos la cúpula esmeralda. Archie estiró los brazos y contempló el cielo.

—Hacía una eternidad que no salía de casa. Da gusto poder respirar este aire.

—¿Cuánto tiempo hace que dejaste de tomar el elixir? —le pregunté.

—Lo dejé en la luz en que apareciste tú en la puerta de nuestra casa.

Me quedé estupefacta.

—¿Quieres decir que se envejece así de rápido?

—Cuando desaparecen los efectos de la poción, se envejece a toda velocidad. Y no mucho tiempo después, uno se muere.

—Esto último lo dijo con tanta naturalidad que me dejó boquiabierta.

—Pues me alegro mucho de que hayas decidido no morirte.

Archie sonrió.

—Yo también, Vega. Yo también.

En aquel momento, Astrea alzó su varita, la agitó tres veces en paralelo y dijo:

—*Cristilado magnifica*.

A un metro de donde estábamos nosotros apareció un amaroc corriendo por la campiña, obviamente a la caza de una presa. Estaba tan cerca que logré distinguir los ojos rojos, el enorme pecho, los colmillos amarillentos y el aliento helado que expulsaban sus fosas nasales.

Delph lanzó un grito y dio un salto atrás. Yo también grité, y saqué mi varita, dispuesta a desplegar la *Elemental* para poder arrojársela a la bestia. Pero Astrea alzó una mano.

—Ese amaroc se encuentra a muchos kilómetros de aquí. Este conjuro permite ver cosas que están muy lejos como si estuvieran muy cerca. Resulta muy útil en el Quag, ¿no te parece?

Contemplando el amaroc, respondí:

—Sí, sumamente útil.

Agitó la mano una vez más, y la imagen desapareció. Después señaló hacia una zona en la que había un bosque y me dijo:

—Ahora prueba tú.

Levanté la varita, la agité tres veces, como estaba prescrito, y dije:

—*Cristilado magnifica.*

Al momento fue como si estuviéramos dentro del bosque. Veía todo los detalles, ¡todos! De improviso surgió ante nosotras un ciervo. Antes, cuando estaba en Amargura, me encantaba contemplar a los ciervos desde lo alto de mi árbol, ver cómo atravesaban el follaje a toda velocidad. Me volví hacia Delph con una ancha sonrisa, pero titubeé cuando vi que su expresión se transformaba en un gesto de horror.

Miré una vez más al ciervo. Así, de la nada, acababa de salir una espantosa criatura casi transparente que, con una velocidad asombrosa y una precisión increíble, había saltado directamente sobre el hermoso ciervo y lo había atrapado en sus etéreas garras. El ciervo parecía haberse quedado tan sorprendido como yo. Un momento antes se lo veía tan feliz, corriendo por el bosque, y al momento siguiente estaba... hecho pedazos.

Astrea estaba junto a mí, sujetándome para que no me moviera del sitio, obligándome a contemplar aquella escena.

De repente sucedió una cosa realmente sorprendente. El monstruo que acababa de matar al pobre ciervo se había transformado en... en el propio ciervo, solo que ahora era una versión más fantasmal, de un color blanco diáfano.

Astrea agitó la varita y exclamó:

—*Finit.*

Y desapareció la imagen en su totalidad. Luego, se giró hacia mí.

—Esa criatura era un wendigo, un espíritu malévolo que toma posesión de aquello que devora. Las criaturas como esa son las que habitan el territorio que te separa de tu destino, el final del Quag.

—Y tú has ayudado a crear todas esas criaturas horribles —le dije con voz trémula.

Mi comentario pareció pillarla desprevenida, y he de reconocer que sonó más bien como una acusación.

—No, todas no. Pero al sacarlas de la nada establecimos la

base para que engendrasen horrores aún mayores que el original. Los efectos de la magia a menudo pueden resultar imprevisibles, Vega. Has de entender eso.

—¿Y tú crees que todo ello ha valido la pena? —le pregunté en tono más firme.

—La respuesta a esa pregunta todavía está por escribirse —me contestó en el mismo tono.

VIGINTI QUATTUOR

Una hechicera... más o menos

El tiempo se me pasaba volando con mi entrenamiento. Mi verdadero entrenamiento.

Tras pronunciar la frase «*Pasar-Pusay*» y tocarme la pierna derecha con la varita, desaparecí de la habitación en la que estábamos y me transporté hasta el pasillo de fuera. No sé cómo lo hice ni por qué me trasladé a aquel sitio en particular, pero Astrea se animó mucho al ver que lo había conseguido solo al cuarto intento. Incluso trabajé con unos cuantos conjuros para deshacer hechizos, con cierto grado de éxito, pero también estuve a punto de ahogar al pobre Delph pronunciando mal el maldito conjuro «*Inmerso*».

Ahora estaba tendida en mi cama, agotada. No parecía que decir unas cuantas palabras y agitar una varita de nada fuera a ser un ejercicio tan cansado, pero lo cierto era que abarcaba mucho más que eso. Aquel requisito de implicar la mente, el cuerpo y el alma consumía mucha más energía que trabajar en Chimeneas.

De repente alguien llamó a la puerta, y levanté la cabeza con gesto de cansancio.

—¿Sí?

—Soy Delph, Vega Jane. ¿Puedo entrar?

—Dame un momento, no estoy visible.

Salté de la cama, me eché encima la capa y abrí la puerta.

—Pues a mí me pareces... muy, er... muy visible —repuso con timidez.

—Gracias, Delph. ¿Pero cómo vas a saberlo? Tienes los ojos cerrados.

Los abrió solo una rendija para comprobar si yo estaba visible de verdad. Y después los abrió del todo.

—Bueno, ¿y qué es lo que querías?

Delph se sentó en la silla que había junto a mi cama y yo me acomodé en una esquina del colchón. Abría y cerraba sin cesar sus enormes manos, un gesto que hacía cuando estaba a la vez enfadado y nervioso.

—Habla ya, Delph.

Asintió.

—La cosa es, Vega, la cosa es que... —Se interrumpió, se levantó de la silla y empezó a pasear. *Harry Segundo* y yo seguíamos su trayectoria girando la cabeza a un lado y al otro, mientras él cruzaba la habitación una y otra vez con sus grandes zancadas. De improviso se volvió hacia mí, me miró y me dijo—: No... Yo no... no sé hacer magia. Así que no te sirvo para nada.

—¿Que no me sirves para nada? Estás de broma, ¿no?

Delph contrajo el músculo del brazo, pero no fue para hacer una exhibición de fuerza, tal como quedó claro con lo que dijo acto seguido.

—Esto es todo lo que tengo —dijo señalándose el bíceps—. En Amargura soy fuerte, prácticamente no hay nadie que sea más fuerte que yo. En cambio, aquí soy un maldito blandengue, Vega Jane. No puedo ayudarte. Y si no puedo ayudarte, acabaré haciéndote daño.

De improviso se derrumbó en el suelo y se quedó allí sentado, con gesto de agotamiento.

Harry Segundo, como si fuera capaz de percibir el dolor y la ansiedad de Delph, le levantó una mano, y quizá también el ánimo, con el hocico. Delph lo acarició a su vez.

—De acuerdo, Delph, aceptemos que tú no puedes hacer magia y que yo sí que puedo.

—¡Es que es la verdad! —exclamó con vehemencia.

—Pero solo estoy aprendiendo cómo se hace. Ya lo has visto.

—Vega, lo que he visto es una hechicera, o como quieras

llamarte tú misma, que va mejorando poco a poco. No vas a tardar mucho en cogerle el tranquillo a eso de hacer magia.

—¿Y de verdad crees que tú no tienes nada que ofrecer, aparte de tus músculos?

Mi comentario le sorprendió.

—¿Y qué otra cosa tengo? No hay nada más.

—¿No fuiste tú el que ideó la estrategia que yo debía aplicar en el Duelum?

—¿Qué importa ya el maldito Duelum? ¿No me has escuchado? Yo no sé hacer magia.

Corrí a su lado y lo agarré por el hombro.

—Ninguno de los dos vino al Quag pensando que podía hacer magia. Pero, aun así, vinimos. Y bien sabes por qué.

Guardé silencio porque quería oírle expresarlo en voz alta. Quería tener la seguridad de que él lo deseaba tanto como yo.

—Vinimos a averiguar la verdad —dijo.

Hice un gesto afirmativo y le solté el hombro.

—Exacto. Puede que yo llegue a ser una buena hechicera, y puede que no. Tal vez tú no llegues nunca a poder hacer magia, no lo sé. No sé gran cosa de este sitio, porque es de lo más misterioso. Pero eso no va a impedir que busquemos respuestas, Delph. Y si morimos en el intento, en fin, yo prefiero eso antes que vivir una vida que ni siquiera me pertenece.

Delph asintió lentamente.

—De acuerdo, Vega Jane —me dijo—. De acuerdo.

—¿Entonces tenemos un trato? —le pregunté, mirándolo fijamente.

—Tenemos un trato —respondió con una sonrisa.

Transcurrió más tiempo, y mis clases continuaron sin descanso. Pronuncié tantos conjuros, que al final ya tenía la sensación de no acordarme de ninguno. Realicé intrincados movimientos con mi varita. Impliqué mi mente, mi cuerpo y mi alma de una manera que jamás habría sido capaz de imaginar. Y todo ello lo hice bajo la estricta tutela de Astrea Prine, que, por lo visto, disfrutaba más de su papel de profesora que del de carcelera. Obtuve unas cuantas victorias, y también causé otros tantos desastres.

Hubo una ocasión en la que sucedió una cosa terrible, cuando lancé un hechizo al muñeco de arcilla.

—*Scindere* —exclamé al tiempo que agitaba mi varita hacia el objetivo.

Pero el entusiasmo imprimió un impulso a mi brazo que me hizo desviar gravemente la puntería. Acerté al pobre Archie, que empezó a sangrar profusamente por todas las heridas que le aparecieron de pronto en las piernas. Yo dejé escapar un grito, *Harry Segundo* lanzó un ladrido entrecortado y Delph acudió enseguida a socorrerle.

Sin embargo, Astrea, agitando su varita en dirección a él, dijo con calma:

—*Purgatio*.

Todas las heridas se curaron de inmediato, aunque el pantalón se quedó hecho trizas.

Me deshice en excusas, pero Archie se tomó el episodio deportivamente.

—No hay nadie entre nosotros que no haya cometido errores, Vega —me dijo para animarme—. Y tú lo estás haciendo muy bien.

Aun así, yo me quedé tan conmocionada que en aquella luz ya no pude entrenar más. Más tarde estuve llorando hasta que me dormí, no podía quitarme de la cabeza la imagen de Archie todo ensangrentado.

En la luz siguiente, destrocé el muñeco de arcilla lanzando el conjuro de «*Impacto*». Después, con infinitas precauciones, practiqué con Archie el hechizo de «*Pernicio*» y le dejé ciego, pero el conjuro para deshacer ese hechizo funcionó bien, de modo que al instante recuperó la vista.

—Mente, cuerpo y alma —me repetía Astrea constantemente.

—Ya le voy cogiendo el tranquillo —respondía yo, segura de mí misma.

—Al menos, los rudimentos.

La miré a los ojos. Sabía que tenía algo más en la punta de la lengua.

—¿Pero...? —la insté.

—Pero todavía no te has visto en la situación de tener que hacer todo esto teniendo enfrente a un adversario que está lanzando conjuros contra ti, con la intención de herirte o incluso de matarte. Eso lo cambia todo, Vega.

—¿Pero cómo puedo entrenarme en eso?

—Te entrenarás cuando estés preparada.

—¿Te refieres a luchar de verdad?

—¡Sí! Para atravesar el Quag, tendrás que pelear en serio.

Aquella noche me quedé un rato frente a la chimenea con Astrea y *Harry Segundo*, mientras Delph y Archie iban a acostarse.

—La primera noche que estuve aquí, vi esa habitación que está llena de polvo y telarañas. La encontré amueblada como un cuarto para los niños.

Astrea afirmó despacio con la cabeza.

—Es que era un cuarto para los niños, Vega. Para mis hijos.

—Debió... Debió de resultarles difícil... —empecé.

Astrea me interrumpió con una carcajada hueca.

—Tal como tú misma señalaste muy sagazmente, les robé la vida.

Guardé silencio. No debería haberle hablado de aquello. Estoy segura de que su intención había sido buena, pero algunas veces las decisiones traen aparejado un alto coste. Un coste que han de pagar los demás.

—Mis hijos nunca tuvieron la oportunidad de conocer a nadie. Nunca tuvieron ocasión de enamorarse, casarse y formar una familia. Ni de ver a sus propios hijos hacerse mayores y tener hijos a su vez. —Dejó escapar un largo suspiro que llevaba consigo un profundo arrepentimiento. Me miró brevemente y luego desvió el rostro—. La primera en morir fue la última de mis hijos, Ariana. De pequeña era una niña llena de vida, pero a medida que fue haciéndose mayor se transformó en una vieja urraca. Pero no pude reprochárselo. Esta casa, sus hermanos y hermanas. Y yo. Eso era todo cuanto tenía. Luego fueron desapareciendo los demás, de uno en uno. Estaban cansados de no vivir. Fue la decisión que tomé por ellos.

A continuación se sumió en un silencio tan profundo que no me atreví a romperlo. Pero lo cierto era que yo aún tenía otra cosa que preguntarle y que, personalmente, iba a causarme un fuerte impacto.

—Me dijiste que ya habías matado... —empecé.

Astrea tenía la mirada perdida en el fuego de la chimenea. Se la veía tan joven que me costaba trabajo aceptar que tuviera más de ocho siglos.

—Para defenderme. Y se me daba bastante bien. Y lo mismo tendrás que hacer tú.

Me acerqué un poco más a ella.

—Cuando en aquel campo de batalla arrojé la *Elemental* a los machos que me estaban atacando, no sabía que la lanza iba a matarlos.

—¿Y ahora te estás preguntando si vas a ser capaz de matar de manera consciente?

—Cuando herí al pobre Archie, lloré.

—Matar a otra criatura no es algo natural. Al menos para nosotros.

—¿Tú crees que esa fue la razón por la que... en fin... por la que os vencieron los Maladones?

—¿Sabes de dónde proviene ese nombre? ¿Te lo ha contado Archie?

—No.

—En nuestra antigua lengua significa «muerte terrible».

—Muerte terrible. ¿Así que el nombre se lo pusisteis vosotros? ¿Por lo que os habían hecho?

—No —contestó Astrea negando con la cabeza—. Se lo pusieron ellos mismos. Porque su principal vocación es infligir una muerte terrible a otras criaturas.

—Pero eso es... espantoso —dije, casi sin poder concebir que alguien pudiera ser tan malvado.

—Los Maladones siempre han sido muy hábiles matando. Aunque, cerca del final, muchos de los nuestros también llegaron a alcanzar una gran destreza. Alice Adronis acabó con decenas de enemigos, y por lo visto no le importó un comino.

—No creo que eso sea verdad.

Astrea se giró y me miró.

—¿Y cómo vas a saber tú eso?

—La vi en el campo de batalla. Era honorable, noble. Estoy segura de que matar le causaba un malestar profundo. El mismo que me causaría a mí.

—¿Y qué es lo que pretendes decir? —me preguntó Astrea con curiosidad.

—Pues que si no nos importase, no seríamos mejores que los Maladones. Y en ese caso, ¿para qué íbamos a querer derrotarlos?

Este comentario la sorprendió.

—Eso lo has deducido tú sola, sin ninguna ayuda por mi parte.

—He tenido que deducir muchas cosas yo sola —repliqué en tono muy serio—. Pero eso no responde a la pregunta de si podré matar cuando sea necesario. Ni siquiera sé cuál es el conjuro que debo utilizar. ¿Existe alguno en particular?

—*Rigamorte* —dijo Astrea de inmediato, con una expresión muy seria en la cara—. Es el conjuro más potente de todos. Aunque disponemos de otros que pueden terminar causando la muerte, ese es el único que lo garantiza.

—Ya el nombre hace daño al oírlo.

—Apunta hacia mí con tu varita y pronúncialo.

—¿Qué? —exclamé, atónita.

—Apúntame con la varita y di el conjuro.

—Pero no puedo hacer lo que...

—¡Ya! —gritó—. O de lo contrario te lo haré yo a ti. ¡Obedece, Vega!

Aterrorizada, alcé mi varita y exclamé:

—¡*Rigamorte*!

Pero mi varita se estremeció ligeramente, y no sucedió nada más.

—Supongo que necesito más entrenamiento —dije, desalentada—. Claro que si lo hubiera hecho bien, me habrías bloqueado o contrarrestado el...

—No existe ningún escudo. Tan solo la muerte inevitable.

Me quedé horrorizada.

—¿Y si hubiera funcionado?

—No podía funcionar de ningún modo, Vega, porque estabas asustada. Por eso te he gritado. No se puede lanzar ese conjuro sintiendo miedo. No es el sentimiento que se requiere.

—¿Y cuál es, entonces?

—Uno que sea más fuerte que el rencor. Incluso más fuerte que el odio. Un sentimiento tan fuerte que bloquee todas las demás emociones. Tiene que asemejarse a la sensación de tener lava derretida corriendo por tus venas. Uno ha de desear matar, por encima de todo. Arrebatar la vida a otro ser vivo. De lo contrario, es malgastar saliva. Matar es horrible; por consiguiente, para poder quitarle la vida a otra criatura, uno también ha de ser horrible.

Me aclaré la garganta para responder.

—No sé —dije despacio— si alguna vez seré capaz de sentir eso hacia otra criatura. En Amargura había individuos que no me importaban gran cosa, pero no sería capaz de matarlos. De ningún modo.

—¿Quién preferirías que muriese, tu enemigo o tú? —replicó Astrea—. Porque puedo decirte con toda seguridad que si un Maladón te tiene delante no dudará lo más mínimo en matarte.

Me recliné en la silla y reflexioné unos instantes. Para atravesar el Quag y hacer lo que tenía que hacer, ¿iba a tener que convertirme en una asesina? Por lo visto, sí.

VIGINTI QUINQUE

Una advertencia

En la siguiente luz, me levanté temprano y me vestí a toda prisa. Aún no se oía ninguna actividad. Hasta *Harry Segundo* continuaba dormido a los pies de mi cama.

Bajé por el pasillo y me detuve frente a una de las puertas que me habían negado la entrada en la primera noche. Saqué mi varita, hice tres movimientos en paralelo y dije:

—*Cristilado magnifica.*

Di un salto tan grande hacia atrás que de hecho me estampé contra la otra pared.

Justo delante de mis narices, en realidad taladrándome el cerebro, había un dabbat enroscado dentro de una jaula construida con una intensa luminosidad. La terrible criatura estaba profundamente dormida, y sus varios cientos de ojos permanecían cerrados. Pero, dormida o no, hizo que me entraran ganas de salir corriendo.

En vez de huir, me toqué la pierna con la varita y susurré «*Pass-pusay*» al tiempo que pensaba en mi destino, que podía ser cualquier sitio menos aquel. Un instante más tarde aparecí en el exterior de la casa, libre también de la cúpula esmeralda. Miré a mi alrededor. Hacía una mañana tranquila y apacible. Tomé carrerilla y me lancé a volar llevando a *Destin* firmemente enrollada en la cintura. Iba todo el rato mirando tanto al frente como a mi espalda, arriba y abajo, y con la varita preparada.

De improviso me golpeó una racha de viento y me hizo entrar en barrena, pero me recuperé con tiempo de sobra, como mínimo a un centenar de metros de altura. Me enderecé, y al mirar de nuevo hacia delante me puse pálida. El cielo, que antes estaba despejado, se había transformado en una masa de nubes negras y amenazantes. Entre ellas aparecían potentes lanzas luminosas seguidas de unos truenos que me perforaban los oídos. No tuve más remedio que salir huyendo en dirección a tierra.

Aterricé con fuerza y di un leve traspié antes de recuperar el equilibrio. Al mirar hacia arriba vi que el cielo estaba de nuevo transparente como un cristal.

¿Pero qué rayos...?

Flexioné las rodillas y remonté otra vez el vuelo. Inmediatamente fui engullida por un viento huracanado y una lluvia torrencial. Me vi empujada y zarandeada por el aire, y el aguacero me embestía con tal violencia que era como si me estuvieran golpeando con una estaca de madera. Además, el agua se me metía en los ojos y en la boca y me provocaba arcadas.

Rápidamente descendí en picado y al llegar al suelo me dejé caer, calada hasta los huesos.

Me volví y miré el cielo una vez más. Volvía a ser de color azul.

Me retorcí el cabello para escurrir el agua, e hice lo mismo con la ropa. Entonces miré a mi derecha y me quedé tan estupefacta que incluso me toqué un brazo para cerciorarme de que estaba donde creía estar. ¡Porque aquel ser que se estaba acercando a mí era yo misma! Cuando le faltaban apenas tres metros, se detuvo y me miró fijamente. Ya había tenido alguna que otra experiencia con un maniack, un espíritu despreciable que puede adoptar la forma de otra criatura, se agarra a ella y la hace revivir sus peores miedos al tiempo que la va aplastando lentamente hasta matarla. Pero nunca me había enfrentado a un ser que era... en fin... que era yo.

Naturalmente, ya sabía que aquel ser no era yo, que tenía que tratarse de alguna criatura que intentaba causarme daño. Bien, pues estaba preparada para ello. Solo tenía que hacer algo que la asustara.

Levanté la varita en alto, apunté con ella a la criatura, la agité sin apartar la mirada del brazo derecho de aquel ser y dije:

—*Injurio*.

El dolor fue tan inmediato y tan intenso que dejé escapar una exclamación ahogada y me doblé hacia delante agarrándome el brazo. Me dolía muchísimo. Sin duda me había confundido de conjuro.

Apunté a mi brazo con la varita y dije:

—*Purgatio*.

El dolor cesó.

Miré a la criatura. Se había aproximado otro poco más. Era mi doble exacto. Entonces sí que empecé a sentir pánico de verdad; aunque aquel ser no había hecho nada que resultara amenazante, todos mis instintos me decían que debía tenerle mucho miedo.

Me centré en combinar mente, cuerpo y alma, apunté con la varita a su pierna, hice un movimiento tajante y exclamé:

—*Scindere*.

Al momento aparecieron cuatro cortes en mi pierna. Lancé un aullido de dolor y me derrumbé en el suelo agarrándome la pierna herida. Con los ojos llenos de lágrimas, levanté la vista y descubrí que la criatura estaba ya apenas a medio metro de mí.

Abrió la boca y dejó ver varias filas de dientes horripilantes, renegridos y puntiagudos. De repente sacó la lengua y me la pasó por la cara, pero no fue una experiencia agradable, porque supe instintivamente que estaba probando a ver a qué sabía yo. Cegada por el dolor y por la furia, y sin tener el menor deseo de que me devorasen, levanté la varita, reuní todo el odio que me inspiraba aquella criatura, concentré mente, cuerpo y alma y grité:

—¡*Rig...*!

Pero no llegué a terminar de pronunciar aquella palabra porque me había quedado sin voz, lo cual quería decir que no iba a poder concluir el hechizo. Aquello debía de ser obra de la criatura. Y sin voz, ¿cómo iba a evitar que me devorase?

El ser abrió la boca todavía más. Lo único que veía yo era un agujero negro, inmenso, lo bastante grande para tragarme entera.

—*Pernicio* —dijo una voz.

De pronto vi una luz blanca y cegadora que golpeó a la criatura en pleno rostro. Instantáneamente la transformó en una forma renegrida que era toda dientes y extremidades retorcidas, dotada de un único ojo gigantesco.

—*Rigamorte* —dijo la misma voz a continuación.

Surgió un rayo negro como el carbón, directo al centro del pecho de aquel ser abominable, y lo hizo estallar en una enorme bola de humo y desaparecer por completo.

Me volví y vi a Astrea allí de pie, todavía con su varita en alto. Me miró a su vez, apuntó con la varita a mi pierna y dijo en voz baja:

—*Purgatio*.

Mis heridas se curaron al momento, y me incorporé sintiendo las piernas temblorosas.

Seguidamente, Astrea me apuntó a la cara con la varita y dijo:

—*Inmutis*.

—¿Qué era esa cosa? —le pregunté, ahora que había recuperado la voz.

Observó el lugar donde antes había estado la criatura. La hierba se veía chamuscada.

—Un otroyó. Un criatura capaz de adoptar la forma de todo lo que ve. En este caso, ha adoptado tu forma.

—Pero cuando he intentado lanzarle un hechizo, el hechizo ha rebotado hacia mí.

—Ahí radica la principal fortaleza del otroyó. Sus presas intentan atacarlo sin darse cuenta de que, en realidad, son ellas mismas. El otroyó espera pacientemente a que su presa se mate o se incapacite por sí sola, y entonces la devora.

—¿Y entonces, cuando he intentado emplear el conjuro de *Rigamorte*?

—Te lo he impedido yo, porque te habrías matado tú misma.

—¿Pero cómo has hecho para impedírmelo?

—*Mutis*. Es un conjuro que le deja a uno sin voz. Y ahora acabo de lanzar el conjuro contrario, por eso ya puedes hablar otra vez.

—¿Y dejaste ciego al otroyó para que, al no poder ver, no

pudiera transformarse en otra cosa? ¿Con lo cual volvió a ser él mismo?

—Exacto, y al no contar él con esa defensa, yo he podido matarlo. —A continuación agregó en tono severo—: Has tenido la suerte de que yo haya encontrado tu habitación vacía y haya venido a buscarte.

—Estaba volando un poco, cuando de pronto estalló una tormenta.

—Naturalmente.

—¿Es porque el Quag no quiere que yo vuele por encima de él?

La expresión severa de Astrea se relajó.

—Excelente, Vega. Estás empezando a tratar este lugar como un organismo vivo que respira y evoluciona, justo lo que debes hacer. —Volvió la mirada hacia el lugar donde antes había estado el otroyó—. De hecho, en esta luz has aprendido una lección muy valiosa, Vega. Debes estar preparada para cualquier sorpresa. Yo puedo enseñarte mucho, pero no puedo enseñarte todo lo que te encontrarás en el Quag. —Señaló al frente con su varita—. El primero de los Cinco Círculos se encuentra justo ahí delante. A partir de ahora, la capacidad de volar de *Destin* tendrá un carácter limitado.

—¿Pero no será imposible?

—No. Sin embargo, deberás hacer uso de ella únicamente cuando las circunstancias sean extremas. E incluso en esos casos, es posible que el peligro del que huyes no sea nada en comparación con el que generarás con el hecho de intentar volar. —Me miró fijamente—. Pero, hablando con franqueza, te ruego que no cuentes con que los tres vais a salir vivos de aquí. Las probabilidades de que suceda algo así son tan ínfimas que rayan en lo milagroso. Y aunque yo creo en la magia, obviamente, en los milagros no creo ni he creído jamás.

Dicho esto, dio media vuelta y se fue. Pero yo me quedé allí, como si hubiera echado raíces en la tierra de aquel lugar tan espantoso. No estoy segura de que el otroyó pudiera haberme hecho más daño del que acababa de hacerme Astrea.

VIGINTI SEX

Lecciones desde el Hela

Me senté en mi silla y observé la pizarra. Tenía a Delph sentado a mi izquierda, y *Harry Segundo* estaba tumbado a mis pies, pero no dormitaba. ¡Mi asombroso canino estaba prestando atención! Archie ocupaba un asiento al fondo, y en la cabecera de la habitación se encontraba Astrea, delante de la pizarra, ataviada con una capa muy larga.

Tocó la pizarra con su varita, y al momento apareció un texto en ella.

—El Quag, como ya os he dicho, está dividido en Cinco Círculos.

Delph tenía su pluma de escribir en la mano, apoyada sobre el pergamino. Me dio la sensación de que estaba todavía más concentrado en la clase que yo misma. Y de repente comprendí el motivo: él no podía hacer magia, pero podía conocer los círculos tan bien como cualquiera. Era muy posible que aquella información tuviera gran importancia más adelante.

—El Primer Círculo —empezó Astrea— se denomina el Páramo de Mycan.

Me recorrió un escalofrío. Aquel nombre aparecía en el mapa de Quentin.

—El Páramo de Mycan es un laberinto de tremenda complejidad, y está poblado por criaturas que bien podrían resultar letales si uno se tropieza con ellas.

—¿De qué está hecho ese laberinto? —pregunté después de escribir todo aquello.

—Puede estar hecho de muchas cosas, todas distintas. De setos vivos o de bosques de árboles enormes. De muros de piedra tan altos que no se ve dónde terminan. De plantas venenosas. De murallas construidas con huesos. Y todos esos elementos pueden cambiar a voluntad.

—¿Con huesos? —interrumpí—. ¿Huesos de quién?

—Los huesos solo provienen de un sitio —replicó Astrea—. De los muertos.

—Ya, ¿pero qué muertos? —persistí.

—De ningún Wug, si es eso lo que quieres decir. Son de otras criaturas que han encontrado la muerte allí dentro. Los mayores peligros del Páramo de Mycan son el yantú y el wendigo. Y también la mantícora, a la que no conviene molestar.

—¿Y cuál es el secreto que permite atravesar el laberinto? —quiso saber Delph.

Respondiendo a su pregunta, Astrea dio un leve golpe en la pizarra con su varita y apareció una maraña de senderos que no parecía acabar nunca. La señaló con la varita y dijo:

—*Confuso, recuso.*

Al instante el laberinto comenzó a estirarse, hasta que se quedó tan recto como un álamo.

Me volví hacia ella con un gesto de profundo asombro.

—¿Y ya está, simplemente con ese conjuro?

—Si uno no sabe lo que es, no resulta tan fácil. De hecho, uno termina vagando eternamente por el laberinto, porque se considera el laberinto perfecto.

La miré con curiosidad.

—¿Por qué se considera que es el laberinto perfecto?

—Porque no tiene paredes independientes, ni tampoco secciones aisladas, con lo cual no es sino un conjunto de numerosos pasillos totalmente rodeados por muros. A dichos muros resulta completamente imposible llegar, porque no existe ningún camino que lleve a ellos desde ningún punto de partida. Un laberinto perfecto tiene exactamente una solución, y nada más que una. Y existe un único camino que va de un punto a otro, lo cual hace que sea perfecto. De ahí el nombre.

Tocó otra vez la pizarra, y al momento apareció otro laberinto. A mí me pareció que no tenía ni pies ni cabeza. Sin embargo, Delph, como si estuviera en trance, se levantó y se acercó al encerado. Primero recorrió el dibujo con la mirada, luego cogió una pluma de escribir que había en el escritorio de Astrea y empezó a trazar una línea. La línea fue dando vueltas y vueltas, arriba y abajo, a izquierda y derecha, un trazo por aquí, otro trazo por allá, y durante todo ese rato Delph seguía con la vista fija en la pizarra, en intensa concentración. Hasta que por fin la línea de tinta se salió del laberinto.

Entonces se volvió y nos vio a Astrea y a mí mirándole asombradas.

—¿Qué pasa? —nos preguntó con cautela.

—¿Cómo has hecho eso? —exclamó Astrea.

—¿El qué?

—¡Lo de salir del laberinto! —dije yo impulsivamente—. Has estado brillante, Delph.

Delph miró lo que acababa de hacer como si lo estuviera viendo por primera vez.

—Pues... Pues no he hecho más que seguir el camino que permite salir de ese maldito embrollo.

En aquel momento caí en la cuenta de que Delph siempre había sido así. En Amargura, él sabía encontrar mejor que nadie los senderos que eran mejores para atravesar los bosques. Se inventó una estrategia para que yo venciera en el Duelum. Y también ideó una distracción para que yo pudiera escapar de Espina. Delph poseía una mente capaz de extraer grandes ideas partiendo de cosas pequeñas.

—Bueno —dijo Astrea—, pues yo diría que es muy posible que os manejéis bien en el Páramo de Mycan, incluso sin recurrir al conjuro que le he enseñado a Vega.

Me alegró que dijera aquello, porque vi que a Delph se le levantaba inmensamente el ánimo.

—Ahora debemos concentrarnos en las bestias a las que os enfrentaréis en el Páramo de Mycan. Debéis estar preparados para ellas. —Miró a Delph y añadió—: Los dos.

Agitó la varita, y en la pizarra empezó a surgir una cosa que me hizo dar un brinco y poner mi varita en posición.

Harry Segundo soltó un ladrido y se lanzó al ataque. Pero Astrea agitó la varita de nuevo y mi canino regresó mansamente a su sitio.

Astrea se dirigió a mí.

—Esto es un yantú —me dijo.

Lo que estaba viendo en la pizarra era una cabeza que no estaba unida a ningún cuerpo. Tenía una cara repugnante, unos colmillos puntiagudos, llamas en vez de pelo y unos ojos que eran verdaderamente demoníacos.

—¿Qué hace esa cosa? —pregunté, con miedo—. ¿Y dónde tiene el resto del cuerpo?

—No tiene más cuerpo que ese —contestó Astrea—. El yantú ha sido engendrado a lo largo de los siglos por diferentes criaturas y especies que se han mezclado entre sí o se han *amalgamado*, como decimos nosotros. Se dice que el yantú ataca ciegamente y de forma indiscriminada, con la esperanza de utilizar partes del cuerpo de su presa para suplir las que a él le faltan. Pero, como eso no es posible, siempre fracasa. Sin embargo, su sed de sangre no se apaga nunca.

—Entonces —preguntó Delph—, si no puede aprovechar el cuerpo de sus presas, ¿qué hace con él?

—Lo devora, naturalmente —respondió Astrea con toda calma.

—... Naturalmente —repitió Delph palideciendo un poco.

—El yantú sabe volar, como sin duda habréis advertido, ya que no tiene patas para andar. Puede aparecer de improviso y sin hacer el menor ruido. Conviene estar preparado.

—¿Y qué debemos hacer cuando aparezca? —pregunté yo.

—Detenerlo, Vega —dijo Astrea con énfasis.

—¿Quieres decir matarlo?

—Existe un conjuro particularmente eficaz.

Levantó la varita y la agitó con fuerza en el aire como si fuera un látigo, apuntando a la figura del yantú, al tiempo que exclamaba:

—¡*Vitro fixidus*!

De la varita brotó una luz de color morado que incidió en la imagen del yantú. La boca de la criatura, que un momento antes estaba abierta y con los colmillos a la vista, se cerró y no volvió a abrirse.

—¿Qué es exactamente lo que ha hecho el conjuro? —pregunté.

—Pegar las mandíbulas la una a la otra. Y, como ahora no puede comer, morirá.

Tragué saliva, nerviosa, y bajé los ojos. Sabía que Astrea me estaba observando, pero no estaba preparada para sostenerle la mirada, todavía no.

Agitó la varita de nuevo, y el yantú desapareció para dejar el sitio a otra criatura.

—Esta es la mantícora —anunció Astrea.

Se trataba de una bestia con cabeza de león, cola de serpiente y cuerpo de cabra, esa impresión me dio. Claramente, la mezcla resultaba terrorífica.

—Es muy rápida, posee una fuerza inmensa y lanza unas llamaradas por la boca que son imposibles de apagar —explicó.

Me fijé en que Delph estaba mirando la mantícora como si estuviera poseído.

—¿Y qué hay que hacer para vencerla? —pregunté.

—Varios de los conjuros que te he enseñado funcionan bien con ella. Pero la cosa tiene su intríngulis, porque la mantícora es capaz de leer el pensamiento. De manera que sabe lo que uno está a punto de hacer, y por lo tanto lleva a cabo una maniobra evasiva.

—Vaya —dijo Delph—. Eso sí que es un problema.

—¿Y cómo vencemos entonces a la mantícora? —volví a preguntar.

—Sois dos, de modo que Delph tendrá que distraerla. Permite que la mantícora le lea la mente a él, Vega, y mientras tanto tú podrás lanzar el conjuro apropiado para librarte de ella.

Miré a Delph de nuevo. Pensaba que iba a hacer un gesto negativo y poner cara de sentirse mortificado, pero, en cambio, asintió con la cabeza y dijo:

—Ah, ese es un plan estupendo.

—No será tan estupendo si la mantícora termina matándote antes de que yo logre acabar con ella —repliqué con vehemencia—. Es peligroso, Delph.

Delph me miró como si estuviera chiflada.

—¿Peligroso? Desde que vinimos al Quag ya hemos estado a punto de morir, ¿cuántas veces... seis? ¡Peligroso, dices! ¡Ja!

De repente algo me tocó en la mano. Era *Harry Segundo*, que me estaba empujando con el hocico. Creí que simplemente me estaba pidiendo una caricia, pero sus ojos mostraban una expresión que decía otra cosa. Era como si me estuviera diciendo: «Somos tres, Vega, no dos.»

—Bien, sigamos —dijo Astrea.

Agitó otra vez la varita. La mantícora desapareció y fue reemplazada por otra criatura todavía más espeluznante, una que yo ya había visto en una ocasión.

Me pareció que Astrea se estremecía ligeramente al pronunciar su nombre.

—Este es el wendigo.

Como ya había visto a aquel ser espectral devorando un ciervo, sana y salva a través del Ojo Profético de Astrea, sabía que era carnívoro.

—Esta criatura no se limita a matar —explicó Astrea—. Puede apoderarse de uno devorándole la mente.

—¿Devorándole la mente? —repitió Delph, horrorizado.

—Ya viste tú, Vega, lo que le hizo a aquel infortunado ciervo.

Hice un gesto afirmativo y pensé mentalmente en un wendigo que huía revestido con mi cuerpo.

—Bien —dijo Astrea—, en este caso se requiere habilidad. Hay que estar siempre alerta, a fin de detectar las señales de que hay un wendigo en las inmediaciones.

Apoyé mi pluma de escribir en el pergamino, dispuesta a tomar nota de dichas señales de advertencia. Pero, al ver que Astrea no decía nada, levanté la vista y le pregunté:

—¿Cuáles son esas señales?

—Una vaga sensación de terror —contestó.

—Ah, pues sí, muy útil, sí, señor —se mofó Delph—. No creo que fuéramos a tener otra sensación distinta.

—Y la impresión de que los recuerdos que uno tiene en la

cabeza —continuó Astrea— empiezan a esfumarse y son sustituidos por otros, extraños y horribles, que no son los tuyos.

—¿Cómo es capaz de hacer algo así? —quise saber.

—Implantando en tu mente los recuerdos residuales de las presas que ha matado en el pasado y que todavía permanecen vigentes.

Todo aquello sonaba horripilante.

—¿Y qué debemos hacer, entonces? —pregunté.

—Tan solo existe un conjuro capaz de derrotar al wendigo. —Levantó la varita frente a ella y realizó un movimiento en el aire que reproducía la letra X. Y al mismo tiempo exclamó con voz clara—: *Omnitodo.*

—¿Para qué sirve eso? —le pregunté.

—Para suprimir la mente de manera total e irreversible.

—¿Para suprimir la mente? ¿Y entonces qué le ocurre al wendigo?

—Que muere, por supuesto. Como debe ser.

Supuse que llevaba toda la razón.

VIGINTI SEPTEM

Algo digno de ser recordado

Pasamos largos ratos frente a la pizarra. Además, me dediqué a practicar los conjuros y los hechizos, Astrea intentaba atacarme y yo le lanzaba conjuros que contrarrestaban sus encantamientos. Me daba la sensación de que ella siempre se contenía un poco, pero, conforme fue pasando el tiempo, también me di cuenta de que no tenía necesidad de contenerse tanto. Lo que descubrí, con sorpresa y con placer, fue que en el combate yo poseía ciertos instintos que me eran muy útiles. Era capaz de estudiar los puntos fuertes y débiles de mi adversario y luego adaptarme a ellos. Y además era muy rápida a la hora de reaccionar, tanto de cuerpo como de mente. Había hecho aquello mismo en Amargura, cuando terminé siendo la campeona del Duelum.

Astrea también me hizo recorrer laberintos que creó en el interior de la casa. Como me costaban mucho esfuerzo, en muchas ocasiones tuve que recurrir al conjuro de *Confuso, recuso*. En cambio, Delph nunca se quedaba sin saber qué hacer, y gracias a él conseguí salir de todos los laberintos que conjuró Astrea. A pesar de todo, yo no estaba muy preocupada; mientras contara con aquel hechizo, no habría laberinto que se nos resistiera.

Mientras tomábamos el té en la biblioteca, Archie nos contó que en cierta ocasión él había pensado en aventurarse a cruzar el Quag.

—¿Por qué? —le preguntó Delph con la boca llena de galleta.

—Pues verás... —empezó Archie—, cuando uno lleva cientos de sesiones viviendo en la misma casa con la misma persona, acaba por hartarse. Le entran ganas de probar algo distinto, ¿sabes? De respirar una bocanada de aire fresco.

—No estoy segura de que el Quag sea precisamente una bocanada de aire fresco —repuse.

—En fin, sea como sea, no lo hice.

—¿Por qué no? —inquirí.

—Porque mi madre se enteró de mi plan y me impidió llevarlo a la práctica.

—¿De qué manera? Tú también haces magia —razonó Delph.

Archie compuso una expresión melancólica.

—Sí, pero no soy tan bueno como ella. Me ganaba en todos los duelos, sin siquiera levantar un dedo.

—Pero tu madre quiere ayudarnos a nosotros a cruzar el Quag —señalé.

—Si quieres saber mi opinión, me resulta de lo más irónico —repuso Archie.

En todas las luces, después de las clases, Delph se ponía a hacer mapas trazando rutas y aprendiendo todo lo que podía servirnos de ayuda. Y yo ensayaba mis conjuros y hechizos, una y otra vez. Por la noche, los dos estudiábamos juntos en la biblioteca forrada de estanterías de libros. Yo tenía el cuaderno repleto de todo lo que nos había enseñado Astrea, hasta los márgenes estaban llenos de anotaciones adicionales. Y estoy segura de que el cuaderno de Delph estaba igual. La mayoría de las noches nos quedábamos dormidos en la silla, con el pergamino encima y con *Harry Segundo* roncando en el suelo.

Astrea nos dijo que el Segundo Círculo se llamaba Páramo Devastador. No se parecía en absoluto a los páramos que yo conocía; al contrario, era un amplio bosque en el que los árboles estaban tan juntos unos de otros que Astrea aseguró que a veces se hacía difícil respirar. En aquel círculo habitaban criaturas tales como los mortíferos y enloquecidos licanes que yo ya había visto por medio del Ojo Profético, y los hiperbóreos, unos seres de color azul que sabían volar y que podían ser tanto amigos como enemigos. Astrea también hizo hincapié en que en el Segundo Círculo reinaba la depresión, y nos advirtió de que, si se lo permitíamos, dicho sentimiento acabaría por apoderarse de nosotros.

El Tercer Círculo se denominaba Páramo de Éride, y en realidad era lo contrario de lo que yo consideraría un páramo. Astrea dijo que era una vasta llanura que se extendía indefinidamente. Y que aquel Tercer Círculo estaba poblado de dabbats y de cucos.

Sabía muy bien lo que eran los dabbats, pero de los cucos no había oído hablar nunca.

—Proporcionan luz donde hay oscuridad, precisamente cuando se los necesita —dijo Astrea—. Y, como ya dije en otra ocasión, también está el unicornio, cuyo cuerno neutraliza todos los venenos.

Delph y yo nos miramos el uno al otro.

—¿Y cómo se consigue ese cuerno?

—Existen dos maneras. Una, simplemente se mata al unicornio y se le arranca el cuerno.

Aquella no me gustó mucho.

—¿Y la otra?

—Se lo convence para que nos lo regale.

—¿De qué modo?

—Eso tendrás que averiguarlo tú misma cuando llegue el momento.

—¿Pero cómo puedo averiguarlo? —insistí.

Astrea me miró con desdén.

—No todo se puede aprender estando a salvo en un aula, Vega. Los conocimientos no se adquieren de una manera tan limpia y pura. —Levantó la mano para indicar la pared—. Ahí fuera es donde aprenderás las lecciones más valiosas. Si es que logras sobrevivir a ellas, claro está. —Calló unos instantes y luego añadió—: Hay otra criatura que vive ahí, llamada Eris. Tiene un única misión en la vida: causar conflictos y problemas. Si se lo permites, te hará alguna maldad.

—¿Y cómo podemos derrotarla? —preguntó Delph.

—Debéis aprender a confiar en vuestro instinto. Esa es la única forma.

Me quedé mirando mi pluma como si esperase que escribiera por sí sola una respuesta mejor, pero no sucedió nada. Últimamente, las clases no estaban yendo todo lo bien que debieran; yo buscaba respuestas precisas, y Astrea nos hablaba únicamente de «instintos».

Nos dijo que el Cuarto Círculo estaba dominado por el Río Óbolo. Al oír ese nombre levanté la cabeza. Recordaba haber visto aquel curso de agua alargado y zigzagueante, y un objeto navegando por él que parecía una pequeña embarcación.

—El piloto de esa embarcación se llama Rubez. Él os llevará a la otra orilla del río, si antes le pagáis un precio.

—¿Qué precio? —pregunté.

—El que él mismo establezca. Tendréis que preguntárselo.

—¿Y qué es Rubez exactamente? ¿Un macho?

—No del todo —contestó Astrea, y de nuevo me pareció que se estremecía—. El río contiene peligros que yo desconozco, pero peligros al fin y al cabo.

—¿Y cómo los evitamos? —pregunté.

—Procurando no entrar en él —respondió Astrea rápidamente.

En la siguiente luz, cuando entramos en el aula encontramos allí a Archie; en cambio, Astrea no estaba.

—¿Adónde ha ido? —pregunté yo al tiempo que dejaba sobre mi mesa el pergamino atado.

—No tardará en venir —respondió Archie—. Supongo que estará terminando de hacer los preparativos para esta clase.

—El Quinto Círculo —dijo Delph—. Es el único que nos queda. El último.

De pronto se abrió la puerta y entró Astrea. Al principio no me percaté de nada extraño, pero luego me fijé mejor. Estaba más vieja. El cabello se le había llenado de hebras blancas en las raíces y el rostro lo tenía algo más lleno y más caído.

—¿Te encuentras bien? —le pregunté.

Ella asintió brevemente y se dirigió a grandes zancadas hacia la pizarra. Sacó su varita, dio unos golpecitos en el tablero, y Delph y yo nos apresuramos a ocupar nuestras sillas. *Harry Segundo* también se irguió y prestó atención.

—El Quinto Círculo —anunció con voz débil.

Esperé a que hiciera aparecer algo en la pizarra, pero en lugar de eso, se sentó tras su escritorio y entrelazó las manos.

—Se denomina Cordillera Azul. Bueno, así es como lo llamo yo. Es montañoso y está lleno de profundos valles.

De improviso dejó de hablar y su mirada adquirió una expresión vidriosa, como si estuviera mirando tan a lo lejos que la vista le fallaba.

—¿Astrea? —la apremié.

Regresó a nosotros con un sobresalto. Emitió una tos y me miró directamente a mí.

—La Cordillera Azul es el último obstáculo que hay antes del final.

Y volvió a interrumpirse.

—Y es montañosa y tiene profundos valles —dije para animarla a seguir—. ¿Y...? ¿Qué más?

Astrea sacudió la cabeza muy despacio, como si intentara deshacerse de un recuerdo molesto.

—Eso es todo lo que puedo deciros. No sé qué criaturas viven allí.

—Pero dijiste que el Quag lo creaste tú.

—Yo creé algunas partes de él, pero la Cordillera Azul no es ninguna de ellas.

—¿Pues quién la creó, entonces?

—Un tal Jasper. Su nombre completo es Jasper Jane.

Levanté el rostro con tal brusquedad que me hice daño en el cuello.

—¿Jasper JANE?

Astrea afirmó lentamente con la cabeza.

—Tu antepasado remoto. Él fue quien dio forma a la Cordillera Azul. Era un hechicero de inmenso talento, y poseía un don especial para la esfera oscura.

—¿La esfera oscura? —repetí, ligeramente asqueada por aquel nombre.

—Así es como llamamos a la parte de nuestra mente de magos en la que habitan los pensamientos y los impulsos siniestros. Nuestra especie los tiene, pero podemos controlarlos, mientras que los Maladones están dominados por ellos. Jasper era un curioso caso de hibridación entre ambas razas.

—¿Y tú crees que era malvado? —dije, horrorizada por aquella idea.

Astrea negó con énfasis.

—No, no, Jasper luchó valientemente en nuestro bando, y los conocimientos de magia negra que poseía hicieron de él un guerrero muy eficiente. Él fue quien creó el último círculo y, diría yo, el más difícil.

—¿Y nunca te contó a ti qué era lo que había dentro? —pregunté sin respiración.

Astrea reflexionó unos instantes sobre mi pregunta antes de responder.

—Sí que me contó una cosa —dijo—, justo antes de morir.

—¿Cuál? —la insté, casi con voz ahogada.

—Me contó que aquel círculo estaba destinado a ser el territorio de las almas perdidas. Y eso fue todo lo que dijo al respecto. Era un macho curioso. Muy solitario, muy reservado.

—¿Y qué significa eso? —le pregunté, pensando que en realidad yo también era una solitaria. Pero no era posible que yo tuviera una parte malvada... ¿no?

—Supongo que eso significa que una vez que se entra en él, uno desaparece para siempre. Y cuando el cuerpo físico perezca y se convierta en polvo, aun así no habrá terminado esa prisión. En realidad, para el alma estará solo empezando, porque el alma vive eternamente, Vega.

Me sentí apabullada.

—¿Eso quiere decir que todo esto no vale para nada?

Me volví para mirar a Archie. Estaba sentado con la mirada baja. Cuando me volví de nuevo hacia Astrea, me llevé una fuerte impresión: parecía que hubiera envejecido cien sesiones. ¡El elixir de la juventud! ¡Había dejado de tomarlo!

—Ojalá pudiera ayudarte más —dijo—. Pero esto es lo que hay.

Y a continuación se puso en pie, tambaleante, y se fue.

Cuando se hubo cerrado la puerta, miré otra vez a Archie.

—¿Por qué está haciendo esto tu madre?

Él se encogió de hombros.

—Lo cierto es que no me confía sus cosas, Vega —dijo, sin ser de mucha ayuda—. Considera que soy demasiado joven para entenderla.

Emitió una breve risa irónica y después guardó silencio.

Me giré hacia Delph.

—Ha dejado de tomar el elixir —le dije—. Dentro de poco morirá.

Delph dedicó unos instantes a asimilar aquella posibilidad.

—No podemos permitírselo, Vega Jane —dijo.

Me puse de pie.

—Y no se lo permitiremos, Delph. Vamos.

VIGINTI OCTO

Traición

Fuimos detrás de Astrea, que avanzaba despacio por el pasillo, y vimos que abría la puerta de su habitación y que entraba en ella. Unos momentos más tarde estaba yo llamando a aquella misma puerta.

—Vete, por favor —me dijo ella desde dentro.

—Nos gustaría hablar contigo —contesté.

—Ya he hablado bastante. Por favor, marchaos.

—Vamos a quedarnos aquí todo el tiempo que sea necesario.

Finalmente se abrió la puerta, muy despacio.

Yo nunca había estado en la habitación de Astrea. La recorrí con la mirada y me sorprendió que estuviera tan desierta y tan vacía. Había esperado encontrarme con un remanso de comodidades y una multitud de objetos.

Astrea estaba en la cama, con las mantas subidas para ocultar su mentón, que estaba ablandándose rápidamente.

Me senté en la destartalada silla que había junto a la cama, y Delph se quedó de pie a mi lado. Astrea no levantó la vista hacia nosotros, simplemente se quedó mirando al techo.

—¿Y bien? ¿Qué es lo que pasa? —preguntó.

Su voz de anciana resultaba dolorosa. Pese a lo potente que era el elixir, sus efectos desaparecían a toda velocidad.

—Te necesitamos —le dije.

—Ya os he instruido lo mejor que he podido. A partir de aquí es cosa vuestra.

—Pero todavía no estamos preparados. —Me volví hacia

Delph, y él subrayó lo que había dicho yo con un gesto de cabeza.

Astrea me miró, pero sin dureza, y dejó escapar un largo suspiro.

—¿Sabéis por qué construimos muros, ya sean reales o imaginarios?

Reflexioné unos instantes.

—Para impedir que otros entren o salgan —respondí por fin.

—Construimos muros porque tenemos miedo. No nos gusta que cambien las cosas. No nos gusta que alguien que no es como nosotros o que no piensa igual que nosotros venga a intentar cambiar las cosas. Por consiguiente, huimos de ese alguien o, peor aún, le atacamos.

Me vinieron a la memoria las sesiones que había vivido en Amargura; aquello mismo lo había presenciado yo.

—La verdad es que fue horrible lo que os hicimos a todos vosotros —dijo con lágrimas en los ojos.

—Nos... Nos robasteis nuestra... historia —murmuré.

Astrea se incorporó un poco contra las almohadas.

—Os robamos vuestra identidad. Verdaderamente, fue igual de horrible que lo que podrían haberos hecho los Maladones. Ahora me doy cuenta.

—Los Maladones os habrían matado a todos.

—También os arrebatamos la vida, y luego, meramente, os obligamos a continuar viviendo.

—Pero ahora me vas a permitir a mí que atraviese el Quag. Vas a darme la oportunidad de arreglar las cosas.

Astrea alzó una mano y me tocó la mejilla.

—Lo he hecho por una sola razón, Vega. —Lanzó un suspiro largo y dolorido—. Porque Tú No Has de Ser Vencida.

Retiró la mano, y a mí se me llenaron los ojos de lágrimas.

—Pero todavía te necesitamos, Astrea. Te necesito yo.

Cerró los ojos y movió la cabeza en un gesto negativo.

—El elixir de la juventud se ha agotado. Archie se tomó lo último que quedaba. Y yo he estado tan ocupada adiestrándote que he esperado demasiado para fabricar más. Ahora no tengo fuerzas para obtener los ingredientes necesarios. —Sus facciones reflejaron de nuevo cuán aturdida se sentía. Se agarró la cabeza y dijo—: No es... agradable envejecer tan deprisa.

—Si me dices cómo obtener los ingredientes, yo te fabricaré el elixir.

Su semblante adoptó ahora una expresión de profunda tristeza. Miró detrás de mí. Me volví y vi allí a Archie, de pie, como si estuviera petrificado.

Cuando me giré de nuevo, Astrea había cerrado los ojos y al parecer se había quedado dormida. Pero vi que por debajo de sus párpados emergía una lágrima y le resbalaba por la mejilla, que ahora estaba cubierta de profundas arrugas. La sacudí por el hombro con suavidad, pero no se despertó. La sacudí más fuerte. Le agarré la cara y le hablé muy cerca del oído, en el intento de hacerla reaccionar, pero fue inútil.

Fui rápidamente adonde estaba Archie.

—¿Tú sabes fabricar el elixir?

—No. Mi madre no me ha enseñado nunca. Y lo cierto es que soy un completo desastre con las pociones.

Salí corriendo al pasillo, seguida de cerca por Delph, pero no tenía ni idea de adónde iba. Lo único que quería era... hacer algo. De repente Delph me aferró del brazo.

—Espera, Vega Jane —me dijo—. ¿Cuáles son los ingredientes?

Titubeé un instante, y luego llegué a la conclusión de que era mejor decírselo.

—Dos importantes son el veneno de dabbat y la sangre de garm. Pero no necesitamos cazarlos, están encerrados en dos habitaciones de esta casa.

Transcurrió una larga cuña en silencio, hasta que acabó con un alarido de Delph.

—¿Que hay un dabbat y un garm aquí, en esta casa?

—Sé en qué habitaciones están —añadí, esperando haber hablado en un tono de voz tranquilo y calmado.

Pero mi respuesta solo consiguió que pusiera una cara como si le hubieran dado una patada en el estómago.

—¡Tú... tú LO SABES!

—El veneno y la sangre puedo obtenerlos yo. Tú tienes que

registrar el escritorio de Astrea para encontrar los demás ingredientes necesarios y la fórmula para combinarlos.

Saqué mi varita y eché a correr por el pasillo. Al cabo de unos instantes llegué a la cocina. Rebusqué en el armario hasta que encontré un pequeño cuenco metálico y un frasco de cristal. Me guardé los dos en el bolsillo y regresé a toda velocidad. Me detuve al llegar a la puerta en la que había hecho una pequeña muesca. Sabía que al otro lado estaba el dabbat, prisionero en su jaula luminosa. Levanté la varita, hice los tres movimientos paralelos y dije:

—*Cristilado magnifica*.

Al instante apareció la imagen del dabbat, justo delante de mí. Sabía que iba a aparecer, pero aun así tuve que hacer uso de toda mi fuerza de voluntad para no lanzar un chillido.

Vale, pensé, el dabbat está aquí dentro. «Pero, un momento, ¿cómo voy a hacer para cruzar la puerta? Me gritará: «LARGO DE AQUÍ.» Pero me obligué a calmarme; Astrea me había enseñado el conjuro apropiado para aquella eventualidad. Toqué la cerradura con mi varita y dije:

—*Ingressio*.

La puerta se abrió de inmediato.

Penetré en la habitación con la varita preparada. El dabbat se hallaba en el otro extremo, enroscado, con sus múltiples cabezas reclinadas y todos los ojos cerrados. Estaba dormido. Las luces de la jaula en la que estaba encerrado giraban a su alrededor. El dabbat era una serpiente gigantesca, gruesa como el tronco de un árbol y provista de doscientas cincuenta cabezas venenosas, dispuestas a lo largo del cuerpo. Era la bestia más feroz que había en todo Amargura, y aun así en el Quag había criaturas todavía más terroríficas que ella.

Tenía un plan. No sabía si funcionaría o no, pero iba a intentarlo. Levanté la varita, apunté al cuerpo de la serpiente gigante, la agité y exclamé:

—*Paralicto*.

El conjuro que lancé chocó contra la jaula luminosa y rebotó. Conseguí agacharme justo a tiempo, porque pasó volando por encima de mí y se estrelló contra la otra pared.

Me incorporé de nuevo, convencida de que mi conjuro no iba a lograr traspasar la jaula luminosa. Lo cual era un problema. Y cuando de pronto oí una multitud de siseos, supe que tenía otro problema más.

Me volví y miré. El dabbat se había despertado, y ahora había quinientos ojos fijos en mí, todos y cada uno de ellos rebosantes de maldad. Tragué saliva, y me dio la sensación de que al hacerlo se me iba también todo el valor. A continuación tendría que abrir la jaula, y después lanzar el hechizo. Pero el dabbat quedaría en libertad, al menos momentáneamente. Y yo sabía mejor que nadie lo rápido que era atacando. Sin embargo, si no hacía aquello, Astrea iba a morir.

Decidí actuar deprisa, porque, cuanto más esperase, más tiempo tendría el dabbat para desperezarse del todo. Mientras observaba a la bestia, sucedió algo de lo más notable: me invadió una gran calma. No sé por qué, pero sentí una seguridad en mí misma que no estaba en absoluto justificada. Apunté con la varita a los barrotes de luz, concentré mente, cuerpo y alma y dije:

—*Purgatio*.

Los barrotes luminosos desaparecieron al instante.

Me percaté de que la serpiente todavía no se había dado cuenta de que era libre, de modo que, aprovechando la oportunidad, apunté de nuevo con la varita y dije:

—*Paralicto*.

Fue realmente extraordinario ver cómo aquella criatura tan gigantesca se quedaba petrificada al instante. Justo antes del hechizo había erguido el cuerpo, pero ahora sus centenares de ojos se habían quedado vidriados, y sus colmillos, muy oportunamente, se me ofrecían a la vista.

Aun así, fui hacia ella con infinitas precauciones, deseando a cada paso que el encantamiento aguantase. Saqué el cuenco metálico que me había guardado en el bolsillo y lo acerqué al colmillo que tenía más cerca. Lo metí en una de las bocas abiertas, apunté con la varita a los colmillos y me preparé para lanzar un conjuro que me había enseñado Astrea para extraer líquido de diversos objetos, como piedras y árboles, ya que íbamos a necesitar agua.

—*Fluidus erupticus.*

De los colmillos brotó un líquido amarillento que fue recogiéndose en el cuenco. Resultaba increíble que pudiera salir tanto veneno de un único par de dientes.

Cuando el cuenco estuvo bastante lleno, apunté con la varita a los colmillos y lancé el conjuro que deshacía el hechizo anterior, para que el veneno dejase de brotar.

Seguidamente me replegué hacia la pared del fondo, deposité el cuenco en el suelo y me preparé. Iba a lanzar dos hechizos consecutivos. Mente, cuerpo y alma. «Concéntrate, Vega, concéntrate.»

Agité la varita todo a lo largo de la serpiente y dije:

—*Desparalicto.*

El dabbat volvió a cobrar vida al momento y fijó todos sus ojos en mí. Vi con toda claridad lo que estaba planeando hacer.

—*¡Incarcerata!*

En aquel instante la bestia atacó... pero se estampó contra los barrotes de luz blanca que habían vuelto a surgir a su alrededor. La jaula aguantó la embestida, así que la criatura tuvo que retroceder de nuevo y enroscarse en sus enormes anillos. Se le notaba la furia en la expresión malévola de los ojos y en las rabiosas sacudidas que le recorrían todo el cuerpo.

Sonreí y di media vuelta para recoger el cuenco, pero no llegué a hacerlo.

El dabbat atacó lanzando aquel alarido capaz de helar la sangre en las venas, el que siempre me habían dicho que era lo último que oía uno.

—*¡Pasar-Pusay!* —grité al tiempo que me tocaba la pierna con la varita.

Al instante aparecí en el otro extremo de la habitación. El dabbat se había estrellado contra la pared con sus doscientas cincuenta cabezas. El tejado de la casa se estremeció a causa del fuerte impacto, y en el muro apareció una larga grieta.

¿Cómo diablos había hecho para escaparse de su jaula luminosa?

Entonces se volvió y, girando su enorme cola, se dispuso a

arremeter en línea recta contra mí. Durante un instante me vino a la memoria Chimeneas y aquella ocasión en la que me perseguían dos dabbats. Escapé saliendo por una pequeña puerta de madera que tenía un picaporte con la forma de un Wug gritando. Pero ahora no había escapatoria posible, ni puerta ni Wug gritando.

El dabbat se lanzó al ataque.

—*Paramentum.*

Se alzó un muro, y la serpiente chocó con tal fuerza contra él que la habitación entera se sacudió. Yo caí de espaldas, pero me rehíce rápidamente porque el dabbat había rebotado en mi muro mágico y había salido despedido en sentido contrario. Tardó unos instantes en recobrarse del encontronazo.

Me costó trabajo creer lo que estaba viendo: ¡había hecho daño a un dabbat!

Antes de que pudiera atacarme de nuevo, le grité:

—*¡Incarcerata!*

De mi varita surgieron unas bandas de color blanco que rodearon a la criatura.

Rezando para que esta vez no se deshiciera el hechizo, esquivé con sumo cuidado al dabbat, cuyos quinientos ojos seguían cada uno de mis movimientos. Me agaché muy despacio, sin apartar la vista de él, y recogí el cuenco del suelo.

Acto seguido, salí disparada por la puerta, la cerré y la aseguré con el conjuro apropiado. Eché a correr por el pasillo, y a punto estuve de colisionar con Delph, que venía en dirección contraria. Traía en la mano un viejo diario.

—Las he encontrado —anunció—. Las instrucciones para fabricar el elixir.

—¡Brillante! —le felicité, y a continuación le enseñé mi cuenco—. Y yo he conseguido el veneno.

—Caramba —exclamó, cogiendo el cuenco con cuidado.

—Ahora, vamos a por el garm.

Seguí avanzando rápidamente por el pasillo, en dirección a la puerta que antes me había gritado: «¡LARGO DE AQUÍ!»

—*Cristilado magnifica* —pronuncié. Parpadeé perpleja, y lo repetí—: *Cristilado magnifica.*

Aquella habitación estaba vacía. No había ningún garm encerrado en una jaula de luz blanca.

Entonces oí el gruñido a mi espalda. Ni siquiera tuve tiempo de volverme.

Lancé un chillido. El garm lanzó un rugido.

De repente vi algo que me pasaba por delante de la cara como un exhalación y me hacía caer de culo.

Despatarrada en el suelo, miré a mi espalda y vi al garm de pie sobre sus patas traseras, a punto de lanzarme una llamarada que con toda seguridad iba a convertirme en un montón de cenizas.

Y allí estaba *Harry Segundo*. Él debió de ser el que me arrojó al suelo.

Saltó directamente hacia la bestia, y de pronto sucedió lo imposible. Mi canino cerró sus fuertes mandíbulas en torno al hocico del garm, y de ese modo lo obligó a cerrarlo. El garm lanzó un chillido de furia, aunque le salió muy amortiguado porque no podía abrir la boca. Luego giró sobre sí mismo y estampó a *Harry Segundo* contra la pared. Pero *Harry Segundo* resistió el golpe sin soltarse, y eso que había perdido la sensibilidad en las patas y estaba sangrando por un lado de la cabeza. El garm alzó las garras delanteras, dispuesto a hacerlo pedazos.

En aquel instante tuve otra visión. Recordé a mi primer canino, *Harry*, que también me había salvado de un garm y para ello había dado su vida por mí. De ningún modo pensaba permitir que se repitiera la historia.

Experimenté un poderoso sentimiento que inundaba todo mi ser. No era odio, ni tampoco rencor. Era mucho más que eso. No creo que exista una palabra adecuada para expresarlo. Lo dije incluso antes de darme cuenta de que lo estaba diciendo. Me salió de la boca con tal fuerza, que dio la impresión de que aquella palabra, por sí sola, iba a lograr el efecto que yo deseaba.

Apunté con la varita directamente al pecho del garm.

—¡*Rigamorte!*

La luz negra golpeó al garm con tal energía, que sus muchas toneladas de peso se alzaron en vilo como si no fueran nada. *Harry Segundo* soltó su presa y quedó liberado, al tiempo que el horripilante garm salía volando por la habitación para estrellarse contra la pared y desmoronarse en el suelo con un tremendo batacazo que sacudió toda la casa. Quedó muerto en el acto, tumbado de costado, con la lengua fuera y el pecho cubierto de sangre e inmóvil.

Yo corrí de inmediato al lado de *Harry Segundo*, que estaba desmadejado en el suelo, con las patas inutilizadas y sangrando profusamente por la cabeza. Saqué la Piedra Sumadora del bolsillo y la agité por encima de mi preciado canino. Un momento más tarde estaba ya lamiéndome la cara, curado y con las patas en plena forma. Lo abracé con tanta fuerza que sentí su corazón latiendo contra el mío.

—Te quiero, *Harry Segundo*, te quiero muchísimo. Gracias por salvarme.

Me volví para observar al garm muerto. El detalle de que le brotara perpetuamente sangre del pecho iba a facilitarme la tarea. Pero justo cuando estaba sacando el frasco de cristal del bolsillo me quedé petrificada.

Tenía a Archie ante mí, apuntándome con su varita al pecho.

En aquel momento entendí lo que había sucedido con el dabbat y con el garm, aunque me costó trabajo creerlo.

Archie entornó los ojos y empezó a decir:

—*Riga...*

Pero de improviso apareció un puño enorme que le cayó en lo alto de la cabeza. Se desplomó en el suelo, inconsciente, y la varita se le escapó de la mano.

Detrás de él estaba Delph. Me miró masajeándose el puño.

—Hay ocasiones en las que no se necesita la magia, Vega Jane. ¡Ja!

VIGINTI NOVEM

Adieu

—¡Delph! —exclamé con voz ahogada.

Se agachó, cogió la varita de Archie, que había rodado por el suelo, y se la guardó en el bolsillo.

—Sin esto, no puede hacer gran cosa —comentó.

—Iba a matarme —jadeé.

—Me parece que sí. —Se volvió hacia el garm muerto y me dijo—: Imagino que eso ha sido obra tuya.

—He utilizado el conjuro *Rigamorte*, el mismo que Archie pensaba utilizar conmigo.

Contemplé la forma inconsciente de Archie y sacudí la cabeza en un gesto de incredulidad. Como vi que empezaba a despertarse, alcé la varita, le apunté con ella y dije:

—*Captivus*.

Surgieron del aire unas gruesas sogas que se enrollaron alrededor del cuerpo de Archie.

Cuando se despertó del todo y se dio cuenta de lo que había sucedido, me perforó con la mirada y me lanzó un torrente de insultos.

—*Mutis* —repliqué, y mi conjuro le golpeó de lleno en la boca y le silenció.

Acto seguido recogí mi frasco. Delph levantó a Archie del suelo con toda facilidad y se lo cargó al hombro.

—Es mejor que nos pongamos ya a fabricar la poción —dijo—, pero necesitamos un ingrediente que se llama Aliento de Dominici.

—¿Aliento de Dominici? ¿Qué es un Dominici, y cómo hay que hacer para obtener su aliento?

—No tengo la menor idea —contestó Delph mientras nos íbamos por el pasillo con *Harry Segundo* pisándonos los talones. Archie al principio forcejeó un poco, pero ahora se había dejado caer, inerte, sobre el ancho hombro de Delph. Cuando llegamos a la cocina, Delph depositó a Archie en el suelo. *Harry Segundo* se sentó junto a él, montando guardia.

Delph me condujo hasta una mesa en la que había colocado una serie de frascos y otros objetos, y puse encima de ella el frasco lleno de sangre de garm y el cuenco de veneno de dabbat. Había un pergamino clavado en la pared.

—Está todo aquí —dijo Delph—, excepto el aliento ese.

—Tocó el pergamino y agregó—: Lo he sacado de este diario, en el que se dice cómo fabricar el elixir y los pasos que hay que ir dando. He pensado que a ti se te dará bien, igual que en Chimeneas. También he calentado un poco de agua, porque la necesitaremos para la mezcla.

Escruté el pergamino.

—Vale, el Aliento de Dominici se añade al final. Voy a empezar por juntar todos los ingredientes, mientras tanto tú puedes intentar averiguar cómo conseguir el Aliento.

Delph salió de la cocina y yo me puse a preparar el elixir de la juventud. No quise darme prisa, porque temía cometer un error. En las instrucciones se insistía en que era necesario calentar los ingredientes hasta que adquirieran la temperatura correcta y luego dejarlos enfriar durante un plazo exacto de tiempo. Yo había cogido un viejo reloj del escritorio de Astrea, y pensaba utilizarlo como temporizador.

Las operaciones de mezclar, moler, cortar y remover resultaron agotadoras. Cuando vertí el veneno de dabbat, del recipiente que estaba usando para la poción surgió una enorme nube de humo. Por suerte, me aparté a tiempo. Cuando el humo llegó al techo abrió un enorme boquete, pero enseguida lo reparé con ayuda de mi varita.

A continuación, el brebaje tenía que hervir durante un rato. Más tarde le añadiría la sangre del garm, un puñado de una cosa denominada hebras de cárabo, que parecían gusanos congelados, y una jarrita de un líquido cuya etiqueta decía MOLLEJAS DE PETIRROJO. La verdad, antes que beberme semejante pócima, prefería morirme. Veinte cuñas más tarde había que agregar el Aliento de Dominici. Si es que Delph conseguía dar con ello.

Me volví a echar un vistazo a Archie, y vi que me estaba mirando fijamente desde el otro extremo de la cocina. Acerqué una silla y me senté frente a él.

—Si te dejo hablar, ¿me prometes no ponerte a gritarme insultos?

Archie me miró con cara de pocos amigos, pero afirmó lentamente con la cabeza. Deshice el hechizo que le impedía hablar, pero mantuve mi varita en posición.

—Sé que has lanzado contra mí al dabbat y al garm. Y después, tu intención era la de matarme. ¿Por qué?

—¿Es que no resulta obvio?

—Para mí, no.

—Pues en ese caso está claro que no eres muy lista. Lo más probable es que perezcas en el Primer Círculo.

—Es posible. Pero por lo menos voy a intentarlo.

—Exacto —rugió Archie—. Mi querida madre lleva ochocientas malditas sesiones diciendo que nadie puede atravesar el Quag. ¡Nadie! Y basados en esa idea hemos sacrificado nuestra vida. Cuando me enteré de lo que tú pretendías hacer y descubrí que esa vieja urraca iba a ayudarte, pensé que se había vuelto loca. De modo que me tomé el elixir y el resto lo tiré.

—¿Pero por qué no ha podido ella fabricar más? —pregunté.

—Porque yo le he lanzado un maleficio de ofuscación.

—De modo que deseabas que muriera.

—¡Lo que quería era asegurarme de que tú no atravesaras el Quag! —chilló. A continuación guardó silencio e hizo varias inspiraciones profundas—. Además, ochocientas sesiones ya son bastante tiempo que vivir, ¿no te parece? —añadió con voz más calmada.

Una cuña más tarde se presentó Delph en la cocina, tirando de Seamus.

—¿Ya tienes el Aliento de Dominici?

—No, pero Seamus sí.

Me volví hacia el hob.

—Seamus ¿cómo es que lo tienes tú?

—La señora Prine nos envió a buscarlo antes de... bueno, antes de hacerse vieja.

Metió la mano en un bolsillo y extrajo una flor de tallo muy largo, que tenía un capullo de color rojo sangre y tan grande como mi puño.

—¿Es eso? ¿Una flor?

Al oír mi abrupto comentario, Seamus arrugó la nariz.

—Bueno, puede que solo sea una flor, pero el único lugar en que crece es un nido de víboras a las que no les hace mucha gracia que se la arrebaten.

—¿Y cómo has conseguido tu arrebatársela, entonces?

—A las víboras tampoco les hace mucha gracia el fuego. —Su rostro se plegó en una sonrisa—. Así que dio la casualidad de que les cayó en medio del nido una pequeña bola de color azul que también por casualidad se transformó en una *gran* bola de llamas a las que no quisieron ni acercarse.

—Brillante, Seamus, absolutamente brillante. Bien hecho.

Contento con mis elogios, el hob me entregó la flor. Acerqué la nariz para olerla, y estuve a punto de sufrir una arcada. Olía a heces de slep.

—Bendito Campanario —exclamé frotándome la nariz.

—Sí, no conviene meter la nariz ahí dentro —coincidió Delph—. Seamus dice que huele fatal.

—Gracias, Delph —repliqué, irritada—. La próxima vez, ¿por qué no me dices algo así antes, no después?

Corté los pétalos de la flor según se indicaba en el pergamino, esperé cinco cuñas y después los añadí al brebaje. El olor resultante de la cocción era realmente asqueroso.

—Caramba —exclamó Delph levantándose la camisa para taparse la cara.

Seamus había huido de la cocina. *Harry Segundo* se cubrió el hocico con las patas. Pero yo tenía que remover la mezcla haciendo movimientos muy concretos, así que me quedé donde estaba, pellizcándome la nariz con dos dedos y lagrimeando a causa del fuerte hedor. Unas pocas cuñas más tarde, la poción quedó lista. Vertí un poco en un frasco, le puse un corcho y fuimos a toda prisa a la habitación de Astrea.

Astrea estaba tan menguada y tan frágil que temí que ya se hubiera muerto.

—Astrea, tengo el elixir de la juventud.

No mostró reacción alguna.

Nos acercamos de puntillas hasta la cama para mirarla. Astrea se había deteriorado a una velocidad increíble. Ahora tenía el cabello de un blanco níveo, la piel traslúcida y cubierta de grandes manchas, y las facciones alargadas y arrugadas.

—¿Cómo vamos a hacer esto? —le pregunté a Delph.

—Cuando yo era pequeño y mi padre quería que tomase una medicina, me abría la boca, me apretaba la nariz y me la echaba dentro.

Y aquello fue lo que terminamos haciendo. Vertí el contenido del frasco en la boca de Astrea y acto seguido me aparté de la cama. Al principio no ocurrió nada, con lo que el alma se me cayó a los pies. Pero luego, de improviso, emitió una fuerte tos y se incorporó en la cama con los ojos muy abiertos. Y, como si alguien le estuviera quitando sesiones como quien quita las capas de una cebolla, todos los signos de vejez fueron desapareciendo de uno en uno. El cabello se tornó oscuro, la piel recuperó su firmeza, los rasgos de la cara se acortaron y se tensaron, y el cuerpo se rellenó. Fue como ver su vida entera ir pasando marcha atrás.

Por último, volvió a ser la misma de antes.

—Gracias —me dijo con un profundo suspiro.

En su tono de voz percibí que sabía con toda exactitud lo que había sucedido.

—¿Dónde está mi hijo? —preguntó con voz cansada.

—Lo tenemos atado. Te lanzó un maleficio de ofuscación, y a mí intentó matarme.

Astrea asintió despacio y se levantó de la cama.

—Todo ha sido culpa mía —dijo—. ¿Cómo te las has arreglado para fabricar la poción?

—Seamus consiguió el Aliento de Dominici. Los demás ingredientes estaban aquí.

—Pero el garm y el dabbat... —empezó.

—Esa parte la resolvió Vega Jane sin problemas —respondió Delph—. Esas bestias no fueron nada para ella, ni siquiera cuando Archie las dejó sueltas para que la atacaran.

—¿Que Archie las dejó sueltas? —exclamó Astrea, pero al momento su expresión se calmó—. Por supuesto, sentiría envidia. Y confusión. Y rabia.

—Tuve que matar al garm —informé—. Iba a matar a *Harry Segundo*, así que acabé con él. Y no tuve ningún problema —añadí en tono firme.

Astrea me perforó con la mirada.

—Me doy cuenta, Vega, me doy cuenta.

Y se le notó que lo decía en serio.

Me tocó el brazo y me dijo:

—Cuando corren malos tiempos, la sabiduría suele ser algo innato. Ahora necesito ir a ver a Archie.

Un poco más tarde, se abrió la puerta y apareció Astrea. Cuando vi que detrás de ella venía Archie, ya desatado, salté de la cama y saqué mi varita.

—No hay necesidad de hacer eso, Vega —me dijo Astrea con voz potente y firme.

Observé a Archie. Su expresión era de docilidad, incluso de indecisión.

—¿Qué le ha ocurrido?

—Se encuentra bajo el hechizo de *Subservio*. En este momento es totalmente inofensivo. Pero antes de hechizarlo estuve hablando con él para intentar que comprendiera mi punto de vista, pero no estoy segura de que lo haya entendido.

—Hablando del Quinto Círculo... —empecé—. Como Archie te lanzó un maleficio de ofuscación, no llegaste a contarnos todo lo que sabías de él.

—Oh, sí que os he contado todo lo que sé de él. Ni siquiera mi Ojo Profético me permite introducirme en el quinto Círculo.

—Caray —murmuró Delph.

—Ha llegado el momento de que os marchéis —anunció Astrea.

—Que nos marchemos... ¿adónde? —pregunté con cautela.

—A cruzar los Cinco Círculos, naturalmente —respondió.

—¿Cómo, ahora mismo? ¿En este momento? —exclamó Delph.

—Pero debéis saber que escapar de aquí tiene un precio.

Sacudí la cabeza sin poder creerlo.

—¿Un precio?

—Para decirlo en pocas palabras, escapar del Quag implica vivir para siempre en una prisión.

Miré a Delph exactamente en el mismo instante en que me miraba él a mí.

Me volví de nuevo hacia Astrea, justo a tiempo para ver que estaba agitando su varita.

—Buena suerte —dijo.

De pronto sentí que se me ponían los ojos en blanco, y al momento siguiente todo se volvió negro.

TRIGINTA

Una sorpresa

—¿Qué hay, Vega Jane?

Abrí los ojos y miré hacia arriba. Delph estaba mirándome fijamente.

—¿Te encuentras bien, Vega Jane? —me preguntó con ansiedad.

Asentí de forma automática, aunque no sabía si me encontraba bien o no. Me incorporé muy despacio y procuré orientarme. *Harry Segundo* extendió una pata y me tocó el brazo con suavidad, como para asegurarse de que realmente me encontraba bien.

—¿Dónde estamos? —pregunté mirando alrededor.

—No lo sé con seguridad, pero supongo que al lado del Páramo de Mycan.

—¿Cómo lo sabes?

—Por eso de ahí —contestó señalando a la derecha.

Hice un esfuerzo para ver algo en aquella oscuridad y distinguí la forma de un muro de gran altura.

—Es el laberinto —dije mirando otra vez a Delph.

—Sí, lo mismo he pensado yo.

Me invadió la furia.

—¿Por qué nos ha hecho esto Astrea, Delph? ¿Por qué nos ha traído hasta aquí sin previo aviso?

—No lo sé, Vega Jane. Supongo que tendría sus motivos.

De repente me asaltó un pensamiento que me devastó igual que un cataclismo. ¿Dónde estaban nuestras cosas? ¡Mi varita!

La Piedra Sumadora. *Destin*. Miré frenética a un lado y al otro, y dejé escapar un suspiro de alivio cuando vi nuestras mochilas, las dos juntas. Las abrí y vi que dentro había varios paquetes de provisiones y unas botellas de agua. El arnés de cuero lo llevaba atado al torso, y en el dedo pulgar tenía puesto el anillo de mi abuelo. Me levanté la capa y vi a *Destin* enrollada a mi cintura. Metí la mano en el bolsillo y encontré primero la Piedra Sumadora y después mi varita. Saqué esta última y la agarré sin hacer fuerza; sentí que al instante pasaba a formar parte de mí. Había hecho aquello tantas veces, que ya me resultaba apropiado y natural.

—¿Tú crees que tendremos que estar dentro del laberinto para que funcione el conjuro inverso? —pregunté.

¿Cómo era que no se me había ocurrido preguntarle aquello a Astrea? De repente me estaban surgiendo un centenar de dudas que necesitaba despejar para poder sobrevivir.

—Quizá nos vendría bien encontrar antes la entrada —repuso Delph.

Nos echamos la mochila al hombro y empezamos a andar. Apunté con mi varita y dije:

—*Illumina*.

Al momento brotó un haz de luz de mi varita y voló hacia las formas oscuras que daban la impresión de ser el muro del laberinto, y todo se iluminó. Un instante más tarde, oímos un ruido de pezuñas que golpeaban el suelo, batir de alas y agudos chillidos de criaturas desconocidas. Mantuve mi varita en posición, por si me topaba de pronto con un ejército de bestias espeluznantes; no había practicado dicha eventualidad con Astrea, y dudaba que fuera capaz de repeler un ataque en masa.

Por suerte, los ruidos y los chillidos fueron desapareciendo poco a poco, y nuevamente se hizo el silencio.

Me volví hacia Delph.

—La verdad —comentó él—, me parece que prefiero el ruido.

Coincidí plenamente. A lo mejor, las únicas criaturas que habían huido al ver la luz eran las más débiles; tal vez las que podían matarnos estuvieran allí delante, esperando.

Avanzamos un poco más. Yo iba mirando en todas direcciones, muy atenta a los sentimientos que experimentaba, que podían ser una señal de la proximidad de un wendigo: una vaga sensación de terror y recuerdos de otro ser. Pero mis pensamientos, a pesar del miedo que daban, al parecer eran todos míos.

—Vega Jane, ¿qué te parece si utilizas tu varita para que podamos ver lo que hay delante?

—Buena idea. —Apunté con la varita, hice el movimiento apropiado con ella y dije—: *Cristilado magnifica.*

Justo enfrente de nosotros apareció una pared gigantesca. Una muralla, la había llamado Astrea. Y estaba hecha totalmente con huesos. En comparación con esta pared, la de Espina parecía ridícula.

—Creo que hemos encontrado el laberinto.

—Y me parece que la entrada está ahí —dijo Delph indicando una forma oscura y ovalada.

Continuamos avanzando, acercándonos cada vez más a aquella imagen. Antes de llegar a la pared, nos topamos con una enorme verja de hierro forjado que surgió de improviso ante nosotros. En una voluta había un nombre escrito: CEMENTERIO DE WOLVERCOTE.

—Astrea no mencionó ningún cementerio, ¿no? —dije.

Delph hizo un gesto negativo con la cabeza, y después se asomó por la verja.

—Lo que hay aquí dentro es un cementerio, sí —confirmó.

Empujó la verja, pero no logró abrirla.

Entonces yo toqué la cerradura con mi varita y dije:

—*Ingressio.*

La gigantesca reja se abrió. Delph y yo la cruzamos, seguidos por *Harry Segundo.*

Llegamos a la primera fila de tumbas.

—Fíjate en los nombres, Delph —dije al tiempo que los leía.

Mullins, Dinkins... ¿y Krone? ¿Estaban allí enterrados los antepasados de Jurik Krone? Por lo visto, allí dejaban entrar a cualquiera.

—Mira —dijo Delph—, hay un Picus y un Mulroney. Y... Y...

No pudo terminar la frase, y yo comprendí la razón. El nombre que aparecía grabado en aquella lápida manchada de líquenes era el de Barnabas Delphia.

Leyó el epitafio en voz alta:

—«Barnabas Delphia, padre amantísimo y devoto esposo de Lecretia.»

—¿Alguna vez te habló tu padre de ellos? —le pregunté.

Delph negó con la cabeza.

—Nunca. Ni una sola vez. Me cuesta trabajo creer lo que estoy viendo.

Dejé a Delph allí de pie y seguí recorriendo la hilera de tumbas. De pronto vi un nombre grabado en una sencilla lápida, contuve la respiración y me acerqué.

«Alice Adronis, guerrera hasta su último aliento.»

Contemplé el montículo de tierra, ya hundido, y la lápida torcida. Entonces, sin apartar la vista, levanté la varita en alto. Alice me había regalado la *Elemental* en medio de un gran campo de batalla, en un pasado remoto. Lo había hecho gastando su último aliento para decirme que yo debía sobrevivir.

De improviso di un brinco, porque la varita había empezado a moverse sola en mi mano. Contemplé, desconcertada, cómo se doblaba hacia delante para apuntar directamente a la tumba de Alice. Tardé unos momentos en entender lo que estaba haciendo, pero al final lo vi: la varita estaba inclinándose ante su antigua dueña.

Sentí que se me llenaban los ojos de lágrimas. Pero también, por primera vez, experimenté una potente conexión entre Alice y yo. Astrea había apuntado a la posibilidad de que Alice y yo estuviéramos emparentadas, y que por esa razón la *Elemental* me servía a mí de varita mágica. Ahora, contemplando aquel montículo ya aplanado, comprendí que me habían dejado el listón muy alto. Se hacía obvio que existía una razón muy importante para que Alice considerara que yo debía sobrevivir. Esperé estar a la altura del reto que sin duda iba a suponerme el Quag.

La tumba que vi a continuación era la de mi antepasado Jasper Jane, el creador del Quinto Círculo. En su lápida simplemente figuraba su nombre, sin ninguna descripción. Astrea había dicho que era un hechicero que había hecho una incursión en la magia negra. Sentí un escalofrío al pensar qué pudo introducir Jasper en aquel último círculo.

Las dos tumbas siguientes también me llamaron la atención. Bastión Cadmus. Su epitafio decía lo siguiente: «El que nos guía.» En la otra lápida ponía: «La fuerza del amor, la falacia de la juventud.» Aquello me resultó incomprensible. El nombre que figuraba en la piedra era el de Uma Cadmus; no sabía si sería la compañera de Bastión, o acaso su hija.

—¡Vega Jane!

Me volví y vi que Delph había avanzado hasta otra fila de tumbas y me hacía señas para que fuera adonde estaba él. Así que eché a correr, acompañada de *Harry Segundo*.

—Fíjate en eso, Vega Jane —me instó.

Señalaba una serie de tumbas. Yo leí los nombres.

—¡Todos tienen el apellido Prine! —exclamé—. Esta es la familia de Astrea.

—Exacto. Entonces, si Astrea conocía este lugar, ¿por qué no nos habló de él?

—¿Qué más cosas no nos habrá dicho? —elucubré. Sentía el estómago como si lo tuviera lleno de hielo.

Iba a decir algo más, pero no tuve ocasión.

Algo surgió de la tierra, me aferró de los tobillos, tiró de mí hacia abajo y me arrastró al lugar en que descansaban los muertos.

TRIGINTA UNUS

Orco

Igual que me ocurrió cuando caí en el laberinto de Espina, tuve la sensación de descender muchísimos metros. Sin embargo, esta vez me acordé de que llevaba conmigo a *Destin*, de modo que conseguí amortiguar el impacto cuando llegué al fondo.

En un instante me puse de nuevo en pie, con la varita en posición frente a aquella oscuridad impenetrable.

—*Illumina* —exclamé.

Al instante se hizo la luz, y vi a Delph y a *Harry Segundo*, que también estaban incorporándose.

—¿Estás bien, Delph?

Delph afirmó con la cabeza al tiempo que se sacudía el polvo de la ropa, aunque había palidecido en extremo. Miré a *Harry Segundo*; tenía de punta los pelos del pescuezo y estaba enseñando los dientes. Rápidamente miré a mi alrededor, en la certeza de que mi canino había presentido que se aproximaba un peligro.

Estábamos en un túnel oscuro, de techo bajo y paredes de piedra cubiertas de suciedad y de barro. Volví la vista en una dirección y vi un muro vacío. En la otra dirección había una abertura. Cuando me volví hacia Delph, vi que estaba mirando el mismo sitio. Esperaba que por encima de nuestra cabeza hubiera tierra, pero solo vi piedra.

—¿Qué es lo que ha tirado de nosotros? —dije sin aliento. Luego me fijé en mis tobillos—. Tengo sangre en el pantalón —exclamé—, pero no es mía.

—A mí me pasa lo mismo —corroboró Delph señalándose las piernas.

Harry Segundo también tenía manchas de sangre en las patas delanteras.

Observé una vez más el techo de piedra.

—Ahí arriba están las tumbas —dije.

—¿Qué hay debajo de una tumba? —preguntó Delph, agobiado—. Imagino que nada bueno.

—Lo que sea que nos ha hecho bajar hasta este lugar, todavía tiene que estar por aquí cerca.

—Pues la única salida parece ser esa de ahí —dijo Delph señalando al frente.

Cuadré los hombros y procuré sentirme valiente y segura de mí misma, aunque en realidad me ocurría todo lo contrario. Sosteniendo la varita frente a mí, eché a andar hacia la abertura con Delph y *Harry Segundo*. Cuando llegamos a ella, decidí que esperar a ver qué pasaba sería mucho peor, así que me metí sin más.

Al principio no sucedió nada. Pero luego sí que sucedió.

En las paredes había unas lucecitas incrustadas que se encendían y se apagaban. Por un instante pensé que serían trocitos de vidrio o de metal, pero cuando me acerqué un poco más a la pared retrocedí de un salto, de puro horror.

Eran ojos. ¡Ojos que parpadeaban!

Me volví hacia Delph y vi que él también se había quedado atónito. Me fijé de nuevo y descubrí que lo que había en aquella pared no eran únicamente ojos. También había bocas, bocas que se abrían y se cerraban al mismo tiempo que los ojos, pero no emitían palabras. Era como si estuvieran gritando en silencio.

Di media vuelta y eché a correr.

Y me di de lleno contra él.

Era un poco más alto que yo, y estaba tan flaco que parecía ser todo huesos con una fina capa de piel encima. Sin embargo, estaba más duro que un árbol, y al chocar contra él perdí el equilibrio y la varita se me cayó al suelo.

Iba vestido con una larga capa negra, un pantalón y una camisa mugrienta. Su rostro estaba tan pálido como la leche de cabra. La barba que llevaba era aún más negra que la capa y se le pegaba a la cara por debajo de unos pómulos que sobresalían como si fueran dos nueces. Encima de la boca, cerrada en un gesto arisco, le crecía un fino bigote negro. Además, iba calzado con unas botas negras que le llegaban hasta las rodillas.

Frenética, busqué a mi alrededor a Delph y a *Harry Segundo*. Me quedé horrorizada cuando los vi a ambos aplastados contra la pared, sin poder moverse. Delph tenía la boca abierta, pero no emitía ningún sonido. Rápidamente me incorporé e hice ademán de correr a su lado.

—No —me detuvo el desconocido con voz rasposa.

Era como si los pies se me hubieran hundido en la roca. Volví la cabeza para mirarle. Llevaba en la mano una especie de bastón de madera, lleno de grabados de figuras horripilantes que no reconocí. Golpeó el suelo con un extremo de dicho bastón, y al momento mis pies quedaron libres.

Me volví hacia él. Él comenzó a caminar en círculo a mi alrededor, sin prisas, estudiándome. Tenía una nariz que no se parecía a ninguna que yo hubiera visto jamás. En lugar de los dos orificios normales, tenía tres. Y además presentaba dos abultamientos en el hueso, como si se la hubiera roto más de una vez. Y era tan larga que casi pasaba por encima de la boca y llegaba a la barbilla, que por cierto era tan angulosa como la punta de un cuchillo. Y los ojos que se veían por encima de aquella nariz tan larga eran totalmente negros, no solo el círculo del centro. El blanco de los míos, en los suyos era de color negro.

Me fijé en la mano con que agarraba el bastón. En realidad no era una mano, sino una garra, dotada de unas uñas más largas que mis dedos. Y estaban cubiertas de sangre, lo cual explicaba la presencia de sangre en nuestra ropa. Aquel desconocido era quien nos había arrastrado hasta allí.

Me señaló con una de sus garras. *Destin* se apretó a mí con más fuerza y me levantó del suelo, con lo que quedé suspendida en el aire. Y de repente empecé a doblarme hacia atrás, tanto que temí que se me partiera la columna vertebral, porque mi cabeza se iba acercando peligrosamente a los talones.

—Efectivamente, es la cadena de *Destin* —rugió el desconocido.

A continuación golpeó otra vez el suelo con su bastón, y me desplomé desde lo alto y me estrellé contra la roca. Me quedé tendida un momento, sin resuello. Observé a Delph, que seguía con la boca abierta, pero sus ojos no me miraban a mí, sino a un punto del suelo.

«Qué tonta eres. ¡La varita!»

Cogí la varita, apunté con ella al desconocido y grité:

—¡Impacto!

Pero él barrió el aire con su bastón y mi hechizo se tropezó con una barrera invisible. La colisión hizo que cayera una cortina de piedras y polvo del techo del túnel.

Aunque había bloqueado mi hechizo, ahora me miraba de otra forma, o eso me pareció.

—Eres una hechicera —siseó.

Me incorporé para contestarle.

—Yo ya sé quién soy. ¿Quién demonios eres tú?

No respondió nada, pero continuó observándome.

—Libera a mis amigos. ¡Ya! —Alcé mi varita con gesto amenazador.

—Te veré en otra ocasión, *certe* —dijo él.

—¿Qué significa eso de *certe*? —repliqué.

A modo de respuesta, el desconocido señaló las paredes incrustadas de ojos parpadeantes y bocas abiertas. Luego abrió él mismo la boca para esbozar una sonrisa macabra, y tuve oportunidad de verle la dentadura. Era toda negra, como sus ojos.

—Al final todos vendrán a mí, *certe*.

Golpeó el suelo con su bastón por tercera vez, y yo me preparé para una nueva agresión. Pero él se limitó a señalar otra vez la pared de los ojos y las bocas. ¡Ahora pude oír lo que decían! Me suplicaban que los salvase. Sus gritos fueron cobrando intensidad, hasta que me vi obligada a taparme los oídos.

El desconocido gritó una palabra que yo no había oído nunca, y al instante se hizo de nuevo el silencio. Cuando se volvió hacia mí, abrió la boca y sacó la lengua. Solo que no era una lengua de verdad, por lo menos no era como la mía. Era larga y negra, y terminaba en tres puntas de flecha.

—Yo soy Orco —dijo—. Y todos estos son mis hijos. A ti te veré de nuevo, pero el momento exacto depende de ti, por el momento. Pero no será siempre así, algo intervendrá. —Sonrió con malicia—. Siempre ocurre igual.

Acto seguido, introdujo la mano que le quedaba libre en el interior de su capa negra como el carbón y extrajo un reloj enorme, unido a una cadena oxidada. Lo levantó bien alto para que yo pudiera verlo. Debajo del cristal de la esfera se veían unas caras que giraban como esas estrellas fugaces que cruzan el cielo. Iban y venían a una velocidad increíble, casi demasiado rápido para que diera tiempo a verlas.

—La vida —entonó Orco—. Y luego la muerte. *Certe*.

Todo se volvió negro otra vez. Noté que algo me impulsaba hacia arriba, sin parar, hasta que finalmente choqué contra algo duro y me quedé tumbada e inmóvil. Cuando volví a abrir los ojos, me encontré con *Harry Segundo*. Me incorporé y le di un abrazo. Luego me puse en pie del todo y fui hasta Delph, que yacía sobre la tumba de su antepasado Barnabas Delphia.

—¡Delph! ¡Delph!

Le agarré del hombro y tiré de él. Se despertó y me miró.

—¿Ha... ha sucedido de verdad? —me preguntó, incrédulo.

Yo, con la respiración agitada, hice un gesto afirmativo.

—Ha... ha sido horrible, Vega Jane. Aquellas caras... todas suplicando...

—Eran todas de muertos, Delph —repuse en voz baja.

—¿Pero qué quería de nosotros ese desconocido?

—Astrea dijo que escapar del Quag significaba vivir para siempre en una prisión. A lo mejor se refería a que íbamos a quedar prisioneros aquí abajo, incrustados en esa pared.

—¿Así que nosotros vamos a terminar ahí? ¿Hagamos lo que hagamos?

Me costaba creer que Astrea me hubiera entrenado solo para que acabase embutida en una pared por aquel malvado Orco. Erguí la postura y miré al frente.

—Vamos a por el Primer Círculo —dije.

Era nuestra única oportunidad.

TRIGINTA DUO

El Primer Círculo

No tardamos mucho en llegar.

La muralla de huesos, como la denominé al instante, encajaba perfectamente con la descripción que le había dado Astrea. Era tan alta que yo, sinceramente, no alcanzaba a ver el final. Surgió de la oscuridad de buenas a primeras, como un gigante malévolo que nos cerrase el paso. Estaba formada, hasta el último centímetro, por huesos de todas clases, tomados de criaturas que alguna vez estuvieron vivas.

—Me parece... Me parece que algunos de estos son como nosotros, Vega. Los huesos, quiero decir.

Yo afirmé con la cabeza, pero no dije nada. Era demasiado horrible pensarlo siquiera.

Delph lo vio antes que yo. No sabía si es que esperaba una entrada majestuosa, pero el portal era apenas un poco más grande que el que tenía yo en mi antigua casa de Amargura. Consistía en unos maltrechos tablones de bisagras ennegrecidas y una manilla de hierro oxidado que hacía las veces de cancela.

Nos acercamos con suma cautela, porque daba la impresión de que era la forma más lógica de actuar en aquel lugar. Cuando llegamos, hicimos un alto y nos miramos el uno al otro. Delph alargó una mano y abrió la cancela. La puerta se abrió hacia dentro y reveló más oscuridad, más intensa si cabe. Adopté la misma estrategia que cuando estaba bajo las tumbas y la traspuse rápidamente. Delph y *Harry Segundo* me siguieron de inmediato. En cuanto estuvimos dentro, la puerta se cerró sola, y dudé que pudiera volver a abrirla con ningún encantamiento. A partir de ahí solo podíamos ir hacia delante, no hacia atrás.

Ya estábamos dentro del Primer Círculo. Dentro del laberinto perfecto.

Miré al frente, y de pronto todo se inundó de luz. Las paredes de dentro eran exactamente iguales que las de fuera: todas hechas de huesos. En cada grieta y en cada rendija había un cráneo de cuencas vacías que nos miraba fijamente. Allá delante, aproximadamente a unos tres metros, el corredor doblaba bruscamente a la derecha. Seguimos caminando un poco más en línea recta, doblamos el recodo y de inmediato nos encontramos frente a ocho pasillos distintos que partían del pasillo original.

Levanté la varita y me dispuse a pronunciar el conjuro de *Confuso, recuso* para estirar la maraña. Pero no llegué a hacerlo.

Porque la muralla de huesos se transformó de repente. Los cráneos se convirtieron en largas ramas que vinieron hacia mí, me atraparon y me arrebataron la varita de la mano. Intenté gritar, pero una de aquellas enredaderas se me enroscó alrededor de la boca. Aterrorizada, vi que Delph era levantado en vilo como si fuera un niño pequeño, con los brazos y las piernas inmovilizados por más ramas.

Y de pronto vi algo que pasaba frente a mí como una exhalación.

¡Era *Harry Segundo*! Mi canino avanzaba veloz, regateando y brincando para esquivar las ramas que intentaban asirse a él. Cuando una le aferraba una pata trasera, él se volvía y, de un mordisco, la partía por la mitad con sus fuertes mandíbulas y sus afilados dientes. Por más que lo intentaban, las enredaderas no lograban capturar a mi canino. Por un momento me pregunté adónde iba, hasta que lo vi regresar con un objeto entre los dientes.

¡Mi varita!

Vino hacia mí a la carrera y dio un salto para salvar dos ramas que se lanzaron a interceptarlo. Yo tenía las manos aprisionadas, pero aún podía mover los dedos. *Harry Segundo* alcanzó la mano que yo había estirado hacia él, y por fin pude cerrar los dedos en torno a la varita.

Pero yo todavía tenía la boca amordazada por una rama, y otra más se había enroscado a mi cuello y estaba estrujándome mortalmente, en sentido literal. Noté que el pensamiento se me volvía borroso al tiempo que mi pecho se esforzaba por seguir aspirando aire. No podía lanzar un hechizo sin pronunciar el conjuro. No sabía qué hacer. Cerré los ojos y sentí que la varita se me iba escapando de entre los dedos.

Volví a abrir los ojos al oír a Delph.

Delph estaba vuelto hacia mí, a pesar de que tenía una rama enorme enroscada alrededor del cuerpo que iba apretando cada vez con más fuerza.

—¡Tu varita...! —gritó como pudo—. ¡La *Elemental*!

La *Elemental*.

Ordené mentalmente a la *Elemental* que adoptase su tamaño completo y, aunque todavía tenía el brazo aprisionado y por lo tanto no podría lanzarla con mucho ímpetu, no me importó. Desde hacía un tiempo ya sabía que podía controlar la *Elemental* con la mente, no con la fuerza de mi brazo.

«Adelante, sálvanos.»

La lanza salió disparada de mi mano y surcó el aire. La energía que llevaba a su paso hizo trizas las ramas que nos tenían prisioneros y fue lanzando pedazos de ellas contra otras ramas, las cuales, a su vez, quedaron destrozadas por el peso de los proyectiles que les llovían encima.

Una vez liberados de la tenaza de aquellas agresivas enredaderas, Delph y yo nos desplomamos en el suelo. Pero yo estaba preparada, porque dudaba que tuviéramos una segunda oportunidad. La *Elemental* había dado media vuelta y estaba regresando velozmente hacia mí, y la atrapé al vuelo antes de que cayera a tierra. Le ordené que volviera a su tamaño reducido, y ya convertida en una varita la agité rasgando el aire y apuntando hacia las enredaderas al tiempo que exclamaba:

—¡*Atrofica*!

Al momento las ramas se pusieron amarillas, se encogieron y se derrumbaron.

Pero yo todavía no había terminado.

—*Confuso, recuso.*

El laberinto se desenredó.

—Corre, Delph. Vamos, *Harry Segundo.*

Nos dimos mucha prisa en dejar atrás las enredaderas muertas, porque yo no sabía si aparecerían otras nuevas para sustituirlas. Corrimos y corrimos hasta que, aunque aún no habíamos salido del laberinto, tuvimos necesidad de detenernos un instante a descansar y respirar hondo para recuperar el resuello. Y cuando levanté la vista me alegré de que hubiéramos hecho un alto, pero fue lo único de lo que me alegré.

La mantícora estaba a menos de seis metros de nosotros, bloqueándonos el paso.

La imagen que había conjurado Astrea no le hacía justicia a aquella criatura. Era el doble de alta que Delph y el triple de ancha. Debía de pesar una tonelada. Tenía una cabeza de león cubierta por una abundante melena de color dorado, y una cola de serpiente que se agitaba por el suelo. Su cuerpo de cabra no parecía lo bastante sustancial para fusionar dos criaturas tan feroces.

Fascinada por todo aquello, no lo vi venir.

—¡Cuidado, Vega Jane!

Algo me golpeó y me arrojó al suelo. Un instante más tarde nos pasó por encima la intensa llamarada. Se me había olvidado lo que era capaz de hacer aquella maldita bestia.

Me volví y descubrí que había sido Delph el que me había empujado al suelo. Y el que me había salvado la vida. Me incorporé a medias, apunté a la mantícora con mi varita y me preparé para mandarla al Hela. Pero no la encontré por ninguna parte.

«Maldición, ahora me acuerdo. Este bicho sabe leer el pensamiento.»

Harry Segundo lanzó un ladrido, y me giré al instante. La mantícora estaba justo detrás de nosotros, apenas a un par de metros.

Nos lanzó un rugido acompañado de un chorro de llamas, pero yo había reaccionado en el mismo momento y no le di tiempo para que me leyera la mente, que me funcionaba a toda velocidad, como un slep desbocado.

—¡*Paramentum!*

La llamarada chocó contra mi escudo, rebotó y fue a estrellarse contra la pared del laberinto. Un cráneo salió despedido y me golpeó en la cabeza, y entonces me di cuenta de que los huesos se habían desmoronado e iban cayendo a nuestro alrededor.

Levanté la varita y apunté hacia arriba.

—*Paramentum.*

Los cráneos chocaron contra el escudo y rebotaron.

Pero entretanto había apartado la vista de la mantícora. ¿Dónde estaría? Ah, allí estaba, a mi izquierda, más cerca de Delph. Alcé de nuevo la varita para acabar con ella, pero volvió a desaparecer. Maldita, se movía tan rápido que me resultaba imposible seguirla con la vista.

Reapareció a mi derecha.

—¡Eh! —gritó Delph. Estaba agitando los brazos en dirección a la mantícora. Luego cogió un cráneo y se lo arrojó. La mantícora escupió una fuerte llamarada y el cráneo se desintegró.

—¡*Impacto!* —grité yo, apuntando en línea recta a la criatura con mi varita.

La mantícora se alzó del suelo, salió despedida hacia atrás y se estrelló contra la pared de huesos que tenía a la espalda. Después resbaló de nuevo y quedó inmóvil. Muerta.

—Lo has conseguido, Vega Jane —jadeó Delph arrodillado en el suelo y agarrándose el brazo.

De repente, las dos paredes se estremecieron y empezaron a derrumbarse.

—¡*Harry Segundo!* —chillé al tiempo que golpeaba el arnés.

Se subió de un salto, y le até las correas. Acto seguido agarré a Delph y remontamos el vuelo.

Huimos volando bajo, sorteando huesos, cráneos y demás escombros. Nos llevamos algún que otro impacto de fragmentos y esquirlas, pero yo no aparté la vista en ningún momento del final del laberinto.

De improviso se desmoronó delante de nosotros una torre de huesos, y el pequeño cuadrado negro que yo creía que era el final del laberinto desapareció.

Apunté con la varita y grité:

—¡*Inmerso!*

Los huesos fueron desplazados por una tremenda ola de agua, y pudimos pasar. Aterricé demasiado deprisa, y los tres acabamos despatarrados en el suelo. Desaté a *Harry Segundo* de su arnés y me puse de pie.

—Delph, ¿estás bien? —le pregunté en tono de urgencia. Al ver que no contestaba, insistí—: ¿Delph?

Volvió el rostro hacia mí con una mueca de dolor.

—Delph, ¿qué te ocurre?

Intenté socorrerle, pero él me lo impidió levantando un brazo.

—C-creo que m-me ha herido.

En efecto, la mantícora le había herido. Tenía el brazo izquierdo achicharrado y casi negro, toda la piel se veía agrietada y llena de ampollas.

Inmediatamente saqué la Piedra Sumadora, la agité por encima de todo el brazo y pensé en algo positivo.

—Gracias, Vega Jane —me dijo—. Ya no me duele.

Estiró el brazo. Bueno, tal vez ya no le doliera, pero seguía estando negro. La piel todavía estaba inflamada y crujiente, como la carne que ha estado demasiado tiempo al fuego. Cuando Delph siguió mi mirada y vio el estado en que se encontraba su brazo, se puso pálido.

—Delph —le dije—. Lo siento. Imagino que la Piedra Sumadora no es capaz de hacer más que... —No pude terminar la frase.

—No pasa nada, Vega —respondió en tono calmo—. Ya no me duele, y eso es lo importante, ¿vale? Igual que lo que hiciste por mi padre. Incluso aunque no vuelva a... aunque no vuelva a estar como antes.

Sentí que me asomaban las lágrimas a los ojos, pero la expresión de Delph me hizo ver que no estaban justificadas.

—Estamos vivos, Vega —me dijo agarrándome del brazo—. ¡Estamos vivos!

Y a continuación abrió su mochila y sacó otra camisa.

De repente, comenzaron a brotar árboles a nuestro alrededor. Formaron altísimos muros que daban la impresión de llegar hasta el cielo. En cuestión de pocos momentos nos vimos totalmente engullidos por otro laberinto.

—¡Oh, no! —exclamé con un profundo desánimo. Saqué mi varita y me preparé para pronunciar el conjuro con el que se estiraba el laberinto, cuando de pronto empecé a notar una sensación rara. No, «rara» no era el término adecuado. En realidad me sentía *aterrorizada*. Pero lo que me estaba aterrorizando eran unas cosas que sabía que no me habían ocurrido. Yo era una bestia, y de pronto algo me estaba haciendo pedazos. Yo era un ave. Y me estaban devorando. Me transformé en un abominable licán y acto seguido me destriparon.

Sentí un sobresalto y mi mente se despejó.

«¡Un wendigo!»

Miré a mi espalda, y allí estaba, viniendo derecho hacia nosotros.

Agarré a Delph de la mano al mismo tiempo que él recogía a *Harry Segundo*.

—¡Salta, Vega, salta!

Remontamos el vuelo a toda prisa y subimos en línea recta, hasta que estuvimos a punto de rebasar las copas de los árboles. Seguidamente enfilé hacia delante. Me giré un momento y vi que el wendigo nos venía pisando los talones. La lanza luminosa que apareció en el cielo y el trueno que se oyó después cayeron tan cerca de nosotros que a punto estuvieron de derribarnos. Y yo sabía la razón.

Estábamos sobrevolando el Quag, de modo que aquella tormenta había estallado para impedírnoslo, tal como me avisó Astrea.

—¡Delph! —chillé—. En este sitio no puedo volar, me lo impiden las tormentas. Tenemos que volver a entrar en el laberinto.

Delph oteaba la zona desde lo alto.

—Pero antes de bajar, alumbra un poco —me dijo, gritando por encima del fragor de la tormenta.

Yo había visto que el wendigo iba ganándonos terreno, pero hice lo que me pedía Delph.

—*Illumina.*

De repente el laberinto se llenó de una luz muy brillante. Vi que Delph lo recorría con la mirada. Otra lanza luminosa cayó justo detrás de nosotros, en la copa de un árbol. La energía liberada provocó varias ondas expansivas que nos desestabilizaron. Me solté de la mano de Delph y lo perdí, a él y a *Harry Segundo*. En el mismo instante volví a sentir que la mente se me llenaba de miedo ajeno. Volví la cabeza y vi que el wendigo se encontraba ya a menos de seis metros de distancia. Al parecer, la tormenta no le estaba afectando en absoluto.

Obligué a mi mente a despejarse y me lancé en picado hacia la oscuridad al tiempo que buscaba por todas partes a mis dos amigos.

—¡*Illumina!*

De repente los vi. Apunté con la coronilla hacia tierra, casi en vertical, y fui directa hacia ellos. Nunca había volado tan rápido, y aun así no me parecía que mi velocidad fuera la suficiente. Tenía el convencimiento de que todos íbamos a morir y de que aquel condenado wendigo iba a darse un festín con nosotros.

Este pensamiento me hizo acelerar todavía más. Alargué la mano y aferré a Delph por el cuello de la camisa. Todavía llevaba a *Harry Segundo* en los brazos. Quise remontar el vuelo, pero Delph me lo impidió.

—No te salgas del laberinto, Vega Jane. No te salgas del laberinto.

Le miré primero a él y después al wendigo, que nos seguía de cerca. Sentí que mi mente se encogía de terror. Y aunque dicho terror no era mío, no por ello resultaba menos horroroso. Debí de aminorar la velocidad, porque oí a *Harry Segundo* emitir un tremendo gruñido que hizo que se me pusieran todos los vellos de punta.

—¡No! —chillé cuando *Harry Segundo* saltó de los brazos de Delph para atacar al wendigo, que ya estaba tan cerca que alcancé a ver su forma morbosa y transparente casi a mi lado.

Aferré a *Harry Segundo* en el aire y redoblé mi velocidad, con lo que el wendigo se quedó rezagado, al menos de momento. Cuando me fijé en mi canino, solté una exclamación ahogada. Le faltaba una parte de la oreja izquierda. Con Delph agarrado a mi pierna, metí a *Harry Segundo* en su arnés, saqué la Piedra Sumadora y la agité por encima del lugar en que antes estaba la oreja entera de mi canino. La Piedra Sumadora no podía regenerar partes del cuerpo que se habían perdido, pero detuvo la hemorragia. Y, por lo demás, mi canino parecía estar perfectamente.

—¡Izquierda, izquierda! —chilló Delph.

Hice un viraje tan cerrado que llegamos a rozar las copas de los árboles con los pies.

—A la derecha, y luego a la derecha de nuevo —me indicó Delph.

Seguí sus instrucciones, maravillada de que, por lo visto, hubiera memorizado el laberinto solo con mirarlo durante unos instantes.

Delph siguió dándome indicaciones, y yo le obedecí. Pero el wendigo continuaba persiguiéndonos, de modo que decidí hacer algo al respecto, inmediatamente.

—Aguanta, Delph —dije al tiempo que le levantaba una mano para que pudiera asirse al arnés de *Harry Segundo*, que yo llevaba sujeto al cuerpo. A continuación, apunté con la varita a mi espalda y exclamé—: ¡*Paramentum*!

Y justo después me lancé hacia tierra en picado. El wendigo se las arregló para esquivar el escudo mágico torciendo a la izquierda, pero aquella maniobra me permitió separarme un poco de él. Me di la vuelta para volar boca arriba, tracé una X en el aire con la varita y grité:

—¡*Omnitodo*!

El haz de luz alcanzó al wendigo de lleno en su pecho transparente, y lo enfureció. De inmediato, la bestia salió girando sin control y se estrelló contra una pared del laberinto. Observé cómo caía al suelo como una piedra y chocaba contra otro tramo de pared. Repitió lo mismo una y otra vez, desprovisto de mente y por lo tanto de todo sentido de la orientación, hasta que por fin acabó en el suelo hecho un guiñapo, muerto.

Me volví de nuevo hacia el frente y me alejé de aquel lugar.

Veinte cuñas más tarde, siguiendo las indicaciones de Delph, acabamos saliendo del laberinto y llegamos a un espacio abierto. Rápidamente aterricé y liberé a *Harry Segundo* de su arnés. De inmediato le di un abrazo y, con mucho cuidado, le toqué la oreja herida. Me dolió tanto como el brazo de Delph. Pero cuando me volví hacia Delph, vi que me estaba mirando con una ancha sonrisa. Y cuando me fijé en la cara de *Harry Segundo* descubrí que los ojos le brillaban de alegría.

—Lo hemos conseguido, Vega Jane —dijo Delph, exultante—. Hemos conseguido atravesar el Primer Círculo.

De improviso alguien me arrebató la varita de la mano.

—Pero va a ser lo último que hagáis —advirtió una voz grave—. O de lo contrario no me llamo Donnadie Sintierra.

TRIGINTA TRES

Capitana de los Furinas

El alto individuo que me había arrebatado la varita empuñaba una espada vieja y oxidada, pero todavía capaz de matar. El individuo que lo acompañaba, una hembra, sostenía una ballesta de madera cargada con un cuadrillo y apuntada hacia nosotros.

Donnadie Sintierra tenía una barba corta y negra y una cabellera del mismo color; en cambio, sus ojos eran de un fascinante tono verde. Iba vestido con ropa vieja y calzaba unas botas sucias que le llegaban hasta la pantorrilla. Sus facciones eran agraciadas, pero también un poco hundidas. Aparentaba tener unas veinte sesiones.

La hembra sería más o menos de la misma edad que Delph. Al igual que yo, era alta y delgada, y llevaba al aire los antebrazos, fuertes y musculosos, porque las mangas de la camisa le quedaban cortas y estaban raídas. Tenía un rostro bonito pero sucio. Llevaba puestos unos pantalones de lona cubiertos de barro y unas botas bastas y hechas jirones que estaban ya al final de su vida útil. Su cabello tenía el color del maíz y revoloteaba en el viento. Sostenía la ballesta con la seguridad que da la práctica.

—¿Quiénes sois? —les pregunté sin apartar la vista de mi varita, que aún estaba en la mano de Donnadie.

—No, soy yo quien debería preguntar quiénes sois vosotros —replicó, irritado.

—Yo soy Vega Jane. Y estos son Delph y mi canino, *Harry Segundo*.

Donnadie saludó a cada uno con un gesto de cabeza y luego volvió a mirarme a mí.

—Ahora dime quiénes sois —repetí.

—Mi nombre ya te lo he dicho, Donnadie Sintierra. —Señaló a la hembra y añadió—: Esta es otra Furina como yo, Petra Soneto.

—¿Qué es un Furina? —inquirió Delph.

—Acabo de decirlo —respondió Donnadie en tono cortante—. Somos nosotros. ¿De dónde venís vosotros? Imagino que de otra parte de este lugar, claro. ¿Me equivoco?

—¿Te refieres al Quag? —dije, más que nada para ver cómo reaccionaba al oír aquella palabra.

—¿Y qué otro lugar hay? —Levantó mi varita—. ¿Qué es esta cosa?

—Es lo que parece. Un palo.

—¡Mientes! —exclamó Petra.

La observé con curiosidad. Se la veía excesivamente segura de sí misma. Claro que a lo mejor siempre era así de desagradable.

—¿Así que este «palo» te permite volar? —ladró Donnadie—. Porque os hemos visto cruzar el cielo.

—No, no me permite volar.

—¿Y cómo lo haces, entonces?

—Porque puedo, sin más. ¿Es que tú no?

—Don —dijo Petra—, no deberíamos pasar tanto tiempo al descubierto. Vamos a coger lo que podamos, y nos vamos.

—¿Habéis visto el wendigo? —les pregunté.

Ambos se pusieron en tensión.

—¿Un maldito wendigo? —dijo Donnadie.

—Nos estaba persiguiendo, y hemos tenido que matarlo.

—¿Vosotros... habéis matado a un wendigo? —dijo Petra. Le temblaban las manos.

—O nos mataba él o lo matábamos nosotros —contesté. Miré a mi alrededor y pregunté—: Eso es el Páramo Devastador, el Segundo Círculo.

—¿Qué dices de páramos y círculos? Menuda chorrada —se mofó Donnadie.

—Puede que para ti sea una chorrada, pero para nosotros, no —protestó Delph.

—¿Y adónde os dirigís, entonces?

—Fuera de aquí —respondió Delph.

Donnadie le dirigió una mirada hosca.

—No seas ridículo. Fuera de aquí no existe nada.

—Sí que existe algo, y tenemos la intención de descubrirlo —tercié yo.

Miré un momento a Delph, y vi que estaba con la vista clavada en la bonita cara de Petra. Sentí que me ruborizaba al instante.

Petra se fijó en nuestras mochilas, que estaban en el suelo.

—¿Qué lleváis ahí dentro? ¿Algo de comer? —Dio un paso hacia ellas.

Al momento, *Harry Segundo* se plantó de un salto delante de nuestras mochilas y empezó a gruñir enseñando los colmillos.

—Dile a esa cosa que se aparte —ordenó Donnadie.

—¿Para qué, para que podáis quitarnos la comida? —repliqué yo.

—Somos Furinas, y eso es precisamente lo que hacemos: robar —repuso Donnadie.

—¿Por qué? —quiso saber Delph.

Donnadie lo miró de arriba abajo.

—¿Que por qué robamos? Bueno, sobrevivir en este lugar es más bien una pesadilla, amigo, por si no te habías dado cuenta.

—¿Cómo habéis llegado vosotros aquí? —pregunté yo.

—Hemos nacido aquí —contestó Petra.

—No les digas nada —cortó Donnadie.

—¿Por qué? ¿Hay algo que te avergüenza, Don? —replicó ella.

Antes de que Donnadie pudiera responder, se adelantó Delph.

—Nosotros nacimos en Amargura —dijo con voz tranquila—, que es un pueblo situado en medio del Quag. Muy pequeño y muy pobre. Yo trabajaba en el Molino transportando sacos, y Vega Jane trabajaba en Chimeneas fabricando objetos.

—Conque muy pobre, ¿eh? —se burló Petra—. Pues a mí me parecéis muy limpios y bien alimentados.

Cuando dijo esto no miraba a Delph, ¡me estaba mirando directamente a mí!

Yo la miré también, y dije en tono glacial:

—Eso es porque hemos pasado una temporada con Astrea Prine, en su casa. —Y después añadí en un tono más neutro—: ¿La conocéis?

Ambos negaron con la cabeza, y los creí.

—¿Hay otros como vosotros? —preguntó Delph.

Donnadie bajó la mirada, pero Petra respondió con dureza:

—Antes, sí. Ya solo quedamos nosotros dos.

—Pero no sois tan mayores. ¿Dónde están vuestros padres?

—Han muerto —exclamó Donnadie—. Ya no están.

—Fue por culpa de las bestias —dijo Petra—. Sucedió hace algún tiempo. Nosotros también vivíamos en un pueblo, uno como es debido, que no estaba muy lejos de aquí. Los Furinas llevan viviendo aquí... pues no sé... supongo que desde siempre. Antes éramos muchos más... muchos más. Pero con el tiempo las bestias de este lugar nos han... nos han...

—Lo siento mucho, Petra —dijo Delph con sinceridad.

Su comentario provocó un gesto de sorpresa en Petra. ¡Yo creo que incluso se ruborizó! No sé por qué, pero mi mano se cerró en un puño.

—La última vez que nos atacaron —continuó diciendo Petra— mataron a todos. Excepto a nosotros dos. Desde entonces estamos solos.

—Petra —la interrumpió Donnadie—, ¿no acabo de decirte que no les cuentes nada?

—¡Ella no es una bestia, Don! ¿Te parece que tiene cara de licán? Míralos bien, son como nosotros. —Luego me fulminó con la mirada—. Bueno, quizá solo en la apariencia física, en lo demás no sé si será igual de dura.

Sentí que me ardía el rostro y tuve que desviar la mirada. Miré a lo lejos, y vi que nos aguardaba un ancho bosque de árboles gigantescos. El Páramo Devastador, lo había llamado

Astrea. Un lugar donde reinaba la depresión. Habíamos tenido dificultades para sobrevivir al Primer Círculo, y Delph y *Harry Segundo* habían resultado heridos; necesitábamos un lugar en el que descansar y sentirnos a salvo durante un rato, si es que en el Quag existía un lugar así.

—Necesitamos buscar refugio —dije girándome hacia ellos.

—Tú no das órdenes —me replicó Donnadie—. Además, ¿quién dice que queremos que vengáis con nosotros? Yo digo que nos llevamos lo que tenéis dentro de esas mochilas y después podéis marcharos solitos. ¿Qué os parece ese plan?

En aquel preciso momento, la tierra tembló bajo nuestros pies.

—¡Maldición! —exclamaron Petra y Delph juntos.

Vimos cómo se sacudían los árboles. Y después vimos que los que estaban en la primera fila se apartaban violentamente. Y allí apareció la criatura.

Me volví rápidamente y miré a Donnadie.

—¿Aquí tenéis colosos?

Donnadie había palidecido, pero sus ojos verdes reflejaban decisión.

—Aquí tenemos un montón de cosas. Pero son lentos, así que podemos huir de ellos. Solo tenemos que...

—¿Un coloso? —exclamó Delph. Se me había olvidado que él nunca había visto uno.

Yo me había enfrentado a uno de aquellos gigantes en el campo de batalla, cuando viajé al pasado. Y en aquella ocasión estuvo a punto de aplastarme. Había abrigado la esperanza de no encontrarme con ninguno más. Sin embargo, este coloso era solo la mitad de grande que los que había visto yo, medía casi diez metros de alto y tenía la anchura de una casa. Lo cual, a mi forma de ver, ya era una enormidad.

—¡Don! —gritó Petra—. ¡A tu espalda!

Todos nos volvimos a la vez, y nos encontramos con otro coloso que estaba a unos cinco metros de nosotros. Resultaba imposible de entender que una criatura tan enorme hubiera sido capaz de acercarse tanto sin que nos diéramos cuenta.

—¡Dame mi varita! —chillé.

—¿Qué? —dijo Donnadie, que se notaba a las claras que se había quedado atónito al ver el segundo coloso.

—El «palo». Dámelo.

—¿Por qué, qué vas a poder hacer con...?

—Oh, por el amor de Campanario.

Le arrebaté la varita, me giré hacia Delph y le dije:

—Llévatelos de aquí. —Señalé a mi derecha—. Hacia la línea de los árboles.

Delph cogió nuestras mochilas y se las pasó a Donnadie.

—¡Llevaos esto y huid hacia los árboles! —le gritó.

A continuación le quitó a Petra la ballesta y la bolsa de flechas antes de que ella pudiera impedírselo.

—¿Pero qué diablos haces? —chilló.

—¡Delph! —le llamé yo.

—No pienso abandonarte, Vega Jane —me dijo en un tono que no admitía réplica.

—Pero... —balbució Donnadie, pero Delph le agarró por el cuello de la camisa y casi le empujó en la dirección que le había indicado yo.

—Ya la habéis oído, ¡así que andando!

Petra lo miró con expresión testaruda.

—Por favor —añadió Delph—. Por favor, marchaos.

Petra se puso pálida, y su gesto obstinado se suavizó. Vi que apoyaba una mano en el hombro de Delph y le decía: «Buena suerte.» Y después echó a correr detrás de Donnadie.

Yo, con los dientes rechinando al ver lo que acababa de hacer aquella hembra, casi me había olvidado de que nos enfrentábamos a dos colosos. Oí un ladrido y bajé la vista al suelo. Allí estaba *Harry Segundo*, justo a mi lado. Sabía que mi canino se quedaría a pelear conmigo. Y, muy probablemente, a morir.

Miré al frente y a mi espalda. Los colosos no habían estado pasando el rato mientras nosotros discutíamos; se habían movido y, pese a lo que había dicho Donnadie, avanzaban bastante deprisa, sencillamente porque tenían las piernas muy largas.

—Vega Jane —me dijo Delph—, echa a volar. Yo me quedaré aquí abajo con *Harry Segundo*.

—¿Qué vas a hacer? —le pregunté sin aliento.

Me enseñó la ballesta.

—Lo mismo que hice con Espina. Distraerlo.

Di un salto y me despegué del suelo. Al mirar hacia tierra vi que Donnadie y Petra habían llegado a los árboles, que estaban a unos cien metros de allí. Ahora estaban agachados, observando mis evoluciones por el aire. Yo estaba sumamente preocupada, porque no me enfrentaba a un coloso, sino a dos. Rememoré aquella luz en el campo de batalla, cuando vi aquellos horrendos gigantes aplastar guerreros y corceles con las manos. Pero también vi colosos vencidos. Lo único que se requería era fuerza, habilidad y, supuse, una buena dosis de suerte.

Me elevé en el aire todo lo que pude, muy por encima de los árboles más altos, porque sabía lo que iba a suceder a continuación.

Debido a que había empezado a volar, de nuevo se inició una poderosa tormenta. Comenzaron a caer lanzas luminosas y potentes truenos que resultaban ensordecedores. Y luego se puso a llover. Todo aquello era bueno, porque los colosos también se alzaban muchos metros en el aire, de modo que la lluvia y el viento los cegaban a ellos tanto como me cegaban a mí. Pero no por mucho tiempo. Yo me había dejado las gafas protectoras en la mochila; sin embargo, no las necesitaba. Sostuve mi varita delante de mí y exclamé:

—*Pristino.*

Mi campo visual se despejó al instante.

Observé lo que estaba ocurriendo abajo. Los colosos avanzaban separados menos de tres metros el uno del otro, mirando a su alrededor en busca de sus presas. De pronto uno de ellos lanzó un grito de dolor. Delph acababa de dispararle una flecha en la pierna. Al instante siguiente, vi a *Harry Segundo* correteando y dando brincos entre las piernas de los dos colosos. El segundo de ellos lo vio y empezó a girar sobre sí mismo en el afán de capturarlo, pero como mi canino era mucho más ágil, dicha maniobra lo hizo chocar contra su compañero.

Enseguida tracé mi plan. Orienté hacia abajo la cabeza y los hombros y me lancé en picado. Poco después me enderecé, hice un viraje hacia la izquierda, di media vuelta y enfilé de frente. Justo delante de mí tenía la espalda de uno de los gigantes.

«Bueno, Vega, allá vamos.»

Cuando estaba a tres metros de los dos colosos, apunté con la varita, hice un movimiento de rasgar el aire y exclamé:

—¡*Impacto!*

Un haz de luz brotó de la punta de mi varita y alcanzó al primero de los colosos en mitad de la espalda. Lanzó un gruñido al sentir el fuerte golpe y se desplomó de bruces. Y entonces, tal como yo había planeado, chocó contra el otro y le hizo perder el equilibrio. Cuando los dos cayeron en tierra, fue como si se hubieran abierto los cielos y hubieran dejado escapar un trueno gigantesco.

Vi que el coloso que había caído encima se incorporaba lentamente. El otro, el que había quedado debajo, estaba inmóvil, muerto, al parecer, aplastado por el tremendo peso de su compañero.

En aquel momento, algo me propinó un golpe fortísimo en el hombro que casi me cortó la respiración. Me sentí morir cuando vi de qué objeto se trataba: era la cabeza del coloso muerto. Su compañero se la había arrancado del cuerpo y la había arrojado contra mí. Cubierta de sangre de coloso, remonté el vuelo una vez más. El gigante estiró la mano para intentar capturarme en el aire, y noté que conseguía hacer presa en mi capa y que incluso le desgarraba un jirón.

El coloso aulló de nuevo. Delph le había acertado con otra flecha en un ojo, lo cual suponía toda una hazaña, teniendo en cuenta la estatura que tenía. Se tapó la cara ensangrentada con una mano y empezó a perseguir a Delph y a *Harry Segundo*, que habían echado a correr con todas sus fuerzas. De pronto, se llevó la otra mano al cinturón que llevaba puesto y sacó el hacha más enorme que había visto yo en toda mi vida. Arrojó aquella temible arma en dirección a Delph, a una velocidad vertiginosa. Resultaba increíble que algo tan grande pudiera moverse tan rápido. Tras pasar unos instantes paralizada por el estupor, me recobré, apunté con la varita y grité:

—¡*Paramentum!*

El hacha se estrelló contra el escudo que había conjurado yo, y tuvo lugar una explosión tremenda. El escudo aguantó; en cambio, el hacha quedó destrozada y cayó al suelo hecha añicos.

El coloso dio la impresión de haber quedado aturdido por lo sucedido, de modo que decidí aprovechar aquella confusión momentánea.

—¡*Scindere!* —exclamé al tiempo que hacía el movimiento apropiado con mi varita.

El haz de luz golpeó a la criatura, y al momento aparecieron pequeñas heridas en su gigantesco pecho. Pero aquello tan solo pareció irritarla, de ningún modo la dejó incapacitada. Me quedé mirando la varita, pensativa. ¿Qué hechizo sería necesario para vencerla? Con el primer conjuro había logrado derribarla, con el segundo la había herido, pero ninguno de los dos había acabado con ella. No quería probar con el conjuro de *Rigamorte*, porque sabía que si ese no funcionaba, ya no habría ningún modo de derrotarla.

—¡Cuidado, Vega Jane! —gritó Delph de repente.

Me volví hacia él y luego miré al coloso. Este había cogido una roca enorme como si fuera una piedrecilla y acababa de lanzarla directamente contra mí. Me quedé tan sorprendida que apenas tuve tiempo para agacharme. Incluso noté cómo se me agitaba el pelo cuando me pasó volando por encima.

Acto seguido, el coloso cogió un puñado de piedras grandes y me las arrojó todas juntas. Para sobrevivir a aquel ataque tuve que agacharme, fintar y esquivar, y también lanzar hechizos. Con el conjuro de *Impacto* logré que explotara una de aquellas rocas. Pasó tan cerca de mí, que uno de los fragmentos que se desprendieron a consecuencia de la explosión me hirió en el muslo y me causó un profundo corte. Herida y agotada de tanto esquivar a la muerte, supe que tenía que poner fin a aquello lo antes posible. Mientras el coloso buscaba a su alrededor algo más que arrojarme, me fijé en un enorme árbol que había unos diez metros más allá. Calculé mentalmente todos los detalles necesarios, apunté con la varita a la base del tronco y grité entre el estruendo de la tormenta:

—*¡Atrofica!*

La luz que salió de mi varita incidió en el punto exacto en el que el árbol se hundía en la tierra. El tronco y las raíces se debilitaron y a continuación se arrugaron y cedieron bajo el tremendo peso que soportaban. El árbol se estremeció durante unos momentos y luego se desplomó hacia delante en toda su longitud, que bien podía ser de unos treinta metros. Rápidamente me escabullí para quedar fuera de su alcance. Para cuando el coloso se percató de lo que estaba ocurriendo, ya fue demasiado tarde. El grueso tronco le cayó directamente en la cabeza con tal ímpetu que lo sepultó tres metros en la tierra antes de que se le desplomara encima el resto del árbol.

Fue una escena de tal violencia que solo aguanté contemplarla un instante, y únicamente para cerciorarme de que aquel gigante estaba muerto. Después regresé adonde estaban Delph y *Harry Segundo* y aterricé.

Saqué la Piedra Sumadora, la agité por encima de la herida que tenía en el muslo y pensé en algo positivo. Note cómo se curaba la herida y cómo desaparecía el dolor.

—¿Estás bien, Delph?

—Sí, has estado genial allá arriba —me contestó con una amplia sonrisa.

—Y tú has estado estupendo con la ballesta —respondí. También le di una palmada a mi canino—. Bien hecho, *Harry Segundo*.

Nos dimos prisa en regresar con Donnadie y con Petra, y mientras tanto aproveché para limpiarme un poco, con la capa, la sangre que me había salpicado la cara y los hombros cuando el coloso me arrojó la cabeza de su compañero muerto.

De repente frené en seco.

Donnadie estaba de rodillas y... bueno, me estaba haciendo una reverencia.

Levantó la vista hacia mí con asombro y respeto y dijo con voz entrecortada:

—¿Quieres llevarnos contigo, Vega Jane? Te lo suplicamos.

Petra no se había inclinado; más bien se la veía disgustada con aquel gesto de adoración. Pero cuando Delph le devolvió la ballesta y las flechas, reaccionó con una sonrisa radiante y acariciándole el brazo.

—Ha sido increíble, Delph —le dijo—. De verdad.

Luego bajó la mano despacio y volvió a mirarme a mí con gesto desafiante.

Yo respiré hondo.

«Cuánto me gustaría lanzarle a esta encima otros diez colosos más.»

TRIGINTA QUATTUOR

Un pacto

Fuimos con ellos hasta su campamento, que se encontraba a un par de kilómetros. Tuvimos que atravesar un bosque que terminó haciéndose tan denso que casi no podíamos pasar entre los árboles. Me dije que por lo menos allí no podría atacarnos ningún coloso, ¡simplemente porque era demasiado grande!

A diferencia de los árboles que rodeaban Amargura, estos no eran todos altos y rectos. Muchos de ellos tenían el tronco retorcido y arqueado, y revestido de colores deprimentes. Ninguno tenía ni una sola hoja de un verde vivo. Además, la corteza desprendía olores que no eran ni frescos ni agradables. La verdad era que, por alguna razón, lo único que se percibía allí era miedo y muerte. Cada ruido que se captaba podía ser el de un depredador que viniera a nuestro encuentro. Cada paso que dábamos podía ser el último. Teníamos la sensación de que la muerte nos estaba acechando detrás de cada uno de aquellos árboles tan grotescos. Cada una de aquellas ramas parecía doblarse hacia nosotros con el deseo de agredirnos.

Me habría gustado cerrar los ojos o mirar a otra parte, pero sabía que no podía. Tenía que permanecer alerta. Y vi que mis compañeros estaban haciendo exactamente lo mismo que yo. A Petra y a Donnadie se les veía especialmente apagados y nerviosos. Claro que yo también estaría igual si todo mi pueblo hubiera sido barrido de un plumazo.

El campamento no era gran cosa. Habían extendido una raída lona engrasada por encima de unas cuantas ramas bajas, y las camas eran fundamentalmente un catre pequeño de madera cubierto de hojarasca. En comparación con aquello, el albergue que tenían los Obtusus en Amargura era verdaderamente un lujo.

Los víveres y otras posesiones importantes que había mencionado Petra se guardaban en una bolsa de arpillera que colgaba de una rama. Dudé que allá arriba estuvieran a salvo, pero claro, ¿qué lugar había allí que fuera seguro?

Nos sentamos en torno a una pequeña fogata que había encendido Donnadie y nos caldeamos los huesos para combatir el frío. Cuando advertí cuán poca cosa tenían ambos, abrí mi mochila y compartí con ellos parte de nuestras provisiones. Después de lo bien que nos había dado de comer Astrea, me dolió verles devorar con ansia la magras raciones que les ofrecí. Sabía que, no mucho tiempo atrás, yo habría hecho lo mismo.

Cuando Donnadie se terminó el pan y el queso que le había dado yo, se me acercó un poco más para preguntarme:

—Caray, ¿cómo has conseguido hacer todo eso que has hecho ahí atrás?

Me saqué la varita del bolsillo.

—Con hechicería —contesté—. Haciendo magia. Me han enseñado.

Miré fugazmente a Petra. Con el rabillo del ojo la había visto encogerse cuando me vio sacar la varita. Ahora la estaba mirando fijamente con unos ojos como platos, supongo que a causa del miedo.

—No te preocupes, Petra, no voy a utilizarla contra ti —le dije para desarmarla. Y acompañé mi comentario con una sonrisa para mostrarle que estaba bromeando. Mayormente.

Imaginaba que ella pondría cara de susto, pero no fue así; simplemente me perforó con la mirada durante una cuña, con un gesto de desdén.

Sentí que empezaba a invadirme la cólera.

Delph, tal vez adivinando por la expresión de mi cara lo que me estaba ocurriendo, dijo rápidamente:

—Pero es que Vega Jane ya tenía poderes mágicos de antes.

No basta con agitar una varita y ya está, de repente uno es capaz de enfrentarse a unos gigantes como esos de ahí atrás.

—¿Tú tienes poderes mágicos, Delph? —le preguntó Petra, entreteniéndose en pasarse una mano por el pelo y quitarse una motita del brazo. Luego, apoyó una mano en el hombro de Delph y la dejó allí demasiado rato, al menos en mi opinión. De nuevo sentí que la mano se me cerraba en un puño. Tuve que hacer un gran esfuerzo para no lanzarme sobre ella y atizarla.

—Yo no tengo ninguno en absoluto —respondió Delph con una sonrisa ladeada—. Lo único que tengo es tamaño.

—E inteligencia —me apresuré a añadir yo, porque vi que Petra estaba a punto de decirle alguna tontada, estaba segura—. Fue Delph el que nos sacó del laberinto, iba acordándose de todo mientras nos perseguía el wendigo. Y fue él quien distrajo a los colosos para que yo pudiera acabar con ellos.

Petra dirigió a Delph una mirada de admiración.

—Eso es maravilloso, Delph. Eres alto y además inteligente. Y la verdad es que también eres muy guapo. —Otra vez le apoyó la mano en el brazo. De repente descubrió que tenía la piel ennegrecida cerca de la muñeca y exclamó—: ¿Qué te ha pasado?

Delph se encogió de hombros.

—Que la mantícora me hirió —dijo—. Vega Jane me libró del dolor, pero se me ha quedado así el brazo.

—¿También habéis vencido a una mantícora? —dijo Petra con profundo asombro.

Donnadie emitió un sonoro eructo y dijo:

—Lo único que tenemos nosotros es una espada y una ballesta. Pero resulta mucho más fácil matar bestias con esa varita tuya.

Yo estaba mirando fijamente a Delph, que se había sonrojado cuando Petra le frotó el brazo. Me levanté y eché otra rama al fuego. Cuando regresé a mi sitio, no sé cómo hice, pero terminé sentada entre Delph y Petra. Petra tuvo que apresurarse a apartar la mano.

—En fin, ¿y a quién robáis normalmente? —pregunté—. ¿A otros como vosotros?

—Como ya os hemos dicho, aquí no queda nadie como nosotros —replicó Donnadie—. Por lo menos, que nosotros sepamos.

—¿Entonces a quién? No robaréis a las bestias, supongo.

—No, a las bestias no.

—Pues si no robáis a los vuestros ni a las bestias, ¿quién queda? —preguntó Delph.

—Los hiperbóreos, principalmente —contestó Petra mirando otra vez mi varita. Finalmente decidí guardarla—. Supongo que se les podría considerar bestias, pero son más parecidos a nosotros que los demás seres que viven aquí.

Asentí con ademán pensativo. Los hiperbóreos. Astrea nos había hablado de ellos. Tenían la piel azul y podían volar. Y aquello podía convertirlos en aliados o en enemigos.

—¿Cómo son? —quise saber—. Cuando les robáis, ¿intentan atacaros?

—No —repuso Petra—. Yo creo que dejan que les robemos porque saben que no tenemos nada.

Donnadie la miró ceñudo.

—Como si en este lugar hubiera algún ser que se dejara robar. Les robamos con todas las de la ley.

Yo no creía que se pudiera robar «con todas las de la ley», pero no lo expresé en voz alta.

—Pues nunca nos han pillado robando, y tampoco nos ha pasado nada —señaló Petra.

—Eso es porque somos muy buenos, naturalmente —replicó Donnadie con una sonrisa de satisfacción.

—¿Dónde viven los hiperbóreos? —pregunté.

—Ah, tienen nidos aquí y allá —respondió Donnadie.

—¿Nidos? —exclamó Delph—. ¿Como los pájaros?

—Sí, en lo alto de los árboles. Y además son bastante grandes. Viven muchos juntos, imagino que porque es más seguro.

—¿Y cómo hacéis para robarles —dije yo—, si viven en los árboles?

—Petra sabe trepar muy bien —explicó Donnadie con orgullo—. Lanza las cosas desde arriba y yo las atrapo al vuelo.

—¿Qué cosas?

—Verduras, carne, trapos que luego transformamos en camisas y pantalones. Y agua. La guardan en jarras hechas con corteza de árbol. A veces resulta difícil cogerlo todo desde abajo. Ya me he roto la nariz y dos dedos.

—No es un precio tan caro que pagar a cambio de no morirse de hambre —señaló Petra.

Donnadie se volvió hacia mí.

—¿Dijiste que podías sacarnos de aquí?

—No dije tal cosa —protesté—. Lo que dije fue que Delph, *Harry Segundo* y yo íbamos a salir de aquí.

—¿Pero qué hay más allá de este lugar? —preguntó Donnadie.

—No lo sé —respondí con sinceridad.

—Entonces, ¿por qué queréis ir al otro lado? —dijo Petra.

—Porque seguro que es un sitio mejor que este —replicó Donnadie, otra vez con el ceño fruncido—. Qué sitio puede haber que sea peor que este, dime.

—Bueno, ya lo averiguaremos —dije yo para mis adentros—. Después, levantando un poco más la voz, pregunté—: ¿Qué sabéis de vuestro lugar de origen? Nosotros nos llamamos Wugs, o Wugmorts. Vosotros sois físicamente iguales. A lo mejor también llegasteis aquí procedentes de Amargura, en algún momento.

Delph me dirigió una mirada interrogante. Yo me encogí de hombros. Se me acababa de ocurrir. No veía cómo unos Wugs de Amargura podían haber acabado viviendo en el Quag, y tan lejos, y haber fundado un asentamiento propio. Pero tampoco me parecía imposible.

Donnadie no lo sabía con seguridad.

—No sé, estamos aquí, sin más. Siempre hemos estado aquí. Siempre hemos sido Furinas. Nunca hemos sabido nada más.

—Nunca hay suficiente para comer —agregó Petra con rabia—. ¡Y siempre hay alguna criatura dispuesta a matarte!

Donnadie se mostró de acuerdo con ella.

—Sí, mi padre me contó que los Furinas que quedaban finalmente se juntaron en un único bando, buscando la seguridad. El último asentamiento se encontraba al oeste, a unos ocho o diez kilómetros de aquí. Solo quedaban veintitantos, cuando de improviso, una noche, llegaron esas condenadas bestias. —Bajó la vista y arrojó una llamita al fuego—. Malditas.

—¿Y tus padres nunca te hablaron de sus orígenes? —pregunté.

—Bueno, está el pergamino, naturalmente —dijo Donnadie.

—¿Qué pergamino? —dije rápidamente.

—¿Quién está contando cosas ahora? —protestó Petra.

—Oye, tú eres la que ha dicho que se parecían a nosotros —replicó Donnadie—. Y además nos han salvado el pellejo. Así que enséñales el pergamino. Está en la bolsa colgada de ese árbol de ahí —añadió, señalando.

—¡Ya sé dónde está, Don!

Petra se levantó y trepó a lo alto del árbol con una agilidad impresionante. Yo lancé una mirada fugaz a Delph y vi que la estaba observando con una admiración similar. Y acaso con algo más. Sentí deseos de lanzar un gruñido de advertencia, pero en aquel instante Delph se volvió hacia mí, vio mi expresión y bajó la mirada al suelo.

Petra bajó la bolsa del árbol y volvió con nosotros. Se sentó con las piernas cruzadas al lado de Delph, por supuesto, abrió la bolsa, sacó un fajo de pergaminos viejos y ajados y me lo pasó a mí.

Los examiné detenidamente. Estaban escritos con una letra muy bonita, pero el idioma me resultó desconocido.

—¿Qué es lo que dice? —pregunté.

Tanto Donnadie como Petra respondieron negando con la cabeza.

—Nunca lo hemos sabido —dijo ella—. Ni tampoco lo sabían nuestros padres.

—Entonces, ¿por qué lo conserváis? —preguntó Delph.

Donnadie esbozó una sonrisa tímida.

—Cuando no se tiene gran cosa, cuesta desprenderse de algo. —Calló unos instantes y después, dirigiéndose a mí, añadió—: Pero sabemos cosas que pueden seros de ayuda. Y no representaremos una carga, los dos somos muy duros. No os arrepentiréis de llevarnos con vosotros, en absoluto —me dijo con mirada suplicante.

Delph me miró. Yo asentí. Él se volvió de nuevo hacia Donnadie y Petra y les dijo:

—Pues entonces, de acuerdo.

Tendió la mano y todos nos la estrechamos unos a otros.

—Debéis entender —dije yo— que va a ser peligroso.

—Bueno —contestó Donnadie—, como si eso fuera una novedad.

Todos reímos. Y nos sentimos felices.

Hasta que caí en la cuenta de que tal vez no volviéramos a reír jamás.

TRIGINTA QUINQUE

Un pergamino favorable

Era de noche. Yo me encargué de hacer la primera guardia. Teniendo mi varita conmigo en todo momento, oteaba constantemente delante y detrás. Al cabo de un rato vi que se movía alguien; era Delph, que se levantó de su cama de hojarasca y vino hacia mí trayendo en la mano una ballesta cargada. Era el arma de Petra, pero él la había utilizado, con un efecto devastador, para abatir a los colosos. Me quité a *Destin* y se la pasé a él, y me quedé observando cómo se la enrollaba a la cintura. También le entregué la Piedra Sumadora. En cambio, conservé mi varita, no pensaba separarme de ella.

—¿Nada? —me preguntó al tiempo que se hacía cargo de la vigilia.

Respondí con un gesto negativo.

Se dejó caer en el suelo y dijo:

—Ve a dormir un poco, Vega Jane.

—¿Quién va a hacer la tercera guardia?

—Petra. Lo hemos negociado entre los dos.

—Estoy segura. —Mi tono áspero me sorprendió a mí misma, y dejó extrañado a Delph.

—¿Estás bien? —me preguntó.

—Estoy perfectamente, Delph —contesté sin mirarlo.

—No, yo creo que te ocurre algo —insistió. Lo miré con el ceño fruncido hasta que me dijo—: Siéntate, Vega Jane, y habla conmigo.

Me senté a su lado.

—Está bien. Por lo visto, Petra y tú os habéis hecho muy amigos, y muy deprisa.

—Don y ella me dan lástima. Han pasado muchas penalidades, lo han perdido todo.

—Ya, pero ella no deja de... en fin... está todo el tiempo tocándote el brazo y mirándote.

Sabía que aquello era una completa idiotez, pero fue lo único que se me ocurrió.

Delph, para mérito suyo, no se rio ni me trató como si estuviera actuando como una tonta.

—Ya he visto que me mirabas fijamente en una ocasión en la que yo la miraba a ella —dijo—. Pero es que había un motivo.

—¿Cuál?

—Fue cuando Don nos preguntó adónde nos dirigíamos.

Lo miré con curiosidad.

—Exacto. Y le respondiste que nuestra intención era salir de aquí, o sea del Quag. Y él te llamó ridículo.

—Efectivamente. Pues mientras Don decía eso, miré a Petra y, por la cara que puso, yo diría que no le parecía tan ridícula la pretensión de salir de aquí.

—¿Qué cara puso?

—La de querer salir del Quag.

Lancé un bufido.

—Claro, ¿y quién no?

—No, fue más que eso. Me dio la impresión de que Petra sabía que sí es posible. Fue como si Petra supiera que existía otro lugar al que ir, ¿entiendes?

Aquello me impactó igual que si me hubieran dado un bofetón.

—¿Todo eso se lo notaste en la cara?

—Resultó bastante obvio, Vega Jane. Puede que yo no hable mucho, pero tampoco se me escapan muchas cosas.

Me sentí avergonzada. Por lo que parecía, a menudo subestimaba a Delph, cuando debería considerarme la Wug más afortunada que existía, por el hecho de tenerle conmigo.

—En ese caso, Petra encierra más secretos de los que habíamos pensado —comenté.

—Pero aun así siento lástima por ella —dijo Delph.

Dejé escapar un suspiro. Machos. No eran capaces de verlo todo.

—Gracias, Delph. Me alegro de que hayamos tenido esta conversación.

—De nada.

Fui hasta donde estaban los otros, me tumbé en mi camastro de hojas secas y apoyé la cabeza en mi mochila, que hizo las veces de almohada. *Harry Segundo* estaba a mi lado. Cerré los ojos; sin embargo, tardé en darme cuenta de que no iba a poder dormirme.

¿Cómo podía saber Petra que existía un lugar al que ir?

Abrí los ojos, rebusqué en un bolsillo de mi capa y saqué los pergaminos arrugados. Apunté con la varita y dije:

—*Illumina*.

Pero el mero hecho de alumbrarlos no iba a hacer que aquellos extraños signos se volvieran comprensibles. Frustrada, golpeé el pergamino con la varita y exclamé:

—Aclárate.

Al momento siguiente, el pergamino casi se me cayó de la mano. Las palabras escritas en la primera página empezaron a girar formando un torbellino, igual que el agua en un desagüe. Pero no desaparecieron, y tampoco se reordenaron formando palabras que yo pudiera entender, sino que se juntaron todas y de la mezcla salió un rostro que ocupó toda la superficie de la hoja. Era el rostro envejecido, arrugado y barbudo de un macho que yo no había visto nunca. Daba la impresión de estar mirándome directamente a mí.

—¿Quién sostiene el pergamino? —preguntó.

«Caramba», exclamé para mis adentros.

—Yo —respondí con voz trémula.

—¿Y cómo te llamas tú?

—Vega Jane.

El rostro reflexionó unos instantes sobre mi respuesta, y yo aproveché la oportunidad para echar un vistazo a mi alrededor. Donnadie y Petra continuaban durmiendo. Delph estaba muy lejos, sentado en una piedra y de espaldas a mí. *Harry Segundo* jadeaba suavemente a mi lado, contemplando el rostro del pergamino.

—No te conozco —dijo el macho.

—Pues yo a ti, tampoco.

—¿Cómo ha llegado el pergamino a tu poder?

—Por medio de Donnadie Sintierra y Petra Soneto, que son unos Furinas. Lo tenían ellos. Bueno, te tenían a ti.

El rostro asintió, pero no dijo nada.

—Antes, el pergamino era ininteligible, de modo que nunca han podido leerlo.

—En ese caso, tú debes de poseer una varita.

—Así es.

—Eres una hechicera, o una bruja, si lo prefieres. ¿De dónde eres?

—De Amargura. Pero me he formado como hechicera después de marcharme de allí.

—¿Y con qué fin te has formado?

Aquel individuo era demasiado entrometido.

—¿A qué vienen tantas preguntas, si puede saberse?

—Llevo mucho tiempo en este pergamino, sin tener nadie con quien conversar. Si tú estuvieras en mi lugar, también serías inquisitiva.

Aquello me pareció bastante razonable.

—Bueno, ¿y quién eres tú? ¿Y cómo es que estás dentro de este pergamino?

—No te serviría de nada conocer mi nombre, como tampoco me ha servido a mí conocer el tuyo.

—A lo mejor conozco a alguno de tus descendientes, ya que eres tan viejo.

—Lo que quiero decir es que no soy un ser vivo y real.

Se me abrieron unos ojos como platos.

—¿Y qué eres, entonces?

—Un remanente.

—¿Un remanente? ¿Qué es eso?

—Un conjunto de recuerdos de varios individuos. Un registro de su memoria, por así decirlo.

—¿Así que tienes registrada en ti la información de los Furinas?

—La de ellos, no. No sé cómo he llegado a estar en poder de esos Furinas.

—Entonces, ¿la de quién?

—Me remonto hasta tiempos inmemoriales, hasta los seres que crearon este lugar.

Respiré hondo. Aquel individuo podía sernos de gran ayuda, y en muchos sentidos.

—De acuerdo. ¿Pero por qué el pergamino resultaba ininteligible?

—Para protegerlo, por si acaso caía en manos de quien no debía.

—Entiendo. Muy inteligente, teniendo en cuenta que los Maladones también pueden hacer magia.

De pronto, el anciano me miró fijamente, y entonces me di cuenta de que me veía con tanta claridad como yo lo veía a él.

—¿Y cómo es que tú estás enterada de su existencia?

—Gracias a Astrea Prine —contesté—. ¿Conoces a Astrea?

—No puedo conocer a nadie, puesto que soy un remanente. Pero me suena ese nombre. Es una poderosa hechicera, de hecho es el Guardián del Quag.

Miré alrededor otra vez, pero Donnadie y Petra seguían dormidos y Delph seguía montando guardia. Miré a *Harry Segundo* y vi que no había apartado la mirada de la imagen.

—Has dicho que no puedes hablar a menos que alguien tenga una varita. ¿Pero y si el que tuviera la varita fuese un Maladón?

—Lo distinguiría.

—¿De qué forma?

—Para mí, la varita de un Maladón tan solo produce oscuridad. En cambio, la tuya era una luz muy viva y brillante.

—Estamos atravesando el Quag. ¿Tú podrías ayudarnos?

—Es imposible —repuso el anciano moviendo la cabeza en un gesto negativo.

—Llegamos hasta la casa de Astrea —dije en tono desafiante—. Logramos superar el laberinto perfecto del Primer Círculo y entretanto vencimos a una mantícora y a un wendigo. Y ahora estamos en el Segundo Círculo, donde yo he matado a dos colosos.

Aquello hizo que el anciano rostro guardara silencio durante unos momentos.

—Impresionante —dijo por fin.

—¿Entonces puedes ayudarme?

—No sé muy bien cómo.

—Has dicho que guardas recuerdos de los creadores del Quag.

—Y así es.

—El Segundo Círculo —dije— está lleno de bestias que quieren acabar con nosotros. ¿Pero hay también criaturas que puedan ayudarnos?

—Aquí viven los hiperbóreos —respondió el rostro al instante—. Os conviene haceros amigos de ellos.

—¿De qué manera?

—Los hiperbóreos reaccionan a las mismas cosas que sirven para hacer amigos en todas partes: el respeto y la bondad. Bien, ya estoy cansado. Llevaba sin hablar tantos... en fin... toda la eternidad.

—Pero podré volver a llamarte, ¿no?

—Si lo deseas. No tienes más que tocarme con la varita, como has hecho antes.

—¿Y no tienes nombre?

—Puedes llamarme Silenus, Vega.

Y, antes de que yo pudiera responder, desapareció y el pergamino volvió a poblarse de signos ininteligibles. Me levanté, fui corriendo adonde estaba Delph y le conté todo lo que acababa de ocurrir. A medida que iba escuchando el relato, se iba quedando cada vez más boquiabierto.

—¿Así que ese tal Silenus es un remanente? —dijo cuando hube acabado.

—Sí. Bueno, ¿qué te parece?

—Me parece que necesitamos encontrar a los hiperbóreos. —Volvió un momento la vista hacia Petra y Donnadie, que seguían durmiendo—. Y a lo mejor estos dos pueden ayudarnos, ¿no? Ellos conocen a los hiperbóreos, les roban cosas.

A pesar de la verdad que contenían aquellas palabras, a mí se me hundió un poco el ánimo, por una razón obvia.

«Maldita Petra.»

TRIGINTA SEX

Los hiperbóreos

Cuando me desperté, vi una cosa que me hizo cerrar los ojos y lanzar un gruñido.

Delph estaba sin camisa y Petra, con la ayuda de un paño húmedo, le estaba frotando el brazo lesionado con un ungüento que había preparado en un pequeño cubo. Ambos charlaban amigablemente, y ella reía por algo que había dicho Delph.

Miré a Donnadie y le descubrí observando fijamente a la parejita. Su expresión era la que cabía esperar. Yo no sabía si albergaría algún sentimiento hacia Petra, pero ya llevaban un tiempo juntos. También podía ser que le estuviera costando un poco acostumbrarse a nuestra presencia.

Me incorporé y fui hacia ellos.

—Delph, ¿no tienes frío sin la camisa?

Esperaba que él se sintiera avergonzado y se vistiera enseguida, pero no hizo tal cosa. Me miró y me dijo:

—Pet me ha estado limpiando la herida del brazo. No sé de qué estará hecho ese ungüento, pero es muy eficaz, Vega.

Tuve que mirarlo dos veces. Jamás en toda su vida me había llamado simplemente Vega. Siempre me llamaba Vega Jane. En cambio, en esta luz fue distinto.

Y, además, había otra cosa.

—¿Pet? —dije.

Ella me dirigió una mirada que llevaba impresa una sonrisa

de timidez. Poco me faltó para sacar mi varita y convertirla en...
bueno, no sé en qué, pero seguro que en alguna criatura repugnante.

—Así es como me llaman mis amigos —dijo—. Lo de Petra resulta un poco formal. —Miró en derredor y añadió—: Y no me parece que la relación entre nosotros sea tan formal, al menos entre Delph y yo. —Señaló el cubo con la vista y dijo—: No me vendría mal un poco más de agua. ¿Te gustaría ir a buscarla, *Vega Jane*?

Muy bien, yo también sabía jugar a aquel juego.

Le dije a Petra que pusiera el cubo junto a un árbol que había cerca. Apunté con la varita a un punto situado ligeramente por encima y dije:

—*Fluidus erupticus.*

Y al momento comenzó a caer agua en el cubo.

—Es increíble —dijo Petra.

Agité otra vez la varita y le di otro empujón más uniendo mente, cuerpo y alma, y el regato de agua se transformó en un fuerte chorro que salió disparado con tal ímpetu que tiró a Petra al suelo, completamente empapada.

—Huy —dije—, cuánto lo siento.

Pero Petra lanzó una carcajada.

—No pasa nada, Vega. Llevaba una eternidad sin darme un baño como es debido.

A pesar de lo mucho que la aborrecía, tuve que reír también. Lo que acababa de decir Petra era algo que habría dicho yo misma.

Miré a Delph y luego le dije:

—Tienes que llevarnos con los hiperbóreos.

Donnadie, al oírme decir aquello, se sumó a la conversación.

—¿Con los hiperbóreos? ¿Para qué?

—Vamos a necesitar su ayuda para conseguir cruzar el Segundo Círculo.

—¿Pero de qué modo pueden ayudarnos ellos? —quiso saber Petra.

—No lo sabré hasta que los conozcamos. ¿Dijiste que viven en nidos?

—Sí, en las copas de los árboles —confirmó Donnadie.

—Pues yo puedo volar —dije—. Así que vamos a ello, ¿os parece?

Íbamos caminando a través de la densa masa de árboles. Petra llevaba su ballesta. Donnadie iba armado con su tosca espada. Delph empuñaba un hacha que le había dado Petra. Y yo tenía mi varita.

De repente, Donnadie alzó una mano y todos dejamos de andar. Nos congregamos detrás de unos árboles torcidos.

—El nido —susurró Donnadie— está allí delante, a unos cincuenta metros de aquí. Y hay hiperbóreos dentro.

—¿Cómo puedes estar seguro? —le dije yo, susurrando igual que él.

A modo de respuesta, se puso una mano detrás de la oreja.

—Escucha.

Yo también me llevé una mano a la oreja y me esforcé por oír algo. Lo que percibí fue un zumbido grave. Miré a Donnadie, el cual afirmó con la cabeza y esbozó una media sonrisa que enseguida se esfumó.

—Así suenan sus voces —dijo—, como las abejas.

—¿Cómo se defienden? —le pregunté agarrándole del brazo.

—Unos amarocs les atacaron cuando estaban recogiendo agua de un arroyo —relató Petra—. Cayeron sobre ellos sin darles tiempo para huir. Don y yo estábamos observando la escena no muy lejos, escondidos en un grupo de árboles. Los amarocs estaban a punto de cobrarse su presa, cuando de repente aparecieron una decena de hiperbóreos adultos, como salidos de la nada, y pillaron por sorpresa a los maditos amarocs.

—¿Y qué les hicieron? —pregunté.

—Los mataron a todos a golpes con las alas y después los despedazaron con las garras —explicó Petra—. Luego, se llevaron los cuerpos a sus nidos.

—¿Para qué?

—Para devorarlos —respondió Petra sencillamente.

—¿Son... son carnívoros? —pregunté sin aliento. Petra asintió—. Pero a vosotros nunca os han atacado.

—Bueno —replicó Donnadie—, nosotros nunca hemos sido tan tontos como para intentar atacarlos a ellos.

—Sin embargo, les robáis —señalé.

—Solo les quitamos pequeñas cantidades —dijo Petra en voz baja—, nada que vayan a echar de menos en serio. Y, como ya dije, me parece que nos tienen lástima.

—¿Tú crees que saben lo que hicieron las bestias a vuestra familia? —pregunté.

Donnadie se encogió de hombros, pero Petra hizo un gesto afirmativo con la cabeza.

—Me parece que has dado en el clavo, Vega. Yo creo que sí lo saben.

Aquel comentario positivo me dejó sorprendida. Pero cuando me volví hacia ella, ya había apartado la mirada. Preferiría simplemente odiarla; si iba a resultar ser una hembra compleja, me fastidiaría todavía más.

Delph se volvió hacia ella.

—¿Tú crees que Donnadie y tú les importáis a los hiperbóreos?

—¿Y qué importancia tiene eso? —replicó Donnadie.

Yo miré a Delph con sorpresa.

—La tiene. ¿Lo crees?

—En una ocasión, estando yo en uno de sus nidos —relató Petra—, regresó el hiperbóreo. Yo acababa de coger unas cuantas provisiones. Era un macho, y muy corpulento. Bien podría haberme retorcido el cuello con toda facilidad, si hubiera querido.

—Pet, eso no me lo habías contado nunca —le reprochó Donnadie.

—La cosa es que se limitó a mirarme. Y me dio la impresión de que fue una mirada de tristeza. Vio las cosas que yo había birlado, se agachó y me dio unas cuantas más. —Miró a Delph fijamente y concluyó—: De modo que sí, yo diría que les importamos.

Delph se giró hacia mí.

—En ese caso, tal vez tengamos una oportunidad.

Yo afirmé con la cabeza.

—De acuerdo, pero necesitamos trazar un plan.

—Ah, conque un plan, ¿eh? —dijo Donnadie en tono sarcástico al tiempo que me lanzaba una mirada dura—. ¿Y ahora se te ocurre? ¡Pues vaya líder has resultado ser, cabezahueca!

Me mordí el labio, y al mismo tiempo la lengua. A veces me acaloraba muchísimo; en cambio, Delph conservaba la calma. Si iba a ser la líder del grupo, me convenía ser más...

¡ZAS!

Delph acababa de estampar a Donnadie contra un árbol. A continuación, acercó la cara a un centímetro de la de Donnadie y le gruñó:

—¿Han sido imaginaciones mías, o es que no le rogaste tú mismo a Vega Jane que fuera vuestra líder y os sacara de este lugar? Y, para que lo sepas, Vega Jane nos ha guiado a *Harry Segundo* y a mí hasta este mismo sitio. Y, por si se te ha olvidado, Vega Jane te salvó el pellejo con los colosos. De modo que si vuelves a hablarle así, te arranco la cabeza.

Yo me quedé allí de pie, con la mirada clavada en Delph, el corazón extrañamente desbocado y el cerebro hecho un verdadero lío.

Delph dejó a Donnadie caer al suelo, pero este se incorporó rápidamente, con cara de vergüenza y furia al mismo tiempo. A continuación recogió la espada, que se le había caído y, por un instante, me dio la sensación de que estaba estudiando la posibilidad de cometer una auténtica estupidez. Así que me adelanté y le dije:

—Si no estás con Delph y conmigo, no tienes más que decirlo, y continuaremos por caminos separados. Sin resentimientos.

Miré un momento a Petra para hacerle ver que ella también estaba incluida en el ultimátum. A modo de respuesta, dio un paso hacia Delph.

«Claro, cómo no.»

Luego me volví hacia Donnadie.

—¿Y tú?

En su semblante parecían competir la furia y la calma. Finalmente ganó la segunda.

—De acuerdo, ¿cuál es el plan? —dijo, bajando el arma.

—Para empezar —respondió Delph—, Pet tiene que subirse a un árbol. —Luego me miró a mí y añadió—: Y tú, Vega Jane, tienes que volar.

Veinte cuñas después de que Delph explicase su plan, Petra llevaba subidos dieciocho metros del gigantesco árbol en el que tenían su nido los hiperbóreos. Hizo un alto y me miró a mí; yo la miré a ella. Las dos contamos hasta cinco. En sus ojos detecté una cautela que, si yo hubiera estado en su lugar, habría detectado también.

De pronto Petra lanzó un grito. Otros doce metros por encima de ella vi tres cabezas cubiertas de plumas azules que se asomaban por entre las ramas.

Le di la señal. Ella respiró hondo, cerró los ojos y se dejó caer. Entonces yo di un salto, despegué los pies del suelo y remonté el vuelo.

Vi que allá arriba dos hiperbóreos se lanzaban en picado desde su nido. Tenían un torso azulado, musculoso y esbelto, y unas alas, sorprendentes de tan compactas, cuya envergadura no era demasiado grande. Volaban muy rápido. Pero yo contaba con la ventaja de que Petra estaba cayendo hacia mí.

Vi que Petra abría los ojos y que me taladraba con la mirada mientras caía. Vi miedo en aquellos ojos, que es lo que cabe esperar en semejante situación, cuando lo que le espera a uno es, potencialmente, la muerte. Pero tal vez tenía miedo de otra cosa, de que yo la dejara morir, por ejemplo. ¿Y qué sentía yo? Bueno, yo no sentía gran cosa, porque los estaba imaginando a ella y a Delph juntos. Y dicha imagen permaneció demasiado tiempo en mi mente.

—¡Vega!

La había dejado pasar, justo por mi lado. Di media vuelta en el aire y me lancé de nuevo hacia tierra. La imagen de ella y Delph juntos había sido reemplazada por otra imagen de ella muerta y hecha un guiñapo en el suelo, únicamente por mi culpa. Y no pensaba permitir que dicha fantasía se hiciera realidad. La adelanté, me situé por debajo de ella y la atrapé suavemente en los brazos. La miré y ella me miró. El miedo había pasado, y ahora su semblante reflejaba agradecimiento. Yo, por mi parte, estaba agobiada por un increíble sentimiento de culpa.

—Lo... lo siento mucho, Petra.

Me miró fijamente, y por su expresión deduje que sabía con toda exactitud lo que había sucedido.

—No pasa nada, Vega. Si yo fuera tú, puede que hubiera hecho lo mismo.

¿Fueron imaginaciones mías, o me pareció advertir en sus ojos una chispa que me hizo pensar que ella no habría dado media vuelta para ir a buscarme?

La deposité en el suelo al tiempo que los dos hiperbóreos llegaban a nuestra altura y se posaban también. Dejé a Petra y los miré. Ambos eran machos. Tenían una piel de ese color azul que adquiere el agua cuando la roza el sol. La cabeza estaba ligeramente cubierta de plumas. Las alas, cuando no las usaban, se replegaban ágilmente detrás de los hombros. Vestían unas mallas ajustadas y no llevaban camisa, lo cual dejaba al descubierto la fuerte musculatura del torso. Uno de ellos me miró.

—¿Sabes volar? —me preguntó.

Me causó a un mismo tiempo asombro y un inmenso alivio el hecho de que supieran hablar la lengua de los Wugs.

Señalé mi cadena.

—Es gracias a esto. Yo me llamo Vega Jane, y esta es Petra Soneto. —Luego indiqué a Delph, Donnadie y *Harry Segundo*, que fueron emergiendo de entre los árboles conforme fui nombrándolos.

—Yo soy Troy. Y este es Ismael —dijo el más corpulento de los dos. Luego se dirigió hacia Petra—. ¿Venías a buscar comida?

—Sí, y de repente me caí.

—Y tú la has salvado —dijo Troy mirándome a mí.

—Es amiga mía —respondí—. Y los amigos tienen que ayudarse entre ellos, sobre todo en este lugar.

—Para ser tan joven, hablas con mucha sensatez.

—No te hemos visto nunca —intervino Ismael—. ¿De dónde eres?

—De un pueblo que se llama Amargura.

—No conocemos ese sitio —dijo Troy.

—Como la mayoría. Nos fuimos de Amargura y entramos en el Quag.

—¿Para qué? —preguntó Ismael.

—Para cruzarlo. —Hice una pausa—. Y ver qué hay más allá.

—Más allá —repitió Troy—. ¿Y qué crees que hay más allá?

—Quiero averiguarlo. ¿Vosotros podéis ayudarme?

Los dos hiperbóreos se miraron entre sí, y, finalmente, Troy señaló hacia arriba.

—Ven con nosotros.

Y sin decir nada más, desplegaron las alas, dieron un brinco y se elevaron en vertical.

Yo me volví hacia Delph con el corazón retumbándome en el pecho. No tenía ni idea de si los hiperbóreos iban a devorarme o no.

—Si dentro de sesenta cuñas no he vuelto, sigue adelante sin mí. Ya te buscaré.

—Si dentro de sesenta cuñas no has vuelto, te buscaré yo a ti —me replicó.

Empujé flexionando las piernas y fui volando al encuentro de los dos hiperbóreos, que ya estaban muy alto. Una cuña más tarde nos posamos en el borde del nido más grande que había visto yo en toda mi vida. No estaba hecho con ramas como los nidos normales de los pájaros, sino de troncos unidos entre sí con arcilla endurecida y hojarasca apelmazada. Miré en derredor y vi varias decenas de campamentos de pequeño tamaño en los que había hiperbóreos, tanto jóvenes como viejos, trabajando, jugando o conversando. Todos dejaron lo que estaban haciendo para mirarme a mí.

Troy señaló un punto situado en el otro extremo del nido, en el que vi que habían levantado una gran tienda de lona.

—Hablarás con Micha. Es el jefe de nuestra raza.

Cuando llegamos a la tienda, Troy voceó:

—Micha, hay alguien que requiere tu consejo.

—Entrad —respondió una voz potente.

Troy apartó la lona de la entrada y me indicó por señas que pasara.

—¿Tú no vienes? —dije yo.

Troy hizo un gesto negativo con la cabeza.

—Micha te verá a solas.

La lona de la entrada volvió a cerrarse, y descubrí que me encontraba en un espacio sorprendente, por lo amplio que era. Vi una esterilla para dormir extendida en el suelo. En un rincón había una mesa grande de madera con sillas. En el centro de la estancia se elevaba un enorme tronco de árbol, al cual estaban amarradas las cuerdas que sostenían la tienda. En una de las ramas que salían de dicho tronco estaba Micha. Su cabeza emplumada era tan blanca como azul era su piel. Me observó con gesto arrogante y me preguntó:

—¿Quién eres?

—Me llamo Vega Jane —respondí en el tono más firme que pude.

Micha dio un brinco, agitó brevemente las alas, descendió con suavidad hasta el suelo y se irguió en toda su estatura. Aún tenía el torso muy desarrollado, pero se notaba que sus músculos ya no eran los de antes. Aun así, tenía una estampa imponente.

Me hizo una seña para que tomara asiento a la mesa. Obedecí, y él hizo lo mismo. A continuación me pasó un cuenco de fruta y sirvió agua en dos vasos de madera. No pude evitar comparar aquella actitud con la del rey Espina, que obligaba a que sus criados le hicieran todas aquellas cosas, y la impresión que obtuve de Micha resultó instantáneamente más positiva.

Mordí una manzana y bebí un poco de agua.

—¿Para qué necesitas consejo? —me preguntó Micha.

—Para atravesar el Segundo Círculo.

Al momento Micha se puso en tensión, y su actitud pasó a ser de cautela.

—¿Por qué hablas de círculos?

—Porque Astrea Prine me ha explicado lo que son. Y quiero atravesarlos para poder salir de este lugar.

—No me digas.

Cogió una naranja del cuenco, la partió ayudándose de sus garras y se metió un trozo en la boca, con piel y todo. Se puso a masticar muy despacio.

—¿Así que esto es deseo de madame Prine?

Saqué mi varita.

—Sí. ¿De modo que la conoces?

Micha miró fijamente mi varita.

—Por supuesto. Es el Guardián del Quag.

—Asumiremos todos los riesgos. Lo único... Lo único que queremos es estar mejor informados.

—Siempre es bueno estar mejor informado. —Micha calló unos instantes; al parecer, estaba buscando con cuidado cómo decir lo siguiente—. En este lugar hay muchos desafíos.

—Por eso estoy aquí. —Levanté la varita en alto—. Astrea me ha entrenado, pero de ninguna manera rechazaría cualquier información que pueda servirnos de ayuda ni cualquier otro elemento o herramienta que pueda resultarnos una ventaja.

Micha sopesó detenidamente mis palabras.

—Se oyen contar cosas de seres que habitan en el Quag. Y no me refiero simplemente a las bestias.

—¿Qué clase de seres?

—Unos que se ocultan aquí y allá, y que podrían ser de utilidad para alguien como tú.

Aquello despertó mi curiosidad. Astrea nunca había mencionado nada parecido. Tal vez por eso Silenus me había dicho que acudiera adonde me encontraba ahora.

—¿Conoces a alguno en concreto?

Micha afirmó lentamente.

—Existe un elemento mágico conocido como el Finn.

—¿Qué es lo que hace?

—Puede hacer muchas cosas maravillosas. Y muy útiles —agregó.

—¿Lo creó Astrea?

—No. No todos los seres que habitan el Quag fueron creados por los que hicieron el Quag.

Se me cayó el alma a los pies.

—¿Estás diciendo que el Finn lo creó un Maladón?

—Así que también sabes de la existencia de los Maladones.

—Sí, obviamente igual que tú.

—Pudiera ser que el Finn lo creasen los Maladones, no estoy seguro de ello —dijo Micha—. Pero de lo que sí estoy seguro es de que se halla fuertemente custodiado.

—¿Por quién?

—Por un aquelarre de alectos. Son criaturas que tienen serpientes por cabellos y que lloran sangre. Poseen el poder de llevar a sus víctimas a suicidarse, inducidas por el movimiento hipnótico de las serpientes que llevan en la cabeza.

«Ay, bendito Campanario.»

—¿Y dónde está ese aquelarre?

—A tres kilómetros de aquí, en una cueva situada en lo alto de un promontorio. Yo puedo acompañarte, si así lo deseas.

Me observó con curiosidad mientras aguardaba a ver qué respondía yo.

Yo me sentía confusa y aterrada ante la idea de que hubiera Maladones en el Quag. Esto último me hizo sospechar. Sospechar de todo el mundo. Expresé mi temor en voz alta y dije:

—¿Por qué deseas ayudarnos, Micha? No me conoces.

—Pero sí conozco a madame Prine. Y además admiro el valor, sobre todo en alguien tan joven. Para serte franco, dudo que sobrevivas. Pero de todas formas admiro tu valentía.

No sé por qué, pero aquellas palabras no hicieron que me sintiera mejor.

TRIGINTA SEPTEM

El poderoso Finn

Yo no podía hacer uso de *Destin* sin provocar otra tormenta, de modo que fue Micha el que me llevó a mí. Otros hiperbóreos, entre ellos Ismael y Troy, se encargaron de transportar a todos los demás. Cuando vi la expresión de pánico que ponía Donnadie, tuve que sonreír. En cambio, a Petra se la veía totalmente cómoda.

Comenzamos a descender, y cuando miré hacia abajo entendí por qué.

Allí estaba el promontorio. Desde mi posición no alcanzaba a ver la entrada de la cueva, pero probablemente se debía a que el ambiente estaba cada vez más oscuro, y eso que aún no se había hecho de noche. ¡Maldito Quag! Aterrizamos suavemente y Micha me depositó en el suelo. Los demás se posaron a nuestro lado. Cuando ya estuvimos todos juntos, Micha nos hizo una advertencia:

—Acordaos de que en ningún momento debéis mirar las serpientes —nos dijo—. De esa forma no podrán induciros a que os suicidéis. —Luego apoyó una mano en mi hombro y concluyó—: Buena suerte.

—Gracias —respondí.

Acto seguido desplegó las alas y remontó el vuelo con sus compañeros.

—Muy bien —dije volviéndome hacia los demás—. Yo entraré en la cueva, y vosotros os quedaréis aquí vigilando. Si tengo algún problema...

—¿Estás loca? —me interrumpió Delph—. No permití que lucharas contra los colosos tú sola, ¿y de verdad crees que voy a dejarte entrar sola ahí, a que te enfrentes a las alectos esas?

—Somos cuatro —añadió Donnadie con vehemencia—. Es mejor que luchemos todos.

Inmediatamente *Harry Segundo* soltó un ladrido. Donnadie lo miró y dijo con gesto divertido:

—Está bien, pues cinco, entonces.

—Pero yo tengo una varita —señalé.

—Y yo tengo mi espada —replicó Donnadie.

—Y yo, mi ballesta —dijo Petra.

Delph levantó el hacha en alto y dijo:

—Y en una cueva oscura necesitáis a alguien que sepa orientarse bien, y ese soy yo.

Yo hice ademán de protestar, pero al verles la cara a todos supe que no iba a servirme de nada. Tendría que dejarlos a todos inconscientes para impedir que entrasen en aquella maldita cueva. Y de repente me invadió otro sentimiento: gratitud. Estaban dispuestos a arriesgar la vida por ayudarme a mí a hacer aquello; yo no podía por menos que apreciar dicho gesto, y vaya si lo apreciaba.

—De acuerdo, pero cuando nos tropecemos con esas alectos, no os olvidéis de lo que ha dicho Micha —les dije.

Y seguidamente nos internamos en la cueva.

—*Illumina*.

Al instante se hizo la luz en el interior de la cueva. Yo me puse a la cabecera del grupo y empecé a mirar en todas direcciones en busca de unas criaturas malignas que tuvieran víboras en vez de cabello y sangre en vez de ojos.

—No os separéis de mí —les dije a mis compañeros—, y estad alerta.

—¿Cómo es físicamente ese tal Finn? —susurró Delph, pero dio la impresión de que había gritado, porque su voz levantó eco en aquel reducido espacio.

—No lo sé, Micha no me lo ha dicho. Pero supongo que resultará bastante evidente qué es lo que protegen esas alectos cuando lleguemos a...

No pude terminar la frase, porque estábamos resbalando hacia delante. El suelo, que antes estaba nivelado, ahora presentaba una fuerte inclinación. Choqué contra algo duro y me detuve. Los demás chocaron conmigo. Todos nos quedamos allí unos momentos, formando un amasijo de brazos, piernas y torsos. Y de repente lo oímos. Yo me puse en pie de un salto, varita en mano. Mis compañeros se levantaron también y cada cual recogió su arma.

—*Illumina* —dije otra vez.

Cuando vi lo que había allí delante, se me cortó la respiración.

Estábamos rodeados por una docena de criaturas, todas vestidas con harapos negros. Pero en realidad no me fijé en eso, sino en las serpientes que se agitaban en sus cabezas. Y, tal como había dicho Micha, de sus ojos goteaba sangre.

Por encima de ellas, en un pequeño nicho de la pared de roca, iluminado por una fuente de luz que no se apreciaba a primera vista, había un diminuto gancho de madera que tenía enrollado un cordel de bramante. El cordel presentaba varios nudos.

Me pregunté si aquello sería el Finn, el objeto por el que habíamos arriesgado la vida viniendo a aquella cueva. ¡Un gancho y una cuerda! «Por el amor de Campanario. ¿Nos habría conducido Micha de forma deliberada a una misión inútil que iba a suponer nuestra muerte?»

—¡Vega Jane! —chilló Delph de repente.

Me volví justo a tiempo para ver a una alecto que se lanzaba contra mí. En el último momento me acordé de la advertencia de Micha: «No mires las serpientes. Mira a los ojos de la alecto.»

—¡*Impacto!* —exclamé agitando la varita.

La alecto que había estado a punto de embestirme salió despedida contra la pared y se derrumbó en el suelo. Sus serpientes quedaron colgando inertes.

Justo cuando me volvía, vi a Delph asestando un golpe con su hacha y decapitando a otra alecto que le había atacado.

Petra disparó una flecha a otra en el pecho. La criatura cayó muerta a sus pies.

Donnadie manejaba su espada con una destreza sorprendente, y eliminó a otras dos alectos más atravesándolas con hábiles estocadas.

—¡Delph, no!

La que había gritado era Petra.

Giré en redondo, aunque tenía a dos alectos encima, y vi que Delph, con la mirada fija en las sinuosas serpientes que tenía otra alecto en la cabeza, estaba levantando el hacha con la clara intención de clavarla en su propio cuerpo.

—¡*Enlazado!* —exclamé.

De la punta de mi varita brotó una cuerda que se enrolló en torno al mango del hacha, y le di un tremendo tirón. Le quité el hacha de la mano a Delph y la guie directa hacia el cuello de la alecto que le había hipnotizado. La cabeza cubierta de víboras cayó limpiamente al suelo.

De pronto sentí un dolor en el hombro, me volví y vi que la criatura se preparaba para atacarme de nuevo.

Pero de improviso una flecha se le clavó en mitad de la cara, y al instante cayó muerta.

Dirigí a Petra una mirada de agradecimiento, y luego examiné el lugar en que me había mordido la alecto. Sus colmillos habían traspasado el arnés de cuero, pero por suerte no habían llegado a rasgarme la piel.

Me volví rápidamente y di un salto en el aire para esquivar a tres alectos que en aquel momento se me venían encima. Al tiempo que las evadía con mi voltereta, apunté con mi varita a sus espaldas y pronuncié tres veces el conjuro *Sectiona*. Los torsos de las alectos se separaron de las piernas, y todas se desplomaron en el suelo, muertas.

Miré en derredor buscando algo más que atacar, pero descubrí que mis compañeros habían acabado con las alectos restantes. Entonces fui rápidamente al nicho y observé el Finn con cautela. Resplandecía con fuerza bajo la luz. Delph acudió a mi lado.

—¿Tú crees que esto es el Finn?

—Tiene que ser.

Alargué una mano y lo cogí, esperando a medias que me ocurriese algo malo. Pero no sucedió nada.

—Lo hemos conseguido —le dije a Delph sonriendo de oreja a oreja.

—¡Vega! —exclamó Petra de improviso.

Me volví. Acababa de abrirse un tramo de la pared, y por el agujero estaban entrando al menos un centenar de alectos.

—¡Huyamos! —chilló Delph.

Me quedé boquiabierta. No tenía ni idea de lo que debíamos hacer. Contemplé el Finn. La mano me temblaba de tal manera que estuvo a punto de caérseme. De repente, Petra se me acercó, me lo arrebató y deshizo uno de los nudos.

Al instante me vi empujada por un viento tan fuerte que me arrojó al suelo y me dejó sin sentido. Cerré los ojos y no vi nada más que un embudo de oscuridad. Pensé que debía de estar muerta, porque sin duda así era la muerte: la nada.

TRIGINTA OCTO

Enemigos junto a mí

—¿Vega Jane? ¿Vega Jane?

Al oír mi nombre, abrí lentamente los ojos. Había esperado ver la oscuridad de la cueva o la negrura de la muerte, pero no vi ni lo uno ni lo otro. Lo que encontré fue luz.

Miré a Delph, que estaba inclinado sobre mí con tal expresión de miedo en la cara que me conmovió. Le aferré la mano y le dije:

—Estoy bien, Delph.

Luego me incorporé y miré a mi alrededor. Petra estaba atendiendo a Donnadie, que tenía una herida en la cabeza. De pronto, con un escalofrío de pánico, vi a *Harry Segundo* todo cubierto de sangre.

—¡*Harry Segundo!* —grité al tiempo que intentaba levantarme.

—No pasa nada, Vega Jane —me dijo Delph obligándome a quedarme donde estaba.

—Sí que pasa. Está lleno de sangre.

—Le he pasado la Piedra Sumadora y se encuentra bien. Debió de chocar de frente contra alguna roca cuando salimos volando con la ráfaga de viento, pero ya está curado. —Luego indicó con un gesto de cabeza a Petra y Donnadie—. También he intentado curar con la Piedra a Don, pero Pet no me lo ha permitido. Supongo que no se fía.

Me incorporé con cuidado.

—¿Cómo hemos salido de la cueva?

A modo de respuesta, Delph cogió el Finn y me lo entregó.

Vi que el cordel estaba de nuevo firmemente enrollado en torno al gancho, pero el primer nudo seguía deshecho.

—Sospecho que tiene algo que ver con esto.

Observé el Finn e hice memoria.

—¿El viento que nos ha expulsado de la cueva y nos ha salvado la vida provenía de aquí? —Entonces me acordé de otro detalle, y miré fijamente a Petra—. Tú deshiciste el nudo que desató el vendaval. ¿Cómo supiste que tenías que hacer eso?

Petra nos fue mirando de uno en uno, nerviosa.

—No sé. Simplemente manoteaba con él, intentando que hiciera algo. Fue pura suerte.

Miré a Delph y vi que asentía con la cabeza.

—Pues menos mal que tuviste esa suerte, porque de lo contrario habríamos muerto.

Donnadie también asentía y sonreía.

—Cuando las cosas se ponen difíciles, Pet siempre conserva la sangre fría.

En cambio, yo no sonreía. No me creía lo que había dicho. Aunque Delph y Donnadie no lo hubieran visto, yo sí. Petra no estaba «manoteando» con el Finn, sabía exactamente lo que hacía. ¿Pero cómo era posible? Todavía estaba observándola cuando ella se volvió y me miró. No le costó trabajo interpretar mi gesto de suspicacia, y a mí no me importó que lo detectara, porque era sincero.

—Sí... ha sido una suerte —dije despacio, y luego me guardé el Finn en un bolsillo de la capa.

—¿Pero cómo va a ayudarnos un ventarrón a atravesar el Segundo Círculo? —preguntó Delph.

—Ni idea —contesté con franqueza. Miré a Petra y le pregunté—: ¿Se te ocurre a ti alguna cosa, Pet?

—No —me respondió perforándome con la mirada.

—Nos hemos librado de esta por los pelos —dijo Donnadie rascándose la herida al tiempo que Petra intentaba apartarle la mano.

Cogí la Piedra Sumadora, me puse de pie, fui hasta donde estaban ellos, pasé la Piedra por encima de la herida de Donnadie pensando cosas positivas y lo curé.

—Caramba —exclamó Petra.

Donnadie, estupefacto, se tocaba la piel reconstituida. Observó la Piedra Sumadora y preguntó:

—¿Qué es eso?

—En este lugar, nuestro mejor amigo. —Me guardé la Piedra y dije—: Tenemos que continuar antes de que oscurezca demasiado. Más adelante podemos acampar para pasar la noche y madrugar mañana.

Donnadie observó la densidad del bosque.

—¿Qué crees tú que habrá ahí dentro?

—Criaturas malévolas capaces de matarnos —le contestó Delph—: Eso es lo que hay.

Cogimos las mochilas y echamos a andar. Me habría gustado poder volar, pero, aunque por lo visto los hiperbóreos podían hacerlo sin desatar tormentas, ya sabía lo que iba a suceder si se me ocurría a mí alzar el vuelo.

Avanzamos penosamente entre los árboles y por senderos forestales. Aquello estaba tan oscuro que una y otra vez me veía obligada a alumbrar el camino con mi varita. Finalmente, cuando nuestras piernas ya no aguantaban más, decidimos pasar la noche en un pequeño claro. Petra y Delph fueron a buscar leña, y yo le prendí fuego con mi varita. Donnadie se ayudó de una varilla de hierro que había traído consigo para cocinar unas cuantas provisiones, y yo llené con agua los vasos que nos había dado Astrea y también puse otro poco en un cuenco, para que bebiera *Harry Segundo*.

Habíamos escapado de la muerte a manos de las alectos por un margen sumamente estrecho; sin embargo, me sentía animada porque habíamos luchado bien todos juntos. Pero luego me hundí en la depresión y no empecé a ver más que desenlaces fatales, todos nosotros muertos mientras nos acosaba una horda de criaturas espantosas que esperaban con avidez para darse un festín. ¿Qué pasaría si aquellas criaturas invadieran Amargura? Que moriría mi hermano, junto con todos los demás Wugs. Me recorrió un escalofrío al imaginarlo, e hice todo lo posible para pensar en otra cosa.

Pasado un rato, cuando todo el mundo ya se había acostado

—a Delph le había tocado hacer la primera guardia—, me acerqué a Donnadie, que estaba tumbado sobre un montón de hojarasca, y me senté a su lado con las piernas cruzadas.

—Has luchado bien —le dije.

—Gracias. Pero esa varita tuya es un arma formidable.

—¿Alguna vez habías venido hasta aquí?

Donnadie hizo un gesto negativo con la cabeza.

—Nunca he tenido necesidad, y tampoco he querido, hasta que llegasteis vosotros. —Sonrió, pero ese gesto se fue disipando poco a poco mientras contemplaba las débiles llamas de la fogata—. Da miedo abandonar lo que uno conoce. —Se volvió hacia mí—. Pero mira a quién se lo estoy diciendo. Tú lo dejaste todo para venir al Quag.

—Para *atravesar* el Quag —le corregí.

—Sí.

Los dos guardamos silencio durante unos instantes y nos dedicamos a escuchar los crujidos y los chasquidos de la hoguera.

—¿Tú crees que conseguiremos atravesarlo? —me preguntó Donnadie en tono de resignación. Fue en aquel momento cuando comprendí plenamente que no era mucho mayor que yo.

—No lo sé, Don —dije encogiéndome de hombros.

Asintió y se rascó la barba con gesto ocioso.

—¿Qué crees tú que habrá al otro lado?

—Solo espero que, haya lo que haya, sea mejor que lo que hay aquí.

Donnadie emitió una risita.

—Bueno, eso está claro, ¿no?

Pero yo no estaba tan segura como él.

Le di las buenas noches y fui a sentarme con Petra. Petra me miró desde su cama de hojas secas. Quería sacar de nuevo el tema del Finn, pero seguramente ella se percató de mis intenciones, y fue más rápida.

—¿Dices que hay más círculos después de este? —me preguntó.

—Sí.

Dejó escapar un suspiro y volvió la vista en la dirección por la que habíamos venido.

—¿Te arrepientes? —le dije.

—Solo iba a ser cuestión de tiempo que Don y yo acabáramos muertos. Así que si morimos aquí, ¿qué más da? —Calló unos instantes y luego dijo—: ¿De modo que Delph y tú sois... solo amigos?

¿Éramos Delph y yo algo más que amigos? En cierto sentido éramos como hermanos. ¿Y en los demás sentidos? Bueno, nos habíamos besado.

—¿Qué puede importarte eso a ti?

—Delph me gusta.

—También me gusta a mí.

—Entonces, eso ya responde a mi pregunta —repuso Petra mirándome con expresión serena.

Me puse de pie.

—Supongo que sí —le contesté sintiendo un escalofrío en el estómago. Para combatir el malestar, saqué el Finn y dije—: A mí no se me habría ocurrido deshacer los nudos, y eso que me he entrenado como hechicera.

Dejé que aquella declaración quedara colgando entre nosotras, igual que una nube de tormenta.

—Bueno, tal vez deberías haberte entrenado mejor.

Aquel comentario sarcástico estuvo a punto de hacerme sonreír. Pero solo a punto, porque me recordó una cosa que debería haber dicho yo.

Dejé a Petra y fui a tumbarme en mi lecho de hojas secas, con la mochila como almohada. Pero no pude dormirme, mi mente no me lo permitía. Saqué el pergamino del bolsillo, me cercioré de que no hubiera nadie mirando y le di un suave golpe con la varita.

Al instante apareció de nuevo el rostro de Silenus.

—Nos hemos hecho amigos de los hiperbóreos —le dije en voz baja— y hemos conseguido arrebatar el Finn a las alectos.

Silenus me miró con la cejas enarcadas y con una expresión de sorpresa.

—El Finn. ¿En serio?

—Sabemos que si se deshace uno de los nudos, se provoca un vendaval. ¿Qué más cosas hace el Finn?

—Os defenderá de la mayor amenaza que encontraréis en el Segundo Círculo.

«Pues vale —pensé—, vaya respuesta tan ambigua.»

—¿Lo llevas encima? —me preguntó Silenus.

Lo saqué y lo levanté para que lo viera.

—Muy bien —dijo—. Hay tres nudos.

Observé el cordel.

—Ya lo sé. Al deshacer uno de ellos se desató un tremendo vendaval.

—El Finn es un elemento mágico particular que posee un poder concreto. Tal como has descubierto, al deshacer uno de los nudos se provoca un fuerte viento. Al deshacer el segundo nudo se provoca un viento tempestuoso.

«Pues vaya —pensé—, con que sea un poco más fuerte que el primero, ya será digno de ver.»

—¿Y el tercer nudo? —inquirí.

—El tercero desata un vendaval de fuerza inimaginable, mucho más intenso que el huracán más potente que hayas conocido jamás.

Miré el gancho y el cordel. «Caray.» ¿Todo aquello podía provocarlo un objeto tan pequeño y tan simple? Y si con solo deshacer el primer nudo el viento sopló con tanta fuerza que nos expulsó de la cueva, no era capaz de imaginar siquiera lo que podría ocurrirnos si deshiciéramos el segundo nudo.

—Así que nos defenderá del peligro más grave que existe en el Quag. ¿Y cuál es?

—Por desgracia, me estás preguntando algo para lo que no tengo respuesta concreta. En cambio, sí sé que el Finn te será de gran utilidad.

Indiqué con la mirada a Petra y a Donnadie.

—¿De dónde proceden esos Furinas que nos hemos encontrado aquí? —pregunté.

Silenus tardó un rato en pensar mi pregunta.

—Cuando se creó Amargura, también se creó el Quag a su alrededor. El Quag lo encerró de forma segura y completa, para que resultara imposible escapar.

—*Casi* imposible —le corregí—. Pero continúa.

—Hubo una transición desde los grandes campos de batalla hacia el pueblo de Amargura, y, mientras tanto, se fue creando el Quag. Pero no se podía esperar que dicha migración no contuviera fisuras.

—¿Qué significa eso exactamente? —dije.

—Que algunos quedaron atrapados aquí y no consiguieron llegar a Amargura.

—¿Atrapados aquí?

—Sí. Y sin duda algunos murieron. Pero otros lograron sobrevivir, y tuvieron descendencia. Y una parte de esa descendencia sobrevivió y otra parte no. Así que, en realidad, los que siguen con nosotros son los más aptos, o quizá los más afortunados.

Me quedé horrorizada.

—¿Cómo es posible que se quedaran atrás?

—Era una época de gran caos y confusión, Vega Jane.

Decidí preguntarle por un asunto que me preocupaba desde hacía un tiempo.

—¿Podría haber aquí descendientes de los Maladones? —le pregunté mientras persistía en mi cerebro la imagen de Petra.

—No lo sé con seguridad. Si los hay, puede que ni siquiera ellos sepan que lo son.

—¡Chorradas! ¿Cómo no van a saberlo?

—Bueno, tú no sabías que eras una hechicera, ¿verdad?

De acuerdo, ahí me había pillado.

Muy despacio, volví a guardarme el pergamino en la capa, me di la vuelta y observé a Petra. Se notaba que no estaba dormida; estaba mirando hacia el cielo, al parecer sumida en sus pensamientos.

Me tumbé boca arriba y cerré los ojos, pero sabía que no iba a poder dormir. Tenía muy claro que allí vivían criaturas que me matarían simplemente porque eran salvajes.

¿Pero y si Petra era un Maladón? ¿Y si nos estaba conduciendo hacia alguna clase de trampa?

Según parecía, podía ser que mi enemigo más peligroso estuviera allí mismo, a mi lado.

TRIGINTA NOVEM

Una visita inesperada

Pasamos tres luces y tres noches enteras recorriendo tortuosos senderos del bosque sin tropezarnos con ninguna amenaza. Aquello debería haber hecho que me sintiera mejor, pero no fue así. De hecho, me sentía cada vez más deprimida, porque estaba segura de que al doblar el siguiente recodo nos atacaría alguna bestia a la que no podríamos vencer.

Cada vez que hacíamos un alto para comer, para descansar o para hacer acopio de agua, me daba cuenta de que mis compañeros estaban pensando lo mismo que yo. Después de haber estado a punto de morir a manos de las espantosas alectos, no era de sorprender que todos tuviéramos los nervios de punta.

Transcurrieron otras dos luces y otras dos noches sin que viéramos ni un solo ser vivo, ya fuera amigo o enemigo. Me habría gustado poder dejar atrás aquel interminable mar de árboles volando por encima en línea recta, en lugar de atravesarlo poniendo un pie delante de otro y sintiendo cómo se me iba cayendo el ánimo. En aquella zona el bosque era tan denso que lo único que veíamos eran troncos retorcidos, marañas de ramas y frondas y un follaje oscuro en el que no había ni un solo pájaro. Cuanto más nos internábamos en el bosque, más convergía este sobre nosotros, hasta el punto de que nada más ponernos en marcha me veía obligada a hacer uso del conjuro *Illumina*. Resultaba un tanto desconcertante el hecho de tener que estar todo el tiempo a oscuras. Eso, sumado a la tensión que ya nos agobiaba a todos, tenía el efecto de provocarnos una melancolía asfixiante.

Llegó un momento en el que nos levantábamos con desgana con la primera luz, comíamos un poco, recogíamos nuestras cosas y echábamos a andar sin decirnos nada unos a otros. Caminábamos con el gesto hosco, y las pocas observaciones que hacíamos eran breves y abrasivas. Nuestro lenguaje corporal era defensivo.

Donnadie no hablaba casi nunca; se imitaba a mirar ceñudo a todo el mundo. Petra no lanzaba miradas ceñudas, pero se le notaba que no estaba contenta. Hasta Delph estaba que no parecía él mismo. Hubo una ocasión en que le gritó a *Harry Segundo* simplemente porque este chocó contra él sin querer y le hizo derramar un poco de agua. Tan solo mi canino parecía estar a la altura de las circunstancias; iba trotando sin desmayo y con la sonrisa puesta, aunque yo sabía que también permanecía alerta. Él era lo único que me levantaba el ánimo, y aun así no resultaba suficiente.

En una ocasión en que nos habíamos detenido a cenar y estábamos agrupados en torno al fuego, Donnadie estalló por fin.

—¡Esto es una estupidez, está claro! —exclamó de improviso.

—¿El qué? —repliqué yo acalorada.

—No tenemos ni idea de adónde diablos nos dirigimos. Podríamos estar caminando en círculos, vete a saber. ¿O acaso tú eres capaz de distinguir un árbol de otro?

—Pues no veo que tú estés deseoso de señalarnos el camino —saltó Delph.

—Solo está diciendo lo que pensamos todos —ladró Petra. Me señaló a mí con el dedo y añadió—: ¿Sabes adónde vamos? ¿Lo sabes de verdad?

La taladré con la mirada, y al hacerlo sentí un rencor que me quemaba el pecho y que casi me afloraba por los poros de la piel. Me puse de pie y saqué mi varita.

—Esto es lo que me convierte en líder —afirmé—. Si queréis arreglároslas solos, adelante. Duraréis una cuña, si acaso.

Donnadie se incorporó de un salto.

—No podemos hacer eso. Tú nos has sacado del entorno que conocíamos.

A continuación se levantó Delph, y juntos hicimos frente a Donnadie y a Petra.

—¡Tú nos pediste permiso para venir con nosotros!

—¡Porque creí que sabíais lo que hacíais! —rugió Donnadie.

Levantó su espada.

Delph levantó su hacha.

Petra apuntó con su ballesta.

Yo alcé mi varita. Pero de repente me vino a la memoria una frase que había dicho Astrea, una frase a la que no concedí demasiada atención en su momento. Sin embargo, ahora se la concedí, porque de pronto comprendí a qué se refería.

En el Segundo Círculo reina la depresión, y si se lo permitimos, dicho sentimiento acabará por apoderarse de nosotros.

Me volví hacia Delph.

—Estamos sufriendo la depresión del Segundo Círculo que mencionó Astrea. Flota en el aire, por todas partes. ¡Nos está volviendo locos!

Delph bajó a medias el hacha.

—Caray.

En aquel momento, obviamente con el raciocinio trastornado, Donnadie gritó:

—Pet, dispara al canino. Ya me encargo yo de ellos dos.

Pero yo levanté la varita y exclamé:

—¡*Paramentum!*

Su espada y la flecha de Petra chocaron contra mi escudo mágico con tal fuerza que la energía reverberó y los tiró a ambos al suelo.

—*Captivus* —dije a continuación.

De mi varita salieron unos finos hilos de luz que los envolvieron a los dos, y, ejecutando un movimiento parecido al de lanzar una caña de pescar, los levanté del suelo y los deposité junto al grupo de árboles.

—*Impacto.*

El extremo de un hilo se hundió en la tierra.

—¡Vega Jane! —gritó Delph—. Si la depresión está en el aire, puedes usar el...

—Ya lo sé, Delph, ya sé lo que tengo que hacer. —Lo así del brazo—. Agárrate a mí. —Luego me di una palmada en el arnés y llamé a mi canino—. *Harry Segundo*, ven!

Mi canino se subió a mí de un salto, y lo sujeté con las hebillas. Acto seguido apunté con la varita al suelo y exclamé:

—*Captivus*.

Al momento brotaron de la tierra unas gruesas raíces que se nos enroscaron alrededor de las piernas. Me saqué el Finn del bolsillo y me volví hacia Delph.

—Silenus dijo que esto iba a ser mucho peor de lo que experimentamos dentro de la cueva.

Delph tragó el nudo que tenía en la garganta, y después apoyó una de sus enormes manos en mí y la otra en *Harry Segundo*.

—¿Preparado? —pregunté.

—Preparado —respondió afirmando con la cabeza.

Elevé una plegaria en silencio y deshice el segundo nudo.

Fue algo así como si un río caudaloso y embravecido se hubiera transformado en aire. Prácticamente todos los árboles del bosque se doblaron empujados por aquel vendaval. Tuve que cerrar los ojos, y también taparme la nariz y la boca, porque el viento era tan fuerte que apenas podía respirar.

Nunca había experimentado semejante ímpetu. Incluso con las raíces que nos sujetaban por las piernas, noté que tiraban de mí y que me levantaban del suelo. Mis dedos empezaron a aflojarse en torno a la varita, y si terminaba quedándome sin ella estaríamos perdidos. ¿Al deshacer el segundo nudo del Finn acababa de echar a perder toda posibilidad que pudiéramos haber tenido de sobrevivir? Delph lanzó un grito, porque estaba empezando a soltarse de mí y de *Harry Segundo*. Y a mi canino le ocurría lo mismo. Y yo sentía cómo se iban rompiendo las raíces mágicas, una por una.

Busqué con la vista a Petra y a Donnadie. Estaban completamente a merced del viento, y tan solo una de las raíces mágicas impedía que desaparecieran en el olvido, porque todo lo que fuera barrido por aquel torbellino acabaría destrozado contra los árboles.

Mi acción iba a suponer la muerte para todos nosotros.

Vi cómo se rompía la última raíz. No podía pronunciar otro conjuro porque la fuerza del viento me impedía siquiera mover la boca. Estábamos condenados. Los tres acabamos volando por los aires. Miré a mi izquierda y vi a Petra y a Donnadie, que salían despedidos como si hubieran sido disparados por un morta.

De improviso el viento cesó, y todos nos desplomamos de repente y caímos al suelo con un fuerte golpe, pero vivos.

Me incorporé con cautela y miré en derredor. Petra y Donnadie estaban levantándose despacio. Algunos árboles habían sido arrancados de raíz y yacían caídos en tierra. Otros aguantaban de pie, aunque torcidos, quizá ya para siempre. Pero la mayoría había recuperado su posición original, lo cual daba fe de su resistencia.

Me toqué la cabeza y, a pesar de estar cubierta de numerosas magulladuras a causa de la caída, sonreí. La terrible depresión que se había apoderado de mí hasta aquel momento había desaparecido. Era como si...

—¿Como si hubiera sido barrida por una brisa refrescante?

Me volví para ver quién había hablado.

Era Seamus. Estaba subido al tronco de un árbol caído. Ya no vestía harapos, sino un pantalón negro, una camisa blanca, un chaleco tejido con hilos de oro, unos zapatos bien lustrosos y un elegante sombrero de copa.

—¿Quién diablos es ese? —exclamaron Petra y Donnadie al unísono.

—Seamus el hob —contestó Delph—. Conocido nuestro.

De pronto comprendí lo que había sucedido.

—Astrea ha estado siguiendo todo lo que hacíamos a través de su Ojo Profético, ¿no es verdad?

—Pues claro que sí —respondió Seamus, como si fuera lo más evidente del mundo. Se bajó del tronco y vino hacia nosotros—. Habéis hecho un buen uso del Finn —comentó al tiempo que rascaba a *Harry Segundo* detrás de las orejas—. Los caninos son inmunes a la depresión, ¿sabéis?

—¿Te envía Astrea?

—Sí, pero no para que interfiera. Me dio instrucciones de que, si perecierais, os enterrase como es debido en el Cementerio de Wolvercote.

—Pues qué amable por su parte —repuse en tono sarcástico. Lancé un suspiro y pregunté—: ¿Cómo está Archie?

—Ya no se acuerda en absoluto de vosotros.

Le observé con curiosidad, fijándome en el nuevo atuendo.

—Estás diferente.

A Seamus le brillaron los ojos.

—Bueno, los hobs somos bastante formales. Pero también se nos da muy bien interpretar otros papeles cuando lo requieren las circunstancias. —Luego se inclinó hacia delante y añadió con voz cómica—: Seamus es un hob bueno, lo es, cielito.

Aquello me hizo sonreír sin querer.

—¿Esto quiere decir que hemos llegado al final del Segundo Círculo? —preguntó Delph con ansiedad.

—Creo que podéis asumir que sí, en efecto —respondió Seamus observando con curiosidad a Donnadie—. El Tercer Círculo empieza justo al otro lado de ese repecho que se ve ahí. —Y luego agregó en tono de advertencia—: Pero el Tercer Círculo, como bien sabéis, contiene retos muy particulares. —Se estiró el chaleco y se tocó el ala del sombrero de copa—. Y ahora me ha llegado el momento de partir. Dudo que volváis a verme. Os deseo suerte.

—Espera, tengo más preguntas —protesté.

Pero Seamus se esfumó sin más, delante de nuestras narices.

QUADRAGINTA

Una segunda hechicera

Recogimos las mochilas y, con los ánimos renovados, echamos a andar a buen paso. No tardamos en dejar atrás los árboles y llegar al punto que había indicado Seamus.

De pronto nos detuvimos. Y no era para menos, si queríamos verlo todo bien.

—Caramba —exclamó Donnadie.

«Efectivamente, caramba», pensé yo.

Si estábamos cansados de árboles, habíamos llegado al lugar adecuado, porque allí no se veía ni uno solo. Ante nosotros se extendía la llanura más llana que había visto yo en toda mi vida. A lo lejos se divisaba una mole inmensa, de un kilómetro de altura y varios kilómetros de anchura, que parecía estar hecha de granito. Pero, a excepción de eso, aquella vasta planicie daba la impresión de llegar hasta más allá del horizonte.

Y qué luminosa.

El bosque no dejaba pasar la luz, y por el contrario aquel lugar parecía incapaz de librarse de ella. Entre los árboles se respiraba frescor, pero también inquietud; en cambio, aquí hacía calor, el resplandor hería los ojos y el aire se notaba ardiente. Llevábamos tanto tiempo acostumbrados a la oscuridad, que todos nos llevamos una mano a los ojos para protegernos de aquel intenso brillo.

Me volví hacia mis compañeros y les dije:

—Creo que es mejor que nos pongamos en marcha.

Yo encabecé la comitiva, acompañada de *Harry Segundo*.

Detrás de mí venían Petra y Donnadie, y Delph cubría la reta-guardia. Apenas habíamos recorrido un kilómetro cuando ya tuve que quitarme la capa y la sobrecamisa. Los otros hicieron lo mismo que yo. Como cada vez hacía más calor, me remangué las perneras del pantalón. Sentía las botas como si fueran piedras candentes.

Así fuimos avanzando, un kilómetro tras otro, y el calor se hacía cada vez más intenso. Hicimos un alto para beber agua, pero en cuanto reanudamos la marcha sudamos todo lo que ha-bíamos bebido. *Harry Segundo* jadeaba con tal fuerza que temí que fuera a desmayarse. Cuando llevábamos recorrida una dis-tancia que yo calculé que serían unos treinta kilómetros, Delph se situó a mi costado y me preguntó en voz baja:

—¿Ves la montaña de roca que está ahí delante?

Asentí con un gesto.

—Pues está igual de lejos que cuando empezamos a andar, Vega Jane.

Miré fijamente la montaña, y caí en la cuenta de que Delph tenía toda la razón. Al levantar la vista hacia el cielo me llevé otra sorpresa. Aunque ya llevábamos mucho tiempo caminan-do y la luz debería haber ido transformándose en noche, el sol se encontraba en la misma posición que cuando penetramos en el Tercer Círculo.

—Delph, fíjate en el sol.

—Ya lo sé —respondió asintiendo con la cabeza.

En aquel momento me vino a la memoria lo que había dicho Astrea acerca de aquel lugar: *Era una vasta llanura que se ex-tendía indefinidamente.*

Indefinidamente. Me recorrió un escalofrío. A lo mejor aquello tenía un significado totalmente literal. ¿Y qué podía depararnos a nosotros?

Después de caminar otro trecho, hicimos un alto y monta-mos el campamento. Hacía más calor todavía, si es que eso era posible. Levanté la vista hacia el sol y luego observé nuestro pequeño lugar de acampada. Lo señalé con la varita y dije:

—*Paramentum.*

De mi varita salió el gran escudo mágico y quedó suspendido en el aire, por encima de donde íbamos a dormir. De pronto, debajo del escudo disminuyó el brillo del sol y el aire se tornó mucho más fresco.

—¡Gracias! —exclamó Donnadie al tiempo que se secaba el sudor de la cara y se dejaba envolver por aquel frescor. Acto seguido se tumbó boca arriba, agotado, y se quedó inmóvil.

Más tarde cenamos y nos sentamos en el suelo con las piernas cruzadas. Lo que más me preocupaba a mí, por supuesto, era lo que ya había observado Delph: que no estábamos llegando a ninguna parte. Y si Petra y Donnadie aún no se habían percatado de ello, no iban a tardar mucho más.

Delph se encargó de hacer la primera guardia mientras nosotros tres dormíamos. Bueno, dormían Petra y Donnadie, porque yo estuve mucho rato intentándolo hasta que lo dejé por imposible. Así que saqué el pergamino e hice que apareciera Silenus. Nos miramos el uno al otro durante unos instantes.

—Aún vives —dijo con cierta sorpresa.

—Aún vivo —contesté—. A duras penas. Ya estamos en el Tercer Círculo.

Silenus asintió con gesto benevolente.

—Me alegro.

Ladeé la cabeza.

—¿Por qué te alegras? Eres un remanente. No pensaba yo que los remanentes pudieran experimentar emociones.

—Bueno, está claro que no lo sabes todo —replicó Silenus sin alterarse.

Me concentré de nuevo en el asunto que teníamos entre manos.

—¿Te importa que te enseñe a un amigo mío?

—¿Es un buen amigo?

—Es mi mejor amigo.

Silenus afirmó, de modo que me fui con el pergamino hasta donde estaba Delph montando guardia, me senté a su lado y le presenté al remanente. Delph tardó un poco en sentirse cómodo con aquel rostro que aparecía en el pergamino, pero finalmente lo aceptó con unos cuantos «¡Caramba!».

—Silenus, tenemos un problema —dije.

—¿Solo uno? Estoy asombrado de verdad.

—Hemos pasado casi toda la luz caminando, pero el sol sigue estando en lo alto del cielo, brillante y calentando mucho. He tenido que conjurar un escudo mágico para procurarnos un poco de alivio.

—Muy inteligente por tu parte, Vega Jane.

—La cosa es —añadió Delph— que hemos recorrido una gran distancia pero no hemos llegado a ninguna parte. Da la impresión de que ni siquiera nos hemos movido del sitio.

—Comprendo que eso pueda representar un problema —confirmó Silenus.

—Y que lo digas —comentó Delph.

—Astrea me dijo que el Quag se modifica —dije yo—. Bueno, en realidad no. No es más que un hechizo alucinatorio. —De pronto me salió decir impulsivamente—: *Transdesa hipnotica*.

—¿Disculpa? —dijo Silenus.

Es el encantamiento que hace que el Quag dé la sensación de modificarse. Pero en realidad no cambia, está todo en nuestra mente. Me lo dijo Astrea. De repente me invadió el pánico porque me acordé de otra cosa: Astrea no me había dicho la manera de contrarrestar aquel hechizo. ¿Cómo se le pudo olvidar algo así? ¿Y cómo se me pudo olvidar a mí preguntárselo?

Entonces se me ocurrió otra cosa. Miré frenética a un lado y al otro; no vi las montañas a lo lejos, ni las colinas, ni nada de lo que Delph había visto anteriormente. Miré de nuevo a Silenus.

—Resulta un tanto inquietante, ¿a que sí? —comentó él, imperturbable.

—Bastante —murmuré sintiendo que el alma se me caía a los pies y se hundía en la tierra. Me quedé mirando mi varita—. Pero tengo una varita.

—Exacto. ¿Conoces el conjuro que sirve para deshacer el hechizo, pues? —me preguntó Silenus.

—No, maldita sea —reconocí deprimida.

—¿Estás segura?

—Sí, Astrea no me lo enseñó.

—Pero, Vega Jane —intervino Delph—, Astrea tampoco te

enseñó cómo hacer aparecer a este tal Silenus. ¿Y te acuerdas de cuando nos dejaste a todos pasmados en su casa? Todo eso lo hiciste tú solita, ¿no?

Silenus le sonrió a Delph.

—Tu «mejor amigo» es bastante perceptivo —dijo.

—Es verdad —reconocí—. No... No hice más que decir: «Aclárate», y apareciste tú.

—La magia y los hechizos nacen de la necesidad —explicó Silenus.

Lo perforé con la mirada.

—¿Quieres decir que se me pueden ocurrir los conjuros que necesite para atravesar este lugar? ¿Y no solo los que me enseñó Astrea?

—Naturalmente. Al fin y al cabo, eso forma parte de la facultad de tener poderes mágicos.

Y tras pronunciar estas últimas palabras, se esfumó.

—Algo se te ocurrirá, Vega Jane —me alentó Delph.

—No, creo más bien que se nos ocurrirá a los dos, Delph —le dije sonriente.

Él me sostuvo la mirada.

—¿De modo que le has dicho a ese tipo que soy tu mejor amigo?

—Es que eres mi mejor amigo, Delph.

Me respondió con una ancha sonrisa. Y empecé a notar mucho calor. De improviso me tocó el brazo y se inclinó hacia mí. Yo cerré los ojos y...

Nos interrumpieron unos fuertes gruñidos que nos hicieron dar un respingo y mirar alrededor. Sin embargo, lo único que vi fue la vasta llanura.

—Utiliza la varita —me instó Delph.

—*Cristilado magnifica* —exclamé.

Al instante aparecieron ante mis ojos, como si las tuviera justo allí mismo, cuatro bestias que avanzaban a una velocidad alarmante en dirección a nosotros.

—¡Levantaos! —chilló Delph—. Son licanes. ¡Despertad!

Miré a mi espalda y vi que Petra y Donnadie ya estaban cogiendo sus armas.

Aparté el escudo que había hecho aparecer con el conjuro *Paramentum* para poder ver mejor, y de nuevo cayó el sol a plomo y aumentó la temperatura. Estaba a punto de lanzar otra vez el conjuro que ampliaba la visión, pero solté una exclamación ahogada al ver que los licanes acababan de surgir del suelo, justo a mis pies. Antes de que pudiera hacer nada con mi varita, una flecha alcanzó a una de aquellas criaturas en el pecho. Lanzó un alarido de furia y se replegó sobre sí misma en medio de una rociada de sangre. Acto seguido cayó al suelo sin vida.

Sin embargo, aún quedaban otras tres que lidiar.

—*¡Scindere!* —grité apuntando con mi varita al segundo licán.

Al instante le brotaron enormes tajos en todo el cuerpo. Dio unos cuantos pasos tambaleantes, acosado por el dolor, y finalmente se derrumbó. Al zarandearse de un lado a otro me hizo caer al suelo a mí, y el impacto fue tan violento que me dejó sin respiración.

Me incorporé justo a tiempo para ver que Delph, con su enorme hacha, partía a la criatura por la mitad. Pero enseguida cayó de espaldas, embestido por el tercer licán. Entonces yo apunté con la varita y chillé:

—*¡Rigamorte!*

Pero el licán se giró bruscamente y esquivó mi hechizo.

Al momento siguiente me vi lanzada por los aires, hacia atrás, cuando el cuarto licán arremetió contra mí. Logré evitar sus colmillos por escasos centímetros. La varita se me cayó de la mano, y entre tanto forcejeo quedó fuera de mi alcance.

Sin *Destin* y sin la varita, no tenía nada que hacer frente a un licán. Pero no pensaba morir sin presentar batalla.

Rodé hacia un lado y me puse en pie de un salto. El licán se abalanzó sobre mí, pero conseguí esquivarlo. Me quité la capa, me la enrollé en las manos y la sostuve en alto. El licán lanzó un rugido y atacó de nuevo. Y de nuevo lo esquivé, me subí a su lomo de un brinco y le enrollé la capa alrededor del pescuezo. Pero antes de que pudiera empezar a apretar, él me aferró el pelo con sus garras, dio un tirón y me arrojó al suelo. Aterricé sobre mi trasero, metro y medio más allá. Cuando levanté la vista el licán estaba saltándome encima, con los colmillos listos para matar.

—¡*Rigamorte!*

La luz negra alcanzó al licán de lleno en el lomo. Quedó unos instantes suspendido en el aire, congelado, y después se desplomó de repente y fue a caer sobre mí. Rápidamente me lo quité de encima y me puse de pie.

De pronto vi a Petra, que, intensamente pálida, sostenía mi varita en la mano. Era ella la que había lanzado el hechizo. Y había funcionado.

Al instante soltó la varita y, con las lágrimas rodándole por la cara, se agarró la mano. Corrí hacia ella y recuperé mi varita. Delph y Donnadie también vinieron adonde estábamos nosotras.

—Tú... tú puedes hacer eso... esas cosas que hace Vega —balbució Donnadie, estupefacto.

—Hechicería —terminó Delph sin aliento.

Petra todavía se agarraba la mano y todavía lloraba.

—Petra, déjame ver —le dije yo indicando la mano.

Pero ella negó con la cabeza y siguió protegiéndose.

—Déjala, Petra —le dijo Delph—. Vega puede curarte con la Piedra Sumadora.

Yo ya había sacado la Piedra del bolsillo, pero tuve que obligarla a que abriera el puño. Me recorrió un escalofrío y el estómago me dio un vuelco ante lo que vi. La mano se había ennegrecido como si hubiera estado al fuego. Debía de sentirla muy dolorida y agarrotada. La miré fijamente, y en su semblante vi dolor y confusión al mismo tiempo.

Agité la Piedra Sumadora por encima de la herida y pensé cosas positivas. No sucedió nada. Sorprendida, apunté a la mano con mi varita y probé con diversos conjuros para sanarla, pero ninguno funcionó.

Petra retiró la mano de un tirón y me dijo:

—Déjalo ya. —Y se marchó agarrándose la mano lesionada.

Yo me quedé contemplando mi varita. ¿Por qué le había producido aquella quemadura a Petra? ¿Era porque no le pertenecía a ella? Ya tenía mis sospechas de que Petra pudiera ser una Maladón. Había lanzado el conjuro mortal. Supo cómo había que usar el Finn, un elemento mágico creado por hechiceros de magia negra.

Vi que Delph estaba observándome con curiosidad. Quise contarle lo que estaba pensando, pero tenía a Donnadie de pie justo a mi lado.

—Menos mal que Petra también es una hechicera —dije con una sonrisa forzada que sin duda Delph supo interpretar.

—Ya —coincidió Donnadie, que todavía parecía sentirse aturdido por todo lo sucedido—. Voy a acercarme a ver cómo está.

Y acto seguido se fue con Petra, que se había dejado caer en el suelo.

Sentía un deseo irresistible de decirle a Delph que Petra era un enemigo. De ese modo, quizá desapareciera de una vez para siempre aquella admiración que había en sus ojos cada vez que la miraba. Pero entre todas las cosas que estaba pensando había un pequeño problema: Petra había utilizado la varita para salvarme la vida a mí.

—¿Qué es lo que ocurre con Petra, Vega Jane? —me preguntó Delph.

—No lo sé —le respondí.

Y la verdad era que, en efecto, no lo sabía.

QUADRAGINTA UNUS

Una buena acción

En la luz siguiente, conjuré de nuevo el escudo para que nos protegiera mientras caminábamos. Con ello nos librábamos del sol y del calor, pero ese no era nuestro principal problema. La montaña de granito seguía estando tan lejos como siempre, y cuando por fin Donnadie se acercó a mí supe lo que iba a decirme.

—Vega, da la impresión de que en todo este tiempo no hemos avanzado nada.

—Ya lo sé, Donnadie.

Frunció el entrecejo.

—¿Y tienes algún plan para solucionar este pequeño problema?

Observé su rostro barbudo, y luego miré a mi espalda y vi que Petra y Delph iban caminando juntos y hablando en voz baja entre sí. Me volví de nuevo hacia Donnadie y le dije:

—Estoy en ello.

Donnadie me miró con escepticismo.

—Ah, pues es un alivio.

—¿Tienes tú alguna idea? —contraataqué.

Levantó su espada.

—Si necesitas atravesar a alguien con esto, soy tu tipo. Lo de la varita y las palabras mágicas te lo dejo a ti.

De nuevo miré atrás.

—Y a Petra, por lo visto.

De pronto se le nubló el gesto.

—No sabía que Petra tuviera ese poder.

—¿Estás seguro? ¿Nunca ha habido ninguna señal?

—Pues... ¿como cuál, por ejemplo?

—¿Alguna vez ha hecho algo que resultase inexplicable?

Donnadie negó con la cabeza.

—No, que yo recuerde. Pero claro, hasta que atacaron nuestro pueblo no pasábamos mucho tiempo juntos. No somos parientes ni nada, tan solo somos Furinas.

—¿Quién quedaba de tu familia?

Donnadie bajó los ojos.

—Mi madre, mi hermana y yo. Mi padre y mi hermano mayor murieron hace mucho tiempo.

—¿Cómo?

—A manos de un coloso. No... no hubo nada que yo pudiera hacer. Y al resto de los Furinas los mataron los malditos licanes. Excepto a Pet y a mí. Ayer, cuando vi a esas bestias atacándonos, ¡me entraron ganas de matarlas a todas! —Calló unos instantes y miró otra vez a Petra—. Pet y yo llevamos ya una buena temporada juntos. Es como si tuviera otra vez conmigo a mi hermana. Nadie quiere estar solo, y menos en este lugar.

—Así es —coincidí, pensando en Delph y en *Harry Segundo*.

Caminábamos a la vez que hablábamos. De pronto miré al frente y me paré en seco. Donnadie chocó conmigo.

—¡Mira!

Hizo lo que yo le decía, y noté que se ponía en tensión.

—¿Qué diablos es eso? —exclamó.

Delph y Petra habían llegado a nuestra altura.

—Es un unicornio —dijo Delph.

Ciertamente, era un unicornio. De un blanco deslumbrante, melena dorada, ojos negros y brillantes y un magnífico cuerno de color plata. Era corpulento y musculoso, y tenía un pecho enorme. Y estaba plantado justo en nuestra trayectoria. Ofrecía una noble estampa, casi como la de una estatua bruñida, pero con un corazón palpitante. Además, era la primera bestia con que nos habíamos tropezado que no intentaba asesinarnos.

—¡*Harry Segundo*! —exclamó Delph de pronto.

Mi canino se había adelantado y estaba ya a un par de metros del unicornio. La blanca criatura lanzó un bufido y retrocedió levemente. *Harry Segundo* se detuvo, agitó la cola y sonrió. Entonces el unicornio dio unos cuantos pasos al frente. *Harry Segundo* cubrió la distancia que faltaba, y ambos se quedaron el uno frente al otro, a menos de medio metro.

El unicornio agitó la melena y *Harry Segundo* ladró, pero yo sabía que se trataba de un saludo amistoso. A continuación, mi canino se acercó y frotó su hocico contra la pata derecha del unicornio; este bajó la cabeza y le rozó la oreja con su suave melena dorada.

Harry Segundo se volvió hacia nosotros y emitió un corto ladrido, como diciendo: «Adelante.»

Avancé un poco y miré a los otros, que no se habían movido.

—Si somos muchos, podría asustarse —explicó Delph, poco convincente.

Miré de nuevo al unicornio y seguí avanzando hacia él, aunque preparada para retroceder al momento si advertía algún signo de nerviosismo o de temor. Alargué una mano y le permití que la olisqueara. Después le acaricié la melena, y él se frotó contra mi hombro. Observé más de cerca el cuerno plateado. ¿Qué era lo que había dicho Astrea? *El cuerno del unicornio neutraliza todos los venenos.* Reconocí que aquello podía sernos de gran utilidad.

Pero luego recordé que había dos maneras de obtener un cuerno de unicornio: convencerlo para que él lo regalase o matarlo. Por nada del mundo iba yo a hacer daño a aquella criatura. Era tan hermosa, tan delicada, tan... De improviso me rozó la mano con el morro y me llevó los dedos hasta su melena, tal como hacía *Harry Segundo* con tanta frecuencia, y eso me ablandó todavía más el corazón. Le toqué el cuerno con mucha delicadeza. Aunque parecía macizo, lo encontré blandito al tacto.

De pronto me di cuenta de que no apoyaba todo el peso en una de las patas delanteras, y me arrodillé para examinarla.

—Se ha hecho daño con algo —observé.

Le acaricié suavemente la pata, con cuidado de no tocar la herida, luego saqué la Piedra Sumadora y la agité por encima pensando algo que fuera especialmente positivo. La herida se curó del todo. Me incorporé y le acaricié otra vez la melena.

—Ha quedado como nueva —le dije.

Descubrí que el unicornio me estaba mirando fijamente con sus ojos negros como la cueva más profunda. En contraste con el intenso blanco de su pelaje, el efecto resultaba extraordinario.

—Eres una preciosidad —le dije, impresionada—, una verdadera preciosidad.

Le acaricié otra vez el cuerno con mucha delicadeza y luego retiré la mano. Sentía un hormigueo en los dedos, y al mirármelos vi que estaban limpísimos, como nunca. No tenían ni una mota de suciedad. Volví la vista hacia el pelaje del unicornio, pensando horrorizada que tal vez había alterado su inmaculada pureza. Pero no había mancha alguna.

De nuevo descubrí que el unicornio estaba mirándome. Entonces abrió la boca y me sonrió, si es que una criatura como ella era capaz de hacer semejante gesto. Y acto seguido dio media vuelta y se alejó al trote. Cuanto más se alejaba, más rápido trotaba, hasta que terminó siendo una mancha borrosa y finalmente se perdió de vista.

Me volví hacia los otros y me froté los dedos con los que había tocado al unicornio. Algo apareció dentro de mi bolsillo. Al principio me aterrorizó, porque me daba miedo la magia negra. Apunté con la varita y dije, sin mucha convicción:

—*Retorna*... esto... seas lo que seas.

El objeto salió volando de mi bolsillo y se posó en mi mano. Todos se apiñaron a mi alrededor, maravillados. Yo me quedé sin respiración.

Era el cuerno del unicornio.

¿Pero no lo llevaba puesto el unicornio cuando se marchó...? La verdad es que ya no estaba segura.

—¿Cómo ha llegado hasta mi bolsillo? —me extrañé.

—Le has cuidado la pata, has sido bondadosa con él —explicó Delph sonriendo—. Mi padre se sentiría orgulloso de ti, de que trates así a las bestias.

Sonreí de oreja a oreja y froté el cuerno. Sabía que debía de ser muy duro; sin embargo, yo lo notaba muy blando. Me lo guardé en el bolsillo y me miré los dedos. Todavía me hormigueaban, y al parecer aquella sensación se me estaba extendiendo por todo el cuerpo.

Contemplé la montaña de granito que seguía divisándose tan lejana como siempre, y de pronto se me ocurrió una idea. Me pregunté por qué no se me habría ocurrido antes.

Alcé mi varita y dije:

—*Confuso, recuso.*

Dio la impresión de que pasaba ante nosotros una ola resplandeciente. Y de pronto vimos que estábamos apenas a un kilómetro de la montaña de granito.

—¡Caramba! —oí exclamar a Donnadie.

Después de todo, Astrea sí que me había enseñado el conjuro que servía para deshacer el hechizo, solo que yo no lo sabía. Pero claro, ¿qué era una alucinación, más que una confusión de la mente?

Continuamos andando, revigorizados por aquel súbito progreso, y poco después llegamos al ancho afloramiento rocoso. Dentro de la sombra que proyectaba el montículo se estaba más fresco, así que decidimos hacer un descanso. Mientras los demás acampaban y preparaban los víveres y el agua, yo utilicé a *Destin* para subir hasta la cima de la roca antes de que me cayera una tormenta en la cabeza.

Miré a mi espalda; el sol brillaba con fuerza y el calor era intenso. En cambio, delante de mí lo que había era la oscuridad más profunda, sin sol, sin luz, solamente nubes, una densa niebla y un aire gélido. Desde luego, el Quag hacía justicia a la fama que tenía. Era el lugar más frustrante que yo habría podido imaginar jamás, y abrigué la esperanza de poder dejarlo atrás cuanto antes.

Di un brinco, aterricé al pie del montículo y fui con mis compañeros.

—¿Qué has visto? —me preguntó Delph con avidez.

—Al parecer, va a hacer algo más de frío que aquí —comenté.

Cenamos en silencio, y después Donnadie preguntó si deberíamos continuar viaje. Decidí que no. Sería tonto malgastar el tiempo rodeando el afloramiento rocoso cuando, con la ayuda de *Destin*, podíamos sobrevolarlo. Pero antes quería explorar un poco, y no quería hacerlo sola. Puse a Delph en el primer turno de guardia con *Harry Segundo* y luego le hice una seña a Petra para que se acercase.

—Voy a ir hasta el otro lado de la roca volando, y me adentraré un poco en el siguiente tramo del Tercer Círculo —le informé—. ¿Te gustaría acompañarme?

Aunque había impartido pocas órdenes directas a todos, Petra pareció entender que no tenía posibilidad de negarse. De modo que la até al arnés y a continuación levanté el vuelo. Nunca había volado llevándola a ella, pero se adaptó con bastante facilidad.

Cuando llegamos a la cima y la liberé de las correas, me dijo:

—¿Por qué simplemente no pasas al otro lado del Quag volando? De esa forma evitarías todos los peligros que hay en él.

—Porque en cuanto me elevo en el aire con la intención de volar, se desata una tormenta gigantesca. Sin embargo, por lo visto resulta aceptable que dé un saltito aquí y otro allá.

—Hablas como si el Quag fuera un ser vivo.

—Ah, lo es en gran medida.

Aquello me lo había enseñado Astrea, y en efecto yo lo había comprobado de primera mano.

Pasamos a la otra cornisa de la roca, y Petra contempló el panorama.

—Esto es muy distinto de lo que hemos dejado atrás —observó.

Le miré la mano ennegrecida.

—¿Aún te duele la mano? —le pregunté.

—No, ya no. —Rápidamente se bajó la manga para taparla.

—No pasa nada, Petra. Todos tenemos alguna cicatriz por culpa de este lugar. Y es muy probable que antes de terminar con esto nos hagamos alguna más.

—Supongo que tienes razón —dijo en tono quedo, pero aun así no volvió a subirse la manga.

—¿Puedes hablarme de tu familia?

Al oír esto me perforó con la mirada.

—¿Mi familia? ¿Por qué?

—Porque es posible que supiera cosas —respondí sin alterarme—. Cosas que podrían ayudarnos a atravesar el Quag.

—Mi familia no sabía nada, Vega —dijo con un gesto negativo.

Aquella respuesta me desalentó.

—Pues si lograron sobrevivir tanto tiempo en este lugar, está claro que algo sabían —repliqué malhumorada—. Porque, tal como hemos visto tanto tú como yo, no es tan fácil. —Callé unos instantes y luego añadí—: Además, tu familia no contaba con la magia, ¿verdad? Como contamos nosotros.

Petra me miró largamente.

—Si me estás preguntando cómo logré hacer eso con tu varita, no puedo decírtelo, porque no lo sé.

—Sin embargo, la cogiste y pronunciaste el conjuro.

—Te lo había oído a ti en una ocasión, cuando nos atacaron los licanes —dijo Petra rápidamente. Demasiado rápidamente, en mi opinión.

—Es el conjuro que sirve para matar. El único que es eficaz de verdad.

Petra me miró con expresión condescendiente.

—Pues esa suerte tuviste, porque de lo contrario habrías muerto.

Ignoré aquel comentario.

—Y en el caso del Finn, aunque dijiste que había sido pura suerte, se vio claramente que sabías usarlo.

Petra se frotó la mano quemada.

—Fue pura suerte —insistió.

—Bien, ¿qué me dices de tu familia? —persistí. Estoy segura de que se me notaba en la cara que no pensaba cejar en mi empeño.

Petra dejó escapar un suspiro y arrugó el entrecejo.

—De acuerdo, maldita sea. Yo tenía un tío, hermano de mi padre. Era un tanto peculiar, muy reservado, pero sentía debilidad por mí. Íbamos juntos a pasear, y también conversábamos.

—¿De qué?

—Él decía... bueno, decía que este no era su sitio, que en su opinión se había cometido un error.

—¿Un error? ¿Pues cómo?

—No lo sé. Pero se le notaba muy enfadado al respecto. Decía que deberíamos estar viviendo en otro lugar.

Aquello me recordó el comentario que hizo Delph respecto de que Petra daba la impresión de saber que existía otro lugar fuera del Quag. Y quizás era también lo que había comentado Silenus: que unos cuantos Maladones habían quedado atrapados allí.

—A lo mejor tu tío pensaba que su sitio era mi pueblo.

—A lo mejor —concedió Petra con aire pensativo—. Pero la cosa es que...

Desvió el rostro, incapaz de sostenerme la mirada.

—Petra, por favor, dímelo.

—¿Me prometes no contárselo a los otros? Ni siquiera lo sabe Don.

—Te lo prometo.

Me miró con gesto severo, como si estuviera sopesando la sinceridad de mis palabras.

—Mi tío tenía uno de esos objetos —dijo señalando mi varita.

—¡Una varita! ¿Tu tío?

—En aquel entonces yo no sabía lo que era —protestó—, lo juro.

—¿Pero cómo sabes ahora que era una varita?

—Por lo que hacía con ella.

—¿Y qué hacía con ella?

—Desplazarse por el espacio. Trasladarse de un sitio a otro.

—*Pasar-Pusay* —dije yo.

—Sí, recuerdo que pronunciaba esas palabras.

—¿Y qué más?

—Podía hacer fuego con ella, y luego, en ese fuego, asábamos las piezas que cazábamos.

La aferré del brazo.

—¿Cómo es que tu tío hacía esas cosas sin que lo supiera

nadie más que tú? ¿Cómo es que no lo sabía Don, o tu padre, o tu madre?

—Porque nunca les dejaba ver la varita. Nunca hacía nada estando ellos presentes. Solo lo hacía estando conmigo.

—¿Por qué?

Petra me lanzó una mirada fugaz.

—Porque... Porque...

—¿Porque sabía que tú también tenías los mismos poderes?

Petra asintió nerviosa, y le temblaron los labios.

—¿Cómo?

—Me permitió usarlos en una ocasión, cuando quise bajar unos huevos de un nido para comer.

—¿Te dijo qué hechizo debías utilizar?

—Me dijo qué conjuro debía pronunciar.

—¿De dónde sacó la varita?

—No lo sé.

—¿Y si yo te dijera que solo pudo heredarla de un miembro de la familia que se la dio, junto con un fragmento de sí mismo dentro?

Petra se quedó estupefacta.

—Lo cual quiere decir —proseguí yo— que dicha varita se la pasó alguien de su familia, o sea, de tu propia familia. ¿Qué fue de ella?

—No lo sé. Cuando llegaron los licanes, estábamos durmiendo. Teníamos a alguien montando guardia, pero también debió de quedarse dormido. Mataron a mi tío, y no sé qué sucedió con la varita.

De nuevo la observé detenidamente, atenta a todos los movimientos de su cuerpo, a todos los gestos de su rostro. Una cosa supe con seguridad: que me estaba mintiendo. Petra tenía la varita de su tío oculta en alguna parte. Sabiendo ya lo que podía hacer con ella, de ninguna manera se la habría dejado olvidada, con licanes o sin licanes.

—¿Quieres explorar un poco? —me preguntó rápidamente, indicando el territorio nuevo. Se hacía obvio que no quería continuar con aquella conversación, y yo decidí no forzar más las cosas. Ya había obtenido bastantes datos.

Afirmé con la cabeza.

—Pero tú puedes quedarte aquí arriba, si quieres.

—No. —Hizo un gesto negativo—. No quiero que vayas sola.

—¿Estás segura? —le pregunté.

Deseaba poder fiarme de ella, pero lo cierto era que, aparte de Delph y por supuesto de *Harry Segundo*, no podía fiarme de nadie.

—Sí —me contestó.

De modo que la até otra vez al arnés y las dos saltamos juntas.

QUADRAGINTA DUO

Eris

Cuando aterrizamos, la oscuridad era aún más profunda, si es que eso era posible. Tuve que alumbrar el camino con mi varita, y aun así apenas había luz. Aquello no me gustó nada; en aquel preciso instante podía haber un ejército de dabbats acercándose a nosotras, y no nos daríamos cuenta de ello hasta el momento de sentir que nos clavaban los colmillos. Agarré a Petra y la obligué a arrojarse al suelo, porque de repente algo cruzó volando por encima de nosotras, tan cerca que noté que incluso me agitaba el pelo al pasar.

—No te levantes ni hagas ruido —le susurré.

Alcé la cabeza muy despacio y miré a mi alrededor, atenta a cualquier indicio que pudiera darme una pista de lo que había allí. Y lo siguiente que oí fue algo totalmente inesperado: una carcajada. Y luego, una voz en la oscuridad:

—Le hace bien a mi alma ver seres como estos arrastrándose por el suelo, que es el lugar que les corresponde, y no otro.

Me puse en cuclillas y con la varita preparada. Era la voz de un macho. Allí había alguien con nosotras, y no era una bestia. Durante un instante de pánico, me dio por pensar que Espina había logrado escapar de Luc y de los otros ekos y nos había dado alcance. Pero no era su voz.

—¿Quién eres? —voceé.

—*Conflictos y problemas que causan muchas penas. Quien entre en mi morada se convertirá en carnada.*

A esta ridícula cancioncilla siguió una fuerte carcajada, y

después se oyó un silbido, como si el dueño de aquella voz acabara de pasar volando por encima de nosotras.

«Conflictos y problemas», pensé. Ah, sí, Astrea me había hablado de aquella criatura.

—¿No serás Eris?

El silbido cesó de repente.

—¿Cómo es que sabes mi nombre? —rugió la voz.

Me dije que no le vendría mal tomar un poco de su propia medicina.

—*Siempre sé cómo llamar a quien tengo que domar* —canturreé.

Silencio.

Está bien. A lo mejor me había propasado un poquito.

De pronto, delante de mí, una figura comenzó a adquirir forma sólida. Era como un bebé gordo, solo que con bigote, e iba vestido con una capa gris por la que asomaban unos pies descalzos.

—¿Domar a Eris? —replicó, esta vez empleando un tono teñido de rencor.

Alcé mi varita y le dije:

—Astrea Prine te envía saludos.

Sus ojillos se clavaron en mi varita, y de pronto sus facciones reflejaron que acababa de comprender.

—*Pues te deseo suerte en tu viaje por la oscuridad. Esa varita mágica será tu fatalidad.*

De acuerdo, aquello era fácil de entender. Astrea me había hablado bastante de aquel individuo y del Tercer Círculo. Aquel lugar estaba lleno de oscuridad, aunque, por suerte, no existía la depresión que reinaba en el Segundo Círculo. Pero había algo que servía para abrirse paso por dicha oscuridad... ¿Qué era? ¡Ah, sí!

—*Retorna*, cuco —exclamé, y al mismo tiempo moví la varita hacia mí, como si estuviera tirando de algo lentamente pero sin pausa.

Transcurrió un momento, y de repente surgió una lucecita en la oscuridad. Dicha lucecita fue haciéndose más grande y más brillante. Una cuña más tarde, la luz ya había rasgado la oscuridad de parte a parte.

—¡Maldición! —exclamó Eris.

La luz era ya como un sol que se hubiera elevado en el cielo evaporando el aire húmedo. La oscuridad estaba desapareciendo por todas partes. Pasados unos instantes más, nos vimos rodeadas de cucos, unas pequeñas criaturas semejantes a los pájaros y dotadas de unas alas resplandecientes, que revoloteaban a nuestro alrededor. Eran de vivos colores, como si tuvieran el cuerpo lleno de arcoíris. Acerqué un dedo, y uno de ellos se posó encima. Sentí cómo se me elevaba el ánimo con toda aquella luminosidad.

Petra estiró un brazo, y al instante se posaron en él media docena de cucos. Sonrió, bañada por la luz.

—No recuerdo haberme sentido nunca tan bien como ahora.

Yo también tuve que sonreír, porque sentía exactamente lo mismo. Era como si toda la fuerza y la bondad del sol hubieran acudido para derrotar a las tinieblas.

Me volví hacia Eris con el cuco en la mano.

—*Conflictos y problemas no he de hallar en mi largo caminar* —le dije.

No pude evitar sonreír de oreja a oreja cuando Eris me amenazó con el puño y luego se esfumó.

Regresamos para ir a buscar a los demás. Yo los trasladé hasta la cima de la roca y después los llevé al otro lado. Cuando vieron las nubes de cucos, tanto Delph como Donnadie rompieron a reír como tontos y se pusieron a perseguir aquellos manojos de luz permitiendo que se les posaran en los hombros y hasta en la cabeza.

—Jamás había imaginado que dentro del Quag podría divertirme —dijo Delph.

Con la luz que nos aportaban los cucos pudimos avanzar bastante, hasta que hicimos un alto para acampar. Sentados en círculo, cenando, aproveché para explicar mejor a mis compañeros lo que había sucedido con Eris. Petra se sumó con entusiasmo al relato, y me dedicó tantos elogios que acabé por sentirme un tanto violenta. Delph y Donnadie rieron a carcajadas cuando narré la airada despedida de Eris.

Y de pronto los oí llegar.

—¡Dabbats! —exclamé.

De hecho, el suelo mismo estaba temblando, y los siseos nos taladraban los oídos. Y después llegaron los chillidos, capaces de robarle a cualquiera hasta el último vestigio de cordura y de valor.

—¿Pero qué diablos es un dabbat? —gritó Donnadie.

Desenvainó su espada y se preparó para defenderse. Yo no podía decir que aquel individuo me cayera muy bien, pero la verdad es que no podía negar que poseía coraje.

Petra cogió su ballesta y Delph agarró su hacha. *Harry Segundo*, como de costumbre, se quedó a mi lado. El suelo temblaba ya de tal manera que calculé que debía de estar viniendo hacia nosotros un ejército de unas cien criaturas. Entorné los ojos y oteé el terreno, pero aunque este era llano y despejado, no vi nada.

—*¡Cristilado magnifica!* —exclamé.

Ojalá no lo hubiera dicho.

La parte positiva era que los dabbats no eran cien, sino uno. La parte negativa era que aquel dabbat en particular era más gigantesco que un coloso.

El dabbat se había detenido justo frente a nosotros. Medía treinta metros de alto y tenía tantas cabezas a lo largo del enorme tronco que habría sido imposible contarlas, por lo menos en el rato que nos quedaba de vida. Era semejante a un árbol venenoso que tuviera un millar de mortíferas ramas, todas ellas capaces de moverse a una velocidad aterradora.

Miré un momento a Donnadie y vi que le había desaparecido todo el color de la cara. Tenía la espada en alto, pero en la expresión de su rostro se notaba que era muy consciente de que sería como agitar una florecilla delante de un ejército de alectos.

De pronto vi pasar el hacha volando por delante de mí para ir a clavarse en el dabbat. Me volví hacia Delph; había atacado con todas sus fuerzas, y, sin embargo, apenas había hecho un pequeño rasguño en el grueso tronco de la serpiente.

De improviso, esta atacó.

—*¡Paramentum!* —chillé.

El dabbat había arremetido contra Delph, el cual había caído de espaldas; chocó contra mi escudo mágico, pero era tan grande que empujó el escudo hacia atrás y hacia Donnadie, que era el que estaba más cerca. Se produjo una explosión tremenda y Donnadie quedó tendido en el suelo, inconsciente. Entonces el dabbat se rehízo, me vio a mí y volvió a atacar.

—*Pasar-Pusay* —dije al tiempo que me tocaba la pierna con la varita.

La criatura descargó el golpe en el lugar que un momento antes había ocupado yo y excavó un hoyo de metro y medio. Enseguida vino Petra corriendo y le disparó una flecha en un ojo. El único problema era que el dabbat tenía varios cientos más.

Harry Segundo clavó los dientes en la cola del monstruo. Por suerte, Delph ya se había incorporado, así que corrió a ayudar a mi canino y lo separó del dabbat antes de que este acercase una de sus cabezas y lo devorase. Pero un furioso coletazo le dio de lleno y lo hizo volar por los aires con *Harry Segundo* en brazos. Los dos fueron a caer con un fuerte golpe treinta metros más adelante.

Yo apunté con mi varita y exclamé:

—¡*Impacto*!

El dabbat era tan gigantesco que mi hechizo no consiguió más que aplastar dos cabezas de la parte inferior del tronco. Cuando se giró de nuevo hacia mí, vi que su furia no tenía límites.

Se abalanzó sobre mí, pero yo volví a desaparecer, de modo que otra vez abrió un boquete en el suelo. Y otra vez se irguió, solo que un poco más atontado. Aquella estrategia me recordó la manera en que actué contra mis adversarios en el Duelum, en Amargura. Decidí servirme de la furia y la fuerza del dabbat y volverlas contra él mismo.

Atacó tres veces más, y en cada una de ellas me quité de en medio un instante antes del impacto. El dabbat se irguió por última vez, aturdido y tambaleándose. Nos miramos el uno al otro. Varios cientos de ojos se clavaron en mí. Yo les sostuve la mirada, pues de repente ya no estaba tan asustada como antes. Era muy posible que aquella pelea la ganara yo.

De improviso, aquella horripilante criatura hizo una cosa que me pilló totalmente por sorpresa: arremetió contra Donnadie, que en aquel momento estaba levantándose del suelo.

—¡No! —chillé.

Donnadie soltó un alarido y lanzó su espada hacia el dabbat, pero la hoja meramente rebotó.

—*Retorna*, Donnadie —exclamé.

En el preciso instante en que el dabbat se lanzaba al ataque, Donnadie salió volando despedido hacia mí, directo hacia un fuerte encontronazo. Un encontronazo que habría tenido lugar si yo no me hubiera agachado para esquivarle.

Entonces me incorporé de nuevo y decidí que ya estaba harta. Junté hasta el último resquicio de cuerpo, mente y alma, apunté con la varita y dije con voz firme:

—*Rigamorte*.

La luz negra alcanzó a la enorme serpiente en el centro del pecho, justo cuando se volvía hacia mí. Durante largos instantes permaneció allí suspendida, meciéndose adelante y atrás como el péndulo de un reloj de pared. Aterrorizada, llegué a pensar que mi conjuro no había surtido efecto, y si mi hechizo más potente fallaba, sabía que ya no iba a poder derrotar al monstruo.

Pero un momento más tarde grité *Pasar-Pusay* y me toqué la pierna con la varita.

El lugar en que había estado hasta aquel instante quedó aplastado por la mole del dabbat muerto. El ímpetu con que golpeó el suelo fue tan tremendo que me levantó en vilo, me lanzó bien lejos de allí y me arrancó la varita de la mano.

Rodé sobre mí misma y me topé con Donnadie.

—Lo siento, no me ha quedado más remedio —le dije al tiempo que me incorporaba.

Entonces fue cuando me percaté de que sus ojos estaban cerrados y respiraba superficialmente. Además, tenía un lado de la cara hinchado y enrojecido. Y de pronto vi la profunda herida, y junto a ella una gota de líquido de color amarillo.

«Veneno de dabbat. Al pasar volando por delante, ha debido de... morderle.»

Me arrodillé a su lado.

—¡Donnadie! Donnadie, ¿me oyes?

Le toqué la mano y noté que estaba cada vez más fría.

Me sentí aturdida, aquello no podía ser. De pronto se me aclaró la mente. ¡La Piedra Sumadora! Metí la mano en el bolsillo para sacarla, pero no estaba. ¡Delph! Se la había dado a él.

—¡Delph! —chillé. Busqué a mi alrededor y le vi; estaba poniéndose de pie con esfuerzo, pero enseguida volvió a derrumbarse—. Delph, necesito la Piedra, ¡ya! —Y exclamé—: ¡*Retorna*, Piedra!

Pero, en eso, caí en la cuenta de que no tenía la varita en la mano.

Vi que Delph lograba por fin incorporarse y que rebuscaba en sus bolsillos. Luego se arrodilló y empezó a palpar el suelo. Se hizo evidente que había perdido la Piedra.

Petra vino corriendo, se arrodilló a mi lado y cogió la mano de Donnadie.

—¡Don! Don, aguanta. ¡Aguanta! —Se volvió hacia mí, frenética, y me preguntó—: ¿No puedes socorrerle?

No lo entendí. La mordedura de un dabbat mataba de forma instantánea. Entonces me fijé en la mano de Donnadie; no había dos marcas gemelas causadas por unos colmillos, sino un arañazo. En el momento en que la serpiente lo lanzó por los aires, debió de rozarle la cara con uno de los colmillos. Contemplé, horrorizada, cómo iba absorbiéndose en la piel el líquido amarillo que tenía en el rostro.

—¡NO! —grité, pero ya era demasiado tarde.

Donnadie empezó a agitarse y convulsionarse. Y de pronto, cosa más terrorífica todavía, se quedó inmóvil y su respiración se hizo más lenta, peligrosamente más lenta. Y empezaron a temblarle los párpados.

—¡Don! —exclamó Petra—. ¡No!

Luchando para no llorar, busqué a mi alrededor algo, lo que fuera, para intentar salvarle. Pero no tenía nada. Nada. ¿Dónde estaba mi varita? ¿Y la Piedra Sumadora? De repente noté un hormigueo en los dedos de mi mano derecha y, como si tuvieran voluntad propia, se introdujeron en el bolsillo de mi capa.

Lo saqué.

El cuerno plateado del unicornio.

Sin pensar, lo apreté contra el rostro herido de Donnadie.

El cuerno, que antes era sólido, se licuó y fue absorbido por la piel de Donnadie, al igual que había sucedido con el veneno. Y acto seguido, con una exclamación ahogada y un fuerte estremecimiento, Donnadie se incorporó. Fue tan brusco y tan rápido que su cabeza chocó con la mía.

Di un salto hacia atrás. Él me miró con unos ojos que daban la impresión de bailotear dentro de sus órbitas.

—¿Qué ha pasado, Vega? —me preguntó aturdido—. ¿Hemos matado a ese monstruo?

Petra dejó escapar un grito y se abrazó a él con tal fuerza que lo hizo caer nuevamente de espaldas. A mí no se me ocurrió otra cosa que echarme encima de ellos y abrazarlos a los dos.

Ya recuperados, advertí que Donnadie seguía teniendo la cara hinchada y surcada de cicatrices. En aquel momento llegó Delph a la carrera, acompañado de *Harry Segundo*.

—La he encontrado —anunció levantando en alto la Piedra Sumadora.

Me la entregó a mí, junto con mi varita, la cual había encontrado también. Agité la Piedra por encima del rostro de Donnadie, pero, aunque las heridas se curaron bastante, seguía teniendo mal aspecto.

Entonces hice uso de mi varita, y el conjuro sanador le mejoró otro poco más el rostro, pero no del todo.

—No te preocupes, Donnadie —le dije—, ya conseguiremos que vuelvas a estar tan guapo como antes.

Donnadie se echó a reír.

—Lo consideraré una prueba de valor. Además, no conviene que un macho sea excesivamente guapo, ¿verdad, Pet?

Petra sonrió y mostró su mano lesionada.

—¿Y qué me dices de las hembras, Don?

—Estoy contigo, pero es mucho mejor que estar muerto, te lo aseguro.

—Ja —exclamó Delph poniendo punto final, y todos sonreímos.

Me puse en pie.

—Me parece que el Cuarto Círculo nos está llamando —dije con plena confianza en mí misma.

Pero no debería haber mostrado tanto entusiasmo.

Porque el Cuarto Círculo era donde iba a morir.

QUADRAGINTA TRES

Rubez

El terreno del Cuarto Círculo era de lo más curioso: llano en algunos lugares y montañoso en otros. Avistamos grandes peñascos rocosos y erizadas crestas que se elevaban hacia el cielo. No había estrellas, ni tampoco estaba el Noc. Nos guiábamos con la luz de mi varita.

Avanzamos todo lo que pudimos, y acampamos cerca de un grupo de altos sauces. Yo estaba atenta a ver aparecer el estilizado curso del río Óbolo, que yo sabía que discurría por aquel círculo, pero aún no lo había encontrado.

Después de cenar, Donnadie se ofreció a hacer la primera guardia. Petra y Delph se durmieron enseguida, pero yo, como de costumbre, descubrí que no podía, al menos inmediatamente.

Busqué dentro de mi mochila y saqué el mapa del Quag que me había dejado Quentin Hermes escondido en mi árbol de Amargura y que yo había reproducido en un pergamino. Había varios puntos en los que Quentin había acertado, de hecho había dado justo en el clavo. Pero también había otros muchos que eran totalmente incorrectos. Repasé todo lo que había ocurrido para que aquel mapa fuera a parar a mis manos. Cuando oí a los caninos de ataque, yo estaba en lo alto de mi árbol; vi a Quentin dirigirse hacia el Quag; más tarde, cuando fui a Chimeneas a trabajar, encontré un mensaje suyo en el que me decía que acudiera a mi árbol aquella noche; allí descubrí que había un tablón de más claveteado en el tronco, y debajo de él encontré el mapa.

Me incorporé de repente. Aquel tablón de más no estaba todavía en mi árbol cuando vi a Quentin huyendo en dirección al Quag, así que necesariamente tuvo que volver más tarde del Quag para clavarlo, pero antes de que yo regresara por la noche.

Me pregunté una cosa que no me había preguntado nunca: ¿por qué motivo perseguía el Consejo a Quentin? Algo debió de pasar. Más tarde nos dijeron que Quentin había infringido una serie de leyes, pero no nos aclararon cuáles. Y Morrigone y Thansius no llegaron a hablar conmigo de dicho asunto.

Busqué en mi bolsillo y saqué el anillo de mi abuelo. Había aparecido en la casa de Quentin, de modo que había que suponer que mi abuelo se lo había dado a él. ¿Pero por qué no se lo había dado a mi padre, que era su único hijo? ¿Qué cualidad poseía Quentin, para que mi abuelo le hubiera dado el anillo a él? ¿Era un simple mensajero, el encargado de pasarme a mí las cosas que iba a necesitar? ¿Estaba obedeciendo órdenes de mi abuelo? ¿Y por qué?

A continuación saqué el pergamino, lo toqué con mi varita y llamé:

—¿Silenus?

Al instante apareció su imagen.

—¿Dónde estás en este momento? —me preguntó con gesto sombrío.

—En el Cuarto Círculo.

—El río Óbolo.

Afirmé con la cabeza.

—Y Rubez, el piloto. ¿Qué puedes decirme acerca de él?

—Nada, me temo.

—Astrea me dijo que nos exigiría un precio para llevarnos hasta la otra orilla, pero no especificó cuál.

—Yo nunca he realizado ese trayecto, como es natural, y tampoco tengo retazos de información de alguien que lo haya hecho.

—Maravilloso —musité—. ¿El río lleva al Quinto y último Círculo?

Silenus negó nuevamente con la cabeza.

—Por desgracia, eso es un verdadero misterio.

—Pero existe un río, de modo que imagino que en él deben de habitar criaturas acuáticas.

—No me sorprendería.

—De ahí que la embarcación de Rubez sirva para trasladarnos sanos y salvos hasta la otra orilla —señalé.

—Yo diría que el hecho de trasladaros sanos y salvos hasta la otra orilla del Óbolo requiere algo más que una simple moneda para pagar el pasaje.

—¿El qué, entonces? —pregunté.

—Es muy posible que te cueste más de lo que estés dispuesta a entregar, Vega. Y la decisión te corresponderá únicamente a ti. Así es como funciona el Quag; a menudo exige más de lo que uno quiere o puede dar.

Y tras este inquietante comentario, Silenus desapareció.

Volví a guardar el pergamino en mi bolsillo con todo cuidado. ¿Qué no estaría yo dispuesta a entregar a cambio de cruzar el río Óbolo?

Petra era la encargada de realizar la última guardia. Esperé unas cuantas cuñas hasta que se fue a ocupar su puesto y, tras cerciorarme de que Delph y Donnadie estaban dormidos, me acerqué a su mochila. Sabía que lo que estaba haciendo estaba mal en muchos sentidos, pero también era algo que necesitaba hacer ya mismo.

Apunté con la varita a la mochila y murmuré:

—*Cristilado magnifica*.

Al instante se amplió el contenido de la mochila. Vi lo que esperaba ver. El siguiente conjuro también lo pronuncié en voz baja:

—*Retorna*, varita.

La varita salió de la mochila y vino directa hacia mi mano. En el momento en que la toqué me di cuenta, demasiado tarde, de que podía quemarme. Sin embargo, no me quemó. A lo mejor solo me hacía daño si intentaba lanzar un hechizo con ella.

—*Illumina*.

Alumbrando con mi varita la varita de Petra, la examiné detenidamente. Estaba hecha de una madera mucho más oscura que la mía. Técnicamente, su tío no se la había dado; tal vez hubiera terminado dándosela, pero murió antes de poder hacer nada. Petra se había limitado a cogerla. En cambio, alguien se la había pasado a él. ¿Su padre, quizá? Lo que estaba buscando lo encontré en la base: era un trozo de uña, se distinguía con toda claridad en contraste con la madera.

Sintiéndome un poco culpable, me guardé la varita en el bolsillo, regresé a mi lecho y me acosté. Si Petra era mi enemiga, aunque me hubiera salvado la vida, yo no quería que tuviera una varita en su poder, una varita que podía matarme a mí y también a Delph. Aun así, me sentí incómoda; por lo visto, en el Quag no existían las decisiones fáciles.

Cerré los ojos y me dormí, sin estar del todo segura de si lo que acababa de hacer estaba bien o mal.

Petra nos despertó cuando se hizo la hora de levantarse, una hora un poco difícil de calcular porque en aquel lugar no salía el sol. La observé detenidamente mientras recogía su mochila, y advertí que en ningún momento miró dentro de ella, de modo que no se dio cuenta de que le había desaparecido la varita. Yo estaba segura de que cuando se percatara de ello sospecharía de mí de inmediato, cómo no. Yo era la única que estaba enterada de los poderes mágicos que había demostrado tener en el pasado, cuando estaba con su tío. Sin embargo, no me había dicho que tenía la varita consigo, por consiguiente yo dudaba que fuera a enfrentarse a mí a ese respecto, y mucho menos delante de Delph y de Donnadie. Se notaba que no quería que ellos se enterasen de su secreto. Yo le estaba haciendo juego sucio, pero es que en aquel preciso momento no podía permitirme más sorpresas.

Durante otras tres luces con sus noches anduvimos vagando por aquel paisaje oscuro. Una vez vimos un inficio volando por encima de nosotros y tuvimos que refugiarnos en una cueva. En otra ocasión nos tropezamos con una manada de freks que estaban enzarzados en una pelea con un rebaño de unas criaturas que no supe identificar. Terminaron venciendo los freks, y se quedaron unos instantes sobre los cadáveres, los trofeos que representaban su botín de guerra. Mientras los devoraban, nosotros aprovechamos para huir, y no tardamos en encontrarnos bien lejos y a salvo.

En la cuarta noche, mientras hacía guardia al borde del campamento, alcé mi varita y murmuré:

—*Cristilado magnifica*.

Hasta aquel momento, había obtenido escasos resultados con dicho conjuro; en cambio, aquella noche iba a ser diferente. No obstante, jamás habría podido imaginar que iba a ver lo que vi.

No era ninguna criatura que estuviera allí.

Eran Delph y Petra. No sé por qué, pero el hechizo no me estaba mostrando lo que había frente a mí, sino lo que estaba ocurriendo a mi espalda.

Estaban muy cerca el uno del otro y hablaban en voz baja, de modo que no pude oír lo que decían. A lo largo de las dos últimas luces y noches los había visto pasando tiempo juntos, ya fuera cuando hablábamos de algo o cuando estábamos sentados en torno a nuestra pequeña fogata. Y también tendían a dormir no muy separados. Sin embargo, aquella visión...

Di media vuelta y fui rápidamente hacia la fogata, que ya estaba casi apagada.

Me detuve y miré.

Delph estaba agitando la Piedra Sumadora por encima de la mano lesionada de Petra. Yo sabía que estaría pensando cosas maravillosas. A continuación, ella sonrió y le tocó la mejilla.

Me volví y regresé a mi sitio, con la cabeza gacha y la mirada fija en mis botas sucias. Delph era mi mejor amigo; los amigos no actuaban así con otras personas cualesquiera. No era... No era...

«¿Qué es lo que no era, Vega? ¿No era lo que tú querías que sucediese? Pues no se trata de tu vida, sino de la de Delph. Si Petra le gusta más que tú, no hay nada que hacer.»

De pronto oí algo que me dejó petrificada: el ruido que hace el agua al correr suavemente.

Enseguida fui a decírselo a mis compañeros, y todos acudimos a ver qué era. Seguimos el rumor del agua hasta que llegamos a un claro, y allí estaba.

El río Óbolo. Era alargado y sinuoso, y se estiraba formando curvas y meandros hasta perderse de vista por ambos extremos. Y también era más ancho de lo que yo pensaba, hasta el punto de que resultaba imposible ver la otra orilla. Pero yo sabía que en la otra orilla comenzaba el Quinto Círculo, el último. Lo único que nos separaba de él era aquel curso de agua.

—Mirad allí —dijo Donnadie señalando hacia un lado.

A nuestra izquierda había un viejo embarcadero de madera. Se mecía sostenido por unos troncos medio podridos que se hundían en el río. En un poste torcido colgaba un letrero de madera que se balanceaba con la brisa. Aunque estábamos a unos cuantos metros de distancia, se distinguía con claridad lo que decía, incluso a oscuras. De hecho, las letras daban la impresión de resplandecer con un brillo de color rojo.

—«Embarcadero de Blackroot» —leí.

—Vega Jane —dijo Delph en un tono que yo no le había oído emplear nunca.

—¿Qué? —susurré a mi vez.

Pero no tenía necesidad de haberlo preguntado, porque vi qué era lo que había llamado su atención.

El bote, pequeño y negro, acababa de doblar el recodo y estaba aproximándose al embarcadero. En la popa se distinguía una figura cubierta con una capucha oscura que empuñaba un largo remo de maniobra. El bote se deslizaba sobre el agua como si flotase un poco por encima de la superficie.

La figura encapuchada guio el bote con mano experta y lo llevó suavemente hasta que tocó los tablones engrasados del embarcadero. De una estaca torcida que estaba clavada en la borda colgaba un pequeño farol, que daba luz suficiente para que pudiéramos ver el rostro del individuo que manejaba el bote cuando se bajó la capucha.

Todos dimos un paso atrás al verle. Yo tuve la viva impresión de que Rubez era un esqueleto, solo que alguien se había olvidado de decirle que ya no estaba vivo. Todo en él era huesudo, vacío y muerto. En cambio, sus ojos relucían con fuerza a la luz del farol; su resplandor parecía tener el mismo rojo intenso que el texto del letrero.

Abrió la boca y habló al mismo tiempo que levantaba una mano alargada y huesuda para hacernos una seña.

—Acercaos, los que deseáis cruzar el Óbolo —dijo con una voz que sonó igual que el ronco rugido de un canino de ataque—. Y Rubez os complacerá.

Obedecimos subiendo al frágil embarcadero, que se tambaleó violentamente de un lado al otro bajo el peso de todos nosotros. Pensé que íbamos a acabar todos en el agua, pero la estructura se enderezó y quedamos como a medio metro de donde estaba Rubez.

Hice ademán de subir al bote, pero Rubez me bloqueó el paso con su remo, del que goteaba agua y lodo.

—¡Eh! —protesté al tiempo que retrocedía de un salto—. Acabas de decir que nos acerquemos, que tú nos complacerás.

—Pero antes debéis pagar la tasa —gruñó el barquero.

Lo miré fijamente.

—¿Qué clase de tasa?

A modo de respuesta, Rubez volvió la vista hacia el interior del pequeño bote y luego nos miró de nuevo a nosotros.

—Tengo sitio para cuatro, no más.

Miré a mis compañeros y luego me volví hacia Rubez.

—Pero somos cinco.

—Cuatro, nada más —repitió.

Saqué mi varita.

—Y yo digo que somos cinco. Ya sé que exiges un precio, y con mucho gusto lo pagaré. Pero este río vamos a cruzarlo todos.

Rubez me sonrió enseñando una dentadura inyectada de sangre. Y por primera vez me percaté de que su brazo, que quedó ligeramente al descubierto cuando movió el remo, estaba cubierto de escamas oscuras, como las de un pez.

De pronto levantó el remo y apuntó con él por encima de mi cabeza. Al instante, Delph lanzó un alarido. Me volví y vi que estaba de rodillas, sosteniéndose la cabeza y con una mueca de dolor en el rostro. Quise agarrarlo, pero me apartó de sí, cayó de bruces y empezó a sufrir convulsiones.

—¡Delph! ¡Delph!

Petra y Donnadie también intentaron socorrerle, pero fueron empujados hacia atrás por una fuerza invisible.

Apunté con mi varita hacia Delph para intentar conjurar algo que hiciera desaparecer lo que le estaba haciendo sufrir tanto, pero fue como si algo me estuviera sujetando la varita con la intención de arrebatármela de la mano.

Rápidamente me volví hacia Rubez. Allí estaba, tan tranquilo, todavía sosteniendo el remo en alto. Comprendí que de allí partía el intenso dolor que acosaba a Delph.

—¡Basta! —chillé—. Basta, por favor.

Rubez bajó el remo despacio, y al instante Delph dejó de retorcerse y quedó tendido en el suelo, jadeando.

Me arrodillé a su lado y le cogí la mano.

—¿Delph?

—No... pasa nada, Vega Jane —murmuró—. Y no me duele. No... pasa nada.

Me giré hacia Rubez furibunda.

—¿Se puede saber por qué diablos has hecho esto?

—En mi bote irán cuatro, no más.

Observé la embarcación.

—Está bien, en ese caso podemos hacer dos viajes. Iremos primero tres y luego dos. ¡Así no infringirás tu maldita regla!

Rubez dejó de sonreír y levantó un dedo.

—Un solo viaje, no dos.

Lo miré fijamente y cuadré los hombros.

—¿Y cuál es la tasa que impones, entonces?

No acababa de entender lo que quería.

Rubez fijó la mirada en las oscuras aguas del río y después volvió a mirarme.

—Si deseáis llegar a la otra orilla, uno de vosotros deberá nadar con todas sus fuerzas. Esa es mi tasa. Si no queréis nadar, podéis quedaros aquí, todos. Y dentro de unas pocas cuñas perderéis la vida. —Miró más allá de mí y agregó—: Porque ya vienen.

—¿Quiénes vienen? —pregunté irritada.

Rubez me observó entornando los ojos, que parecían dos cuchillas de color rojo sangre.

—La muerte —susurró.

Aquella respuesta me inundó de un intenso pánico que ni siquiera había sentido en presencia de un dabbat.

Contemplé durante un instante las suaves aguas del río y después la otra ribera, que seguía sin verse desde donde estábamos, y miré de nuevo a Rubez.

—¿De verdad no hay otro camino?

—Tan solo uno.

—¿Cuál? —pregunté con avidez.

—Puedo convertir cinco en cuatro. ¡Y los que queden vivos podrán subirse a mi bote! —exclamó drásticamente al tiempo que alzaba el remo en un gesto de amenaza—. ¿Quién va a ser, eh? ¿EH?

Yo levanté las manos y grité:

—¡No! Yo seré quien nade con todas sus fuerzas.

—Vega Jane —dijo Delph incorporándose con las piernas temblorosas—, tú no nadas demasiado bien.

Harry Segundo se puso a bailotear a mi alrededor y a mover las patas delanteras, como si quisiera demostrarme lo buen nadador que era.

—No —repliqué—. Iré yo.

—No —saltó Delph—. No puede ser que seas siempre tú la que lo hace todo sola.

—¿Y qué me decís del canino, eh? —propuso Donnadie.

—Cierra la boca, Donnadie —ladré.

Delph me llevó a un lado.

—¿Por qué no le arreamos un buen puñetazo y le quitamos el maldito bote? —me susurró.

—Ya has visto lo que te ha hecho a ti. Además, por lo que parece, ese remo suyo es mucho más fuerte que mi varita.

—Entonces, ¿cómo escogemos, eh? —preguntó Delph, ya en un tono de voz normal.

—Yo voto por que vaya Don —dijo Petra.

Donnadie juró para sus adentros.

—¿Por qué tengo que ser yo?

—Porque para llegar al final necesitamos la varita de Vega, por eso.

—Eso es una canallada por tu parte —protestó Donnadie—. ¿Y qué pasa con Delph? ¿O es que te tiene chocha perdida?

Delph y Petra pusieron la misma cara que si los hubiera golpeado un coloso. Antes de que Petra pudiera responder, se adelantó Delph:

—Iré yo. Tengo mucha resistencia nadando. —Y añadió, un tanto avergonzado—: Y, como ha dicho Petra, necesitamos la varita de Vega para continuar.

—No, Delph —saltó Petra—. Tú no vas a meterte en este río. Maldita sea, iré yo.

—Oye —terció Donnadie—, ¿por qué no mandamos al maldito canino? ¿Alguien quiere decirme cuál es el problema? No es más que una bestia.

Delph le dio un empujón.

—*Harry Segundo* vale tanto como cinco como tú.

—Basta —grité—. Voy a ir yo.

—Pero te necesitamos para... —empezó Petra.

Les apunté a todos con la varita.

—¡No, Vega Jane! —chilló Delph, porque sabía lo que me proponía hacer.

Harry Segundo ladró y se abalanzó contra mí con una expresión de angustia en sus ojos dispares.

—*Subservio* —dije.

Al instante, todos quedaron inmóviles frente a mí, rígidos y con la vista desenfocada. A continuación apunté con mi varita al bote y todos se subieron a él, incluido *Harry Segundo*.

Respiré hondo y los fui contemplando a todos uno por uno, hasta que finalmente mi mirada se posó en Delph. Esperaba que la última expresión que viera en su rostro no fuera la de sentirse profundamente traicionado por mí. Y allí estaba *Harry Segundo*, petrificado, pero yo sabía que en sus adentros era capaz de comprender lo que yo había hecho. Experimenté una profunda pena, pero no tenía tiempo para recrearme en ella.

Me volví hacia Rubez, que estaba aguardando expectante.

—¿Hay algo que puedas decirme antes de que me lance al agua? —le pregunté con frialdad.

El barquero me estudió valorativamente por espacio de unos instantes, y después señaló el río.

—Lo que hay ahí abajo necesita ser resuelto. ¿Eres tú la adecuada para resolverlo? —Se encogió de hombros—. Eso solo puedes saberlo tú.

Y acto seguido me sonrió con un gesto malévolo que me hizo hervir la sangre. Me prometí a mí misma que sobreviviría a aquello, aunque solo fuera por volver a mirar a aquel tipo a la cara y convertirlo en polvo.

Rubez se ayudó del remo para separar el bote del embarcadero. Contemplé cómo se iba alejando. Se me acababa de ocurrir que aquella podía ser la última vez que viera a Delph o a *Harry Segundo*, y debería haber sentido ganas de llorar. Debería haber sentido algo. Y, a decir verdad, algo sentí: un terrible vacío, como si todo lo que hubiera sentido en mi vida hubiera desaparecido.

Poco después se perdieron de vista en la niebla que había brotado sobre la superficie del río. Lo único que se oía ya era el chapoteo del remo de Rubez contra el agua, que se llevaba a mis compañeros consigo.

El efecto del conjuro *Subservio* solo aguantaría mientras yo estuviera relativamente cerca, pero para cuando se hubiera disipado del todo ya sería demasiado tarde para impedirme actuar.

Alcé una mano solitaria y dije:

—Adiós.

Acto seguido, me aproximé al borde del embarcadero y contemplé el río Óbolo. Delph estaba en lo cierto, no se me daba muy bien nadar. Simplemente, en Amargura no había tanta agua. No tenía ni idea de lo que me aguardaba en aquellas sucias profundidades, pero el hecho de quedarme allí pensando no iba a servirme para nada.

Así que agarré mi varita con fuerza, respiré hondo y salté.

QUADRAGINTA QUATTUOR

La muerte es ella

Cuando me zambullí en el río, no sabía qué debía esperar. Bueno, supongo que creí que iba a experimentar frío y un profundo desasosiego, pero en realidad no sucedió tal cosa. De hecho, la sensación que tuve fue de alivio y de un agradable calorcito.

Pero eso cambió cuando volví a emerger a la superficie.

Hice una inspiración. Por lo menos lo intenté. Pero cuando el aire entró en mis pulmones, tuve la sensación de que mi cerebro iba a explotar. Boqueé y me debatí furiosamente, y cuando ya estaba a punto de perder el conocimiento, hice lo único que se me ocurrió: sumergirme bajo el agua.

Después de haber estado a punto de asfixiarme fuera del agua, cuando me hundí todavía llevaba la boca abierta. Se me empezaron a inundar los pulmones, y en aquel instante supe que cuando se me llenaran del todo, moriría.

Sin embargo, no morí. El dolor que unos momentos antes había sentido en la cabeza desapareció, y a medida que el agua iba entrando en mis pulmones comencé a sentirme extrañamente recuperada. Encendí la varita y miré a mi alrededor. El agua estaba tan turbia que, incluso con aquella iluminación, solo alcancé a ver hasta una distancia de unos pocos metros en todas direcciones. Avancé un poco, deslizándome suavemente. Pero quise cerciorarme de que iba en la dirección correcta, así que salí de nuevo a la superficie a echar un vistazo. Sin embargo, estaba todo tan oscuro, y la cabeza volvió a dolerme otra vez de tal manera, que tuve que sumergirme una vez más.

De repente sentí que un gélido escalofrío me recorría todo el cuerpo, aun cuando por fuera la sensación era cálida y reconfortante. «Si fuera del agua no puedo respirar, ¿cómo voy a escapar de aquí? ¿Era este el precio que exigía Rubez, el sacrificio que la mayoría no estarían dispuestos a hacer? ¿Quedarme prisionera del Óbolo para siempre?»

Aparté a un lado aquellos pensamientos y continué nadando, con la esperanza de estar avanzando en la dirección correcta.

Rubez había dicho que lo que había allí abajo necesitaba resolverse, y me pregunté qué significaría aquello. Supuse que habría criaturas malignas acechando, deseosas de hacer todo lo posible para matarme, en cuyo caso estaba muy preparada para hacerles frente.

Apunté con mi varita y dije:

—*Cristilado magnifica.*

Lo que había esperado ver eran demonios acuáticos cuya ferocidad y capacidad para causar la muerte serían parecidas a las de las criaturas que caminaban por la tierra. Aquello podía entenderlo; a aquello podía enfrentarme, y tal vez salir vencedora. Pero aquello no fue lo que vi.

—Nooo... —gemí. Dejé de nadar y empecé a hundirme hasta el fondo del río.

Tenía ante mí el gran campo de batalla en el que Alice Adronis me dio la *Elemental* y en el que estuve a punto de perder la vida. Solo que esta vez yo participaba en la batalla. Cabalgaba a lomos de un poderoso corcel, iba vestida con una cota de malla y cruzaba los cielos portando una gran lanza en una mano. Igual que Alice Adronis.

Había visto aquella misma escena en un sueño, por eso sabía lo que estaba a punto de ocurrir. El golpe alcanzó a mi imagen de lleno en el pecho, y a mí me descabalgó. Caí, y cuando cayó mi imagen, sucedió: la imagen y yo nos fundimos en un único ser. Y ambas estábamos cayendo tan rápido que me quedé sin respiración. Me miré el pecho y vi la herida, profunda y ensangrentada. Y además sentí un dolor tan punzante que dejé escapar un grito y al instante se me llenó la boca, pero no de agua, sino de sangre. De sangre mía. Y después de eso ya no sentí nada más, y eso me asustó más de lo que me había asustado ninguna otra cosa en toda mi vida. Porque solo existe un motivo para que un herido no experimente dolor alguno.

Aquello no era un sueño, no era ninguna imagen.

Aquello era mi muerte.

Yo, Vega Jane, había dejado de existir.

Toqué el fondo de lo que supuse que sería el río Óbolo, y de repente sucedió algo extraordinario. Continué cayendo. Fue como si el lecho del río se hubiera abierto, como si la tierra se hubiera apartado a un lado para permitirme seguir descendiendo hacia un lugar que sin duda estaba todavía más hondo.

Durante todo aquel tiempo había permanecido con los ojos cerrados, porque había llegado al límite de mi valor, pero ahora tuve que abrirlos. Oí el fuerte chocar de un pesado bastón contra el suelo de piedra. Entonces miré hacia arriba y descubrí una figura alta y delgada, casi cadavérica.

Era Orco. Con su enorme narizota alargada, que tenía tres aberturas. Sus ojos totalmente negros me miraron de arriba abajo. Su asquerosa boca se abrió dejando ver unos dientes negros y una lengua larga y terminada en tres puntas de flecha. Emitió un siseo y golpeó la piedra con su bastón.

Aquello me hizo incorporarme de un salto y plantarme erguida ante él. Observé mi ropa; estaba tan seca como si no hubiera metido un pie en el agua.

Miré a mi derecha, y allí estaba: la pared de los muertos. Tenían las bocas abiertas, y los ojos también. No emitían ningún sonido, pero en su expresión suplicante advertí más sufrimiento del que yo era capaz de soportar.

Miré otra vez a Orco. Mostraba una sonrisa triunfal. Y supe por qué. Me miré el pecho y vi el enorme boquete y, justo debajo, mi corazón, detenido. Quise acercar la mano, pero no fui capaz; no me atreví a tocar mi propia herida mortal.

—*Certe* —siseó Orco con una expresión de triunfo en la cara.

¿De verdad estaría muerta? ¿Pero cómo podía ser? En realidad, nunca había estado en aquel campo de batalla, por lo tanto, ¿cómo podía haber recibido una herida mortal?

—No estoy muerta —dije en tono firme.

A modo de respuesta, Orco señaló mi pecho con sus dedos terminados en garras.

—*Certe*.

Pero yo, obstinada, negué con la cabeza.

—No estoy muerta.

De improviso apuntó a la pared y levantó el bastón. Noté que mis pies se despegaban del suelo de piedra, que salía volando por los aires y chocaba contra la pared. Ahora sí que oí lo que decían las pobres almas que estaban allí prisioneras.

Lo siguiente que me sucedió fue lo más espeluznante de todo.

Empecé a hundirme en la pared. Tuve la sensación de estar disolviéndome de dentro afuera. Sentí que… me evaporaba, que varias partes de mi cuerpo estaban desapareciendo. Miré frenética a un lado y a otro, consciente de que cuando lo único que quedara a la vista fueran mis ojos y mi boca, estaría perdida, atrapada en aquella pared para siempre.

Mi mente volvió fugazmente a Delph y a *Harry Segundo*. E incluso a Petra y a Donnadie.

Y luego, tras hundirme otro poco más en el muro, sentí una voz en mi oído.

No era una voz procedente de aquella pared; era una voz que procedía del interior de mi cabeza.

Vega, la muerte no es más que miedo. Si no hay miedo, la muerte no existe. Si no existe la muerte, no existen los barrotes. Si no existen los barrotes, tan solo hay libertad.

Debería haberme vuelto completamente loca el hecho de estar oyendo una voz que me hablaba desde el interior de mi cabeza, pero no fue así. Por alguna razón inexplicable, me hizo pensar. Y después me transmitió calma. Y después me transmitió algo mucho más fuerte, tal vez lo más fuerte de todo: esperanza.

Me miré la mano, que todavía era visible, y vi que en ella tenía agarrada la varita. Y recordé que en nuestro primer encuentro Orco tuvo miedo de mi varita. Lo cual, naturalmente, quería decir que tuvo miedo de mí.

De Vega Jane.

Yo era una hechicera. Tenía una varita. Tenía una necesidad. De modo que, tal como me había informado Silenus, podía inventarme un conjuro para satisfacer dicha necesidad. No importaba cuáles fueran las palabras exactas; lo importante era que el cuerpo, la mente y el alma actuasen como un todo, tal como había dicho Astrea. Aquello era lo que había hecho yo espontáneamente en su casa, sin contar siquiera con la ayuda de una varita.

Todo mi ser se concentró en una única cosa. Hice un movimiento de rasgar el aire y lancé un grito empleando todo el aliento que me quedaba:

—¡No estoy muerta!

De repente se oyó un tremendo crujido, semejante al estallido de un trueno, y la pared se partió por la mitad y me dejó libre.

Salí de entre los escombros con la varita en alto.

Por primera vez, no sentí miedo en presencia de Orco. Efectivamente, los barrotes de mi prisión habían desaparecido. En cambio vi, con satisfacción, una clara incertidumbre en aquellos ojos fríos y negros.

Nos situamos el uno frente al otro y comenzamos a movernos en círculo. Él levantó su bastón y al momento levanté yo mi varita, preparada para repeler su ataque. Él bajó el bastón, pero yo mantuve la varita en posición, apuntándole directamente. Entonces posó la vista en mi pecho. Yo seguí su mirada.

Me quedé boquiabierta. El agujero ya no estaba.

Cuando volví a mirar aquel rostro cruel, descubrí que me estaba observando fijamente. Así que no pude evitarlo:

—*Certe* —dije con un siseo.

De pronto me impulsé hacia arriba, atravesé piedra y tierra e irrumpí de lleno en la masa de agua. Subí y subí sin detenerme, hasta que creí que la presión que sentía a mi alrededor iba a aplastarme sin remedio. Un instante más tarde empecé a toser y escupir, convencida de que iba a ahogarme. Y de pronto caí en la cuenta de un detalle: una vez más estaba respirando aire, no agua.

Escruté la superficie del río en todas direcciones. Me pareció igual que antes, lo cual significaba que no sabía hacia dónde tenía que ir. Estaba manoteando en el agua, agotada de repente tras el esfuerzo realizado en el fondo del río. Me hundí un momento, pero conseguí emerger otra vez a la superficie. Me hundí de nuevo, y en esta ocasión no supe si iba a tener fuerzas suficientes para seguir luchando.

De improviso sentí que algo me agarraba, y empecé a patalear y forcejear para zafarme. Intenté apuntarle con mi varita, pero tenía los brazos aprisionados a los costados. Cuando asomé a la superficie, dejé de patalear.

—¡Delph!

Estaba frente a mí, sujetándome con sus fuertes brazos.

—¿Qué estás haciendo tú aquí?

—¿Estás loca? ¿Qué demonios crees que hago? Te estoy rescatando.

Se puso boca arriba, me agarró por debajo de los brazos y comenzó a nadar.

—¿Sabes hacia dónde hay que ir? —le pregunté, inmensamente aliviada por tenerle allí conmigo.

—Hemos encendido una hoguera en la orilla para guiarnos, y voy directamente hacia ella.

—Siento mucho haberte lanzado un hechizo —le dije.

—Ya lo imaginé cuando se me pasó el efecto.

—¿Llevabas mucho tiempo buscándome?

—Bastante.

Por fin mis pies tocaron algo, y me di cuenta de que ya estábamos en la zona poco profunda de la orilla. Delph me ayudó a ponerme de pie.

Volví la cabeza justo a tiempo para ver a Rubez pasando por delante de nosotros a bordo de su bote negro. El barquero y yo nos miramos el uno al otro. Después de haber hecho lo mismo con Orco, sabía que Rubez no podía darme ningún miedo.

—Eh, Rubez, me parece que ya he resuelto lo de ahí abajo —le dije indicando el río—. Gracias.

Su semblante reflejaba un intenso odio, pero a mí me importó un comino.

Continuamos hasta que nuestros pies tocaron tierra firme. Y de repente algo me saltó encima. Era *Harry Segundo*. Se puso a lamerme la cara y a apretarme con el hocico.

Delph me abrazó con fuerza.

—Lo has conseguido —me dijo en voz baja, rozándome la mejilla con su aliento. Su alivio resultaba palpable.

—Sí, lo he conseguido —dije débilmente—. ¿Dónde están los otros?

—Junto a la hoguera.

Echamos a andar hacia la luz de la fogata, y me preguntó:

—¿Te ha costado mucho cruzar a nado?

Me volví hacia su ancho rostro, que rebosaba felicidad.

—No tanto, Delph. No tanto.

QUADRAGINTA QUINQUE

Las almas perdidas

Ya estábamos en el Quinto Círculo, el último. Y no me pasó inadvertido que aquel iba a ser nuestro reto más difícil y, con suerte, el definitivo.

Petra se había ofrecido a hacerse cargo de la primera guardia.

Donnadie y Delph estaban dormidos, y yo estaba acostada con *Harry Segundo* a mi lado. No les había contado a los demás lo que me había sucedido en el río Óbolo, porque no iba a servir de nada. Además, ¿qué podía decirles?

«Veréis, morí a causa de una herida que recibí en el pecho, pero ya he regresado de entre los muertos y todo va sobre ruedas. ¿Os gustaría ver dónde tenía esa herida mortal? ¡Porque era bastante impresionante!»

Dejé escapar un quejido y me tapé la cara con la mano. Luego bajé la otra mano a mi pecho; antes me había aterrorizado hacerlo, pero ahora sentí la necesidad. Metí los dedos por debajo de la ropa hasta que toqué la piel. Sabía cuál era el lugar exacto en que estaba la herida, y me asustaba que quedase algún residuo horrible, pero noté la piel tan suave y lisa como siempre.

Retiré la mano. Aun así, no sé por qué, pero me sentía impura, cambiada para siempre. Y, lo peor de todo, me sentí profundamente distinta de mis compañeros. Delph y yo habíamos afrontado muchas cosas en el Quag, los dos juntos. Pero esto no lo habíamos experimentado juntos, lo había vivido únicamente yo. Y daba gracias al bendito Campanario por ello.

Saqué el pergamino de la capa y convoqué a Silenus. Apareció un momento después.

—Hemos logrado cruzar el río Óbolo y entrar en el Quinto Círculo —le dije en voz baja.

—¿Y el pago exigido por Rubez? —me preguntó el remanente.

Me llevó una cuña describirle en detalle lo que me había ocurrido.

—Estuve muerta, Silenus. Pasé a formar parte de aquella pared.

—Sin embargo, luchaste por regresar y recuperaste la libertad. Eso es una hazaña importante, Vega, no lo olvides nunca.

—Astrea dijo que sabía poca cosa del Quinto Círculo, excepto que su creador fue mi antepasado Jasper Jane. Por lo visto, le gustaba la magia negra. Sea como sea, Astrea mencionó que este círculo podría ser el de las almas perdidas.

Silenus me miró con gesto de preocupación.

—Lo de las almas perdidas es un asunto peligroso, Vega. Muy peligroso.

—¿Cómo es posible que un alma esté perdida? A pesar de lo que dijo Astrea, yo siempre he creído que si el cuerpo muere, también muere el alma.

—Oh, no. El alma es mucho más resistente que el cuerpo, que en realidad es bastante frágil. El alma puede vivir sin el cuerpo. Y, a decir verdad, el cuerpo también puede vivir sin el alma, pero no me gustaría tropezarme con un cuerpo sin alma. Dudo que fuera un encuentro agradable. No obstante, un alma sin cuerpo puede resultar bastante agradable y servicial. De hecho, en cierto sentido podría ser una forma de describir lo que soy yo.

—Pues no está tan mal —repuse.

—Pero no creas, ni por un instante, que todas las almas desconectadas de su cuerpo son iguales, porque no es cierto.

—¿A qué te refieres exactamente?

—Un alma que es malvada sigue siendo malvada con independencia de que esté envuelta o no en un cuerpo infame. En cierto sentido, eso la vuelve más malvada todavía. Así pues, es buena idea conservar un sano escepticismo respecto de todas las almas, Vega, hasta que uno pueda estar seguro de hacia qué lado se decantan.

—¿Y cómo se distingue eso? —pregunté con los ojos muy abiertos.

—Bueno, un buen indicativo es el de si intentan matarte o no.

De repente se me ocurrió una idea y saqué la varita de Petra.

—¿Dijiste que sabrías distinguir si esta varita pertenece a un Maladón?

—Toca el pergamino con ella —me dijo Silenus.

Respiré hondo y lo toqué.

Silenus desapareció al momento.

A continuación toqué el pergamino con mi propia varita, y Silenus reapareció. Nos miramos fijamente el uno al otro.

—¿Es de un Maladón? —pregunté.

—Sin ninguna duda.

Me despedí de Silenus y guardé el pergamino. Ahora sentía un profundo miedo.

Cuando llegó mi turno de montar guardia, fui hasta donde estaba Delph y le dije:

—Delph, tenemos que hablar.

—¿De qué, Vega Jane?

—De Petra.

De repente adoptó una actitud avergonzada.

—Somos solo amigos. Ya te dije que sentía lástima por ella.

—No me importa que Petra te guste, Delph. Es guapa, dura, está llena de energía y... en fin, es bastante increíble.

—¿Quieres decir que es como tú? —me interrumpió.

Estaba a punto de seguir hablando, pero al oír aquello me quedé petrificada.

—¿C-cómo...? —balbucí.

—Petra es como tú. Tú eres todas esas cosas. Y más, Vega Jane. Pero en otras cosas no os parecéis.

Noté que me ruborizaba intensamente, y no pude sostenerle la mirada.

—¿En cuáles?

—Tú siempre estás ayudando a alguien. En Amargura, se

notaba en que ibas a ver a tus padres y cuidabas de tu hermano. Y eras la única amiga que tenía yo, mientras que los demás se burlaban de mí. Y ahí, en el Óbolo, con ese maldito Rubez, a Petra le pareció perfecto que fuera Donnadie el que cruzara nadando, porque sabía que te necesitaba a ti para atravesar el Quag. Tú jamás habrías pensado como ella.

Nos miramos el uno al otro por espacio de largos momentos. Después, los dos levantamos el brazo al mismo tiempo y nos cogimos de la mano. Yo deseaba hacer algo más que eso, deseaba besarle, pero él me preguntó:

—¿Querías decirme algo respecto de Petra?

Lo miré un instante, y poco a poco le solté la mano.

—No hay prisa. Ve a dormir un rato —concluí.

Delph se marchó y yo me quedé pensando.

Era posible que Petra estuviera tan desconectada de su historia como estaba yo de la mía. Pero, tomando prestada la frase de Silenus, ¿de qué lado terminaría por decantarse?

Supe que en algún momento iba a tener que hallar la respuesta a aquella pregunta. Tan solo esperaba que no me costara la vida.

QUADRAGINTA SEX

Desaparecidos

Salió el sol, para mi alivio. En cuanto hubimos dejado atrás como un kilómetro de bosque, lo vimos.

La montaña que habíamos visto Delph y yo en nuestra primera noche en el Quag —daba la impresión de que ya había transcurrido un siglo— se elevaba justo delante de nosotros, mucho más cerca que nunca. Al pie de la misma el terreno era muy escarpado y formaba afilados repechos que parecían serpientes. Dichos repechos, separados unos de otros por profundos valles, iban ganando en altura gradualmente, hasta que terminaban incrustándose en la falda misma de la montaña.

—Por lo que se ve, vamos a tener que superar este obstáculo —le dije a Delph.

Hizo un gesto afirmativo al tiempo que recorría todos los puntos con la mirada. Si bien la montaña seguía siendo azul y aparecía desprovista de vegetación, desde nuestra posición veíamos que los repechos que llevaban hasta ella estaban cubiertos de un manto verde. Sin embargo, aquel entorno no tenía ninguna belleza; después de todo lo que nos había pasado, yo solo veía ante mí la posibilidad de que acabáramos muertos.

Llegamos al escarpado repecho que se alzaba en el centro y empezamos a subir. El esfuerzo era considerable. Los árboles y el resto de la vegetación eran muy densos, y la inclinación del terreno enseguida se hizo muy pronunciada. Tampoco teníamos un buen punto de apoyo, y todos tropezamos en más de una ocasión. Pero continuamos avanzando.

Donnadie tuvo que servirse de su espada, y Delph de su hacha, para ir abriendo camino. Yo terminé haciendo uso de mi varita para trazar un sendero. Por fin llegamos al final. Ante nosotros se extendía una ancha planicie que abarcaba más de un kilómetro. Miré a derecha y a izquierda; ¡el sendero terminaba en un acantilado de roca maciza! No había forma de seguir subiendo.

Delph se situó a mi lado y contempló la llanura.

—Bueno —dijo—, supongo que ahora habrá que bajar, ¿no?

—Puedo aprovechar a *Destin* para transportaros de uno en uno —propuse—. ¿Quieres ser tú el primero? —le dije a Donnadie.

Sabía que no le gustaba demasiado volar, y que por lo tanto preferiría pasar el mal trago cuanto antes.

Envainó la espada y apretó el cierre de su mochila.

—De acuerdo —respondió, ya con la cara gris y la frente sudorosa.

Le dije que se agarrase a las correas de cuero que llevaba yo en la espalda. Conté hasta tres y después saltamos. Bueno, salté yo, y arrastré conmigo a Donnadie, que pesaba mucho y no dejaba de moverse. Tuve que esquivar tres copas de árboles, pero finalmente aterrizamos sanos y salvos, y Donnadie, agradecido, pudo plantar los pies en terreno firme.

Eché a volar de nuevo para ir a buscar a Petra y a Delph. *Harry Segundo* fue el último en venir. Cuando nos posamos en el suelo, lo desenganché del arnés y miré en derredor.

No había nadie.

—¿Delph?

Harry Segundo dejó escapar un quejido y se puso a olfatear.

—¿Petra? ¿Donnadie? Si esto forma parte de alguna broma absurda...

Pero sabía que no era ninguna broma, ellos no harían algo así. *Harry Segundo* y yo empezamos a buscar por todas partes, detrás de los árboles y entre el denso follaje, pero no vimos ni rastro de ellos.

Empecé a notar los nervios en el estómago. Y de repente se me ocurrió una idea. Alcé mi varita y dije:

—*Retorna*, Delph.

Me preparé para agacharme cuando viera venir volando hacia mí su enorme corpachón, pero no sucedió nada. A mi alrededor todo continuó tranquilo y en silencio.

Probé el mismo hechizo con Donnadie y con Petra. Pero nada.

—*Cristilado magnifica.*

Lo único que vi aparecer fue un montón de árboles en primer plano, pero ni un solo ser vivo entre ellos. Miré a *Harry Segundo* al tiempo que el pánico iba invadiendo todas las partes de mi cuerpo. Estábamos solos. Yo no tenía ni idea de lo que debía hacer, nunca me había sentido tan agitada. Busqué a mis compañeros por todos lados llamándoles a gritos, estaba enloquecida, aquella situación me había privado de todo mi raciocinio.

De repente se me ocurrió otra cosa que me causó más pánico todavía. Aquel era el lugar de las almas perdidas. Silenus me había dicho que el cuerpo físico podía estar separado del alma, aunque el alma de alguien que fuera malvado seguiría siendo malvada, ya estuviera unida a un cuerpo o no. ¿Habrían hecho prisioneros a mis compañeros y les habrían separado el alma? Y en ese caso, ¿dónde estaban los cuerpos?

«Basta, Vega.»

Estaba actuando como si tuviera la certeza de que habían muerto. No podía pensar así. Tenía que encontrarlos. Y los encontraría.

—¡Vamos, *Harry Segundo*! —exclamé.

Mi canino se subió a su arnés de un salto y yo me lancé a volar. Sobrevolamos toda la zona haciendo virajes a derecha e izquierda, escrutando el terreno en todo momento, por si veía algún indicio de mis compañeros. Pero no vi nada, de modo que se me hundió el ánimo y mis nervios amenazaron una vez más con volverme loca. Cuanto más tiempo pasaba, más me parecía que aquello iba a durar para siempre. Me costaba trabajo respirar. Estaba tan asustada que ni siquiera podía llorar. Era como si me encontrase bajo los efectos del mismo hechizo que había utilizado yo misma para dejar inmovilizado al dabbat que Astrea tenía en casa.

Casualmente miré hacia arriba, y lo vi materializarse. Al principio pensé que era otra tormenta que se estaba formando porque yo llevaba ya largo rato en el aire, pero no era una tormenta. Y la verdad era que hubiera preferido que lo fuera.

De repente el cielo se oscureció debido a unas criaturas voladoras. Una de ellas se acercó a mí y pude ver que se parecía a un inficio, solo que era mucho más pequeña, más o menos del tamaño de *Harry Segundo*. Pero debía de haber varios miles de ellas, y todas venían directas hacia nosotros con sus alas terminadas en garras y sus graznidos agresivos.

Me lancé hacia abajo en picado. Notaba el cuerpo de *Harry Segundo* en tensión. Pero también sentía la presencia de aquellas criaturas detrás de mí, incluso noté que una de ellas me tiraba de la capa con sus garras. Aceleré y desaparecí entre unos árboles rezando para que aquellas criaturas no me siguieran.

Pero mis oraciones no obtuvieron respuesta.

Pasé junto al suelo en vuelo rasante con la nube de criaturas cada vez más cerca.

Entonces apunté hacia atrás con mi varita y grité:

—¡Inmerso!

Al instante brotó una ola de agua, y al volver la cabeza vi que chocaba contra la nube de criaturas derribando a muchas y dispersando al resto. Pero sabía que se reagruparían y volverían a arremeter contra mí.

Entonces lo vi allá arriba. No tenía otra alternativa.

Apunté con la varita a las enormes puertas dobles del gigantesco edificio de piedra que acababa de aparecer en mi campo visual.

—¡Ingressio!

Las puertas se abrieron de par en par. Miré a mi espalda y vi que el torbellino de criaturas se encontraba a escasos metros de distancia, incluso pude distinguir sus garras afiladas como cuchillas y el instinto asesino que brillaba en sus ojos.

Harry Segundo y yo atravesamos las puertas a toda velocidad. Apunté a mi espalda y grité:

—¡Securius!

Las puertas volvieron a cerrarse y echaron el pestillo.

Un instante después se oyeron centenares de topetazos contra la madera. Menos mal que las puertas aguantaron.

Me posé en el suelo y liberé a *Harry Segundo* del arnés. Con la respiración agitada, contemplé las puertas igual que contemplé las de Chimeneas cuando me perseguían aquellos dos dabbats. Aquella puerta no se abrió, y estas, por lo que parecía, tampoco iban a abrirse. Pero aquellas horribles criaturas de fuera, ¿habrían atacado a Delph y a los demás? ¿Se los habrían llevado a algún sitio para... para...? No podía ni imaginarlo siquiera. De pronto sentí que se me llenaban los ojos de lágrimas. Era como si me hubieran arrancado el corazón.

Logré recuperar un poco la calma y miré a mi alrededor. Aquello me recordó a Chimeneas, con sus techos altos, su escalera de piedra, sus balaustradas de mármol blanco y sus columnas arqueadas que conducían a otras estancias. Empecé a subir la escalera para ver lo que había en el segundo piso, cuando de pronto lo oí.

—¿En qué puedo ayudarte?

Me giré en redondo a mitad de la escalera, en el intento de localizar el punto del que había partido aquella voz. Había visto de pasada un rincón del primer piso, pero ahora volví a fijarme y el... bueno, lo que fuera, salió y se situó donde yo pudiera verlo con claridad.

La figura era en realidad una mera silueta. La luz que penetraba por los altos ventanales pasaba a través de ella, igual que con el wendigo.

—¿En qué puedo ayudarte? —repitió.

Bajé de nuevo la escalera, muy despacio, y me detuve al ver que la figura se deslizaba hacia mí. Sí, no caminaba, sino que se deslizaba. Cuando la tuve lo bastante cerca, vi que era la imagen de un macho alto y encorvado a causa de la edad. Llevaba botas y una túnica larga y abierta por delante. Descubrí, emocionada, que en una placa que llevaba colgada sobre el pecho aparecía impreso el emblema de los tres ganchos.

—Estoy buscando a mis amigos —dije rápidamente—. Eran tres. Desaparecieron de improviso, y estoy muy preocupada. Por favor, ¿tú puedes ayudarme?

—¿Tres amigos que han desaparecido? —dijo la figura—. Cielos, eso no es nada bueno. Cuánto lo siento.

Me miró de arriba abajo y luego observó durante unos instantes a *Harry Segundo*.

—Llevo una eternidad sin ver un canino —comentó. Alargó una mano para hacer una caricia a *Harry Segundo*, pero sus dedos lo traspasaron sin esfuerzo alguno. Vi que *Harry Segundo* se estremecía ligeramente.

—Maldición —dijo—. Se me había olvidado. En fin, está bien.

—¿Quién eres tú? —le pregunté. También quería saber *qué* era.

—Me llamo o me llamaba Jasper Jane.

Estuve a punto de caerme de bruces. Y me habría caído, pero por lo visto estaba clavada en el sitio.

—Pues yo soy Vega Jane —acerté a decir.

Me miró con curiosidad.

—Tenemos el mismo apellido. ¿Te conozco?

—Lo dudo. —Hice una pausa y luego continué—. He visto tu tumba —dije despacio—, en el cementerio de Wolvercote.

—En efecto, mi cuerpo está enterrado en Wolvercote. Pero mi alma, no. Mi alma se encuentra aquí mismo, justo delante de ti. Es todo cuanto me queda.

Abrí unos ojos como platos.

—¿Cómo haces para separar el cuerpo del alma?

—Existen dos maneras de hacerlo. En mi caso lo hice porque mi cuerpo estaba agonizando pero no deseaba perecer del todo. De modo que, sirviéndome de la magia, desprendí mi alma antes de que mi cuerpo físico exhalara el último aliento.

—Pero acabas de decir que existen dos maneras.

—Sí. Pero no deseo describirte la otra, es demasiado desagradable.

De pronto vio el anillo que llevaba yo en el dedo.

—¿De dónde has sacado ese anillo? —exclamó.

—Perteneció a mi abuelo. ¿Qué significa el dibujo? —pregunté.

—Es nuestra Trinidad. Nuestro mantra: paz, esperanza y libertad. Exactamente en ese orden.

—Oye, necesito encontrar a mis amigos. Cada cuña que pasa... —Tragué saliva.

—No estoy seguro de poder ayudarte, no estoy seguro en absoluto. Verás, es que en realidad mi misión no consiste en ayudar a los que intentan pasar por aquí.

—¡Eso ya lo sé! Pero Astrea cambió de opinión. Me entrenó para que pudiera escapar del Quag y reanudar la lucha contra los Maladones.

Esto me salió en forma de un torrente de palabras. Mi antepasado puso cara de asombro.

—¿Astrea? Yo... ¿Que te ha ayudado para que salgas de aquí? ¿Para reanudar la lucha? Me cuesta mucho trabajo creerlo.

Busqué en mi cerebro algo que le hiciera entender que tenía que ayudarme. Levanté mi varita y le dije:

—Esta varita me la dio otro antepasado, Alice Adronis. Me dijo que yo tenía que sobrevivir. Para luchar. Tienes que comprender la verdad, Jasper.

Ahora Jasper me estaba mirando fijamente, boquiabierto. Su mano acariciaba una y otra vez el símbolo de los tres ganchos.

—¿Qué verdad? —dijo, dejando escapar un suspiro.

—Que ocho siglos es suficiente tiempo para permanecer escondido. Y que los Maladones darán con nosotros. Si verdaderamente son tan malvados como dice todo el mundo, jamás dejarán de buscar. Y, la verdad, yo preferiría salir de mi escondrijo y presentarles batalla.

Jasper se fijó en mi varita.

—¿Alice... Alice te dio eso?

—Era su *Elemental*. Y ahora es mi varita. Lleva un mechón de su cabello incrustado en ella.

—Alice era la más valiente de todos nosotros. —Se dejó caer en el suelo y se sentó con las piernas cruzadas—. Esto resulta bastante sorprendente —dijo—. Bastante. Teníamos un plan, ¿sabes? Y...

—Y lo llevasteis muy bien a la práctica. Pero ya se acabó. ¡Se acabó!

—¿Cómo has conseguido llegar hasta aquí, hasta mi castillo? —preguntó Jasper en tono cortante.

—Me perseguía una bandada de criaturas voladoras muy letales.

—Ah, sí, los terrores —dijo Jasper con gesto ausente.

—¿Los qué?

—Los terrores. Una creación mía. Si te han seguido hasta aquí, estarán esperándote fuera. Si intentas salir, os harán pedazos a tu canino y a ti. Cuando tienen una presa a su alcance, jamás se rinden. Son unas criaturas terribles, de ahí el nombre.

Ya se me había agotado la paciencia.

—Perfecto. Si no quieres ayudarme, ya encontraré a mis amigos yo sola.

Di media vuelta y eché a andar.

—¡Pero los terrores!

Me volví de nuevo y grité:

—¡Me dan igual! Yo puedo volar, así que tengo posibilidades de escapar. Además, se trata de mis amigos, y por ellos estoy dispuesta a morir. ¡Y si tú no quieres ayudarme, pues vete al cuerno!

En cuanto hube terminado de decir esto, Jasper se esfumó.

Pues adiós, muy buenas.

Salimos de aquella estancia a toda prisa y entramos de nuevo en el salón principal. Observé detenidamente las puertas dobles tras las que, según Jasper, continuaban acechando los terrores. De modo que, probablemente, aquello era el final.

Me agaché y di un abrazo a *Harry Segundo* hundiendo la cara en su pelaje para aspirar su aroma.

—Te quiero, *Harry Segundo*. Muchas gracias por todo lo que has hecho por mí.

Él me lamió la cara, y en aquellos maravillosos ojos suyos, de diferente color, descubrí que mi canino estaba más que dispuesto a permanecer a mi lado y a morir conmigo.

Me incorporé con la varita firmemente agarrada en la mano. Pero antes de que pudiera pronunciar el conjuro, las enormes puertas se abrieron de repente. Tuve la seguridad de que la abertura se poblaría al instante de terrores que se lanzarían sobre nosotros con la intención de hacernos trizas; sin embargo, no había nada.

De pronto me agaché para esquivar algo que cruzó volando por encima de mí.

Era Jasper. A lomos de un corcel volador tan transparente como él.

Volvió la cabeza y me indicó con una seña que le acompañara.

Así que metí a *Harry Segundo* en su arnés, di un salto en el aire y me lancé detrás de Jasper. Cuando le alcancé, ambos continuamos el uno al lado del otro, sobrevolando el oscuro paisaje.

—¿Adónde vamos? —le pregunté.

—A buscar a tus amigos.

—¿Eso quiere decir que vas a ayudarme?

—Obviamente. —Me dirigió una mirada de preocupación—. Está claro que posees poderes mágicos, pero no serás... en fin... lenta, ¿verdad?

—¿De verdad crees que podría haber llegado hasta aquí si fuera «lenta»?

—No, supongo que no.

Miré a mi alrededor.

—Si paso demasiado rato volando, estallará una tormenta para impedírmelo.

—Si te acompaño yo, no.

—¿Puedes hacer eso?

—Esto es el Quinto Círculo. Lo creé yo mismo, de modo que puedo hacer casi cualquier cosa. Casi.

Pasamos largo rato volando. Allá abajo la noche dio paso a la luz, y después otra vez a la noche, y otra vez a la luz, y eso que yo sabía que tal cosa era imposible. Era todo tan surrealista, que al cabo de un rato terminé por aceptarlo y dejó de molestarme.

—Allí —señaló Jasper, y empezó a descender a gran velocidad.

Fui detrás de él, y aproximadamente una cuña más tarde los dos nos posamos en el suelo.

—Saca tu varita, Vega.

Obedecí de inmediato. Jasper Jane no me había parecido un individuo que se acobardase con facilidad; en cambio, ahora se le veía nervioso. Aun así, pensé con cierto orgullo (después de todo éramos parientes), se le notaba también bastante decidido.

—¿Adónde vamos? —quise saber.

—Allí —respondió Jasper indicando al frente.

Apenas logré distinguir lo que señalaba entre un mar de árboles. Se parecía al Campanario que teníamos en Amargura, solo que estaba hecho de la madera más negra que yo había visto jamás. Pero en los cristales había dibujos de las criaturas más horripilantes que esperaba ver en toda mi vida. Y mientras que mi Campanario tenía una cruz en lo alto de todo, aquella construcción tenía otra cosa más, que fue apreciándose con mayor nitidez a medida que fuimos acercándonos. Me encogí horrorizada cuando descubrí que era un cuerpo partido por la mitad.

—¿Qué es... este lugar? —dije.

—Esto es el Templo de los Ladrones de Almas —contestó Jasper—. Su jefe es el sumo sacerdote Bezil, una criatura realmente malvada.

—Pero espera un momento. ¡Todo esto lo creaste tú! Y eso quiere decir que también lo creaste a él.

—Mi misión consistía en impedir que nadie escapara del Quag, y también que nadie entrara —replicó Jasper—. Y no podía cumplir dicha misión sin convocar a fuerzas siniestras lo bastante poderosas para permitirme hacer ambas cosas. Estas especies, una vez creadas, fueron evolucionando. Han tenido ocho siglos para volverse aún más diabólicas. Arrancan el alma a los pobres desdichados que tienen la desgracia de cruzarse en su camino; devoran su cuerpo para alimentarse y después dejan el alma suelta, para que vague por ahí sin rumbo fijo. Esa es la segunda manera de separar el alma del cuerpo.

—¿Cómo se te ocurrió algo así?

Jasper se volvió para mirarme.

—Me basé en los Maladones.

Aquello era tan horroroso que me dejó sin habla.

—Con toda seguridad, tus amigos se encuentran aquí dentro —afirmó—. Si deseas abandonarlos a su suerte, dímelo ahora, y regresaremos.

Me dirigió una mirada tan penetrante que me recordó al modo en que me observaba Astrea. Su semblante reflejaba claramente que me estaba evaluando.

—Ya te lo he dicho, no pienso abandonar a mis amigos.

—Excelente —respondió Jasper.

—¿Pero cómo vamos a vencer a estas criaturas?

—Yo no puedo hacerles nada —repuso.

—¿Qué? ¿Entonces por qué has venido?

—Para enseñarte el camino. Vencerlas depende de ti.

Se me cayó el alma a los pies.

—¿Puedes, por lo menos, darme algún consejo sobre cómo hacerlo?

—Has de fiarte de tus instintos, Vega. Y de tu corazón. Ello no nos fue a nosotros de mucha ayuda cuando tuvimos que luchar contra los Maladones, pero eso no quiere decir que no debamos fiarnos del corazón. Al fin y al cabo, es lo único que tenemos nosotros y que los Maladones no tienen. Buena suerte.

—Espera, tengo una pregunta más.

Jasper me miró con gesto expectante.

—¿Por qué cambiaste de opinión?

—Si ha habido en mi vida un «alma» de la que me he fiado, ha sido la de Alice Adronis. Si ella quería que tú sobrevivieras para reanudar la lucha, no seré yo quien se interponga en tu camino.

Y dicho esto, como cuando estalla una burbuja, Jasper Jane se esfumó.

QUADRAGINTA SEPTEM

Un corazón de fiar

Contemplé el edificio de madera. Estaba tan renegrido que daba la impresión de que se hubiera chamuscado a causa de algún incendio gigantesco. Miré a *Harry Segundo*. Mi canino no sonreía, y tampoco agitaba el rabo entre las patas. Tenía un gesto serio. Y se le notaba dispuesto para entrar en acción, lo cual me aportó un poco de la seguridad en mí misma que tanto necesitaba en aquel momento.

Nos acercamos a las enormes puertas de entrada. Con la varita firme y en posición, y mirando constantemente al frente y a mi espalda, me detuve, apunté con la varita y dije:

—*Ingressio.*

Las puertas se abrieron sin hacer ruido. Aunque aquello era lo que yo pretendía, no me tranquilizó en absoluto el hecho de que aquel templo del mal se abriera con tanta docilidad. Apunté de nuevo con la varita y dije:

—*Cristilado magnifica.*

Por primera vez en toda mi vida, no sucedió nada. No se materializó ante mí ninguna imagen ampliada. Cruzamos el umbral con cautela, y nada más entrar las puertas volvieron a cerrarse. Ya me lo esperaba y no me sobresaltó. Había otras cosas que me daban más miedo, empezando por el interior de aquel lugar.

Cada centímetro de pared y de cristal estaba cubierto de actos de depravación, carnicerías y mutilaciones. Era como si la mente de un maníaco se hubiera desparramado, semejante a salpicaduras de sangre, por los muros y las ventanas.

Al igual que en Campanario, había varias filas de bancos de tosca factura, pero a diferencia de la belleza sencilla que tenían los asientos de Campanario, aquellos habían sido adornados con escenas en relieve de tortura y de muerte. Por todas partes se veían representadas criaturas matando a otras criaturas y luego devorándolas. Lo peor de todo eran los rostros de las víctimas, congelados para siempre en una muda mueca de horror. Mirándolas, tuve la sensación de que se movían frente a mí, como si aquel ejército de seres horrendos y sus lastimosas víctimas hubieran cobrado vida de repente.

Me di cuenta de que aquello estaba pensado para aterrorizarme, y efectivamente estaba aterrorizada. Pero no era lo mismo que estar incapacitada para luchar.

—¡*Paramentum*! —exclamé apuntando con mi varita hacia la derecha, hacia una criatura alada y provista de apéndices terminados en garras que acababa de arrojarse sobre mí. Chocó contra mi escudo mágico y cayó al suelo hecha un amasijo y, por fortuna, muerta, tras haberse partido el cuello a causa del súbito batacazo.

Observé a *Harry Segundo*, que estaba gruñendo y enseñando los dientes. Un instante después, saltó frente a mí para atacar a una figura toda vestida de negro de la cabeza a los pies que había aparecido justo delante de nosotros.

—¡No, *Harry Segundo*! —chillé.

Pero *Harry Segundo* ya había hecho presa en el pescuezo de la criatura y le había clavado los colmillos con todas sus fuerzas. La figura se desplomó en el suelo en medio de un charco de sangre de color verde que le manaba de la herida.

Di una palmada cariñosa a mi canino, que inmediatamente regresó a mi lado, y dejamos atrás a la criatura. Pero antes, movida por la curiosidad, me agaché para retirarle la capucha. Ojalá no lo hubiera hecho.

El rostro que apareció ante mis ojos daba la sensación de estar recién salido del fuego. La piel estaba toda quemada y llena de ampollas, mucho más desagradable de ver que el brazo de Delph cuando se lo quemó. Y los ojos, bulbosos y con una horrible mezcla de rojo y amarillo, incluso muertos me miraron a su vez con expresión asesina.

Recorrida por un escalofrío, dejé caer de nuevo la capucha, me incorporé y me alejé rápidamente de allí.

Más adelante había una estatua de enormes proporciones, hecha de roca maciza. Me dije que quizás aquel fuera Bezil. Vestía una capa negra, la piel se veía quemada, la cabeza la llevaba afeitada y los ojos estaban llenos de rencor. Sostenía algo en las manos, y al aproximarme un poco más vi que era un niño muerto.

Pasé con precaución por su lado, esperando en parte que volviera a la vida de pronto y me atacara, pero no sucedió. Más allá había unas puertas gigantescas, llenas de las mismas imágenes en relieve que había visto antes en los bancos.

Respiré hondo, apunté con la varita y dije:

—*Ingressio.*

Sabía que pasadas aquellas puertas se encontraban las criaturas que intentarían separarme el alma del cuerpo. Sabía que iba a ser duro... pero desconocía hasta qué punto.

Las puertas se abrieron hacia dentro, y *Harry Segundo* y yo cruzamos el umbral. Anteriormente me había dado buen resultado la táctica de no pensarme mucho las cosas y pasar de inmediato a la acción; había descubierto que la imprevisibilidad puede ser muy útil cuando uno trata con criaturas abyectas que son la encarnación misma del mal.

Así que penetré audazmente en aquella estancia.

Y dejé escapar un grito.

Delph, Petra y Donnadie estaban sumergidos en tres piletas distintas. Sin embargo, el agua no estaba clara, sino turbia, sucia, con burbujas de algo, y parecía haber cosas flotando cerca del fondo. Solo se les veía la cabeza, y tenían los ojos cerrados. Y poco a poco estaban volviéndose transparentes. Junto a las piletas había varias figuras de largas túnicas con capucha que removían el agua con unas largas varas de color plateado. Pero cuando me acerqué otro poco más vi que las varas en realidad eran transparentes y que el color plata procedía del agua, igual que una pluma de escribir se mancha con la tinta del tintero.

¡Les estaban arrebatando el alma! Aquella era la otra manera de robar almas que había mencionado Jasper.

Mi grito había alertado a las figuras encapuchadas. Todas se volvieron, se retiraron la capucha y dejaron al descubierto sus rostros chamuscados y surcados de cicatrices. Miré a la derecha y vi otra pileta, en este caso vacía; aventuré que aquella estaba destinada a mí.

Antes de que pudiera moverme, se abalanzaron contra mí media docena de aquellas criaturas saltando en al aire con tal velocidad y agilidad que me parecieron una mancha borrosa. Sin embargo, *Harry Segundo* no era tan lento como yo. Se enfrentó a una de ellas cara a cara, cerró sus letales mandíbulas en torno a su cuello, y la criatura cayó muerta. Yo levanté mi varita, pero de improviso me vi empujada hacia atrás por dos Ladrones de Almas que arremetieron de lleno contra mí. Inmediatamente me atacaron con sus afiladas garras para hacerme pedazos.

—*¡Impacto!*

Ambos salieron despedidos, cruzaron la estancia volando por los aires y chocaron contra dos de sus compañeros, que también venían a por mí. Todos cayeron dentro de la pileta en la que estaba Donnadie.

En un abrir y cerrar de ojos aparecieron cuatro más a mi lado. *Harry Segundo* se arrojó contra uno, lo tiró al suelo y enseguida le buscó la garganta.

—*¡Scindere!* —grité yo al tiempo que giraba sobre mis talones, y al momento dos de ellos se derrumbaron con el cuerpo lleno de cuchilladas.

No esperé a que el cuarto se lanzara a atacarme. Le apunté con la varita y dije simplemente:

—*Rigamorte.*

Y al instante cayó muerto a mis pies.

Luego apunté con la varita a Delph y dije:

—*Retorna*, Delph.

Se alzó en vilo, salió del agua y atravesó la estancia flotando en el aire, hasta que chocó contra otros dos Ladrones de Almas que acababan de entrar.

Lo agarré del brazo.

—Delph, Delph, despierta. ¡Despierta, por favor!

De pronto oí gemir a *Harry Segundo*, me volví rápidamente y exclamé:

—¡*Inmerso*!

El poderoso torrente de agua engulló a dos Ladrones de Almas con tal ímpetu que los aplastó contra la roca y los dejó sin vida.

—Delph, por favor. *Retorna*, Petra.

Petra emergió de la pileta al tiempo que me atacaba otro par de enemigos armados con largas varas que habían estado usando para remover el agua. Una de ellas me alcanzó en la cara, y noté que empezaba a sangrar por la nariz y por la mejilla.

—*Paramentum*.

Las varas se hicieron añicos contra el escudo, y de repente despertaron Delph y Petra.

—¿Qué es lo...? —empezó a decir Delph.

Petra se incorporó despacio, mirando en derredor, asimilando lo que sucedía, y luego me miró a mí. Donnadie iba hundiéndose poco a poco en las profundidades de su pileta. El Ladrón de Almas que se ocupaba de él no había abandonado su puesto para atacarme, sino que había continuado removiendo el agua con su vara. A Donnadie ya casi no se le veía, su alma ya casi estaba separada del todo.

De repente aparecieron en otra entrada una docena de Ladrones de Almas, todos armados, y arremetieron contra nosotros.

Ve volví hacia Petra. Nos miramos la una a la otra durante unos instantes, pero en ese corto espacio de tiempo nos comunicamos muchas cosas. Su mirada era de súplica; sabía que yo le había quitado la varita. Lo sabía. Una parte de mí no quería, pero la otra parte de mí se dio cuenta de que no había más remedio. Metí la mano en el bolsillo, encontré la varita de Petra, la saqué y se la pasé. Ella la cogió y se volvió hacia el regimiento de figuras demoníacas que venía hacia nosotras. Y lo mismo hice yo, al tiempo que alzaba mi varita y exclamaba:

—¡*Impacto*!

Un momento después, Petra gritaba el mismo conjuro.

Los dos hechizos juntos provocaron una fuerza de poder inigualable.

Los Ladrones de Almas no solo se vieron levantados en vilo. Se desintegraron.

Me volví hacia Petra y le sonreí. Ella me devolvió la sonrisa débilmente. Y de improviso algo la despegó del suelo y la lanzó de nuevo al interior de la pileta, donde comenzó a hundirse de inmediato.

Después fui yo la que salió volando por los aires, y fui a caer en la cuarta pileta. Y también me hundí hasta el fondo. Abrí los ojos y, aunque el agua estaba turbia y sucia, descubrí que podía ver bastante bien. Aquello no me pareció que fuera bueno.

Supe a quién tenía frente a mí.

A Bezil. El de la estatua. Su capa era de un color rojo sangre, y llevaba al cuello una gruesa cadena de la que colgaba un disco metálico. El símbolo grabado en el disco era el de un cuerpo partido por la mitad, el mismo que figuraba en lo alto de su maldito templo. Ahora comprendí que representaba la separación del cuerpo y el alma.

Sostenía un cuchillo en cada mano y me miraba con gesto asesino. Yo había perdido mi varita, y la estaba buscando con desesperación dentro del agua. De pronto entró una mano en la pileta, agarró a Bezil por la cadena y lo sacó afuera.

Por fin encontré mi varita, y me serví de *Destin* para elevarme en el aire y, entre toses, volver a la estancia.

Me encontré con una escena digna de ver.

Delph estaba descargando un tremendo puñetazo en la cabeza de Bezil, en plena sien. Pero Bezil era mucho más fuerte de lo que parecía, y de un solo golpe lanzó a Delph al suelo.

Apunté a Bezil con mi varita, pero no llegué a pronunciar el conjuro, porque me atacaron dos Ladrones de Almas. Luché contra ellos intentando al mismo tiempo no perder de vista a Bezil y a Delph. Estaban sosteniendo una pelea titánica, ambos se arrojaban el uno al otro al otro extremo de la estancia, descargando golpes sin cesar.

Mientras yo me desembarazaba de mi último Ladrón de Almas, Delph arrebató a Bezil uno de los cuchillos y le atacó con él. El demonio retrocedió de un salto al tiempo que le brotaba sangre verde de la herida. Delph no dejó pasar ni un instante y volvió a atacar. Saltó sobre Bezil igual que un garm sobre su presa. Le atizó dos tremendos puñetazos en la cabeza, cuyo impacto llegué a sentirlo yo desde el otro extremo, y Bezil cerró los ojos y su cabeza quedó inerte. Delph lo levantó del suelo y volvió a meterlo en la pileta, donde rápidamente se hundió hasta el fondo.

—¡Bien, Delph! —chillé eufórica.

Se giró hacia mí, magullado pero sonriente, al tiempo que yo me deshacía del último Ladrón de Almas.

Petra había sacado a Donnadie de la pileta, y también había roto en pedazos la vara que habían utilizado para separarle el alma. Aunque tosía y caminaba con paso tambaleante, por lo demás parecía encontrarse bien.

«Hemos ganado», pensé. Hasta que me volví hacia Delph.

—Esto... Vega Jane —me dijo.

Seguí su mirada. Bezil había logrado salir solo de la pileta y estaba de pie junto a una espantosa imagen que había en la pared de roca. Levantó las manos y pronunció una serie de palabras. Al instante, la pared se abrió y surgieron un centenar de Ladrones de Almas armados con espadas, lanzas, cuchillos y hachas, y con los ojos sedientos de sangre.

No había forma de vencer a aquel ejército, ni siquiera con dos varitas.

—¡*Harry Segundo*! —grité al tiempo que me palmeaba el pecho.

Mi canino se subió a su arnés de un salto, y me apresuré a atarlo.

—Delph, cógete de mi mano. Donnadie, coge la mano de Delph. Y Petra, coge la mano de Donnadie.

Ahora estábamos todos agarrados unos a otros. En los extremos nos situamos Petra y yo, con una mano libre para manejar nuestras respectivas varitas. Íbamos a necesitarlas.

De pronto Bezil y los Ladrones de Almas lanzaron unos alaridos capaces de helar la sangre en las venas y atacaron.

Yo apunté con mi varita a una de las dos gigantescas columnas que sostenían el techo, y con el rabillo del ojo vi que Petra apuntaba con su varita a la otra.

—*Sectiona* —dije.

—*Sectiona* —repitió Petra.

En las columnas aparecieron unas enormes grietas. Empezaron a sacudirse y, seguidamente, a desmoronarse. Para entonces, nosotros ya estábamos volando. Hice un viraje y, todos juntos, como si fuéramos hojas de una misma rama, salimos disparados en dirección a la puerta mientras el templo empezaba a derrumbarse a nuestro alrededor. Apenas habíamos cruzado el umbral cuando el techo se vino abajo y aplastó a Bezil y a sus secuaces bajo los escombros de su propio templo. No pudo resultar más apropiado.

Pero a mí me daba miedo que el resto del templo también fuera a caernos a nosotros encima y se convirtiera en nuestra tumba. Salimos por las puertas principales en el preciso momento en que se desplomaban hacia dentro.

Libres ya del templo en demolición, subimos como una flecha en dirección al cielo, hasta que yo ya no pude seguir volando más. Entonces comenzamos a caer muy deprisa y en un ángulo muy cerrado. Aterrizamos con un fuerte golpe y dimos muchas volteretas por el suelo hechos un revoltillo, hasta que por fin dejamos de rodar y nos detuvimos.

Levanté la vista y vi cómo se colapsaba el templo entero sobre sí mismo en medio de una enorme polvareda. Me volví hacia Delph, que estaba levantándose del suelo con gran esfuerzo.

—Creía que no íbamos a salir de esta —me dijo.

—Y a punto hemos estado —confirmé.

Solté a *Harry Segundo* de su arnés y ayudé a Petra a ponerse de pie mientras Delph ayudaba a Donnadie. Observé que Petra aún tenía su varita agarrada en la mano.

—Siento haberte quitado la varita —le dije de forma que solo pudiera oírme ella.

—Entiendo que lo hicieras —me respondió.

—Yo no podría haber hecho esto a solas —le dije—. Espero que lo sepas.

—¡Pet! —exclamó Donnadie de pronto—. ¿De dónde diablos has sacado eso?

Petra miró su varita. Estaba claro que no sabía muy bien qué contestar.

—Yo tenía una de repuesto —me adelanté a decir, y ello me valió una mirada de extrañeza por parte de Delph.

—Ah —repuso Donnadie—. Bueno, pues ha sido realmente genial que contásemos con piezas de repuesto, ¿no os parece?

Me sorprendió descubrir que estábamos al pie de la Montaña Azul. Imaginé que cuando pasáramos al otro lado encontraríamos el final del Quag.

—¿Cómo diste con nosotros? —me preguntó Delph.

—Me ayudó un amigo.

—En fin, ¿nos vamos ya? —propuso Donnadie.

Miré fijamente la montaña. ¿Qué quedaría allí arriba, que intentaría detenernos? Observé mi varita; parecía diminuta e insignificante y, sin embargo, me había prestado un gran servicio a la hora de atravesar los círculos. Tan solo esperaba que aún le quedase suficiente magia dentro.

QUADRAGINTA OCTO

Lo último

Recorrimos diez kilómetros, todos casi en vertical, hasta que acabamos tan agotados que ya no podíamos levantar los brazos ni las piernas. Acampamos en una pequeña meseta desde la que se veía el Quag. O debería verse.

Me volví para ver de dónde habíamos venido. La verdad era que, desde que estábamos en el Quag, nunca había mirado atrás; siempre me había preocupado lo que nos aguardaba delante. Pero allí atrás no había nada salvo oscuridad, y eso que todavía era luz. Era como mirar al cielo en una noche sin estrellas. No había nada. Y eso me provocó un escalofrío.

Observé a Delph, que estaba ayudando a Petra a preparar la cena. Ambos lucían cicatrices de su paso por el Quag, Delph en el brazo y Petra en la mano. Y seguro que también llevaban cicatrices en la mente, igual que yo. Me fijé, sintiendo una punzada de celos, en que los dos trabajaban bien juntos, parecían leerse mutuamente el pensamiento.

Cenamos y bebimos agua. Nadie habló. Era como si la batalla contra los Ladrones de Almas nos hubiera robado algo importante y todos estuviéramos intentando averiguar lo que era. Donnadie se frotó las heridas de la cara con gesto ausente; Delph se subió la manga para examinarse la quemadura del brazo. Pero cuando miré a Petra vi que simplemente estaba con la mirada fija en su varita, como si fuera la primera vez que la veía. Yo sabía lo que estaba sintiendo. El hecho de notar el peso de una varita en la mano llevaba consigo ciertas expectativas y una responsabilidad enorme, acaso similar a las muchas toneladas que pesaba aquella montaña.

Petra se hizo cargo de la primera guardia, y Delph y Donnadie se acostaron. Yo acompañé a Petra hasta el perímetro en el que iba a situarse. Miré su varita y decidí ir directa al grano. Por encima de todo, yo era una Wug con mucho sentido práctico.

—¿Cuántos conjuros conoces? —le pregunté a bocajarro.

Ella pareció sorprendida, pero yo continué presionando; no tenía tiempo para contemplaciones.

—El de *Rigamorte* no es de los que se lanzan nada más empezar —le dije—. Y con los otros conjuros que usaste, aunque los pronuncié yo primero, moviste la varita exactamente como había que moverla. Así que, ¿cuántos conjuros conoces? Es importante.

Era como si estuviera intentando determinar cuántos proyectiles de morta teníamos entre todos para abatir a nuestros enemigos. No me engañaba pensando que el Quinto Círculo estaba ya superado. Había contado con los poderes mágicos de Petra para escapar de los Ladrones de Almas, y sabía que iba a tener que recurrir otra vez a ella.

—¿Y qué más da? —me respondió en tono cortante—. No pude salvar a mi familia de los licanes, ¿no?

Señalé el fragmento de uña que estaba incrustado en el extremo de su varita.

—Eso de ahí era de tu tío, ¿verdad? Esta varita no era la suya, la fabricó él y te la dio a ti, ¿a que sí? Esta varita es tuya.

Petra había utilizado mi varita para matar, pero al hacerlo se había hecho daño. Manejaba la suya con facilidad y habilidad, lo cual me hizo comprender que ya la había usado anteriormente.

Miró su varita y la aferró con más fuerza.

—¿Y qué?

—¿Cuántos conjuros sabes?

—Unos pocos. Unos pocos más de los que ya hemos utilizado. Mi tío tenía intención de enseñarme más, pero la noche en que vinieron los licanes habíamos salido a buscar agua. Nos atacó un garm, y mató a mi tío. —Me miró con ojos centelleantes—. Y luego yo maté al garm. Esa fue la primera vez que hice uso del conjuro de muerte. Mi tío me dijo que tenía que sentir...

—¿Algo más que odio y rencor? ¿Y también te dijo que tenías que sentirlo con toda tu mente, tu cuerpo y tu alma?

Petra asintió en silencio.

Me pareció interesante que ambas hubiéramos perdido a un ser querido a manos de un garm, ella a su tío y yo a mi primer canino. Y que ambas hubiéramos utilizado por primera vez el conjuro de muerte para acabar con un garm.

Petra señaló mi varita.

—Tú sabes mucho más que yo.

—Bueno, a mí me han enseñado como es debido —repuse mirándola fijamente.

—¿Y tú puedes enseñarme a mí como es debido? —preguntó con avidez.

Ya esperaba que me pidiera aquello, pero todavía no sabía muy bien qué responderle.

Fijé la mirada en un punto lejano.

—Apunta hacia allí con la varita —le dije—. Vamos a lanzar un conjuro que ya me has oído usar en alguna ocasión, el de *Cristilado magnifica*.

Le mostré cuál era el movimiento que debía hacer, y ella preparó la varita.

—Concentra la mente, el cuerpo y el alma —le advertí—, y deja que la energía de esas tres cosas fluya hacia tu varita.

¡Caramba! De repente me sentía como si fuera Astrea Prine.

Petra siguió mis instrucciones, pero las tres primeras veces falló. Sin embargo, no se frustró con los fracasos, como me había ocurrido a mí. Me preguntó más cosas y yo le di más respuestas, y en el sexto intento el paisaje que estaba a varios kilómetros de nosotros apareció de pronto a escasos centímetros.

Petra se volvió hacia mí con una sonrisa triunfal. Yo le sonreí también, aunque sin tanto entusiasmo. Y después, las dos nos pusimos a contemplar aquello a lo que habíamos de enfrentarnos en la siguiente luz.

—¿Eso que se ve ahí es una columna de humo? —preguntó Petra.

Entorné los ojos para ver mejor, aunque no tenía necesidad, dado que la imagen estaba justo delante de mí. Aun así, en ella había algo distorsionado que hacía que resultara difícil distinguir con nitidez los detalles. A lo mejor Petra no había efectuado bien el hechizo.

—Eso parece —contesté. Indiqué un punto concreto y añadí—: Y eso de ahí podría ser una pequeña cabaña, de la cual es posible que salga el humo.

—¿De modo que ahí vive alguien? —dijo Petra, confusa y nerviosa.

No me costó entender que le resultase increíble, porque ¿quién iba a querer vivir en el Quinto Círculo?

—Yo diría que no vamos a tardar mucho en averiguarlo. —De repente se me ocurrió una idea—. A lo mejor podemos evitar tener que subir esta montaña andando. A lo mejor podemos llegar hasta la cumbre volando.

—Pero dijiste que eso no era posible.

—Puede que ahora sí.

—¿Y por qué?

—Tal como me dijo alguien en cierta ocasión, aquí dentro es posible cualquier cosa. —Me giré hacia ella y guardé silencio unos instantes—. Petra. ¿Alguna vez mencionó tu tío el término «Maladón»?

Quería ver cuál era su primera reacción, la más sincera.

—No —contestó—. ¿Qué significa?

—No es importante.

En la luz siguiente, recogimos las mochilas y yo sujeté a *Harry Segundo* a su arnés. No pensaba trasladar a los demás de uno en uno, en vista de lo que había sucedido la vez anterior. Que yo supiera, podía haber otros individuos como los Ladrones de Almas acechando por los alrededores. Íbamos a permanecer todos juntos. O moríamos juntos o sobrevivíamos juntos. No a solas. Nunca más.

Nos cogimos de la mano como habíamos hecho la otra vez y a continuación yo di un salto en el aire y echamos a volar, si bien un tanto torpemente. Petra iba en la retaguardia, sujetando su varita con la mano que le quedaba libre.

Fuimos sobrevolando el terreno, y he de reconocer que desde allí arriba la panorámica era espectacular. Vista de cerca, la montaña era todavía más azulada de lo que parecía desde lejos. Había zonas que estaban cubiertas por la vegetación, pero en otras afloraba la roca desnuda sin que se supiera por qué no habían crecido plantas encima.

Hasta el momento no se habían formado nubes negras y el aire permanecía en calma. Miré hacia abajo y vi otra vez la columna de humo que habíamos descubierto gracias al hechizo que ampliaba las imágenes. Desde allá arriba logré discernir más detalles. La cabaña que habíamos visto era pequeña y estaba toda construida con piedras azules. Entonces incliné la cabeza, y comenzamos a volar un poco más bajo. Esta vez distinguí un claro de tierra azulada entre los árboles. Y de pronto lo vi a él.

Era un macho de pequeña estatura que avanzaba penosamente en dirección a la cabaña, cargando con un haz de leña que abultaba casi tanto como él mismo. Supuestamente, aquella leña serviría de combustible para el fuego del que procedía la columna de humo. Iba vestido con un pantalón viejo y resistente, una camisa a cuadros y, según pude distinguir cuando descendimos otro poco más, un gorro de color rojo terminado en pico y ligeramente caído.

No sentía el menor deseo de encontrarme con otra criatura del Quinto Círculo, así que pensé que podríamos simplemente volar hasta la cima de la montaña. Pero en cuanto terminé de pensar eso, estalló encima de nosotros una tormenta, tan rápido que apenas tuve tiempo de hacer una segunda inspiración. Petra dejó escapar un grito y Donnadie un bramido cuando aparecieron lanzas luminosas a un lado y a otro, tan próximas a nosotros que yo llegué a pensar que, como mínimo, acabaríamos atravesados por una de ellas. Las detonaciones de los truenos eran tan potentes que nos lanzaban por los aires. Noté que se me empezaba a escurrir la mano de Delph.

De improviso oí otro chillido.

Miré abajo y vi que Petra se había soltado y estaba cayendo. Donnadie me miró conmocionado.

—Es que... se me ha resbalado —me dijo.

Quien había chillado era él, no ella.

—¡Agarraos! —vociferé.

Me lancé en picado imprimiendo tal torsión a mi hombro, del que colgaba Delph, que pensé que el brazo se me iba a desgajar del cuerpo.

Advertí que no iba a poder atrapar a Petra a tiempo, pero bueno, tampoco me hacía falta. Apunté con mi varita y exclamé:

—¡*Enlazado!*

El hilo luminoso que partió de la punta de mi varita ciñó a Petra por la cintura. Acto seguido tiré de ella hacia arriba y la hice volver con nosotros.

—Donnadie, agárrala por un pie.

Donnadie obedeció y apretó con fuerza.

—Creo que ha perdido el conocimiento —me dijo—. Porque tiene los ojos cerrados.

—¿Respira? —grité. Lo primero que pensé fue que, efectivamente, había sido alcanzada por una lanza luminosa.

—Pues... no lo sé. Me parece que sí.

Con el estruendo de la tormenta alrededor, apunté con la cabeza hacia tierra. El encontronazo con el suelo fue bastante más violento de lo que yo pretendía, pero en un instante me puse otra vez en pie y acudí al lado de Petra. Estaba tendida boca arriba, con los ojos cerrados y un gesto de dolor en la cara.

—¿Petra? ¡Petra!

Le propiné una bofetada.

De repente abrió los ojos y miró en derredor, asustada.

—¡Qué! ¿Dónde? ¿Tú?

—¿Te has hecho daño?

La examiné por encima y no vi heridas aparentes. La miré fijamente a los ojos, mientras Delph y Donnadie aguardaban detrás de mí con cara de preocupación.

—Has estado a punto de morir —le dije—. Te hemos atrapado justo a tiempo.

Petra se incorporó despacio y se tocó la cabeza.

—No sé... Imagino que me desmayé. Lo último que recuerdo es que...

—Hola.

Todos nos volvimos de golpe para ver quién había hablado.

Se trataba del macho de baja estatura tocado con un gorro picudo y rojo. Habíamos aterrizado en las inmediaciones de su cabaña. Giré la cabeza y, efectivamente, vi la casa y la columna de humo, apenas a veinte metros de nosotros.

—¿Quién eres? —le pregunté.

Él me miró con unos ojos suaves y de color marrón y con una expresión amigable, lo cual me puso inmediatamente en guardia. En el Quag no existía la amistad, bien lo sabía yo. Había muchas criaturas maliciosas y asesinas, pero ninguna que fuera amistosa.

—Me llamo Asurter de Muspell —dijo con una voz aguda y chillona.

—¿Muspell? —repetí—. ¿Así es como se llama este lugar?

—Así es como lo llamo yo —repicó Asurter.

Apenas me llegaba a la cintura. Ciertamente, era tan pequeño como Eón, el que conocí en Amargura, aunque tenía la piel bastante enrojecida.

—¿Qué estás haciendo aquí? —le preguntó Delph.

—Corto leña y mantengo el fuego encendido.

Volví la vista hacia la cabaña.

—Pero no hace frío —dije—. ¿De verdad necesitas tener encendido un fuego?

—Siempre necesito tener un fuego —replicó Asurter—. ¿Necesitáis provisiones o agua?

Nos miramos unos a otros. Yo quería continuar, pero, aunque la tormenta había amainado en cuanto tocamos tierra, sabía que ahora íbamos a tener que escalar la montaña a pie.

—Eres muy amable, muchas gracias.

Cuando Asurter nos dio la espalda, les hice a los otros una seña para que no bajasen la guardia. Aquel tipo podía resultar ser amistoso, pero también podía resultar lo contrario.

Pasamos junto a un montón de leña verdaderamente enorme, con todos los troncos muy bien cortados y colocados.

Asurter cogió una gran cantidad en los brazos y nos condujo al interior de la cabaña. Esta, por fuera, parecía pequeña y humilde, y por dentro resultó ser igual. Las paredes eran simplemente la parte de atrás de las piedras que formaban el exterior de la construcción. El suelo era de tierra, y los únicos muebles que había eran una mesa y una silla. Lo que dominaba el espacio era una chimenea de piedra que ocupaba una pared entera, desde el suelo hasta lo más alto del techo.

En cuanto entramos, noté un calor tan intenso que al momento rompí a sudar y tuve que protegerme los ojos del fuerte resplandor de las llamas. Miré a mis compañeros y vi que habían tenido la misma reacción. Di un paso hacia la chimenea, pero inmediatamente tuve que retroceder de nuevo, a causa del calor. En cambio, Asurter fue hasta allí tan tranquilo y echó al fuego la carga de leña que llevaba. Al instante las llamas se elevaron nada menos que tres metros y dieron la impresión de querer escaparse de los límites de la chimenea.

«Caray —me dije—, no es de extrañar que este tipo tenga la piel tan colorada, acercándose tanto a las llamas.»

Asurter se volvió hacia nosotros y dijo:

—¿Comida y agua?

Acto seguido indicó la mesa, y vimos que acababa de aparecer comida, y también agua. Solo que la comida estaba toda chamuscada y negra. Y cuando me acerqué a coger un vaso de agua, tuve que soltarlo porque el metal quemaba al tacto y el agua estaba hirviendo.

Asurter pareció darse cuenta. Así que salió de la cabaña y volvió a entrar trayendo otra carga de leña. La arrojó al fuego, y las llamas se elevaron todavía más.

Miré a mis compañeros y vi que estaban cada vez más preocupados. Delph señaló la puerta con un dedo.

—En fin, Asurter, muchas gracias, pero tenemos que irnos ya —dije yo.

Asurter se volvió hacia mí.

—¿Os vais? —dijo—. ¿Adónde?

Antes de que yo pudiera impedirlo, Donnadie dijo impulsivamente:

—Vamos a subir la montaña y salir de este lugar.

Me quedé petrificada, porque notaba que estaba preparándose algo. Fue la misma sensación que experimenté en Amargura cuando estaba peleando con Elton Torrón en el Duelum: una sensación de energía, de fuerza que iba acumulándose, solo que a un ritmo mil veces más rápido.

—¡Huid! —chillé al tiempo que salía disparada hacia la puerta.

Asurter ya no era pequeño. De hecho estaba aumentando de tamaño con tal rapidez que acabó por reventar el tejado de la cabaña. Y tampoco tenía ya la misma apariencia que al principio: ahora era gigantesco y lucía una melena y una barba que le llegaban a la cintura. Y mientras que el anterior Asurter era rojo, el nuevo era una pura llama. Sí, una llama, porque la barba y el pelo estaban ardiendo.

Salimos de la cabaña con la rapidez de una flecha. Miramos atrás un momento y vimos que Asurter había crecido tanto que ya medía más de treinta metros. Y lo que hizo acto seguido me cortó la respiración: se agachó y recogió del suelo un objeto metálico que parecía estar enterrado. Todos vimos que era una espada ardiendo, y era la mitad de larga que el propio Asurter.

Cuando se volvió para mirarnos, la impresión fue espeluznante. Su rostro era simplemente una bola de llamas. Y cuando abrió la boca, el chillido que salió de ella podría haber bastado para fundir el hierro.

Por suerte, yo había recuperado el dominio de mí misma y grité:

—¡*Paramentum!*

Las llamaradas chocaron contra el escudo mágico, el cual, menos mal, aguantó la embestida, aunque se puso al rojo vivo. Yo misma sentí el calor que emanaba, incluso estando cinco metros más atrás.

Pero mi victoria duró poco.

Asurter se volvió, levantó su espada en alto y descargó un terrorífico golpe contra el suelo. El impacto hizo que las llamas se elevaran hasta una altura de treinta metros. Contemplamos horrorizados cómo el fuego iba lamiendo la ladera de la montaña incendiando todo cuanto hallaba a su paso, cada vez más deprisa, de tal modo que, habiendo partido del punto en que nos encontrábamos nosotros, alcanzó la cima de la Montaña Azul con tal velocidad que acabé por marearme y me quedé sin resuello.

Y de repente sucedió.

La cima de la Montaña Azul explotó con tal violencia, que yo jamás había presenciado nada que se le pareciera. Aunque estábamos a muchos kilómetros de distancia, la fuerza de la explosión nos levantó en vilo y nos hizo volar por los aires. Caímos de nuevo al suelo rodando y tropezando, a un suelo que ahora se agitaba y se zarandeaba igual que un bote en medio de un mar embravecido.

Cuando por fin nos quedamos quietos y pudimos levantar la vista, vimos que la montaña entera estaba ardiendo y que por la ladera bajaba una gruesa cortina de llamaradas, directa hacia donde estábamos nosotros. Medía trescientos metros de alto y varios kilómetros de ancho. Era imparable. Y venía recta hacia nosotros.

El Quinto Círculo acababa de ganar la partida.

QUADRAGINTA NOVEM

Los cuatro restantes

—¡Corre, Vega Jane, corre! —chilló Delph.

Sentía su presencia a mi lado, tirándome del brazo, pero no le estaba mirando. Por encima del estruendo de la montaña de fuego que se dirigía hacia nosotros oía correr a Donnadie, que huía ladera abajo gritándonos que huyéramos también.

Con el rabillo del ojo vi que Petra estaba de rodillas y con la cabeza agachada, esperando que llegara el final. A mis pies tenía a *Harry Segundo* haciendo lo mismo que yo: contemplar fascinado la muerte que venía a nuestro encuentro.

Miré mi varita y supe que, a pesar de su considerable poder, no iba a ser en absoluto suficiente. Las llamaradas de Asurter ya casi habían logrado doblegar mi escudo mágico, y lo que se acercaba ahora era un millón de veces más poderoso. Ante semejante amenaza, mi hechizo de *Inmerso* simplemente se transformaría en una débil neblina. Llevaba a *Destin* enrollada a la cintura, pero no iba a poder volar lo bastante rápido para escapar del fuego.

Y, de repente, mirando las llamas, me sucedió una cosa de lo más extraordinario: mi pánico se esfumó, y me invadió una intensa calma. No sé si se debió simplemente a la resignación que sentí al ver que dentro de muy poco mi vida iba a tocar a su fin. O si se debió a algo totalmente distinto.

Delph intentaba tirar de mí; sin embargo, mis pies parecían haber echado raíces. Aquella era mi última posición defensiva. Moriría allí. O sobreviviría allí. O una cosa o la otra, estaba claro.

Introduje la mano en un bolsillo de mi capa y saqué el Finn.

No sé por qué se me ocurrió hacer precisamente aquello, entre el torbellino de pensamientos que me inundaba la mente.

Había vuelto a hacer los nudos del Finn. Lo miré fijamente, sin saber muy bien qué iba a suceder cuando hiciera lo que tenía planeado.

Deshice el primer nudo del Finn.

La cortina de llamas barrió la cabaña de Asurter, que se evaporó en una nube de vapor.

A continuación deshice el segundo nudo.

La cortina embistió a Asurter, y sus treinta metros de altura desaparecieron de un plumazo.

Ya nada se interponía entre nosotros y la cremación.

—¡VEGA! —vociferó Delph.

Pero yo no estaba escuchando, sino contemplando cómo se acercaba la muerte a nosotros, feroz, a una velocidad vertiginosa.

Deshice el tercer y último nudo del Finn. Era el único que no se había desatado nunca. Y cuando mis dedos se retiraron del cordel, no supe qué era peor, si las llamas o...

O lo que acababa de provocar yo misma.

Me vi catapultada en vertical hacia el cielo, con tal fuerza que sentí que se me hundían los pulmones, que el cerebro me daba vueltas y que la ropa que llevaba puesta quería arrancarse de mi cuerpo. El Finn se me había escapado de la mano. El viento que me empujaba a mí hacia arriba también se desplazaba hacia fuera, semejante a una ola gigantesca, y golpeó la cortina de fuego con un choque cataclísmico que me hizo pensar que nada podría sobrevivir a aquello. Si todavía me encontrase en tierra, sin duda me habría desintegrado por el efecto de aquella colisión colosal, la madre de todas las colisiones. Pasé volando por encima del punto en el que había estado hasta aquel momento, a tanta velocidad que tuve que cerrar los ojos. Y es que temía que mi mente no fuera capaz de asimilar lo que estaba viendo; temía que, si no dejaba de mirar, mi cerebro simplemente estallase.

Pero por fin tuve que abrir los ojos. Y al mirar hacia abajo me quedé petrificada. No era solamente que los árboles se hubieran doblado sobre sí mismos, ni que la roca hubiera quedado aplanada, ni que el fuego se hubiera extinguido. Sí, todo eso había sucedido, pero también otra cosa más.

La Montaña Azul ya no estaba. El terreno aparecía llano como la palma de mi mano. No quedaba nada. Y no solo se habían apagado las llamas, es que además no se veía ni una mísera voluta de humo. El aire estaba más transparente que nunca.

Además, yo podía contemplar todo aquello a vista de pájaro, porque me encontraba a un kilómetro de altura. Aquello no tenía nada que ver con *Destin*, porque estaban conmigo todos mis compañeros: Delph, Donnadie, Petra y *Harry Segundo*. Estábamos todos suspendidos en el aire, como si unas cuerdas se nos hubieran enrollado en torno al cuerpo y nos hubieran izado. Nuestras mochilas también flotaban en el aire, a nuestro lado.

Todo lo que se encontraba en el camino del tercer nudo de poder del Finn había sido aniquilado. Hasta donde alcanzaba la vista, no quedaba nada. Era como si alguien hubiera recogido el Quinto Círculo y se lo hubiera llevado de allí.

Y de improviso, con la misma rapidez con que llegó, el poderoso viento nos abandonó. Y empezamos a caer del cielo, como si alguien hubiera cortado las sogas que nos sostenían.

Confieso que había entrado en trance al ver desaparecer todas nuestras amenazas, pero ahora, precipitándonos hacia la muerte, mi estado de trance se disipó.

Di una voltereta en el aire, giré hacia mi izquierda, agarré a *Harry Segundo* y lo até al arnés. Los otros estaban debajo de mí, cayendo muy deprisa. Apunté hacia abajo con la cabeza y me lancé en dirección a Delph, que era a quien tenía más cerca. Le apunté con la varita y grité:

—*¡Enlazado!*

Una vez que le tuve a él bien sujeto, sin perder un instante, fui disparada hacia Petra y repetí la operación con ella. Ya solo me quedaba salvar a Donnadie, así que giré en el aire y aceleré hacia él.

Pero cuando me estaba acercando, capté una cosa con el rabillo del ojo.

Una bola de fuego. ¿Cómo podía ser?

Di media vuelta. Asurter había resurgido de la tierra aplanada. ¿Cómo era posible que hubiera sobrevivido a la cortina de fuego y al tercer nudo del Finn? Me resultaba inexplicable. Y aun así había sufrido, porque, aunque seguía siendo un gigante, ya no estaba en llamas. Ahora era más bien un rescoldo chamuscado.

Sin embargo, todavía quedaba fuego en él, y acababa de enviarlo directamente hacia nosotros.

—¡*Paramentum!* —chillé.

La bola ardiente chocó contra mi escudo y explotó. A continuación, apunté a Asurter con mi varita y exclamé:

—¡*Impacto!*

Asurter estalló, quedó destrozado en un millar de fragmentos y desapareció.

Entonces fue cuando oí el chillido, y me volví.

A tiempo para ver a Donnadie, que caía agitando brazos y piernas y por fin se estrelló contra el suelo con una fuerte sacudida.

Y quedó inmóvil.

Orienté el cuerpo hacia tierra y descendí a toda velocidad. Tras un duro aterrizaje que nos hizo rodar a todos por el suelo, y llevando todavía a *Harry Segundo* atado al pecho, corrí a donde estaba Donnadie antes de que los demás terminaran de incorporarse.

Me arrodillé junto a él. Parecía tener el cuerpo destrozado, pero aún estaba vivo.

Me miró, y sus labios se distendieron en una sonrisa extraña.

—Lo hemos hecho bien, ¿eh? —consiguió articular.

Mis manos hurgaban en mis bolsillos, buscando la Piedra Sumadora.

—Aguanta un poco, Don.

—Lo hemos hecho bien, ¿eh? —repitió él, pero con voz más débil.

—Aguanta.

—... hecho bien —susurró.

Por fin encontré la Piedra y la agité por encima de él.

—Te pondrás bien.

—... hecho... —dijo por última vez, y cerró los ojos.

Pensé en algo positivo, lo mejor que se me ocurrió. Agité la

Piedra Sumadora por encima de su cuerpo roto, una y otra vez. Y todavía continuaba haciéndolo cuando llegaron Delph y Petra y se arrodillaron junto a nosotros.

—¡Don! —exclamó Petra, atónita.

—Se pondrá bien —aseguré—. Tengo la Piedra Sumadora.

Delph miró a Donnadie y me apretó el hombro.

—Vega Jane.

—Se pondrá bien —repetí al tiempo que empezaban a rodarme las lágrimas por la cara.

—Vega Jane —volvió a decir en voz baja.

—Se... Se pondrá... La Piedra...

«Piensa cosas positivas, Vega. Don, vas a ponerte bien. Ya casi estás bien.»

No vi que Petra alargaba una mano y cerraba los párpados a Donnadie.

Y tampoco vi que Delph me quitaba la Piedra Sumadora de los dedos.

Ni que *Harry Segundo* se tumbaba al lado de Donnadie y le hociqueaba suavemente la mano.

No vi ninguna de estas cosas porque había cerrado los ojos. Y había cerrado los ojos porque sabía que si los mantenía abiertos un momento más, ya no me movería de aquel sitio, moriría allí mismo. Al lado de Donnadie. Que acababa de morir.

La Piedra Sumadora no era capaz de resucitar a los muertos. Y yo lo sabía. Lo había sabido siempre.

Sentí que Delph, con delicadeza, me ayudaba a ponerme de pie y me apartaba del cuerpo de Donnadie.

—Nosotros nos encargaremos de él, Vega Jane. Tranquila.

Me alejé unos pasos y me senté en el suelo, de espaldas a ellos, mientras cavaban el hoyo y depositaban en él a Donnadie Sintierra. *Harry Segundo* me hociqueó la mano, pero por primera vez en mi vida yo no se lo retribuí con una caricia.

El sacrificio del que todo el mundo me había advertido acababa de llegar, en forma de golpe mortal a uno de nosotros. La muerte nos rodeaba por todas partes, pero en todo momento nos las habíamos arreglado para esquivarla. Yo ya sabía que las posibilidades de que todos lográsemos atravesar el Quag eran infinitamente pequeñas, ya me lo dijo Astrea, pero no necesitaba que me lo dijera nadie.

No hacía mucho tiempo que conocía a Donnadie, pero lo conocía lo suficiente. Y el hecho de haberlo perdido me dolió como siempre duele una pérdida así, como siempre debe doler.

Un vez que sus restos quedaron cubiertos por la última capa de tierra, Delph y Petra regresaron conmigo.

—Ya está —dijo Delph en voz baja—. Ya está.

Abrí por fin los ojos, y lo miré. Tenía la cara manchada de lágrimas. Miré a Petra y vi lo mismo.

Luego volví la vista hacia el montículo de tierra. Me levanté, fui hasta él y lo contemplé durante unos instantes. Entonces apunté con mi varita, y un trozo de madera chamuscada vino volando hasta el montículo y se plantó sobre él en vertical. A continuación, utilizando la varita a modo de pluma de escribir, fui grabando las siguientes palabras:

«Aquí yace Donnadie Sintierra, amigo fiel hasta el final.»

Después lancé un hechizo para poner un escudo encima del montículo, a fin de proteger el lugar de descanso de nuestro amigo.

Me volví y miré al frente. Ahora que ya no se alzaba ninguna montaña que nos cerrara el paso, nuestro camino se veía bastante recto. Claro que nada era tan recto como parecía. Desde luego, en el Quag, no.

Cogí mi mochila, que había caído al suelo, y me la eché a la espalda. Pasé por delante de Delph, Petra y *Harry Segundo*. Ahora había cambiado. Me sentía diferente, lo notaba en todas y cada una de las fibras de mi ser. Yo era la líder, si bien al principio una líder reticente, titubeante, insegura. Luego fui ganando en seguridad en mí misma, conforme iba obteniendo una victoria tras otra. Espina y los círculos. Y ahora había sucedido otra cosa. Una cosa catastrófica.

Uno de los que me seguían, uno que había confiado en que yo iba a llevarlo sano y salvo hasta el final, acababa de morir.

Sí, yo había cambiado, completamente y para siempre.

Con la varita asida en la mano, me puse al frente una vez más.

Hasta el final.

Hasta el maldito final.

QUINQUAGINTA

Remontar el vuelo

Percibí que, si quisiera, ahora podría alzarme volando sin miedo a que una tormenta intentara impedírmelo. Pero incluso así decidí que el último tramo del Quag lo recorreríamos a pie. No supe por qué, pero me pareció lo adecuado.

Así que nos pusimos en marcha.

Delph y Petra, después de enterrar a Donnadie, no habían intentado hablar conmigo. Cosa que agradecí, porque no dejaba de pensar que si hubiera actuado más rápido seríamos cinco, y no cuatro, los que ahora nos acercábamos al final de aquel viaje. Su muerte había sido culpa mía y de nadie más. Igual que lo que le ocurrió a Duf Delphia en las piernas. Había sido un fallo mío.

De pronto me miré la mano, porque había empezado a notar un fuerte hormigueo.

Me quedé paralizada al verlo.

En el dorso de mi mano derecha estaba materializándose algo.

La mano empezó a temblar con tal violencia que se me cayó la varita. Tuve que sujetármela con la otra. De repente, el escozor me subió por el brazo, y me hizo soltar un grito. Caí al suelo rodando y forcejeando. Cuando sentí que algo me agarraba, me lie a patadas y puñetazos en el afán de zafarme.

Abrí los ojos y vi que los que me habían agarrado eran Delph y Petra, que intentaban calmarme y averiguar qué era lo que me sucedía. Y de improviso, de buenas a primeras, el dolor desapareció y mi mano y mi brazo recuperaron la normalidad.

—Caray, Vega Jane —exclamó Delph—, ¿qué ha sido eso? ¿Qué te ha pasado?

Me incorporé muy despacio y me examiné la mano. Un momento antes había sentido como si un garm me hubiera clavado los colmillos en ella.

—¡Bendito Campanario! —exclamó Delph cuando lo vio.

—¿Qué es esa cosa? —preguntó Petra.

En el dorso de mi mano habían aparecido los tres ganchos. Que simbolizaban la paz, la esperanza y la libertad.

Aquel símbolo estaba en la mano de mi abuelo, y ahora estaba en la mía. Y aquello no era una tinta que pudiera borrarse con facilidad; yo sabía que había sido grabado a fuego, probablemente desde dentro. No sé cómo, pero adiviné que llevaría aquella marca en el cuerpo hasta mi muerte.

Me levanté con las piernas temblorosas y recuperé mi varita.

—No es más que una marca —dije con calma, aunque me sentía de todo menos calmada.

—Pero, Vega Jane... —empezó Delph.

—¡No es nada! —grité. Y luego añadí en tono más normal—: No es nada. ¿Pensabas que yo iba a escapar de este lugar sin llevar alguna cicatriz encima? Vosotros ya tenéis cicatrices, y *Harry Segundo* también.

Procuré decir aquello en tono festivo, pero sabía que sonaba a hueco. Aquello no era una cicatriz ni una herida normal; aquello era algo más. Mucho más.

Tenía la sensación de que me habían marcado como al ganado, y de que mi opinión al respecto no contaba para nada. Odiaba aquel lugar, odiaba hasta el último centímetro.

—Vamos a continuar —dije—. Y acabar con esto.

Pasamos tres luces recorriendo una inmensa llanura. Me resultaba inconcebible que durante más de ocho siglos hubiera habido allí una majestuosa montaña, hasta que fue vencida por un humilde cordel anudado que lo dejó todo liso a su paso.

En la cuarta luz, vi lo que había frente a nosotros y aminoré la marcha.

Era un fuerte resplandor, como si algo estuviera desprendiendo luminosidad.

Conforme nos fuimos acercando, reduje aún más la velocidad. Después de todo lo que habíamos sufrido, no deseaba precipitarme de cabeza contra algo que interrumpiera definitivamente nuestro viaje estando a pocos pasos de nuestro destino.

—¿Qué crees tú que puede ser eso? —me preguntó Delph rompiendo por fin el silencio que pesaba sobre nosotros como en un funeral.

Yo miraba el resplandor, pero no pude responderle. Y cuando empezó a hacerse de noche, aquella luminosidad no disminuyó. La luz que incidía sobre nosotros no provenía del cielo. Cuando nos acercamos un trecho más, lo entendí de repente.

Aquella luz provenía del *otro lado*. Lo cual, comprendí entusiasmada, quería decir que por fin habíamos llegado al final del Quag.

Me volví hacia Petra y señalé su varita con la vista. Ella asintió y la agarró más fuerte.

—No hagas fuerza —le dije—. Ahora forma parte de ti, Petra.

Vi cómo aflojaba los dedos en torno a la base de la varita. Me dirigió una mirada fugaz, y en su expresión detecté que tenía algo en mente. Fui hasta donde estaba ella y la miré con gesto expectante.

—¿Qué ocurre? —le pregunté.

—Me estoy acordando de Don —respondió.

—Fue culpa mía —dije—. La líder soy yo.

—No —saltó Petra—. Fue culpa mía.

—¡Qué!

—Tú estabas salvándonos de ese individuo que lanzaba fuego, pero yo tenía mi varita y podría haberle salvado. —Bajó la mirada al suelo—. Pero no lo hice. Me quedé bloqueada. Totalmente bloqueada. Y ahora está muerto. Por mi culpa.

Se sentó en el suelo y empezó a sollozar. Delph nos miraba con preocupación, pero le hice una seña para que no se acercara. Me senté al lado de Petra e intenté pensar algo, lo que fuese, con tal de que se sintiera mejor.

—¿Sabes por qué quise venir al Quag? —dije finalmente.

Petra sollozó un poco menos.

—Para escapar —contestó en tono titubeante.

—No. Porque quería saber la verdad. Donde yo vivía, no había verdad, y quise buscarla aquí.

Levantó la cara hacia mí.

—¿Por qué es tan importante la verdad?

—Es lo más importante que hay, Petra. Sin ella, no importamos. No importa nada.

Me levanté y le tendí una mano.

—Tú me has salvado la vida. Nos has salvado la vida a todos. Esa es la verdad. Y ahora, lo único que podemos hacer es seguir adelante. Nada más. Es lo que habría querido Donnadie, y me parece que tú ya lo sabes.

Petra alargó un brazo muy despacio, se agarró de mi mano y se puso de pie.

Continuamos avanzando, con cautela, con todos los nervios y todos los sentidos en estado de alerta. Y de pronto vimos que el resplandor se había transformado en algo más sustancial.

Era una empalizada. Una maldita empalizada. Como la que había en Amargura, solo que esta era casi transparente del todo. Pero yo sabía que era también mucho más impenetrable que un mero conjunto de tablones y cinchas.

¿Qué era lo que me había dicho Astrea? Me esforcé por recordar las palabras que pronunció cuando yacía moribunda en su cama: *Construimos muros porque tenemos miedo. No nos gusta que cambien las cosas. No nos gusta que alguien que no es como nosotros o que no piensa igual que nosotros venga a intentar cambiar las cosas. Por consiguiente, huimos de ese alguien o, peor aún, le atacamos.*

Con estas palabras en mente, di un paso atrás. Aquella empalizada había sido construida con dos propósitos: impedirnos a nosotros que saliéramos e impedirles a *ellos* que entraran. Era un poste que separaba dos razas que habían luchado entre sí. Una de ellas estaba escondida, la otra le estaba dando caza.

De pronto se me ocurrió una idea.

¿Estaría mi abuelo al otro lado? ¿Y mis padres? ¿Cómo

daría con ellos? ¿Cómo íbamos a contribuir nosotros a hacer lo que era necesario hacer?

Me agaché en cuclillas y contemplé mi varita. Dentro del Quag yo había hecho gala de unos recursos y un coraje que con frecuencia me habían sorprendido a mí misma. En medio de la violencia desatada por seres que pretendían matarme, estuve a la altura de las circunstancias y, con la ayuda de mis amigos, logré sobrevivir y derrotar a unos enemigos que, la verdad, deberían habernos aniquilado con muy poco esfuerzo.

Y, sin embargo, también era consciente de que todavía no me había enfrentado a un Maladón plenamente entrenado que se hubiera criado en el mundo de la hechicería. Y a pesar de que Astrea había dicho que yo poseía unos poderes excepcionales, lo cierto era que era joven e inexperta, y eso podría demostrar ser fatal en un momento dado.

Delph se agachó a mi lado, y Petra al otro. Ambos me miraron con gesto interrogante.

—¿Qué ocurre ahora, Vega Jane? —me dijo Delph.

Apunté con la varita al resplandor que se veía e invoqué el hechizo que ampliaba las cosas. Sin embargo, el conjuro me falló, igual que me había fallado en el templo de los Ladrones de Almas. Lo único que apareció fue exactamente lo mismo que veíamos a simple vista: el resplandor, que reflejaba nuestras siluetas y los objetos que nos rodeaban a modo de gigantesco espejo.

Apunté de nuevo con la varita y probé diversos conjuros. Petra se sumó a mí, con la esperanza de que las varitas de ambas consiguieran lo que no podía conseguir una sola.

Pero no sucedió nada; los hechizos chocaban contra la empalizada y se disipaban. Durante unos instantes de profunda incomodidad, pensé que habíamos llegado hasta allí, después de haber peleado con gran esfuerzo, después de haber perdido a un miembro del grupo, solo para vernos frustrados por aquel último obstáculo. Si la hechicería no era capaz de superarlo, si los pocos conjuros que yo conocía no podían tocarlo, ¿para qué diablos había servido aquel viaje?

En mi agitación, me impulsé de un salto y eché a volar. Subí alto, muy alto, más de lo que había subido nunca, apunté con la cabeza hacia el frente y di un fuerte acelerón. Pero cuando choqué contra la empalizada, reboté con tal fuerza que salí despedida hacia atrás de nuevo y recorrí mis buenos treinta metros antes de recuperar el equilibrio. Quedé unos instantes suspendida en el aire. Al mirar hacia abajo vi que mis compañeros me estaban observando fijamente.

—Quedaos donde estáis —les dije.

Miré mi varita, le ordené mentalmente que volviera a ser la *Elemental* desplegada en su máximo tamaño y la arrojé contra la empalizada. Rebotó, trazó despacio un arco y regresó a mi mano. La *Elemental* no mostraba deterioro alguno. Pero la empalizada tampoco. Jamás me había ocurrido que la *Elemental* me fallase. Y, sin embargo, me había fallado.

Ya no me quedaban hechizos que probar. Ya no me quedaban armas que utilizar. Ya no me quedaba nada que arrojarle a aquel maldito muro de separación.

Regresé lentamente al suelo y me quedé allí de pie, contemplando la empalizada y preguntándome qué podía hacer. ¿De qué modo podía vencerla? Me había enfrentado a muchos obstáculos parecidos y los había superado todos. Menos este.

Me volví hacia Delph y Petra.

—¿Se os ocurre alguna idea?

Al hacerles aquella pregunta estaba confesando que a mí se me habían acabado los recursos.

Ambos respondieron con un gesto negativo. Ojalá estuviera allí Donnadie para criticarme por no saber qué hacer. Necesitaba sus provocaciones. Y aunque Alice Adronis había creído que yo iba a ser quien los liderase en una renovada lucha contra los Maladones, yo misma no habría tomado como líder a alguien como yo ni para ir a la calle Mayor de Amargura.

Jamás en toda mi vida me había sentido tan deprimida. Apenas podía respirar. Apenas podía pensar. Y lo único que atinaba a pensar era tan prohibido como se puede ser, por utilizar la frase que decía mi abuelo. Me volví hacia Delph y me di cuenta de que él sabía exactamente lo que yo estaba pensando, pero en aquel preciso instante no podía ayudarme, por más que quisiera.

En cambio, a pesar de los sentimientos que me invadían, no pude evitar sonreír cuando *Harry Segundo* me lamió la mano. Le hice una carantoña, y él me lamió otro poco más. Y de pronto agarró mi anillo con los dientes. Se sentó y emitió un ladrido.

—Calla, *Harry Segundo* —le ordenó Delph.

En cambio, yo levanté la mano.

—Espera, Delph. Está intentando decirme algo.

Miré un momento el anillo, y después miré la empalizada. Aquel anillo lo había dejado mi abuelo al marcharse, y con el tiempo había llegado a mis manos. Jasper había dicho que los ganchos representaban nuestro mantra, todo aquello que defendíamos nosotros. Era un símbolo poderoso, acaso más poderoso de lo que yo pensaba.

Aquel anillo tenía el poder de volverme invisible, ¿pero podría hacer alguna otra cosa más?

Insegura, di unos pasos al frente, y después seguí caminando hasta que estuve justo delante de la empalizada. Entonces alcé la mano derecha y apoyé el grabado de los tres ganchos en la superficie.

Contuve la respiración. Pero no sucedió nada.

Me volví y descubrí que Delph y Petra me miraban como si me hubiera vuelto chiflada.

Me giré de nuevo, y esta vez apoyé el anillo.

Empecé a contener la respiración, pero no llegué a tener oportunidad, porque al instante la empalizada se movió bajo mi mano. Empezó a resplandecer, a agitarse y bambolearse como si se hubiera vuelto líquida.

De repente se abrió una rendija. Puse las manos a uno y otro lado de la abertura y empujé. La rendija se abrió un poco más, como si estuvieran descorriéndose unas cortinas. Entonces me metí rápidamente por el hueco y pasé al otro lado.

Un instante más tarde pasaron también Delph, Petra y *Harry Segundo*, y se reunieron conmigo.

Al momento la abertura se cerró.

—Caramba —susurró Delph.

Me arrodillé para abrazar a mi canino y frotarme la cara

contra su pelaje maravillosamente suave. Me acerqué a la única oreja que le quedaba y le susurré:

—Eres brillante, *Harry Segundo*, absolutamente brillante.

Todos echamos un buen vistazo a lo que nos rodeaba. Lo que surgió ante nuestros ojos fue un paisaje oscuro y vacío que se parecía mucho al que con tanta frecuencia había visto yo en Amargura. No daba la impresión de ser un lugar terrorífico ni peligroso en sí mismo, como ocurría con cada palmo del Quag; sin embargo, supe que probablemente albergaba peligros que dejarían en ridículo los que habíamos afrontado hasta aquel momento. La enormidad de aquel instante hizo que me encogiera.

—Lo hemos conseguido —dije en tono quedo. Me volví hacia Delph y Petra y añadí—: Hemos salido del Quag.

A una parte de mí le costaba trabajo creer que estuviera pronunciando aquellas palabras.

En el semblante de mis amigos detecté alivio, felicidad, pero asimismo incertidumbre y miedo. Y estoy segura de que ellos también veían aquellas emociones en mí.

De manera instintiva, todos nos juntamos y nos dimos un abrazo. Temblábamos a causa de la emoción de haber conseguido por fin el único objetivo que nos había obsesionado hasta aquel instante y por el que habíamos pagado una valiosa vida. *Harry Segundo* se puso a mi lado y se frotó contra mi pierna; yo bajé la mano y le acaricié la cabeza.

Cuando nos separamos del abrazo, continuamos mirándonos unos a otros.

—Hemos salido del Quag —repitió Delph—. Gracias a ti, Vega Jane.

—No, Delph, gracias a todos nosotros —repliqué posando mi mirada primero en él y luego en Petra—. Y gracias a Donnadie —añadí.

—Y gracias a Don —coincidió Petra con una tímida sonrisa.

—Esto se parece un poco a... Amargura —observó Delph—. No al pueblo en sí, sino al paisaje de alrededor.

—Así es, pero no creo que sea como Amargura —repuse.

—Bueno, ¿y ahora qué? —susurró Delph.

Apunté con mi varita hacia unas luces que se divisaban a lo lejos y dije:

—*Cristilado magnifica*.

Al instante apareció ante nosotros lo que parecía ser una aldea, cuyos habitantes, a buen seguro, estarían durmiendo tranquilamente en sus camas, dada la hora que era. Algunas de las construcciones se parecían a las que conocía yo de Amargura, otras no tanto. Las calles estaban pavimentadas en algunas zonas, y en otras no. Un reloj dio la hora. Un felino emitió un maullido. También me llegaron unos ruidos graves, pero no conseguí ver de dónde procedían.

Sin embargo, a pesar de aquel ambiente tranquilo y en apariencia apacible, detecté algo en el aire que me decía que aquel lugar no era tan inocente.

Recuerda, Vega, el lugar más espantoso de todos...

—¡Vega! —exclamó Petra en un susurro.

Pero yo ya lo había oído.

Algo se acercaba.

Alguien se acercaba.

Me toqué el arnés, y al momento *Harry Segundo* se subió a mis brazos de un salto para que lo sujetara con las correas. A continuación, apunté con mi varita primero a Delph, después a Petra, y dije en voz baja:

—*Enlazado*.

Unos hilos luminosos se enrollaron a las cinturas de ambos sin soltarse de mi varita. El ruido se oía cada vez más cerca.

—Hagas lo que hagas —me susurró Delph, frenético—, más vale que lo hagas ya, Vega Jane.

Recogió nuestras mochilas y se preparó.

Cogí el anillo de mi abuelo y le di una vuelta para que los tres ganchos quedasen mirando hacia arriba. Y lo que yo esperaba que sucediera sucedió: como los cuatro estábamos unidos por el hechizo, el poder del anillo se esparció por el hilo que nos mantenía juntos.

Los cuatro nos volvimos invisibles.

Teniendo a Petra y a Delph conmigo, cada uno a un lado, di un salto en el aire y nos elevamos en bloque, justo cuando las pisadas estaban ya encima y pudimos oír la voz. Una voz grave y amenazante.

—Era por aquí, podría jurarlo. Esta zona siempre ha sido... peculiar. Ya lo sabes.

—¿Pero cómo puede ser? —replicó la otra voz, que era todavía más grave y más amenazante—. No es posible. Te digo que no es posible. Después de todo este tiempo.

Bueno, amigos, pues sí que era posible. De hecho, era cierto. Habíamos escapado del Quag, y allí estábamos ahora, fuese aquel lugar el que fuese.

Nos elevamos en vertical y pusimos rumbo hacia las luces que se veían a lo lejos. Y, al hacer eso, dimos un paso más hacia todo cuanto nos estaba aguardando. Como dijo Jasper Jane: Paz. Esperanza. Libertad. Y exactamente en ese orden. Aunque, por irónico que pareciese, yo sabía que íbamos a tener que alcanzar la última de aquellas tres cosas para poder disfrutar plenamente de las otras dos. Iba a ser necesario luchar, como siempre.

Después de haber sobrevivido al Quag, estaba más que preparada para luchar.

Por nuestra causa.

Por nuestra época.

Por nuestro destino.

Y exactamente en ese orden.

Guía de Amargura y más allá para Wugmorts

adar: bestia de Amargura que se utiliza a menudo como mensajera y se adiestra para que haga recados viajando por el aire. Los adares, aunque en tierra parecen torpes, en el aire son criaturas bellas y gráciles, en gran medida debido a su gran estatura y a la envergadura de sus alas. Su característica más notoria es que entienden a los Wugmorts y hasta se les puede enseñar a hablar.

alecto: criatura letal del Quag que se caracteriza por tener serpientes en lugar de cabello y unos ojos que gotean sangre. Los movimientos hipnóticos de las serpientes que llevan las alectos en la cabeza pueden inducir a sus víctimas a suicidarse.

Aliento de Dominici: flor de largo tallo y capullo color rojo sangre del tamaño de un puño, que desprende un olor a heces de slep. El Aliento de Dominici crece únicamente en los nidos de las víboras.

amaroc: bestia terrible y feroz del Quag, famosa por contar con la capacidad de matar de muchas maneras. Los amarocs tienen unos colmillos superiores tan largos como el brazo de un Wug, y se rumorea que disparan veneno con los ojos. Cuando se los captura, su pellejo se utiliza para fabricar botas y prendas de vestir en Amargura.

Aprendizaje: institución a la que asisten los jóvenes hasta que alcanzan la edad de doce sesiones. En Aprendizaje es donde adquieren las capacidades necesarias para trabajar en Amargura.

calle Mayor: calle del pueblo de Amargura pavimentada con adoquines y llena de tiendas en las que se venden cosas que necesitan los Wugs, como productos de alimentación, ropa y hierbas curativas.

Campanario: lugar al que cada séptima luz acuden la mayoría de los Wugmorts para escuchar a un sermonero.

capulina: araña venenosa, indígena del Quag.

Chimeneas: edificio grande y de ladrillo que hay en Amargura, en el que se fabrican objetos para el comercio y el consumo.

coloso: antigua raza de formidables guerreros de origen mayormente desconocido para el Wugmort medio. Por lo general, el coloso mide veinte metros de altura y pesa más de tres toneladas.

Consejo: órgano de gobierno de Amargura. El Consejo aprueba leyes, disposiciones y edictos que han de obedecer todos los Wugmorts.

creta: criatura excepcionalmente grande que se utiliza en Amargura para tirar del arado de los Agricultores y transportar sacos de harina en el Molino. La creta pesa bastante más de quinientos kilos y se caracteriza por tener unos cuernos que le cruzan por encima de la cara y unas pezuñas del tamaño de un plato.

cucos: criaturas de pequeño tamaño, semejantes a pájaros, que habitan en el Tercer Círculo del Quag. De colores muy vivos, como si tuvieran fragmentos del arcoíris incrustados en las plumas, son famosos por poseer unas alas resplandecientes, capaces de iluminar su entorno.

Cuidados: lugar al que se envían los Wugs que no se encuentran bien o aquellos por los que los Reparadores del hospital ya no pueden hacer nada más.

cuña: unidad pequeña o período breve de tiempo.

dabbat: serpiente gigantesca de doscientas cincuenta cabezas que le crecen a lo largo del cuerpo. Aunque los dabbats rara vez salen del Quag, poco se puede hacer para impedir que ataquen una vez que han olido la sangre. Los dabbats aventajan fácilmente a los Wugs, y en cada cabeza tienen colmillos llenos de suficiente veneno para derribar a una creta.

Dáctilo: trabajador de Chimeneas cuyo trabajo consiste en dar forma al metal con un martillo y unas tenazas.

Duelum: competición que se celebra dos veces por sesión en las afueras del pueblo de Amargura y en la que se enfrentan machos fuertes de edades comprendidas entre quince y veinticuatro sesiones en asaltos de dos participantes. Considerado por muchos Wugs como un rito de transición, a menudo el Duelum puede resultar brutal.

eko: criatura de pequeño tamaño que vive en el Quag, excepcional debido a la mata de hierba que le crece en los brazos, el cuello y la cara, y también en la cabeza. Los ekos tienen un rostro pequeño y lleno de arrugas, y unos ojos enrojecidos y saltones.

Evento: misterioso episodio que tiene lugar en Amargura y del que no hay testigos. Los Wugmorts de los que se supone que han sufrido un Evento desaparecen completamente, tanto su cuerpo como sus vestiduras.

Excalibur: tipo poco corriente de hechicero, que ha nacido con poderes mágicos extraordinarios ya intactos y llevando impreso en su mente un profundo conocimiento de la historia de los Wugs. Un Excalibur puede tardar años en tomar conciencia de sus capacidades innatas.

Finn, el: elemento mágico que consiste en un cordel anudado en tres sitios y enrollado en torno a un diminuto gancho de madera. Al deshacer un nudo se desata un viento lo bastante fuerte para levantar objetos del suelo. Cuando se deshace el segundo nudo, aparece un viento tan fuerte como un huracán, y cuando se deshace el tercero, se provoca un vendaval de fuerza inimaginable, capaz de arrasar todo cuanto se interponga en su camino.

Foráneo: temible criatura de dos piernas que vive en el Quag y puede pasar por ser un Wugmort. Se cree que los Foráneos poseen la capacidad de controlar la mente de los Wugs y obligarlos a hacer su voluntad.

frek: bestia enorme y feroz que vive en el Quag, y que se caracteriza por poseer un hocico alargado y unos colmillos varios centímetros más largos que el dedo de un Wug. Se cuenta que la mordedura de un frek vuelve locas a sus víctimas.

Furina: raza indígena del Quag, semejante a la de los Wugs, ya casi extinguida a causa de los continuos ataques de las bestias. Los Furinas son descendientes de un grupo de Wugs y Maladones que quedaron atrapados en el Quag cuando emigraban desde los grandes campos de batalla hacia el pueblo de Amargura.

garm: bestia de gran tamaño que habita en el Quag. Mide cuatro metros de largo y pesa casi media tonelada. El garm es una criatura repugnante, tiene el pecho permanentemente ensangrentado, desprende un olor fétido y su vientre está lleno de un fuego capaz de incinerar a sus víctimas a una distancia de varios metros. Según las tradiciones de Amargura, el garm persigue a las almas de los muertos o es el guardián de las puertas del Hela.

gnomo: criatura del Quag dotada de unas garras largas y afiladas que le permiten horadar la roca viva. Los gnomos se caracterizan por tener un rostro arrugado y de una palidez mortal, y unos dientes negro-amarillentos.

hiperbóreo: bestia voladora, de piel azulada, indígena del Quag. Se caracteriza por poseer un torso musculado y esbelto y una cabeza ligeramente cubierta de plumas. Más estrechamente relacionados con los Wugs que ninguna otra criatura, los hiperbóreos pueden ser amigos o enemigos, y reaccionan favorablemente a las muestras de bondad y de respeto. Los hiperbóreos atacan a sus presas con rapidez, las matan golpeándolas con sus compactas alas y las despedazan con sus garras. Viven en nidos que construyen en las copas de los árboles.

hob: criatura del Quag que tiene la mitad de la altura de un Wug medio y que se caracteriza por un torso grueso, un mentón pequeño pero fuerte, una nariz prominente, unas orejas largas y terminadas en punta, unos dedos alargados y unos pies grandes y peludos. Lo habitual es que los hobs sean amistosos, saben hablar wugiano y ofrecen su ayuda a cambio de pequeños regalos.

inficio: bestia diabólica y de gran tamaño, indígena del Quag, que expulsa un humo venenoso lo bastante potente para matar a toda criatura que lo inhale. El inficio tiene dos enormes patas terminadas en garras, un torso largo y cubierto de escamas del que salen unas poderosas alas unidas por una membrana, un pescuezo como el de una serpiente, una cabeza pequeña, ojos de expresión malévola y colmillos afilados como cuchillos.

licán: bestia del Quag cubierta de un pelaje largo y liso, cuya mordedura convierte a sus víctimas en seres como él. El licán, una criatura alta y de fuerte constitución, camina sobre dos patas y enseña sus afilados colmillos y sus garras para atacar a sus presas.

lombriz: criatura pacífica del Quag que vive principalmente en túneles subterráneos y que es capaz de devorar la roca más deprisa que la mayoría de las demás especies. Con el doble de tamaño de una creta, la lombriz se caracteriza por tener un pellejo fuerte y elástico, una lengua larga y escurridiza, unos dientes enormes y puntiagudos, un cuerpo blando y resbaladizo, y un color de ojos que diferencia a los machos (azul) de las hembras (amarillo).

luz: el período de luz solar que transcurre entre una noche y la siguiente.

Maladón: término que en wugiano quiere decir «muerte terrible». Es una antigua raza cuya principal vocación es infligir una muerte terrible a otros seres. Hubo una guerra entre los Maladones y los Wugmorts que duró varias sesiones y que obligó a estos últimos a fundar el pueblo de Amargura, alrededor del cual crearon el Quag, a modo de escudo protector.

maniack: espíritu malvado que puede atacar al cuerpo y a la mente, y que causa locura irreversible a un Wug valiéndose de todos los miedos que haya tenido este a lo largo de su vida.

mantícora: bestia veloz y traicionera, indígena del Quag, que tiene cabeza de león, cola de serpiente y cuerpo de cabra. Con más del doble de la estatura de un Wug normal y el triple de su anchura, lo más característico de la mantícora es su capacidad para leer la mente y para escupir fuego.

Molino: lugar de trabajo de Amargura en el que se refina la harina y otros granos.

morta: arma metálica de cañón corto o largo que dispara proyectiles.

Noc: el objeto grande, redondo y de un color blanco lechoso que brilla en el cielo durante la noche.

Obtusus: albergue ubicado en la calle Mayor.

Ojo Profético: instrumento que utilizan los hechiceros para visualizar otros lugares. El Ojo Profético consiste en un puñado de arena que se vierte en un recipiente lleno de un líquido inflamable y después se extiende sobre una mesa. A continuación aparecen en él imágenes en movimiento de un lugar lejano.

otroyó: peligrosa criatura del Quag, cuyo rasgo principal son sus varias filas de dientes renegridos y puntiagudos, y que adopta la forma de aquello que ve. El poder del otroyó radica en su capacidad para engañar a sus víctimas para que, sin darse cuenta, se hagan daño a sí mismas o incluso se maten, ya que agredir a esta bestia cuando ha cambiado de forma equivale a agredirse a uno mismo.

pájaro de fuego: enorme criatura voladora del Quag, famosa por su colorido plumaje, su agudo pico y sus afiladas garras. Se dice que las plumas del pájaro de fuego son tan brillantes que es posible utilizarlas para que suministren luz y calor. Un pájaro de fuego puede ser el mensajero de una tragedia.

Quag: bosque que rodea Amargura y en el que habitan los Foráneos y toda clase de criaturas feroces. Entre los Wugmorts está muy extendida la creencia de que más allá del Quag no existe nada.

remanente: recopilación de recuerdos de diversos Wugmorts; registro conjunto de sus recuerdos.

Rematador: trabajador encargado de «rematar» todos los objetos que se fabrican en Chimeneas. Los Rematadores deben demostrar tener capacidad creativa ya cuando están en Aprendizaje, dado que dicho trabajo consiste en realizar tareas que van desde pintar hasta cocer en un horno objetos destinados a los Wugs más acaudalados de Amargura.

sesión: unidad de tiempo igual a trescientas sesenta y cinco luces.

slep: magnífica criatura de Amargura que se caracteriza por poseer una noble cabeza, una larga cola, seis patas y un hermoso pelaje. Se dice que antiguamente los sleps eran capaces de volar, y que las leves marcas que poseen en el lomo en la actualidad indican el lugar en que les nacían las alas.

terror: criatura voladora y de color negro que habita en el Quinto Círculo, creada por Jasper Jane. Con un tamaño similar al de un canino, los terrores se caracterizan por sus espeluznantes graznidos y por sus alas terminadas en garras, de las que se sirven para hacer pedazos a sus presas.

unicornio: bestia noble y delicada que se caracteriza por tener un pelaje de un blanco deslumbrante y una melena dorada, ojos negros y brillantes y un cuerno del color de la plata. Es sabido que el blando cuerno del unicornio neutraliza todos los venenos, pero solo se puede obtener convenciendo a su dueño de que lo ceda por voluntad propia, o bien matándolo directamente.

Valhall: prisión de Amargura que se encuentra a la vista del público, en el centro del pueblo.

wendigo: espíritu malévolo que puede apoderarse de aquello que devora. Esta horripilante criatura, casi transparente, vive en todo el Quag, pero predomina en el Páramo de Mycan. Las señales de que hay un wendigo cerca son un vago sentimiento de terror y la sensación de que los datos almacenados en nuestro cerebro están siendo sustituidos por recuerdos residuales de las presas que ha devorado el wendigo.

whist: perro de caza de Amargura, grande y domesticado, famoso por su impresionante velocidad.

Wugmort: habitante de Amargura.

yantú: bestia voladora del Quag que consiste solo en una cabeza. Se dice que ataca salvajemente a sus presas con la esperanza de utilizar partes de su cuerpo para reemplazar las que él no tiene. Habiendo evolucionado a lo largo de varios siglos mediante la mezcla de diferentes especies, el yantú se caracteriza por tener una cara muy desagradable, ojos demoníacos y colmillos puntiagudos, y llamas en lugar de pelo. El yantú se encuentra principalmente en el Páramo de Mycan.

Agradecimientos

Un novela no nace única y exclusivamente de la mano (y la imaginación) del novelista. *Vega Jane y el Guardián*, y, antes que esta, *Vega Jane y el Reino de lo Desconocido*, no son excepciones a la regla. Son muchas las personas de gran talento que han participado en la tarea de volver el viaje de Vega Jane accesible a un amplio público. Y aquí es donde tengo el placer de mostrarles mi agradecimiento.

A Rachel Griffiths, David Levithan, Kelly Ashton, Julie Amitie, Charisse Meloto, Dick Robinson, Ellie Berger, Lori Benton, Dave Ascher, Lauren Festa, Emily Morrow, Elizabeth Parisi, Rachael Hicks, Emily Cullings, Sue Flynn, Nikki Mutch y todo el equipo de ventas de Scholastic, por haber creído a un escritor de *thrillers* capaz de pasar a otro género y de narrar una buena historia.

A Venetia Gosling, Kat McKenna, Catherine Alport, Sarah Clarke, Rachel Vale, Alyx Price, Tracey Ridgewell, Helen Bray, Trisha Jackson, Jeremy Trevathan, Katie James, Lee Dibble, Sarah McLean, Charlotte Williams, Stacey Hamilton, Geoff Duffield, Leanne Williams, Stuart Dwyer, Anna Bond, Jonatahn Atkins, Sara Lloyd y Natasha Harding de Pan Macmillan, por seguirme siempre con un entusiasmo irrefrenable dondequiera que voy en mis pretensiones literarias.

A Steven Maat y a todo el equipo de Bruna, por haberme acompañado paso a paso cuando decidimos lanzar a un personaje totalmente nuevo a un mundo que aún no sospechaba nada.

A Aaron Priest, por haber escuchado los crípticos comentarios que hice respecto de este «libro» que estaba escribiendo en una fiesta librera de Londres, y por haberme llamado, después de leerlo, en domingo, en vez del lunes.

A Arleen Priest, Lucy Childs Baker, Lisa Erbach Vance, Frances Jalet-Miller, John Richmond y Melissa Edwards, por el entusiasmo demostrado por esta serie.

A Mark y Nicole James, por todo lo que habéis hecho por mí. ¡Ojalá algún día asistamos juntos al estreno!

A Caspian Dennis y Sandy Violette, por hablar maravillas del libro al otro lado del charco.

A todos mis otros editores, que se arriesgaron con esta aventura mía y confiaron en que saldría bien.

A Hannah Minghella, Lauren Abrahams, Matt Tolmach y Kate Checchi de Sony/Columbia Pictures, que tanto entusiasmo han demostrado por crear una franquicia cinematográfica en torno a Vega Jane y su mundo.

A Emma Frost, por haberse sentado conmigo durante varias horas en un restaurante de Nueva York a preparar tu magnífico guion.

A todas las bibliotecas en las que descubrí libros que me introdujeron en el mundo de la fantasía, y a todos los bibliotecarios que ayudaron a un niño a buscar en las estanterías historias siempre nuevas.

A todos mis amigos y familiares, que me han dado su apoyo a lo largo de treinta novelas.

A Kristen y Natasha, por haber hecho magia para que Columbus Rose y yo funcionemos como un reloj.

Y por último, pero no por ello menos importante, a Spencer y a Collin. Aunque todavía no sois adultos, siempre me ayudáis a conservar ese asombro infantil ante la vida que me permite hacer lo que más amo.

Índice